未来科幻大师奖组委会 编

临界点

2015未来科幻大师奖TOP15

CRITICAL
POINT

重庆出版集团 重庆出版社

图书在版编目(CIP)数据

临界点:2015未来科幻大师奖TOP15 / 未来科幻大师奖组委会编.
—重庆:重庆出版社, 2016.8
ISBN 978-7-229-11523-4

Ⅰ.①临… Ⅱ.①未… Ⅲ.①科学幻想小说—小说集—中国—当代
Ⅳ.①I247.7

中国版本图书馆CIP数据核字(2016)第196133号

临界点:2015未来科幻大师奖TOP15
LINJIE DIAN:2015 WEILAI KEHUAN DASHI JIANG TOP15
未来科幻大师奖组委会 编

责任编辑:邹 禾 肖 飒 骆思源
责任校对:何建云
装帧设计:醉步男

重庆出版集团
重庆出版社 出版
重庆市南岸区南滨路162号1幢 邮编:400061 http://www.cqph.com
重庆出版集团艺术设计有限公司 制版
重庆豪森印务有限公司 印刷
重庆出版集团图书发行有限公司 发行
E-MAIL:fxchu@cqph.com 邮购电话:023-61520646
全国新华书店经销

开本:890mm×1230mm 1/32 印张:13.25 字数:210千
2016年8月第1版 2023年3月第2次印刷
ISBN 978-7-229-11523-4
定价:38.00元

如有印装质量问题,请向本集团图书发行有限公司调换:023-61520678

目　录

十五强入围作品

三等奖作品

二等奖作品

一等奖作品

前言

阿缺

我永远记得那个晚上。

那天我骑着一辆女士自行车，穿过川大江安校区夜色茫茫的校园广场，来到被女生宿舍环绕的“三八广场”。这里，是我们科幻协会开例会的地方，我还没有骑到那里，时任协会会长的孙悦快活地冲我喊道，你的《悄然苏醒》得了一等奖！

我差点摔下车来。

因为在那之前，我参加了首届全国高校幻想类社团联合征文。这是由川大科幻协会发起，全国二十多所高校幻想类社团响应，《科幻世界》支持的一个奖项。那是第一届，全部由我们一群愣头青联系各方，到每一个宿舍张贴海报，每一个QQ群里转发通知，才办起来的。

我在身为干事去忙活以上事情之余，也想着多做一点，于是我也写了一篇小说参赛。确如悦子所说，那一篇小说得了科幻类一等奖，发表在当年《科幻世界》十月刊上。

可以说，我的人生轨迹就因此而变化了。此前，我是一个标准的科幻迷，从小看科幻，到大学后加入了科幻协会，跟协会同学们一起举办小众的校园科幻活动。那时我学习了枯燥的水电专业，时常为自己以后要去深山老林，几十年如一日地修建水电站而感到忧虑。但从那个晚上开始，从参加了第一届联合征文开始，我发现了我还有写作的技能，更重要的是，这个技能被认可了。

此后人生风云突变，我写了很多小说，得了一些奖，出了书，工作也由藏区深山辗转到北京三环。很多变化都是突然发生的，但有一件事没有改变，就是还是一直深爱着科幻，一直没有把手从键盘上拿下来。而这崭新人生的源头，正是开启于联合征文。

所以我也时刻关注着联合征文的动向。令人高兴的是，在纷乱诡谲的市场环境下，征文成功举办了四届，而且一届比一届影响力大。去年十月，第四届联合征文在成都进行颁奖典礼，由大刘亲自给一等奖得主灰狐加冕。我当时站在台下，看得热泪盈眶，仿佛时空倒转，又回到了那久远一夜。

除了在市场上获得认可，联合征文对中国科幻最重要的贡献，是为这个类型文学输送了一大批优秀作者。仅仅从第四届的结果来看，以征文得主的身份正式进入科幻写作并大放异彩的，就有灰狐、念语、犬儒小姐、王元等人。征文结束之后，他们笔耕不挫，奉献了一篇篇精彩佳作，发表在《科幻世界》《文艺风赏》“ONE”等平台，为科幻疆域的开拓立下了非常大的功劳。尤其是灰狐，自征文加冕之后，无论是创作数量和还是质量，都取得了惊人的进步，俨然成为瞩目新星。

我在成都的时候见到了悦子，他也说过，发起并坚持这个比赛的目的，便是如此——为科幻创作发掘人才，为这个沉寂已久的圈子输送一批新鲜血液，培养未来的科幻大师。

是的，未来科幻大师，也正是本书的标题。

而本书的正标题——临界点，是川大科幻协会十多年前成立的会刊刊名。

当我看到这样的正副标题时，顿觉无比玄妙，就这样简单但意蕴深远的名字，便连接了过去未来。这本书也因此站在了传承与发扬的交汇点上，背后是前辈们为科幻奔走呼喊的身影，前方是大师们迈步行走的光辉。

希望联合征文继续走下去，越走越远，也希望更多有志于科幻创作的年轻人参加比赛，迈过临界点，在未来成为真正的科幻大师！

第四届未来科幻大师奖

评委名单

战略合作伙伴:微像文化

导师:

科幻作家　陈楸帆

科幻作家　夏笳

科幻作家　张冉

A组评委:

科幻作家、学者　北星(旅美科幻作家)

科幻作家　黄海(台湾)

科幻作家　宝树

科幻作家　江波

科幻作家　迟卉

科幻作家　平宗奇

科幻作家　王尚

史诗奇幻小酒馆、《星河》译者　刘壮

《冬眠》导演　乔飞

湖南卫视导演　蔡潇

东西文库执行主编　丁诗颖

北京九志天达文化传媒有限公司策划部经理　张海龙

B组评委：

科幻作家　刘慈欣

科幻作家　王晋康

科幻作家　韩松

科幻作家　何夕

科幻作家、学者　吴岩

物理学家　李淼

北京微像国际文化传播有限责任公司COO　张译文

天娱影业文学策划部执行总监　方悄悄

DMG娱乐传媒集团首席创意总监、电影《环形使者》《钢铁侠3》中国区创意总监　徐卫兵

鼎恒影业CEO、电影《情敌蜜月》出品人、制片人　张鹏程

15

十五强入围作品

按作者姓氏排列

反智英雄

爱劳力

一

我觉得我会是一个英雄。

这是我人生中抽得最漫长的一包软中华。烟雾几乎浓得要影响我的视线，火星在静静地舔舐最后的烟草，那些热量在我周围环绕，是我行动前最后的一丝慰藉。狙击枪和智能辅助载具散落一地，陪伴我的只有它们。

我换成单手拿电子望远镜，另一只手熟练地抖了抖烟蒂。烟灰随着我的动作落下，缓慢地在空中螺旋解体，美得有如《秒速5厘米》中的樱花。

我迫不及待，跃跃欲试。我要当一个英雄！即使我做的事情只是卑劣的刺杀，我也能是英雄！有历史学家说，刺杀改变不了历史。我认为并不是这样，在关键的时刻，一发子弹就能改变所有人的命运。

我，将推动历史！

望远镜里面出现了目标。他从加长林肯上走下，被拥戴和相信他的人民们包围。他笑了，脸上的皱纹舒展开来。他在人前总是容光焕发，根本不像一个六十岁的老人。他不顾工作人员的阻拦，不顾自身安危，慈祥地朝大家挥挥手。正是他亲民的习惯给了我机会。

支持者们欢呼雀跃，没有一个人使用智能设备，而是用最原始的呼喊表达兴奋。他所到之处，人群就像是浪花一般起伏。他们在恭迎伟大的领袖，他们知道领袖今天会有重要的话要讲，也许这场讲话会是改变日渐低迷的反智能运动的重要转折点。

我打开窗户，把烟头随意抛出。它从400米高的中国之塔飘然落下，火焰终将熄灭，不知道残骸会落到何方。

作为一名经验丰富的狙击手，我本不该留下如此直接的证据。但已经无所谓了，我将会是一个改变历史的英雄，死亡和审判并不能给我带来恐惧。我也将会有支持者，他们会为我游行，为我冲击法院，甚至为我静坐绝食请愿。但为了保卫法律的尊严，我只会淡然一笑，慷慨赴难，留下一个高贵的背影。

装备好载具，我把狙击枪架在窗户边。风带来了远处的喧嚣，而我的心却逐渐平静。长时间的训练让我此刻陷入了一种独特的静谧，我眼中只有那一个人。

二

等效风速：10.15km/h，狙击距离：5.4km，修正角度：1度12分33秒

我是一名优秀的狙击手，但并不代表我排斥使用智能载具。得出如上的辅助数据，智能载具只花了0. 0001秒，但我可能需要2秒钟，而且不一定准确。载具的优良性能得益于最新的光脑技术。狙击手和游戏里面那些狙击手并不一样，现实中我们只有一次出手的机会。

他正在人群中缓慢地前进，这并不是最好的狙击时机，而且距离也

太远了。

人群不时发出尖锐的口哨声，他们争先恐后地和领袖握手。我听得到人们的呼喊声，他的名字仿佛跳针的唱片般不断重复："吴克元！吴克元！"我想，他们说不定每个人都愿意为吴克元挡下这颗子弹。因为在他们心中，他是反智英雄。

我的手略略松开了，完美无缺的狙击状态露出了一丝破绽。杀死他究竟对吗？

我想起第一次在电视上看到吴克元先生的时候，我才五岁。他对社会事件的调查报告深入而犀利，用一部40分钟的纪录片完整地揭露了某些大型股份公司中裙带关系的作用，并且在公开辩论中把公共管理学的某专家说得哑口无言。

第二次看到他是在某个访谈节目。他代表中央电视台去采访锐驰创投的创始人，两个拥有极强商业眼光的文科生侃侃而谈，丝毫不拘泥于锐驰创投本身。这是我看过的最好看的访谈节目，没有之一。

我曾经想学习吴克元先生，成为一个新闻工作者，学会五国语言，和世界上顶尖的人才谈天说地。我努力了很久，读了很多书，但没有成功。不过在征兵检查中，我的身体素质得到了认可，因此入伍成为了一名特种兵。

入伍的第一天，连队指导员老姜就对我说："要成为对国家有用的人！你们都该是英雄！"

三

等效风速：10.20km/h，狙击距离：5.3km，修正角度：2度10分08秒

我们都能成为英雄，这是支撑我投笔从戎，继续练习的信念。狙击手的练习是很艰苦的，我们需要不吃不喝不动地埋伏，并且精神高度集中于固定的那几点，仅仅是为了一次射击的机会。

每次射击完，手都会颤抖很久，浓郁的后怕如有实体一般。我总会思考如果没有射中该怎么办？我是否还有信心重新扣动扳机？我们总是被当成机器一般训练，但永远成不了机器，不是每次都能冷血地扣下扳机，把几秒后的生死交给手中的枪械。

我曾经执行过很多任务，用子弹赐予丧心病狂的犯罪者死亡。曾经我被誉为“机器神枪手”，直到一次失误发生——我的子弹从1公里外，同时射穿了劫持犯和人质的头颅，这成为了当年最大的争议事件。从那一刻开始，我不再是一个英雄，而是一个杀人犯。

我失手后自暴自弃，把自己藏在被窝里。有无数的记者前来采访我，他们带来了人质家人和社会舆论的谴责，还有良心的拷问。虽然国家不会公布我的名字。但无数的恶意在我脑海中缠绕，死去的人质在梦境中不断浮现。

只有一个来访者与众不同，他来到我的房间，拍了下被子，轻轻地说：“这是你第一次失手？”

我听出了他的声音，但没有回答。

他说：“浅渡，您之前救了很多人，保护了人民的生命财产安全，我向您表示敬意。我就是一个会磨嘴皮子的媒体人，昨天我去靶场试了一下射击，肩膀差点被后坐力卸了下来。您辛苦了！人并不是机器，不可能一直都成功。舆论的压力很大，但您必须要振作，要做一个对国家有用的人！”他说完就离开了。过了几天，我看到他在电视上为我辩论，他维护了我，也维护了他的正义。

后来，我有了重新握枪的勇气。

手引导着载具缓缓移动，枪口跟随着他的脚步。很长时间里，我都在追随着他的脚步。也许他不是英雄，但肯定是一个领袖，是我所敬仰的领袖。但他的错误需要有人纠正。

风吹向了我的眼睛，泪腺似乎被激活了。我任由眼泪滑落，依旧盯着瞄准镜。

四

等效风速：9.92km/h，狙击距离：5.1km，修正角度：1度16分52秒

他在一步一步地迈向死亡。吴克元应该没有预料到，在法制健全的现代社会竟然会出现刺杀事件。

而且我也知道，不只有一个人在瞄准着他，说不定还有人正瞄准着我。我们狙击连队的指导员老姜来自成都军区，是曾经和毒枭们在高山树林中对战的强人。他告诉我们，真正的战斗就像在一片黑暗的森林中狩猎，你可以靠特殊服装掩蔽，但只要一开枪就会被发现，而且千万不要以为不开枪就不会被发现。老姜说，只要你暴露了，后面发生什么都是可能的。

退伍后，我去了一家枪械运动员俱乐部当教练，在那里我接到了一条神秘的通讯。虽然没有用化名伪装自己，但我的真名也从来没有出现在报道中。那一刻我才明白，从射失那一枪开始，我就已经暴露了。无数的人在或明或暗处观察着我，想着可以让我派上用场。

给我指令的人自称J，使用了变声器。他告诉我，我有一个绝佳的机会可以报效祖国。一开始，我以为他是在开玩笑。但他给了我证明。他在我的衣柜里面放置了一套载具和一张神秘的通行卡。

那套智能载具应用国外最新的智能系统，可以自动测量风向，提供修正指数，帮助支撑枪械，甚至直接辅助瞄准。我穿戴载具射击的成绩比不使用时高得多。欣喜若狂的我再次盼来了J的电话，J说我可以去秘密基地试一下，那里有更多的型号。他对我说："你抱怨人不能像机器人一样精密，那就用智能设备辅助你。”

训练场上，我久违地打出了百发百中的命中率。我开始怀疑，即使是一个没有经过太多训练的狙击手，在智能载具的辅助下是否也可能非常精准。我回想起射失的那一刻，如果那一刻我信心更足一点，手不颤抖，也许结果会很不一样。人类总是犯错误，有太多太多的事情做不到，为什么不交给更能精准完成任务的智能设备呢?

想到这里，我解开了射击锁，可以击发了！吴克元，一个伟大的人，但我为了国家，必须杀死你!

五

等效风速：10.02km/h，狙击距离：4.8km，修正角度：3度3分12秒

他即将走上广场的中心，那里有一个高台，是最适合领袖演讲的地方。

话筒和扩音设备早就就绪，吴克元先生的团队在那里等待着他。他们衣着整齐，佩戴着小红花，视线投射向吴克元来的方向。团队里面大部分的人我都认识，我也曾经是他们的一分子。

吴克元的步伐越来越沉重，没有再和任何人握手。他看到了台上追随自己的团队成员。

他们自动在中间留出一个空位，左右手分别是焦正名、黄雅君。时至今日，关于他们的报道依旧很少。他们自愿为吴克元的反智能运动付出努力。

一时间，吴克元的目光苍老了很多。他的每一个举动都被放在大屏幕上，所有人都看到他嘴唇动了一下，但没有说话。

肃穆的气氛开始席卷会场。他来到了高台的台阶前，上面是鲜红的红地毯，仿佛某种不祥的暗示。他回头看了一眼人群，似乎在和什么告别。

他迈出了第一步！

网络播音员在现场直播中大喊：“一切运动，从无组织到有组织，第一步是最艰难的！让我们向伟大的反智能人士、斗争领袖吴克元先生致意！他以媒体人身份，毅然打起了反对智能入侵的大旗！他是人类最后的良心！为阻止人民被智能统治，他到处奔走，把散落在各地的民众聚集在一起！虽然运动遇到了挫折，但他没有放弃，他没有放弃！此刻世界都在看着他，华夏民族不会在人工智能的脚下屈服！”

事实上我曾经在更近的地方观察他。我在J的授意下曾加入了他的团队，担任安全和侦察顾问。那时候，他非常地器重我，把很多事情交给我做。他了解我的能力，更清楚我对他的感激。但这让我更加了解反智能运动的荒唐。

是的，我的确十分感激他，也正是他的话激励我，让我此刻坚定不移。

“要做一个对国家有用的人。”他的话还在我的耳边回响。

吴先生，你真的错了，你太过于重视维护人的自主，却忘记了国家的利益。

我想起他的种种错误，很是痛惜。他纠集起一群对人工智能根本毫无理解的无知群众，成为反智能的民间领袖。他不听劝告，倒行逆施，在领导运动时闹出了不少科学常识性笑话。他曾经去一些学校演讲，被学生们用鞋子和书本打了出来。但他依旧固执，不愿意接受人工智能。为了反智能，他已经疯了！

我已经瞄准了他即将站立的位置，子弹将准确地穿透他的心脏。智能载具帮我支撑重量，我的手很稳，丝毫不抖。智能载具的控制器已经帮助我锁定了位置。我和它的合作亲密无间。如果我能早点用到它，也许那场悲剧就不会发生，也许我还是受人尊敬的狙击专家……

最后的一分钟，和J的通讯在我脑海中回响：“他是反对人工智能的顽固分子，人工智能实际上对人类没有坏处，这是很明显的事情。如果我们国家再晚几年启动智能计划，会被其他国家拉开距离，到时候再追就难了。你的任务就是潜伏进他的团队，如果有必要，可采取措施。我听说你们似乎是朋友?”

我说：“对，他对我有恩。”

“你接受不接受任务?”J的声音冷了下来。

我行了军礼：“保证完成任务，国家利益高于一切!”

“好!”他对我很满意。

最后的通讯则非常急迫。J说：“他必须要死，你准备好了吗?”

“时刻准备着!”

通讯里面有些杂音，好像是钟摆的节拍声：“25日下午，他会在集会上走到中央广场的高台上进行演讲。你只有一次机会，你在中国之塔的顶层执行任务。那天不只有你一个人，会有人开枪掩护你，你可以放心逃走。只要成功了，你就是英雄。”

我停顿了几秒：“我会完成任务。”

“完成你的任务，以后不会再有联系了，祝你任务成功，英雄。”

六

等效风速：10.01km/h，狙击距离：4.8km，修正角度：3度3分11秒

最后一次确认，我按了一下“重新测算”的触点键，计算结果差不多。他已经登上了高台，就差最后走到位置上。

我必须保证一枪毙命，不能给他抢救的机会。

手心开始出汗，我的头上也开始出汗。就差最后的信号，我在等待最后的信号。

吴克元先生站在演讲台上，他向四面八方招手，安静的广场再次开始沸腾。这次的演讲比以往的任何一次都要重要，但这是他最擅长的战场。他微微一笑，没有理由畏惧。

他深吸一口气，开始享受这一刻。

他伸手示意安静，然后鞠躬。这一躬他想多保持一会儿，也许是为了吊足胃口，让观众更加重视他说的话。在这一瞬间，吴克元感觉从内而外焕发了新生，有种力量在胸中澎湃。

他的身体毫无征兆地动了一下，然后笔直地倒了下去。他的头颅被削去了一半，脑浆和血液从头颅上的破口溢出。狙击枪子弹造成的伤口比人们想象的要大得多。

整个广场安静了一秒钟，然后所有人都意识到发生了什么。团队成员们赶快退到后台规避，生怕丧心病狂的暗杀者再送来第二发子弹。保安们尽力挡住想要一探究竟的群众，医护人员不顾危险，把台子团团包围住，手忙脚乱。

某栋大楼附近的群众沸腾了，他们有人听到楼上有枪响。愤怒的暴民们冲破大楼的安保，一层一层地搜索罪犯。军方的直升机紧张地在上空盘旋，负责人和政府紧急联络，询问下一步的应对。

激进的网络播音员在大喊：“天呐！刚才那是什么？这是暗杀，这是暗杀！导播，切回去看一下……哦……嗯……哇！天呐！天呐！天呐！这一定是阴谋！智能的爪牙们已经开始行动了，他们刺杀了伟大的媒体人和社会活动领袖吴克元先生！这是人类文明史上重大的倒退，我们都会记住这一刻。让我们团结起来，继承伟大的吴克元先生的遗志！反智能……”

黑暗森林被照亮了，我把枪械和工具全都丢在计划地点，换上便装，在身上喷洒气味剂来遮盖气味。暴怒的游行人员四处冲击，最终引来了军警。所有人在军警的指挥下撤离，我跟随其中，还一边大骂智能的爪牙不是东西。

在开枪的那一刻，我看到了远处的大楼上有一丝火光。最终还是有人掩护了我，代替了我承受罪罚。他就是森林中的火焰。我在心中向那个方向敬礼："谢谢你，兄弟，你也是英雄。"

回到家中，我趴在马桶边呕吐了很久。

我究竟做对了吗？

七

有的人死，重于泰山。

这是前所未闻的大事件。暴怒的人群冲到大楼楼顶，发现开枪的竟然是一台自动机器人，它拿着枪，保持着开枪的姿势。

智能杀人了？坊间哗然，反智能的各路人士纷纷在网络、电视上发表宣讲，原本陷入低迷的反智能运动一下子得到了无数中立人士的支持。原本反智能集团的二号人物，在吴克元团队中担任总参谋的无党派人士焦正名获得了很多的支持，俨然成为运动的头号人物。他频繁地出现在公众的视野中，呼吁对刺杀事件进行严肃的调查处理，而且强调此事件是机器智能对人类存在威胁的铁证。

于是，舆论群情激愤，要求查清真相，惩治凶手。政府为了避免群众情绪激化，很快宣布成立调查组。只不过，在调查组的人选问题上，反智能和挺智能的两派争论了近一个星期。细心的民众这才发现，两派阵营比表面上展现出来的更加庞大。

我很意外地收到了调查组的邀请以及吴克元先生葬礼的邀请帖。邀请帖是吴先生的妻子用手抄写的，死气沉沉的字体现出她内心的悲伤。这是机器做不到的事情。

我也很矛盾，但国家的征召不得不去。至于吴先生的葬礼，我想见他最后一面。

枪械专家们确定子弹并非从机器人手中的道具枪所发射。大家根据尸检结果和现场记录，充分还原了事情的真相：刺杀者在距离广场中心水平距离4.78千米处的中国之塔顶层架起新式狙击枪，在极限射击距离4.8千米外射出一发罪恶的新式电磁驱动子弹，最终射穿受害者的头颅。调查人员发现了枪架的痕迹和软中华的烟灰，但并没有更多的线索。

另一支调查组调查了持枪机器人所在的大楼，发现事发当天有神秘人物把机器人伪装成吉祥物带入大楼，并在安装好后撤离。他所做的一切都是在摄像头下进行的。但那天情况特殊，大部分安保人员都在楼下维持秩序，留在监控室里面的两名保安因为太困而打了瞌睡。中国之塔的安保情况也很类似，大部分保安都被抽调去了其他地方，但自动录像缺失了一大段。

一部分挺智能的专家立刻出来表示，如果所有的安保系统都换成智能系统，减少人的使用，那么这场刺杀早就会被发现。当然这些专家很快被反智能网民扣以“砖家”、“走狗”、“反动学术权威”的名号，新一轮的骂战在网上兴起。

我的同组同事们各自立场不同，但都心急如焚。我倒是觉得很好笑，因为他们要找的人就在眼前。

八

京郊公墓　风速约2米/秒　距离约50米　修正角度约6分

大约50米远处，停放着吴先生的冰棺。入殓师尽了最大的努力，但吴先生还是只能露出半张脸，另一半被白布遮盖。

收到邀请帖的大多都是吴先生的旧友，不少人都已因为反智能的事情和他反目。

这其中也包括了我。我曾经成功地进入了他的团队，但在数月之后愤然退出。他曾经是多么明智的一个人，为了查清真相可以去靶场试射，但为什么会不经思考就发出一条道听途说、耸人听闻的博客？那篇博客被科学界广为批判，被誉为和“用重水浇灌黄金大米”一样的反智主义趣闻。我可以容忍偶像持有一种错误的观点，却不能容忍他对待科学的草率态度。

人死灯灭，一切过往都如风云消散。我身着黑西装，戴着白花。和到场的每个人一样，我对他充满敬意。他是一个不折不扣的领袖，是一个强大的斗士，也是一个伟大的人。但任何人都会犯错误。

为葬礼题词的是反智能运动的头号新进人物——焦正名。他时而低吟，时而激昂，时而温情回忆，时而义愤填膺。说到一半，焦正名几乎泣不成声。到场嘉宾触景生情，回忆起和吴先生的点点滴滴，纷纷流下了眼泪。

我惭愧地低下头，泪珠在眼眶里面打转。双手映射在模糊的视线中，仿佛沾满了鲜血。一切都是我做的。我杀死了最值得尊敬的人，我的老师和朋友。

“魂兮！尚飨！”焦正名说完最后一句，趴伏在台前，哭得稀里哗啦。我第一次听到一个大男人如此哀嚎。

那一瞬间，我意识到自己可能错了，暗杀不仅没让反智能运动平息，反而让更多台后的人站到了台前。

但首先，我犯下了不可饶恕的罪过。我仿佛回到了射失的那一次，手指肌肉开始不规则的痉挛……我是一个杀人犯。

人群开始移动，大家排队上香，然后和逝者的妻子李萍女士简短交谈。李萍一直在社科院工作，是一个外柔内刚的女性。悲伤并没有写在她的脸上，但谁都能感觉得到那种心死的寂寥感。

我走上前，全身发抖，看上去就像难抑悲伤之情似的。我上完香，深深地鞠躬。眼泪从脸颊滑落。

我很想大声说：“对不起。”我的手依旧在发抖。我不知道该如何开口去安慰这位老年丧偶的女士。杀人犯安慰受害人家属这一点就很奇怪，惺惺作态。

我膝盖一软，跪了下去，额头触地：“我……我太感谢他！”我哽咽了。

李萍女士记得我：“李先生，请节哀。他走得太突然，谁都没心理准备……”

我站起来，但抬不起头，我是今天第一个让主人安慰的吊唁客。太讽刺了，我还是酿成悲剧的凶手。

她抹了抹眼泪：“李先生，老吴走得快，他有些您的东西还没有来得及交还，我就代替他转交。请您务必在仪式结束后留下。”

我没有拒绝的理由。我擦拭眼泪，尽量不让自己有和她对视的机会：“有劳您了。吴先生是我今生最尊敬的人。”我再次鞠了一躬。

九

这并非我第一次来访。

李萍是一个有修养的人，对待任何客人都保持足够的礼节。多年之前，我第一次以客人的身份拜访，她并没有因为我的特殊身份而产生歧视。她记下了我的喜好，甚至连装饰摆放都考虑得很清晰，每次都给我无微不至的招待。

我觉得这样的女人才配得上吴克元先生。

李萍打开大门：“不好意思，让您久等了。”

我点了点头，走进大门，换上拖鞋：“没事。对不起，我必须得录音。您家现在处于一个很敏感的位置，调查组原则上不允许有人和您私下交流。”

李萍是个通情达理的女人，她眼神明亮：“没关系，我也想早日知道真相。请跟我来。”

我跟在后面，穿越客厅，来到书房。李萍在书柜中潜心翻找了一会儿，终于拿出两本书。

那两本书就被放在我面前，但都不是我的东西。其中一本是相册，全部都是吴先生调查我失手事件时的照片，而另一本是装帧精美的笔记本。她特意把相册翻开到某一页，里面夹着一张ID卡。我认得那张卡片，那是团队核心办公处的门禁卡。

我刚想说话，李萍目光闪烁，伸手做了一个噤声的手势。她拿出一款已经停产很多年的老式苹果手机，屏幕上有些字在闪动。

她说："老吴和您也有快六年的交情，反智能运动的时候您也参加过他的团队，很谢谢您一直以来对他的帮助。"

屏幕上的字却是另外一段话：这些东西我只放心给你，老吴跟我说过，你是一个富有荣誉感而正直的人。这些东西应该交给合适的人，在最合适的时机公布。

我理解了她的意思，她是如此聪明谨慎的人。有些事情她只希望我知道。我边回答边看着手机屏幕："很感谢你们的照顾，你们真的很信任我。为什么呢?"

李萍嗯了一声："让我想想。"

她的手飞快地在触屏上滑动：你看了笔记就会知道。事情的真相比你想象的更复杂。

她又开口了："因为老吴说，他和您的感觉就像忘年交，怎么说，就像看到了年轻时候的自己。年轻人都会犯错误，老吴那时候就是想拉您一把。"

我尽力平静："哪里像？他比我伟大太多了。"

屏幕上出现了下一段话：智能必然普及，就像当年的转基因作物一样，但人们害怕去接受改变。反智能的人各有目的，就像老吴一样。他的团队成员各怀鬼胎，我没办法信任他们。调查组里更是鱼龙混杂，与其说调查结果是真相，不如说更像政治妥协。

李萍继续说："都像。他是公众人物，总有很多的责任要背负。您是一名狙击手，每次出场都在很危急的情况下，按下扳机就能决定别人的生死。从某种角度上，你们都是顶天立地的男子汉。”

对，我确实决定了别人的生死。我害怕她继续夸我，于是只是短暂地嗯了一下。

李萍的手指在触屏上舞蹈：调查组里面有四个人是我提名的，其中一个人就是你，还有一个是高级侦探，另外两个是吸引注意的诱饵。你是枪械专家，请你帮帮我！真的，我不指望报仇，但必须知道真相。这就是我唯一的请求。

我很郑重地点了头。李萍的肩膀舒展开，她在得到正面答复之后轻松了不少。

她的目光停顿在吴克元与我的合影上，眼泪开始积聚。她别过头去，下了逐客令：“带上它吧，对您挺有纪念价值。我家老吴走得急，也不等等我。我期待调查的结果。我有点累了，抱歉。”

我行礼告别，久久无言。李萍女士，您的愿望我会帮您实现的。起码，我知道谁是直接的凶手。

十

那本日记只记载了和反智能运动相关的事情。纸面上的字仿佛活了过来，场景仿佛在我的脑海中浮现。

两年之前，吴克元先生受锐驰创投的创始人邀请，前往锐驰高科的研发区参观。研发区坐落于北京北六环。

技术负责人接连展示了多种人工智能设备，其优越的特性仿佛梦幻一般。无人塔吊能够自动完成起吊工作，智能服务员能够全自动地完成点单、配菜、送菜甚至依据客人脸色进行服务。不过最让人震惊的是智能交易员，给它一个10万元的配资期货账户，它能和人类同台竞技，在短短的三小时内赚到1万元。

吴克元大为震惊：“真是令人惊喜！它和以前的智能有什么区别？”

负责人很有自信：“区别就是，运算量更大、感应装置更多、功能集成更密集。其实以前的技术也能做到，但机器人是终端，背后需要计算机支持。这些产品不一样，它们应用了成熟的光脑技术，自己就能够即时运算和思考。”

吴克元依旧抱有怀疑：“能够思考？那对人类会有威胁吗？”

负责人笑了：“没有威胁。真正能够拥有独立意识的强人工智能还在纸上呢。它的思考建立在大量的运算之上，计算事件概率、事件收益、事件影响，进行多方面的综合评估，最终得到一串数字，判断做什么事情会得到最多的好处，然后它就会执行。它的分析自主完成，数据来源于传感器和大数据库。怎么说呢？吴先生，它只能是某一个方面的专家，而且依赖历史数据。成本方面，比10年前低得太多了。由于材料技术的发展，成本下降了百分九十。”

吴克元深表同意：“但就算这样，它的应用也要费很大力气。百姓来不及接受变化。从最早的工业革命，机器生产代替手工，到后来的转基因作物普及，不接受变化的人很多。何况，你们的智能设备涉及的利益太广大了，很多人会因此丢掉饭碗。”

负责人无奈地叹了口气：“是啊，所以事情才那样麻烦。美国在一年前就已经立法，承认使用类似的人工智能是合法的。两年前，英国和法国组成技术联盟，开始推进人工智能普及计划。德国和日本我就不说了，他们现在的普及程度就已经不错了。还有以色列、澳大利亚甚至印度，相关的计划不断地被推上日程。但我们国家，除了那些社论，一直不温不火，甚至不断有诋毁人工智能的假信息在民间流传。”

“那真是太遗憾了。”

负责人继续说：“我从来不担心我的劳作被白费。这些年来，工资也够我花。但国家间的竞争，一步都不能慢啊。”

对啊，国家间的竞争，一步都不能慢。吴克元回想起以前因为落后于世界，中华民族遭受的屈辱历史，以及其后一百多年的奋起直追的追赶史……历史是惊人的类似，一场新的革命正在酝酿，而中国的起步再次落后了。

回到家中，吴克元久久不能平静，他把事情告诉了在社科院工作的妻子。

李萍听罢也很是忧虑："不好办。人工智能触及太多人的利益，肯定会被用冠冕堂皇的理由反驳，比如人工智能毁灭人类后代之类的。就像当年的反转基因，不少百姓都认为吃转基因食品会断子绝孙。"

他闻言愣了几秒钟，突然醒悟过来："你刚才说转基因?"

李萍很疑惑："对啊！那时候崔永元反转基因，方舟子和科学家们支持转基因，双方交锋了无数次，最后大部分人都接受了转基因。"

他兴奋地拍了拍脑袋："你说我怎么没想到呢！有些事情正着做不见得有反着做效果好！你还记得我们以前的讨论吗？我说崔永元更像一个'面壁者'，他用自己的影响力挑起了转基因大辩论，提高了关注度。真理只会越辩越明！他是一名'反智'英雄！同样的事情，我也能做！我已经快六十了，不能给国家带来更多的好处了。"

我把头深深地埋进笔记本，上面的信息太让人震惊了。原来我一直都错了。最后一丝侥幸被打破，我真的杀错人了，刺杀完完全全成了一个笑话。我做了一件卑劣的事情，并不是英雄。

我花了一天一夜躲在家里翻阅日记，到后来只记得最后一段话：从决定接手这件事情起，我就为这一天作好了准备。当所有的道理都被说明白，还是会有人冥顽不化。到那时候，我这个领袖会成为他们最后的救命稻草。没错，那就是我谢幕的时候，而且恐怕不会有人理解我的苦心：把运动限制在理性的范围内，让更多的人去思考。他们会认为我是个叛徒吧？但是，这一天终于要来了，知道我决心的只有两个人，感谢他们的陪伴。我会亲口承认整个反智能运动的失败，告诉他们：我们已经输了。大部分人会很愤怒，但他们会学会接受现实的。祝我好运。

我发出歇斯底里的狂笑，把被子扯碎，露出棉花。我如同一只野兽，把一切能砸掉的东西都砸碎了。妻子朝我怒吼，而我有史以来第一次吼了回去。她一生气，收拾衣服就出门了。在走之前，妻子对我说："你从来不关心我的事情，你究竟爱谁？"

对的，这就是我，如同丧家之犬。我对着自己的家，又是一顿发泄。

但为何这么简单的骗局我都没有发现？我深深地责问自己。一个念头从我内心深处浮现："因为你爱他啊！"我痛苦地捂住了脸。

十一

因为我爱他啊。人们经常会忽略，爱其实和恨一样，也可能成为极端的感情。它一样能摧毁人的判断力。

一夜难眠，朦胧中我突然意识到一个问题：吴克元先生说有两个人知道他的实际意图，究竟是哪两个人呢？

当然，吴克元先生的妻子李萍肯定是知道他的打算的，这意味着还有一个人。吴先生是一个严谨的人，他使用"他们"这个词语，说明那两个人里面至少有一个是男性。

我回忆起在他团队中的经历，吴克元先生最信任的人就是总参谋焦正名。哦！对了，就应该是焦正名，要不然就不会是他在葬礼上致辞。

可是，李萍为什么没有把日记给焦正名，而是给了看似没有多大关系的我呢？

有无数的推测可以解释这个问题，但却只有一条浮现在我的脑海中：她根本不相信焦正名！还有这场刺杀，真的很奇怪！明明挺智能派已经胜券在握，为什么要冒险刺杀反智能派的领袖？这根本没有必要。

我回忆起最后的紧急通讯，J说："他必须要死，你准备好了吗？"他是那么的急迫，急着置吴克元于死地，而且他除了我之外没有更好的选择。我和网络上某些阴谋论者得出了几乎相同的结论，其实谋划刺杀吴克元先生的并非挺智能派的人，而是吴克元自己或者反智能派的重要人物。

J？焦？

我一个激灵，焦正名似乎正好符合很多方面的条件。他能够提前知道吴克元的打算，能知道活动的细节，能从吴克元先生的死中直接获利。

能够成为吴克元先生相信的人，肯定不是一般的人物。我虽然不才，但在狙击方面也是国内数一数二的高手，即使这样，能和吴先生有私交也属荣幸。他究竟是什么背景，拥有多大的能量，怀抱怎样的目的？

一切就像笼罩在浓重深厚的疑云中。我可以去坦承罪行，但必须先亲手找出真相。

究竟是谁要杀反智英雄？

十二

我请假在家休息，那本笔记成了我的圣经。我整天翻阅笔记，寻找一丝一缕的线索。睡梦之中，好多事情仿佛连在了一起。

焦正名把我的简历从千百人之中选出，送到吴克元面前："这个人很适合进核心团队。"

吴克元浏览了一遍："哦，我认识。"他旋即面露难色。

老焦说道："就是因为认识才好，人品放心，我们需要一些坚定的人。"

吴克元把老花镜拿了下来，沉默良久。他最近承受了太大的压力。他用力揉了揉眼睛："但他太年轻了，充满荣誉感，我怕毁了他。算了……让他试试。"

然后，我加入了吴克元的团队。但某一天，他的博客文章里突然错误百出，甚至把通过图灵测试和拥有自我意识混为一谈。

生气的我和他狠狠吵了一架。觉得他变得不可理喻的我愤而离开。而焦正名却做了另外一件事情。他以吴克元先生的名义给各大媒体发了声明，声明被广泛转载，一定程度上降低了名誉损失。

但吴克元在日记中并不领情："太不可理喻，老焦怎么能瞒着我？澄清的声明根本没有必要发，别人爱怎么骂我就怎么骂。多亏了这些骂战，我一度差点以为自己真的是个坚定反智能的人了。很多问题辩论到一半，就成了意气之争。我想到了一部叫做《无间道》的老电影，现在是否有很多人和我一样，分不清自己是兵还是贼呢?”

在决定亲口承认反智能运动失败之后，他特意和焦正名交流了一番。他记载道：“每次到老焦的书房，最先听到的都是钟摆声。老焦爱好收藏摆钟，每天都会为摆钟校时。我想起来小学时他就天天给教室后面的钟校时，真是一个一丝不苟的家伙。我把话都说开了，他也准备支持我的决定。有些事情，让我亲自去画上句号吧。谢谢你，老焦。”

然后，钟摆声一直在我的梦境中回荡，仿佛魔咒一般。

我回想起和J通讯记录里的钟摆声，而这个巧合并不好笑。焦正名，我想J应该就是你。你究竟为了什么?

十三

我把日记拍下来，洗成照片，然后打包成包裹。为了掩饰，我又写了一些信给我值得信赖的朋友。我把日记复印了几十份，将重要内容夹在一些包裹里面。即使我遭遇意外，我的朋友也能把它们公之于众。

最后，我找到焦先生家的地址，以送给J的名义寄了一个包裹。

过了几天，我收到了一封回信，第一页信纸画了一根权杖和一个银币，然后打了一个问号，第二页上则画了一个绞刑架。我想这是一种象征——是和他妥协得到钱和权力，还是选择被曝光杀手身份，接受审判。我的血液开始沸腾。对于我，没有其他选择。我必须接受审判，毫无妥协的可能。

但J是不会放过我的。他能轻易弄到新式狙击枪，能使用训练场地，还能弄到外国的智能载具。而且，我以前曾经参加过反智能运动，如果我死了，更可以说明挺智能派的残酷。J希望反智能派的活动能够继续下去。

时隔多日，我回到了俱乐部。这次我不再教导别人，而是拿起手枪练习，努力克服恶心感，强行让手不颤抖。杀死吴克元之后，我对枪械的厌恶已经深入骨髓。我不想，真的不想再碰它们。

连续射击了七八轮，我忍不住恶心，去厕所呕吐。

这时候，我接到了通讯请求。我知道肯定是J。

“本来我们已经没有瓜葛了。”J如此说着。我再次听到了钟摆声。

我环视四周，确信并没有人监视，然后说：“J，或者说焦正名?”

J坚决地否认了：“不，焦正名是反智能派的领袖。如你所知，除掉吴克元对反智能运动产生了很大的打击。”

我仿佛听到了天大的笑话：“不好意思。即便你再如何否认，都改变不了事实。你不敢承认，是因为害怕我录音吧?”

J沉默了几秒钟：“我只想问，你是否考虑好了。银币、权杖还有绞刑架，请你选择一个。你需要慎重考虑一下，我可以给你三分钟……”

“不用了，我必须纠正你的错误。J，我觉得你并不在意反智能还是挺智能，你只是想浑水摸鱼，趁机得到你想要的东西吧？你的背后有国内外的势力吧？如果我想得没错，现在就有一把枪正在瞄准我的胸膛吧?”我早就有一种被盯上的毛骨悚然的感觉。

J就说了一句话：“祝你好运。”

果然，枪声响了。大口径的冲锋枪子弹倾泻在墙壁上，只要被打中一发就会失去战斗能力。我一个翻滚滚出去，沿着墙角往外面逃。所有的监控设备全部都耷拉着脑袋，它们都以某种方式被控制了，没人能从监视屏上注意到这里的异常。

我一直在转弯，如果是履带驱动的自动智能机械，它的转向并不是很灵活。

智能本身并不足为患，最终危害人类的还是人类本身。我身上只有一把手枪，半盒弹药。托J的福，我可以成功地把手枪带出俱乐部而不触发警报，前提是不被追击者杀死。

我从转角的镜片中看到了追击者。它长得很像一个遥控玩具，只不过架着一把很正宗的大口径冲锋枪。它的表面采用了近似坦克的设计，斜面的软甲能够弹开大部分直射子弹。而传感器被复合材料保护着，我并没有机会击中它的“眼睛”。

只能逃了！我咬紧牙关，撞向防护玻璃，开始人生中最艰险的逃亡。

十四

多日之后，北京的天空依然晴朗。

焦正名先生参加政协会议，他提出了好几条提案，参与了讨论。在反智能的问题上，工商业的翘楚们纷纷发表看法，一时间双方气势不相上下。大会结果倾向于在部分领域开放智能技术的应用，而且为了预防恶性竞争的出现，建议开展智能技术活动的公司仅限于几家控制力雄厚的大型公司，而且制定了一系列限制措施。

他收到了多家民主党派的拉拢邀请。但他没有答应任何一家，而是把邀请函全都扔进了垃圾桶。现在他名满天下，并不需要加入任何一个党派来提高他的声望。

他先回到反智能对策大本营，那里晚上将举办一场欢庆会，欢庆反智能运动的重大胜利。

他刷卡进入核心办公区，然后回到办公室。那里原本属于吴克元先生，不过他已经以一个领袖的身份死去。

焦先生急着把好消息通报给他在国内外的朋友们。那些朋友经营的大公司可能凭借中国政府的政策获得巨大的利益。而他也将平步青云，成为政商两界炙手可热的人物。

一切如此的轻松。

“滴!”门被打开，摆钟的声音一切如常。他熟练地把外套挂在衣架上，然后坐到电脑桌前。

“等效风速0，距离0.5米，估计修正角度0。”我的声音在他耳后响起。我把手枪顶到他的后背上：“真不好意思，我们又见面了。”

“不要开枪，你想要什么？”他毫不犹豫地举起了双手，就像在美国遇到警察时一般。

“我想知道真相。”我的枪顶在了他的后脑勺上，另外一只手确认他身上并没有枪支。

他摇了摇头：“真相？哈哈哈，吴克元先生是真的英雄，而我不是。他想像崔永元一样，以反智能的方式科普智能。笑话！只有他会那么想，没有利益谁搞人民运动。你杀了我，我也有英雄之名。你不是很希望当英雄么？”

我叹了口气：“我哪还敢觍着脸去奢求名利！J，我答应李萍找出真相。你也想不到我会有门禁卡吧？反智能的中心，怎么可能应用智能安保呢？你太大意了。”

J哈哈大笑：“竖子坏我大事矣！你可以杀死我，但全盘皆输。笔记本原件和复印件都被我销毁了。你不过是个肮脏的杀手！”

我按下了扳机，子弹穿透了他的后脑勺，终结了他罪恶的生命。我的手并没有颤抖，因为一切都结束了。我现在需要做的就是去自首，接受审判。

十五

“李浅渡先生，有位您的朋友请求探视。”狱警对我还是比较客气的。一成不变的审讯生活有了变数。这是第一个来探望我的人，就连我的妻子都还没出现。

我默默地让他为我戴上镣铐，然后走出堪称豪华的牢房。从牢房到达探视间需要经过一个花园。外面的阳光很亮，这不是我这种阴暗的刺客可以承受的。我用手捂住了眼睛，但双眼依旧疼得流出了眼泪。

我看到了她，她穿着一身素白色的衣服，对我招了招手，依稀看得出年轻时的韵味。而我害怕看到她，她此刻比外面的太阳还厉害。当自首之后，我已经没有了那层遮羞布。她知道我是凶手。

“浅渡，谢谢你。”

我骇然：“为什么？我明明杀死了他!”

李萍女士伸手放在玻璃上，仿佛在抚摸我的头：“对，我可以憎恨你，但憎恨改变不了什么。你是一个高尚的人，选择接受法律的惩罚，你的后半辈子会伴随着懊悔，在牢狱中度过。但，你毕竟为国家做了一件好事情。”

“对不起，笔记本我没有保护好，它已经被销毁了。吴先生是一名反智英雄，可我没有办法去证明他的崇高用心。我想，您给我那本笔记，实际上是希望我保护好它，让世人知道的。对不起，真的对不起。”眼泪夺眶而出，浸湿囚服的袖口。

她安静地等我平静下来，盯着我的眼睛。那一刻，我似乎从她的眼睛里捕捉到一丝狡黠。她从包里拿出来一本笔记本，放在我面前。

我隔着玻璃，喘着粗气，奋力地擦拭玻璃，试图看清那本笔记本。那本笔记本和我的“圣经”一模一样。

李萍慢慢地翻了几页，里面是我最熟悉的字迹，答案不言而喻：“其实，老吴亲笔写的笔记本有两本。他一直是个谨慎的人，从来都会有两手准备。我给你笔记本，是为了引开别人的注意力。不用太愧疚，你已经为他报了仇。”

我目瞪口呆，一句话都说不出来。心中的愧疚感仿佛一下子被冲淡了很多，但被利用的愤怒感却丝毫没有。

她临走前告诉我：“老吴知道的，从黑暗森林走出时，他就准备好迎接死亡了。现在我要去让更多人知道他的良苦用心，接下来是我的战争，再见!”她收起了笔记本，缓缓地离开了探视间。

尾声

“今天，北京市委书记周强国等一行人前往祭拜了吴克元先生的坟墓，对吴先生的业绩进行了表彰。他无愧于媒体人的良心，为了我国的科普事业奉献出了生命。周强国书记说道，一个吴克元倒下了，千千万万的吴克元会站起来。民间代表、智能产业企业家协会会长罗思强，为吴先生献上了写有‘反智英雄’的锦旗。”新任女主播在新闻联播里面播报道。

此刻，智能技术开始全面应用于中国社会，主播旁边就有一个智能机器人，不断地把主播的话语实时翻译成手语和少数民族语言字幕。

主播继续播报：“另外关于退役特种狙击手李浅渡先生涉嫌杀害吴克元和焦正名一案尚在调查中，重案组集体仍对媒体保持沉默。公安部特别发言人孙刘尔斯对媒体表示，尚有少数疑点仍在彻查，将在查清后召开新闻发布会，公布相关事项。”

我觉得被监禁审问的生活也不是那么难过。他们允许我看电视，给我每天20分钟的散步时间。最重要的是，我很平静。我是一个罪孽深重的人，会得到法律的惩罚，但得到了受害者家人的原谅。

更让我开心的是，焦正名身败名裂，而吴克元近乎成了全民崇拜的偶像。仔细回想整个事件，我不由得感慨吴克元夫妇的厉害。其实我和焦先生都被他们算到了。

李萍把幸存的那本笔记公之于众，打了一场繁复的公关战役。诸多的细节随后被某著名侦探披露。焦正名的本性暴露无遗，引起骂声一片。而吴克元如同生前所愿，被称赞为反智英雄。

野蛮和暴力并不能推动历史前进，最终胜利依旧属于理性。我听说我的故事被复旦大学历史系某教授写入《21世纪刺客列传》，以一个争议英雄的身份定评。我那潜藏多年的梦想得到了满足。夫复何求？夫复何求！

行星采集

薄暮

一

偌大的处理室里，宋云正屏息凝神，仔细盯着操作台中央的虚拟影像。那是一个悬浮着的淡绿色球体，此刻正缓缓地自转着，将另一面有些许黑斑的地表徐徐露出。在观察了球体一会儿，又仔细检查了工作台的各项数据之后，宋云习惯性地推了推掉到鼻尖上的眼镜，松了口气。此刻，她终于可以确定，眼前的虚拟影像就是那个遥远星球的完美投影。

恰好，气动门在这个时候"嘶"的一声开启。宋云的上司，郑浩，那个从不像别的军官一样戴上一大堆叮当作响的军衔腕环，还因此几次被新兵认为是厨师的上将走了进来。在行了一个标准的蓝星军礼之后，宋云掩饰着紧张开口：

"报告长官，针对编号为X-G的绿色行星的立体投影已经完成。借助存在的虫洞，现在我们可以在工作台上以2小时的延迟来观看这颗行星的任意地点的情况。请指示!"

"你观察这颗行星已经有一段时间了吧，针对议会的可采集决议，你有什么需要报告的么?"虽然老了，郑浩眼睛中的光芒却依然锐利。似乎这个老兵已经将自己磨砺成了一把可以随时出鞘的利剑。

“报告，根据我的观察，议会出具的报告和决议没有任何问题。”或许是被那穿透性的目光所威慑，宋云根本无法说出自己才刚刚调试好工作台，还没来得及观察的事实，而是不由自主地说了谎。不过，议会决定的事，是不会有错的。

“既然这样，那就执行吧。”郑浩随意的语气好像在说今天早上的早餐有点咸。但就随着他的首肯，X-G，这颗直径约5000千米的星球以及上面的数十亿生物，也就被彻底宣判了死刑。

毁灭是由核心开始的。随着之前钻入的发生器启动，X-G以液态铁镍为主要成分的核心开始消失，星球内部的压力也随之骤减。但就在片刻之后，那些本应消失于虚无的，近6000摄氏度高温的液态铁镍自行星的低空中出现，倾泻而下。就像传说中的末日审判一样，无数的火雨流星以极高的速度坠落地表，给星球表面带来热量与重量的双重折磨。

X-G是一颗表面植被十分发达，氧气含量也较高的星球。正因此，在氧气燃烧物具备的情况下，大火在瞬息之间就已经蔓延到了整个星球，其翡翠色的外表也变成了灰黑与猩红的混杂。而随着郑浩的动作，虚拟影像的镜头被拉近到了低空，那里更是一片地狱图景。目力所及之处，无数高大的植物燃烧着，散发出足以令人窒息的热量。许许多多身高不足一米的生物在其中徒劳地逃散着。这些黄皮肤大眼睛的土著居民从平时栖息的树洞中窜出，却在几步之后因为震动、浓烟，抑或是与同伴的碰撞而掉落到地面的炼狱。但比起有的族人，它们还是幸运的。就在立体影像的右上角，一只怀抱着幼体的雌性土著在丛林中穿梭着。就在她们即将进入低洼处换取片刻的喘息之时，一团从空中落下的铁液正好将雌兽包裹。随着铁液的迅速冷却，刚才还活生生没来得及发出惨叫的雌兽，就变成了一尊纤毫毕现的铁制塑像。而被雌兽扔开的幼体却还不明白发生了什么，朝着雌兽爬去。即使被铁液的余温烫得起了泡，它也未松开抓住母亲的手。

“好的。这次任务完成得不错。”郑浩将视角重新拉回太空远景，看着整个星球由生机勃勃的绿色转换为死寂的灰白，再彻底变为钢铁坟墓。

“谢谢长官。议会万岁！”

“议会万岁。”

这是蓝星标准结语。

“小云，最近还好吧。这是你负责核对处理的第几颗来着？心理上没什么负担吧？”之前的威严一扫而空，任务结束后的郑浩入了鞘，散发出一种邻家大叔的亲切感。

“是第三颗了。我觉得……还好。”宋云也不像之前那样拘谨，声音变得脆生生的。

“第三颗么？我记得之前你处理的星球都只有原生生物和植物吧，一般第一次处理有动物的星球心里都会不舒服一阵子的。要是有什么，跟我说，我会放你一个长假让你好好休息的。”

“我还好，只是，看到跟自己有点相似的生命就那么被灭绝，确实会觉得……”宋云回答得有点迟疑。

“没关系，这是正常的。不过，一定要记得我们为什么要这么做。”看到宋云点了点头，郑浩继续说道：“将一个星球上的所有生命终结，是一件极其残忍的事。可是，我们有着不得不这么做的理由。因为，自进入太空时代后，这颗支持着我们发展了很久的母星就已经耗尽了自己的资源。我们已经不可能从这颗千疮百孔的行星上获得需求越来越大的航天材料了。于是，议会决定直接开始行星规模的开采，将拥有合适地质环境资源的星球直接加工成材料。这颗行星，也会在不久的将来变成蓝星的星舰和生存空间站。从这点来说，我们手上可是把握着整个种族的命运。”

还没说完，郑浩剧烈地咳嗽起来，大概是因为这个老兵身体内的热血又一次翻涌起来了的缘故。

“我明白的，可是，那些星球上的生命不是很可怜么？”宋云一边帮助郑浩顺着气一边说。

“的确，那些生物是无辜的，可是，我们也不是所有符合条件的行星都会拿来当做材料的。这其中的规定，你很清楚的。毕竟，负责最后一次审核的是你。”

“是的，仁慈的议会决定，该星球只有二级文明智慧以下的生物，或者该星球的主要智慧生物显出了包括非生存需要的杀伤等‘种族劣根性’时，那颗星球才会被选中成为材料。”

“是的很遗憾，这颗星球只有一级智慧，举个不恰当的例子，就像是细菌一样。你会对家畜，细菌等低等生物的死亡感到痛心么？当然，他们是无辜的，我也不喜欢无谓的杀戮。只是，为了蓝星和整个种群的未来，不得不如此。”说到这，他沉寂了一会儿，似乎在回忆什么虚无缥缈的往事。但宋云知道，他只是想起了自己的妻女，他为了蓝星亲自下令消除的存在。

“好了，我去休息一下，你也歇歇吧，唉，老了，真是不中用了……”

脑子里回想着郑浩弓着身体逐渐走远的背影，宋云想起了他从学校到军队，长时间以来照顾自己的点点滴滴。虽然在这个时代，所有的新生命都产自培育中心的人造子宫，但是，宋云曾在古无的资料上看过，似乎有种叫做父亲的称谓，最适合用来形容他的付出。

就在宋云沉浸在回想之中的时候，工作台响起了有间隔的滴滴声，那是活动探测器发现移动物体的提示，放大提示位置，她发现那正是刚才那尊铁质雌兽的所在处。此时，那只幼兽已经没有了生命体征，而引起探测器响动的则是一张从幼兽包囊里落下的叶片。在叶片的背面，歪歪扭扭地画着四个奇怪的象形字母。

“翻译机，试着破译一下那些字母的含义。”

“滴滴，已完成。”

片刻之间，解读完成，但答案却让宋云愣住了，她大口地深呼吸，心跳也逐渐加速。

“我爱妈妈”这四个单字被投影在工作台上，而宋云再也无法支撑住，软软地跌坐在了地板上。

能用文字表达亲属关系，正是二级文明的认证标准之一。

二

控制室内，一块银白色，纺锤形的金属正在地上旋转。随着宋云的意识信号不断增强，这块金属的旋转速度也在缓缓增加着。突然，旋转中的金属块像撞到了什么似的一下翻倒，滚到了一边。这次失败让宋云的心情又低沉了几分。据说，这个玩具的雏形早在蓝星还叫别的名字的时候就已经存在了，只是那时，大家是用一种绑有细长绳子的棍子而不是思维波来为它加速的。

“果然是精神不够集中啊，如果把事情说出来会好些吧？可是，我好害怕，还是算了吧……”

宋云摘下戴在头上与玩具配套的脑波控制器，想要捡起金属块，却因为笨手笨脚而绊倒了自己，使得她也像刚才的金属块似的滚出去老远，撞到了气动门才停了下来。

“啊……好疼，我怎么还是这么冒冒失失的……”

“小云，你这是在做什么啊？”

气动门恰巧在此时开启。门口的郑浩惊讶地瞪大了眼睛，而地上像个小孩子般摔倒的宋云更是红了脸。

“没，没什么，请问长官有什么事么？”宋云赶忙站起来，整理了一下仪容。

“我是来告诉你一个消息的。”郑浩的语气比平时穿上正装时还要严肃，他装作完全没看到刚才宋云窘态的样子，“还记得之前处理的X-G么？”

“我记得！实在是……”想要抢先认错，至少落个“态度良好”的宋云刚一开口就被打断了。

“那件事做得很漂亮！就在处理之后不久，第八生态空间站的外壳就因为未监测到的小行星撞击而出现了大规模破损，修补件也掉落到了外部空间。如果不是附近X-G的金属资源刚好在那之前处理完毕，加工后立刻就能用来修补，那座空间站和里面的民众就会在等待备用品的时间中死伤七成以上！这次议会决定给予你一枚军功腕环，你一直梦寐以求的胜地休假也会在不久之后批准的。不过，如果小雪和多多当年在空间站也有这么好的运气……”

郑浩说着说着，语气低了下来。宋云记得，小雪和多多就是他死去妻女的名字。

“是么，这，我，我不知道……”宋云听了郑浩的话，一时大脑宕机，不知该说什么好，吐出的都是意义不明的言语碎片。因为自己疏忽而毁灭了一个无辜的行星，自己的几千万同胞反倒得到了拯救？这样的话，整件事到底是对还是错呢？这个问题足够她的大脑思考很久。

“好了，我这次来还有新的任务给你……小云？宋云操作员？”看到走神的宋云，郑浩熟练地在她头上敲了一个“栗子”。恰到好处的力度与几年前在学校时一模一样。

“啊！抱歉！”宋云这才从那个纠结的问题中暂时跳了出来。

“议会有一颗新的待开采行星需要你复审，打开探测工作台，边看边介绍。”

说着，一颗土黄色，雾蒙蒙的行星的立体投影出现在房间里。

“这颗行星位于克普鲁星区，暂命名为沙星。其内核也是以液态金属为主，因此具有一定的开采价值。另外，该行星具有大气层，有大量的硅类氧化物沙尘在该星表面肆虐……并且已经观测到该星主体生物。”

说着，立体投影由宇宙视角拉近到沙星上的一块大陆，几个与蓝星人不同的生物的投影出现在房间里。

“该种生物暂命名为沙兽，主要以接收和发出一定频率内的波来感知外部环境并进行交流，部分沙兽的主要功能中枢，以及体表有角质生长，且角质还会随着时间而无限增值。但另外一部分沙兽却似乎没有这个特征。而沙兽还有个有趣的功能：在它们得到多余的能量时，会将这部分能量用化学方法压缩，转化为实体物质，并储存在体内……”

良久，郑浩的介绍终于结束了。而宋云在他“议会万岁”的结束语消散良久之后，才说服自己从对或错的问题中脱离出来，专注于眼前的任务。

投影出的沙兽共四五只，除了一只较小的雌性幼体，剩下的都是成年沙兽，它们似乎正处在冲突之中。那只幼兽被一只成年雌兽牢牢护在身后，手里的容器盛着些并不干净、来自旁边深井的水。很快，以砸在雌兽头上的岩石块作为信号，一场根本算不上战斗的“骚乱”开始了。但还没等冲突升级，那只一直被护在怀里的幼兽却突然冲出，挡在了她的母亲前面，发出了代表着愤怒的波动。

片刻之后，包围的沙兽散去，水出乎意料地留在了母女俩手中。在恐吓和暴力威胁面前，幼兽的举动取得了不可思议的胜利。看着自己花了数个沙星时才从深邃井底打上来的水，幼兽陷入一种奇怪的呆滞。她看了看那些抢夺者，又看了看深井，掏出了带在身上以树叶制成的破烂笔记本，写写画画着什么。

抢夺生存资源是所有生命的必然选择，这宇宙公理一般的行为并不会被认为是什么“种族劣根性”。所以需要确定的就只有沙兽的文明等级。与划分技术等级时以该种族的机械、建筑技术为标准不同，文明等级似乎更偏向于种族的文学、哲学、道德这方面。

“AI，扫描那只幼兽持有的低级信息载体，确定该种族是否能用文字表达亲属关系。”宋云回复到了工作状态，冷静地发出指令。

“报告，经过破译，确认发现了类似功能的文字！”AI平静地回答。

“如果上一次的错误已经无法挽回的话，至少这一次是正确的吧。不，经由议会审议过的行星怎么会有错误？议会永远正确，上次大概是扫描仪的问题，一定是的！”一天后，确认结果无误的她这么想着，使劲攥了攥手中似乎还有余温的物件。她交上了“足以决定”沙星命运的报告。

三

“长官，这究竟是怎么回事？为什么沙星被判定为可采集行星？我明明注明了‘该星原住民已经达到二级文明状态，故不能作为采集对象’！”宋云费解地盯着郑浩，神情十分激动。

“小云，你别急，也许是中间出现了程序错误，我现在就再询问一下议会的意见。”郑浩安抚着宋云。可很快就传回来的那封写着“无误，立刻执行”的议会决议书又让宋云变成了炸了毛的猫咪。

“这到底是怎么回事？那颗星球明明不在可采集之列的！上面住着和我们一样有智慧，思维，家人的生物啊！如果这样还要开采，那，那简直就是种族屠杀！”

“小云，会不会是你的翻译采集器又出了问题？将别的什么字符乱认了？或者是……”

“这不可能！”郑浩被宋云打断。

“我亲眼看到了沙兽，不，沙星人们的表现，那只幼兽拥有的智慧、道德肯定早已超越了二级文明，为什么议会会这样决定？一定是哪里出了什么问题！这种事绝对不能再发生一次了，绝不！”宋玉自己也没有意识到，在她近乎失控的歇斯底里言语中，出现了一个近乎禁忌的意向。现在这个时候出现在她脑海里的，是那尊金属塑像和沙星母亲流血的伤口。

“宋云下士，我想提醒你注意一下，你刚才发出了对议会的怀疑。议会永远正确。所以，请注意你的发言。”郑浩冰冷且一字一顿的发言将她从混乱中惊醒，而他的眼神也由邻家大叔恢复到了上将本应有的锐利。

“既然这样，那我就申请——”宋云也换了郑重其事的语调。

“小云，别冲动，你先冷静一下……”意识到了宋云要做出什么样的决定，连指挥星舰迎击海盗时也未曾慌乱的郑浩也紧张起来。

“我确认，我要使用‘质疑权’，申请与议会进行辩论。”直到房间完全沉寂，宋云都没意识到，她说出了多么了不得的话。

四

宋云小心地踏出一步，但高跟鞋的响声还是在空旷的空间里回响。顶着几乎一夜没睡的疲劳出战的她恨不得立刻埋在自己小屋柔软的休息器里。

与宋云想象中不大一样，辩论室并不是个类似审讯室的狭小空间，相反的是个类似礼堂大厅的地方。因为只有自发亮的地板引导着她通过狭窄的通路，周边完全处在黑暗中，所以她根本不知道这个地方的实际面积究竟有多大。在周围无尽漆黑的包围下，她觉得自己就像是那个蓝星很久以前童话中的，误入大鱼肚腹的小木偶。此时，她之前的热血被消耗殆尽，充盈内心的，是对自己行为的怀疑和恐惧，还有一种……惊奇。

“好了，请站在那里。”

在走了她自己也不知道有多长的距离后，一个温柔的童声响起。脚下的发光地板已经到了尽头，虽然看不到，但她能感觉到前方有什么庞大的存在。

“现在进行必要的确认。你是宋云下士么？”依然是柔和的童声。

“是的。”我在干吗啊，她这样想着。

“你是自愿要使用‘质疑权’对议会对沙星的处理结果提出意见，并自愿承受所有后果和可能的处罚对么？”

“是的，我自愿。”现在还能回头吧？她的心狂跳。

“好的，按照规定，你还有一次改变意愿的机会，所以我必须提醒你，如果这次的质疑最后判定是议会系统正确，你就会因为扰乱秩序而被剥夺所有财产和地位，还会被遣送至遥远的行星独自进行数十年拓荒作业。同时，判定胜者的权利由议会系统拥有。在你之前的数百年里有3个人提出了质疑，无人胜利。现在他们在偏远行星上的尸骨大概已经能作为底层基础承载一个生态系统了。那么，你还要继续么?”议会系统的童声用天真无邪的音色诉说着可怖的事实。但奇怪的是，在听到了那些威胁后，宋云反倒不再犹豫了，心境由之前的混乱变得冷静。她没有回答，只是坚定地点了点头。

“好，那么辩论现在开始。”系统的音调说不清是叹息还是兴奋。

在她点头的同时，大厅里的照明开启，她发现面前是一面巨大的屏幕。按照规定担任主要见证人，表情复杂的郑浩和别的蓝星政要坐在周围的看台上将她包围起来。整个辩论室的布局很类似蓝星很久之前存在过的一种进行野蛮斗兽活动的地方。只是，这次处在赛场而不是看台的，似乎只有宋云一个。在场的任何一个人，甚至包括不久之前的宋云，都不相信有人能证明议会的错误。他们来看的，只是角斗士被猛兽撕碎的情景。

“按照报告，你是对议会针对沙星的文明等级判定有异议?”

屏幕亮起，一个面目与身形都模糊不清的孩童形象出现在屏幕上。这就是蓝星的最高裁判系统，名为“议会”的人工智能系统。在它诞生的数百年间，因为遵从它的分析预测和指导，蓝星的政治经济文化等实力产生了一个飞跃，也因此，“议会永远正确”也成了几代人的共识。但是，这部几乎全知全能的系统被制造者设置了两个限制。一是它永远只有需要审核的决策权，却没有执行权。也因为此，郑浩和宋云他们才有了存在的意义。二是它必须接受人对它提出的质疑，接受公开辩论质证。究竟“议会”的制造者是出于什么目的，设置了这两个会极大影响“议会”工作效率的限制已经不得而知。但是这些年间，这两点一直被忠实地执行着，只是用到的机会寥寥罢了。就像这空旷的辩论室，虽然已经数十年没有启用过，却依然像昨天才建成的一般。

“是的，根据我的观察和翻译器的计算，沙兽是拥有二级文明的，是应享有生存权的智慧生物，也就是说，沙星并不应该被开采。”

“那么，也就是说，你所谓的沙兽拥有二级智能的结论，是以翻译器破译该族语言的结论作为论据的?”

“是的。”

“呵呵呵呵……如果是翻译器的结果有问题呢？众所周知，翻译器是信息语言学发展的造物，虽然先贤们的理论不会有问题，但那种低级程序并不是百分百可靠的，出现误判也难免。根据最新的翻译结果，那不过是一种圆形蔬菜的意思。当然，如果你对此有异议的话，可以使用新编译过程序的翻译器重新翻译那几个字符试试看。”议会清脆的童声将宋云逼到绝地。对于拥有最高权限的议会来说。更改几个翻译的结果轻而易举。

“好的，我申请将沙星的实况投影到辩论室里，对那几个字符进行现场翻译。”宋云深呼吸一口，让自己的大脑清醒起来。

自然地，自认为胜券在握的议会慷慨地满足了她的要求，那只幼小沙兽的身影又出现在了立体投影台上，这时的它在荒野废墟上行走，不时东张西望，似乎在寻找食物。仅仅只隔了一天多，她的身上就又多了几道伤痕，身体也显得消瘦了许多。

“好了，那么请你启动翻译系统。”议会将视角拉近到幼兽的笔记本后截图，将那几枚有争议的文字显示在立体投影的右下角，静静等待执行流放宋云决议的时刻。

“那么，我开始了，请大家耐心等待。”事情的发展与宋云的预料相似，议会的确会从翻译系统入手，对于规则的制定者来说，没有什么是不能改变的——但某些事实除外。

“我的腕环里储存了几乎所有先贤们信息和语言学的研究成果——翻译系统正是依靠这些著作建立的。因为对翻译结果有异议，所以接下来我将不通过软件，而是使用原始手动的方法，依靠笔和老式计算器来翻译这两个字符，并且我可以保证，方法和结果绝对符合正规的学术流程。如果有异议，可以去大图书馆自行查阅这些典籍的纸质版，虽然，我估计有不少人已经忘了这种原始的信息载体。”

随着纸笔的摩擦声以及老式计算器的咔咔声在大厅里响起，宋云花费一个不眠之夜付出的努力有了预想中的结果。议会可以控制软件系统，但对实体物无能为力。只要自己用手动的方法来翻译，就会得出真相。虽然对于被灌输着议会的无上地位长大的她来说，心里还是抱有一丝对议会公正性的希望，但是，一想到议会连续两次的误判，和关于之前质疑者们失败后果的隐秘传闻，她就觉得多一层保险也没什么不好了。究竟是什么时候她从一个对议会唯唯诺诺的小女孩变为了这样大胆的质疑者？是看到沙星将面临的命运的时候么？她自己也不知道。

看着宋云写写画画的忙碌身影，郑浩的心中的感觉十分复杂，大概与每一个父亲看到自己的女儿能独当一面时的感受较为相似。但是还来不及感慨，郑浩耳机里就响起了噩梦般的滴滴声，一声一声催促着他的行动。

五

在辩论开始之前几个小时，议会曾单独召见他，并给予了郑浩一个他希望永远不用实行的使命。

“这次的召见，是为了即将到来的辩论。我想你也有心理准备了吧。”那时的议会系统，用的是年轻女人的声线。

“等待命令。”从嗓子眼里憋出来的声音。

“和上次辩论时一样，虽然不大可能，但是如果对方有获胜的机会话，就像上次一样处理掉她。议会的威严不容侵犯。”

“明白。”依然没有多余的字。

“那个叫宋云的小姑娘是你的部下吧，你们私交好像还不错？但是，希望你不要受此影响啊。”

“不会。”

“你一向是我最放心的。因为，我们的目的是一致的。你我都清楚，对方是将蓝星的命运及未来放在私人的名誉与利益之上的。如果议会系统被证明犯了错误，我的威严势必受到怀疑，这会在那些早已相信我永远正确的国民中形成动荡。我也会因制作者定下的规则而陷入休眠状态。要知道，周边的钛星和伍兹星云集团已经对蓝星觊觎已久了，他们需要的只是一个机会。而为了蓝星的未来，我们决不能给他们这个机会。如果对方发起攻势，我们难道要靠那些离开我就自己做不了决定的愚蠢官员去跟星际海盗出身的他们战斗么？和这点比起来，某个蓝星个体的生死，以及某个遥远行星上的生物，根本是不值一提的。生存是文明的第一需求。”

“我知道。”

“作为没有权利欲望和财富观念的AI，我被设定唯一在乎的，只是蓝星。我们的金属资源储备不多了，X-G和沙星是附近最容易开采的金属内核行星。那个小姑娘傻一点或者精明一点都不会有问题，可惜……处理掉她，我也很不情愿，但有些事，是我们不得不去做的。”

“你不必说这么多，这么多年，我都明白。我去准备了。”郑浩的表情没有一丝波动，他转身准备离开。在即将走出保密室的时候，议会的声音让他停下了脚步。

“你妻子的事我一直很抱歉，可是当时，没有别的选择。”议会这次发出的，是一个中年男人的声音。但回答他的，只是一片沉默。

“如果轨道机动空间站不撞击陨石来改变它的轨道，蓝星恐怕现在已经不复存在了。你和你家人的牺牲，我永远记得。只是，我不明白，你为什么那时要让空间站进行自旋？如果空间站进行平移的话，应该只是东区会因撞击受损，你妻女所在的西区有非常大的生存机会，但是，你为什么要下令避开东区，用西区迎接撞击?”少有地，几乎全知的议会系统语音里充盈着好奇的情感。

“东区，人多。”撇下这四个字，郑浩头也不回地走了出去。

六

“好了，只要将这个香农熵的值计算出来，就可以得到结果了。”宋云跪在地板上，手忙脚乱地计算着，她无意中一回头，看到走到自己背后的郑浩，露出一个笑容。

“我干得怎么样？没有很丢人吧?”宋云小声问。

“……很好。”沉吟许久，郑浩答道。

“嘻嘻，能想到这一招我聪明吧！不过，其实我很害怕的。一想到失败的话可能要去那么远的地方，那么孤独，我觉都睡不着呢!”宋云扭过头，边计算边说。

“那，当时为什么非要进行辩论？当做不知道不就好了么?”郑浩将手搭在宋云的肩膀上，轻轻拍了拍。从宋云第一次向喜欢的人告白后痛哭的时刻，到军校的毕业考试前夕，这么多年来，他一直用这个办法为宋云打气鼓劲。

“因为……”宋云沉吟着。而照着受过的训练，已经完成“让目标放松警惕”这一步的郑浩的腕环表面上显出了一个洞，只要轻轻一抖，不用古董般的针管，只用电磁加速力就能让迷幻剂通过皮肤进入宋云的体液循环，让她在几秒内失去逻辑思考能力。到那时，不要说翻译，她就连说一句完整话都不可能，完全丧失语言能力的宋云必然会在众目睽睽之下输掉这场辩论，迎接自己老死也无法回到母星的命运。虽然这样做也许有些观众会有所怀疑，但总比完全失败来得好。

“我想，大概是因为我觉得自己必须这么做。”宋云背对着他，继续忙碌着。

“我清楚这么做的意义，也能想到议会系统出错的原因，所以我对它没有敌意。毕竟，这次我算是站在了蓝星的对立面呢。这件事里，的确是有一千一万个理由来让我闭嘴，可是，基于一个理由，我必须站出来。”

“啊?”郑浩的动作暂停了下来。

“因为能救他们的只有我，如果这件事还有其他人可以改变，那也许我会默不作声吧，可是当有一件事只有我一个人能完成的时候，如果我不站出来，不就没有人会再站出来了么？承担自己应有的责任，你不是一直这么教导我的么?”

“这样的理由么。”郑浩叹了口气，又将带有机关的腕环贴近了宋云。现在的他，是刺客。

“我想，小雪阿姨和多多姐姐也是这么想的吧，因为控制那座空间站的权利只有你有，所以，下那种命令的必须且只能是你。所以，我想她们不会恨你的。不过，我现在才明白，做出这种事有多难。你也不用背负着那么多了，只做自己觉得应该做的会不会更轻松些呢?”

“是这样么……”郑浩从牙缝里挤出几个字，站在原地静静地看着宋云，不顾耳机里的催促，直到她计算结束也没有任何动作。

“好了！根据计算，这两个词的确是母亲的意思，有人需要来检查一下推导过程么?”宋云兴高采烈地将结果展示出来。而迎接她的是一片死寂。议会系统犯了错。所有人都在咀嚼这个结果，以及后果。

慢慢地，周边人们的交流从交头接耳变为了窃窃私语，进而又变为了昆虫振翅般的嗡嗡声。

一种从未有过的情绪开始在人群之间传播。

“那么，这样沙星应该就可以安全——”胜利的宣言还没说完就卡在了宋云嘴里。房间的立体投影里，事情又有了新的变化。

投影里，许久都没有人注意的那只沙星幼兽正在仔细地打磨着她刚才在荒原上收集的物品——一根根带着锈蚀的钢管。随着她的动作，那些钢管的一端被磨成了尖锐的斜面。她的手试着在刃面划过，鲜红的血液立刻就流了出来。确认足够锋利之后，她持着钢管，朝着之前和那帮成年沙兽相遇的枯井处前进。

“制造工具对同类进行攻击。她的种族的确是二级以上文明。可惜，是个有劣根性的种族。消除宇宙的癌细胞可是件善行。沙星依然是可开采行星。”议会幽幽地说。

就这样，宋云的计算变得毫无意义，她被强制带离了大厅。最后留在宋云视野里的，是那只幼兽稚嫩但坚决的眼睛。

七

“小云，我已经尽了最大的努力，只要将沙星处理完毕，议会就答应过去的一切既往不咎。还好，这次没有出现更大的问题，让一切还有转圜的余地。”仅仅只过了几个小时，此时的郑浩看着却比之前的苍老了许多。

“我，我不明白，我是不是做了一件很蠢的事？居然挑战议会什么的，居然只是因为自己的情感而想保护沙星，简直和很久之前的那个面对外星侵略时因为不忍心而束手待毙的女人一样……”

“不，你这么做并不是毫无意义的。议会系统的确也会犯错，你证明了这点。只是有时候，人们坚持认定议会不会犯错的根本原因只是不愿意承认听从了议会决定的自己犯了错。”

“但是，沙星那件事，我没想到会以那种情况收场……”

“你不是为了自己，不像有些人表面上为了蓝星，实际上却是怕自己一直以来的所作所为是错的。”

“其实，我这么做也只是想弥补自己的过错，对X-G我根本没有仔细审核，却在之后发现了它也是二级文明……能把这件事说出来的感觉真好。”

“这样啊，我就说你这个小丫头片子哪来的勇气……算了，反正你也已经认识到自己的错误了，只要把这个操纵杆按下，将沙星采集后，这件事就过去了。”

工作台上，一根银白色的操纵杆升起，宋云郑重其事地握住了它，露出一抹诡异的微笑。

“抱歉，长官，我还是不觉得沙星应该被毁灭，虽然他们的行为也许是原始的，可是我觉得我们不应该以我们的价值观来决定别的星球的命运，所有文明都有生存的权利。我感觉得到，我们有的地方是一样的。”

说着，她朝着反方向扭动了操纵杆，输入了几个指令，几秒钟后，沙星的坐标永远地消失在了蓝星的系统里。

沙星

狠狠地盯了对面那个打破她妈妈头的中年男子一眼，多多将手中的钢管用力地捅下。片刻之后，一股液体从管子中喷涌而出。

“水！水！是水！这个小女孩真的让井里的水又涌了出来！”那些前几天还在为着一点点污水打架的成年人，此刻都沐浴在了一个小姑娘带来的恩泽之下。

趁着一片慌乱，多多回到家里，借着刚打的清水，她为母亲清洗着创口。

“那帮大人还真是无知，连将地下水引上来这种事也看成了神迹似的。如果不是为了给你清洗伤口，我才不告诉他们那里还有水呢！”多多噘着小嘴唇。

“那你干吗不深夜一个人都没有的时候去取水，事后再把泉眼堵住呢？其实，你还是想让大家一起使用的吧。”母亲笑着回答。

“哼~才没有呢！我昨天问了小雅，她爸爸是急着给她生病的妈妈喝水才……所以我想如果水有很多的话就不会因此而打起来了。按爸爸留下的书里讲的做果然会有水。但是，小雅她爸爸打了你，我还是一辈子都不原谅他！”多多一脸严肃，俨然一副胸怀血海深仇的样子。对此，她妈妈只能报以无奈的苦笑。

“妈妈，很久之前地上真的像书里写的那样，存在那种有好多好多水的地方么？”只一会，多多就眨巴着大眼睛发问了，之前的愤怒早不知去哪了。

“你说的是湖，比湖更大的叫海。这两种东西当然存在了。”妈妈摸了摸多多的头。

“那为什么现在没有了呢？我只见过黄色的沙海。”

“因为很多很多年以前，地球，就是我们住的地方，有两拨人打了一场仗，把地球彻底弄坏了，海啊湖啊，就是那个时候不见了的。战争中，有些人乘上了能飞走的船，到了很远很远的地方重新开始，另外一些，像我们，就只能留在这里了。不过，这都是离你姥姥的姥姥出生很久以前的故事了。”

“那……那些走了的人还会回来么？我也想坐会飞的船到天上玩！”多多望着天空，出了神。

“一定会的。”

双生

大松果子

庄周梦蝶，蝶梦庄周。采得百花成蜜后，为谁辛苦为谁甜。

一

北京时间晚上九点，赵钱孙正坐在他爱车的驾驶座上火冒三丈。他摸出药瓶吃了几粒药，努力克制自己不去想白天和晚上宴会时发生的事，但是偏偏这个时候三环堵车了，漫长而无聊的等待让他忍不住去想这恼人的事，想着想着，他感觉自己的心脑血管仿佛也跟着堵起来，堵得他都快要无法呼吸了。

北京时间晚上十点半，赵钱孙在自家车库里把车停好，一边掏钥匙一边走向家门。他例行公事般地敲了三下门，没等里面的人回应就用钥匙开了门，果然，妻子又在看韩剧。“你回来了！”妻子回过头带着一点哭腔说，又顺手扯了张纸巾擤鼻涕，“保姆的事儿你弄好了么？你看看家里都乱成什么样子了！”“之前请了那么多那么好的保姆还不都被你辞了，话说回来，你一个全职太太在家就不能多少做一点家务吗？我每天辛辛苦苦工作回来，连一口热饭都吃不上……”赵钱孙看到妻子又把脸别过去看韩剧没听他讲，便不再说了。他看到妻子沉醉在韩剧虚拟的悲伤中，眼睛和鼻子都因为哭泣而有些发红，睫毛沾了泪水扑闪扑闪的还闪着光。看到哭起来也还蛮漂亮的美人，他不禁想，花瓶终归是花瓶啊，当年风风光光地把这样一位如花似玉的校花娶回家，到底是福还是祸呢？他又想到了今天发生的事，突然感觉心一紧，头很疼。“对了，元宝说他数学作业不会做，他应该还没睡，你去他房间里教教他。”赵钱孙用空心拳敲着脑袋机械地走到儿子房前，把门推开一条缝，看到儿子正眉飞色舞地玩着电脑游戏，他这一天的懊恼和绝望顿时达到了顶点，他抱着脑袋跑到书房把门反锁，头越来越疼。

赵钱孙茫然地倚着墙坐在书房的地上，手里攥着白天刚拿到的体检报告单。“脑瘤。”他嘴里蹦出这么一个词，“这没有什么大不了的，我赵钱孙驰骋商场这么多年，什么江湖险恶没有经历过，现在医学这么发达，区区脑瘤不算什么……倒是今晚宴会上H公司的那个叫张伟的小兔崽子气焰真是嚣张，年纪轻轻的还敢跟我谈条件，H公司跟我竞争了这么多年，如此公然地挑衅还是头一回……不行不行！”想到这里赵钱孙突然想起了什么，他掏出手机，按了一串号码，等“嘀”声响三下后挂断。不一会儿，赵钱孙的手机响了，是某处电话亭的来电。“喂——”电话那头传来了一个沙哑而阴冷的男性的声音，这个“喂”字还带着暗示性的延长，嗯，是他。“事都办妥了吗？”“妥。”赵钱孙挂掉了电话，苍白的脸上浮现出欣慰而狡黠的微笑。

二

阳光明媚，惠风和畅，“艺人”阿飞在人来人往的天桥的一隅摆弄着他的行头——一把破旧的二胡。二胡虽破，但却是阿飞同甘共苦的老战友了，阿飞一丝不苟地打开琴盒，轻手轻脚地把琴捧出来，用松香细细摩擦着琴弓：“哎呀呀老伙计，一晃咱们乐团都解散这么多年了啊！呵！好家伙！当年咱们是何等的风光，咱们在镇上的剧院里可都演出过！哈哈，不过不打紧，其他人走就走，我有你就好啦！”阿飞小心翼翼地扭着琴上的旋钮，就好像是在给马上就要去表演的演员化妆一样，“昨天收获还不错啦，今天继续加油哇老伙计！哈哈！”阿飞整理了一下衣服，面对人群端坐好，他感觉自己好像就坐在国家大剧院的舞台上一样，一种艺术带来的神圣感油然而生。阿飞突然感觉头有点痛——可能是昨晚没睡好吧，他甩了甩头振奋精神，拿起了弓子，行云流水般的琴声便沿着人来人往的天桥，穿过车水马龙的街市，飘到了很远很远的地方。阿飞感觉自己的灵魂极度放松，来去自如，也跟着这琴声飘来飘去的。这琴声仿佛有着神奇的魔力，可以溶解掉他人生中所有的苦痛，所以阿飞的每一天都是快乐的、潇洒自如的。偶尔有行人驻足欣赏他的表演，无论人家给没给钱，他都觉得自己是受到了嘉奖，并报之以会心的微笑。

在这样轻松愉快的氛围下，一天的“工作”很快就结束了。阿飞还不尽兴似的一边哼着没拉够的二胡曲子一边清点今天的“收成”。“啊哈！存下一部分，剩下的刚好可以买一点面，回去让淑芬给孩子下面条吃。”一想到面条，阿飞肚子就饿起来了，只是隐隐的还是有一些头痛，“可能回家睡一觉就好了吧！”阿飞这样想着，把琴抱得更紧了，加快了回家的步伐。

三

赵钱孙坐在M公司总经理办公室里喝着茶听着下属的报告，他的心里并不像表面看上去的那样淡定，如果下属够细心就会发现，赵钱孙只是在机械地以相同的节奏一口又一口地喝茶，喝了一杯又一杯，心思全然不在报告上。这时响起了敲门声。“赵总。”一个沙哑而熟悉的声音从门后传来，赵钱孙突然停止了喝茶，把茶杯放下，打断了正在作报告的下属的讲话：“进来。”门推开了，进来了一个秃顶的短小精悍的中年男子：“赵总，年度预算请您过目。”赵钱孙接过文件夹。“我要花点时间看看这些文件，你们都先去忙别的吧！报告的事我会再找你。小吴——”赵钱孙对着他旁边的秘书说，“你们都先出去吧，接下来的一个小时我需要专心阅读这些文件，一个小时之内不要让任何人打扰我。”

赵钱孙确认办公室里的人都走了，轻手轻脚地过去把门反锁上，再轻手轻脚地走回座位，小心翼翼地打开那份文件夹。“H公司一级机密”几个大字映入眼帘。“做事果然麻利！”他的眼睛里荡漾着止不住的笑意，此刻的紧张和窃喜仿佛是在偷窥美女洗澡一般。赵钱孙强忍激动翻着材料，前面的大半部分真的是把H公司的情况展露无遗，与此同时他也想着与之竞争的对策，他甚至还想到了在不远的将来，H公司那个嚣张的张伟小兔崽子败给他时的窘迫的神色。“哼，让你知道什么叫无奸不商，什么叫姜还是老的辣！”赵钱孙得意洋洋又美滋滋地想，要不是他的头还是有点痛，他会更开心的。

赵钱孙翻到材料的最后几页，发现竟然是自己的个人资料，包括基本的户籍信息、性格分析、一贯的主张等等，甚至连恋爱经历都有。“这帮人啊还真是……还真挺懂得‘知己知彼，百战不殆’的道理呢，不过还是我更技高一筹，哈哈哈！”他觉得看别人调查的自己的信息还挺有意思的，便饶有兴趣地看下了去……

“嗯？这是什么东西？”赵钱孙看着这最后一页，不解地皱起了眉，脸上的笑容渐渐凝固了，他强忍着变得剧烈的头痛，感到一种似曾相识却又可怖的气息朝他袭来，他越看越觉得这最后一页的内容有些熟悉，却什么也想不起来。只见最后一页上画着一个不明建筑的内部地图，建筑物旁标着“梦境控制与人格孵化研究所，长华路21号”。最让他不安甚至感到惊恐的是地图下面的一行小字：“赵钱孙，梦控与人格孵化项目一期贵宾级体验用户。”

四

长华路21号。

“原来真有这样一个地方。”赵钱孙对着车窗外的这座不起眼的建筑物吐了几个烟圈，然后将烟头摁灭在车载烟灰缸里，下了车。

赵钱孙仔细打量着眼前这栋灰色建筑，感觉它就跟普通的民房没什么两样，再平凡不过了。“难怪看着眼熟，原来是这房子大众脸啊！”赵钱孙试图找到一些温和一点的理由来解释自己内心深处涌出的莫名可怕的熟悉感，尽管他的心里依旧很不踏实，头很疼。他拿着那幅地图对照着看了看，发现这个所谓“研究所”的入口隐藏得还挺深的。“哼，肯定干着什么见不得人的勾当。”赵钱孙这样想着，决定不惊动工作人员，自己秘密深入调查。

赵钱孙绕到建筑物背面，发现三楼有一个荒废的阳台貌似可以翻进研究所。他捶了捶墙边的排水管道，又抱着排水管晃了晃，感觉足够结实，就开始顺着排水管往上爬。他轻轻松松上到三楼，纵身一跃跳上阳台。阳台的门窗没上锁，赵钱孙轻松潜入。这一系列动作一气呵成，顺利得连他自己都感到有些惊讶。

建筑物里的走廊也跟普通民房没什么差别，这反而让赵钱孙感到有些失望，但是那种越来越浓郁的熟悉感和紧张感告诉他，就是这里没错。赵钱孙掏出地图打算仔细研究一下建筑物的内部构造，这时楼梯处传来了人说话的声音，掺杂着脚步声，而且越来越近。赵钱孙记得地图上标注的去男厕所的路是要经过楼梯口的，怎么办呢？躲厕所不行，得赶快藏到其他地方！他快速地四处张望，发现不远处的一扇门是虚掩着的，门上写着“接待室”，他往房间里瞄了一眼发现没人，便走进了房间，把门关好。

这是一个普通的办公室，和世界上其他任何办公室都没什么两样，赵钱孙开始怀疑自己是不是太敏感而小题大做了，这栋建筑连同里面的办公室都是如此平凡，看不出半点蹊跷，甚至这么容易就被自己闯进来了。这种地方怎么会是高端的研究所呢？赵钱孙这样想着，玩弄着办公桌上兰花盆栽的叶子。正在这时响起了开门锁的声音，赵钱孙急忙就近钻到办公桌底下躲起来。

“咦，我明明记得没关这个门的。”一个中年男子的声音传来，“周先生您请进，您坐！”

“嗯好的……请问你们的这个项目可靠吗？有没有什么风险之类的？”一名年轻男子对着办公桌坐下，他的声音就从赵钱孙头顶传下来。

“哈哈，您购买的服务属于我们的一期项目，已经相当成熟啦！风险还是很小的。目前我们的二期项目也正在试验中，到时候欢迎体验呀……”“一期项目”！赵钱孙心里一紧，想到了最后一页的那行小字，顿时感到他们的谈话内容至关重要，立马竖起耳朵认真窥听。

“合同我看完了，也签了字带过来了，给你。”年轻人把合同放到了办公桌上，“你瞧，我把我绝大部分积蓄都花到这里了，我希望它物有所值。”

“绝对值！我们的梦境操控术和人格再塑术已经相当成熟了，只需要做一场小手术，把一片小芯片植入您的大脑，每天晚上我们都会远程控制您的梦境。我们会在梦境中重塑一个您心中理想的自己，您可以在梦中过着您想要的人生，这可比在残酷的现实生活中打拼轻松多啦！”

“可是……有一个我一直都比较顾虑的问题，梦境毕竟是梦境啊，有许多现实生活中的感受在梦里都不能感受到，像味觉、痛感还有……”

“这您不必担心，”中年男子打断年轻人，“现实生活中的这些知觉也都是大脑处理后发出的信号，在您的梦境中，我们的芯片将会直接作用于您的大脑，人为地制造出这些知觉，其实原理都是一样的，因此这些知觉将会非常真实。同时为了保证您在梦境中的感受绝对真实，您梦境的背景，包括居住城市的环境、周围的人群甚至是电视节目——可以说除了您本人，其他所有事物我们都将依据现实完全地还原。嗯……看您之前填写的资料，您是想成为成功的企业家是吗？这并不困难，我们很乐意帮助您实现梦想。”

“对对对……”年轻人显然有些不好意思，“你也知道现在的社会现实……像我这种没有爹可以拼又没有多少才华的人，这辈子算是没有出路了……我在一个垃圾公司的一个垃圾职位做着垃圾一样的工作，当了快三十年的垃圾单身汉，结婚什么的更是想都不敢想……求求你们帮我实现愿望吧！如果我每天晚上在梦里都能作为一个成功人士，开着豪车住豪宅，还有如花似玉的老婆，那我这辈子也不算白活啦！”年轻人说话声已经带着一点哭腔了。

中年男子得意地笑道：“您尽管放心，既然您已经付了款，帮您实现这个愿望就是我们的责任，并且这对我们来说易如反掌。不过有几件事需要您注意一下。”

“您说吧！”年轻人的声音因激动而颤抖着。

“是这样的，为了确保顾客感受的真实性，我们会在植入芯片后的一段调试期后删除您与我们进行交易的这段记忆。因为您梦中的人格与您在某种意义上是相通的，您有关这笔交易的记忆可能会影响梦中的人格，使他得知自己是虚拟的人格，从而损害您的梦境质量，这一点希望您能理解。”

“嗯嗯理解。”年轻人狠狠地点头。

“植入芯片后的一个星期是调试期，在调试期内您可以随时光临我们研究所。您可以到四楼的实验室使用梦境转换器来获取梦境中的人格，并对其作出评价、提出建议反馈给我们。我们将在调试期内根据您的意向把梦中人格的各项条件调节到您满意为止……”

“等等……您说‘梦境转换器’？”

“是的，梦境转换器，一种外形类似头盔的仪器，手术后我会带您去体验。无论是现实生活中的您戴上它还是梦中您的人格戴上梦境中的它，都可以通过刺激您的脑部把这两个人格分离出来并相遇。这时您就可以面对面地考查我们为您‘孵化’的梦中人格啦！在此期间不用担心您的梦中人格得知自己的身份，因为调试期过后我们自会把你们双方相关的记忆删除。”

“哇！你们的服务真是完美!”年轻人的眼睛闪闪发光。

“咳咳，其实也不完美啦……由于我们的梦境模拟得十分真实，所以您在梦境中受到的伤害也会真实地反馈给大脑，因此如果您在梦境中受到致命的伤害，那么现实中您的大脑受到的损伤将会是可怕的。所以在您使用转换器时一定要注意一点：保障自身的安全。这一点我们在合同里反复强调过，这个阶段出现安全问题我们概不负责。好了，我带您去做一下手术前的准备工作……”

“好好好……”

年轻人跟着中年男子出了办公室，办公室又变安静了，安静到赵钱孙只能听到自己急促的呼吸和心跳。过去的这几十分钟对他来说就像几十个世纪。他蜷缩在办公桌下，感觉自己都要凝固了。想想自己令众人艳羡却又如同闹剧般的人生，他觉得很蹊跷，非常蹊跷。

五

大清早地，天气有些雾蒙蒙的，阿飞像往常一样坐在天桥上给自己的二胡上松香，虽然这几天头还是有点痛，但是并不妨碍他哼着小曲儿开始一天的营生。突然他注意到不远处的雾气里慢慢显现出了一个熟悉的身影，那个身影正缓缓地朝他走来。阿飞看到那个人越来越近，身形、五官越来越清晰，惊讶得嘴都合不拢了。

“你就是赵钱孙么?”那个男子走到阿飞面前停下，带着怒气问他。

“我是阿飞，拉二胡的阿飞。”阿飞感觉到气氛不太对，才从惊讶中回过神来。

“不对，你就是赵钱孙!”男子的眼睛直勾勾地盯着阿飞。

阿飞被盯得有些不舒服：“你真是……你为什么会知道我的本名？自从用了‘阿飞’这个艺名，已经很少有人知道我的真名了，你到底是谁？还有你……你为什么和我长得一模一样?”

“因为我也是赵钱孙。”男子的嘴角微微上扬，“我还真是没想到真实的自己竟然是个街头拉二胡的！首先很感谢你创造了我，我知道你很潦倒所以羡慕我的生活，但是你错了！我的生活并没有你想象的那么好，我甚至时常会羡慕你这样的生活，不过我想跟你说明一点，虽然我是你梦中的人格，但我是我，你是你，我并不希望我的人生受到你这个穷鬼的限制，懂么?”

“不懂。”阿飞显然觉得眼前的这个男子脑子出了问题，他又拿起了松香和弓子，不太想去理赵钱孙。

赵钱孙愣了一下，觉得有些尴尬，想到自己是趁周先生的手术时间偷摸着跑到四楼用了梦境转换器，一定要在被发现之前快点把问题解决掉，就有些着急了，但他极力克制住情绪，转到正题上来：“咳咳，你……最近经常头痛么?”

阿飞来回擦松香的手突然停住了：“你怎么知道的？你到底是谁?”

“你先别管这个，我一时半会儿解释不清楚，我来就是要告诉你，你有脑瘤，要赶紧治!”

阿飞用怪异的眼神上下打量着眼前的男子，他突然开始收琴打算离开。

“哎你别走！你真有脑瘤!”赵钱孙急了，抓起阿飞的一只胳膊，只见二胡在阿飞挣扎时滑了下来。阿飞整个人的神色都不对了，好像二胡是他的命根子一样，他奋力想挣开赵钱孙，把琴捡起来。赵钱孙见机立马抢过琴，抱着琴就往天桥边上跑，然后把琴放到栏杆上悬着：“你走啊！你再不听我说话我就把这玩意儿扔下去!”

“别别别别别……你千万不要激动！咱们君子动口不动手，有话好好说。”阿飞看到自己的“老伙计”处于如此危险的境地中，心都要碎了。

“你有脑瘤，这病得治！”

“大兄弟你看看，我们今天才第一次见面，虽说我们长得一模一样这一点很奇怪，但是你一见面就拿我的琴威胁我，还诅咒我得了脑瘤，这……于情于理都说不过去吧！你再这样说我可就真急了！”

“不管你急不急，我今天都要让你去医院！相信我，你真的有脑瘤！”

“呸！你才有脑瘤，你全家都长了脑瘤！”

“没错我是有脑瘤，但是我有脑瘤都是因为你他妈有脑瘤！”

眼下两个人都急了，正大口大口喘着粗气，赵钱孙看到阿飞虎视眈眈地盯着自己手中的琴，觉得这样真不是个办法，必须快速解决问题才行，于是他缓和了一下语气：“兄弟你看，我这也是为了你好，你就当是我邀请你做了一次体检成吗？检查费我出，如果真查出来有脑瘤，治疗费我也帮你出，这样行吗？”

阿飞看到赵钱孙态度好转，也变得缓和了许多：“这样……行吧！只是我想不明白，你为什么要这样做呢？你到底是什么人？”

“我真的三言两语解释不清，反正你我的生命状况息息相关，你要是死了我也活不了……”赵钱孙情绪放松了一点，准备把琴拿上来还给阿飞，谁知他手指一滑，二胡哧溜一下就掉了下去。阿飞看到这个情景，第一时间眼睛就红了，发疯一般地跨过了栏杆就要去救琴。而赵钱孙看到阿飞就要往下掉，吓得脸都紫了，瞬间丧失了理智跨过栏杆要去救阿飞。

赵钱孙差一点就救到了阿飞，当他伴着剧痛躺在血泊中的时候，还是对前几秒发生的事惊愕不已。他记得当时只差几公分就可以抓住阿飞了，他自己也在往下掉，风呼呼地刮过耳朵，接着眼前一黑。再次睁开眼睛的赵钱孙已经奄奄一息，动弹不得，他感觉眼前的世界有一点点不一样了，没有阿飞，也没有二胡，连天桥的形状都开始变得模糊，这个世界好像一幅被水浸过的水彩画，眼前的各种景物都慢慢晕开，扭曲变形，晕开的各种颜色又都胡乱交织在一起，最后连这张“画纸”都开始扭曲、分解、破碎……赵钱孙无比痛苦又惊愕地看着眼前世界的异变，看着这个世界化成的众多碎片的间隙中露出来的实验室背景，直到碎片慢慢消失殆尽，真实的实验室完全显露出来。赵钱孙的疼痛丝毫没有减少，并且感觉到头上的转换器热得发烫，接着实验室响起了警报，可是他已无力动弹了，他只能忍着剧痛坐在椅子上，听着警报声，直勾勾地看着对面墙上的挂钟，一秒、一秒、一秒……突然赵钱孙仿佛被电击般地想起了什么，嘴张得非常大，眼球都凸了出来。这之后赵钱孙就再也没动过了。

六

次日H公司大楼。

“廖总，M公司的那个赵钱孙——死了。”

“我听说了……张伟，你小子真是深藏不露啊！来我们公司这么久都默默无闻，没想到这次主动请缨，不但解决了我们的危机，还消灭了我们公司最大的敌人。M公司新近也没有什么合适的接班人，少了赵钱孙这个柱子，估计也硬撑不了多久了。”

“嘿嘿！多谢廖总夸奖，我可能是最近才开窍吧！”

“很好很好，你是个人才，我要提拔你！”

“多谢廖总！为公司效力，张某在所不辞……”

张伟一路哼着小曲儿回到自己的办公桌，信心满满，感觉仿佛整个世界都在他的掌控之中。他跷起二郎腿，拿出赵钱孙与研究所的签单：“赵钱孙，现实生活中M公司总经理，机关算尽，日夜提防，希望能在梦里过上怡然自得的平静生活。”张伟又拿出了赵钱孙的体检报告单：“血脂偏高，其他各项指标均正常。”他嘲讽地冷笑了几声，同时也有些佩服自己手段之高明，高明到不留痕迹，赵钱孙的这种死法，就算是包公再世也查不到他张伟的头上来。突然他的手机响了，显示的是某处电话亭的来电。张伟拿着手机刻意避开人群。

“喂——”电话那头传来了一个沙哑而阴冷的男性的声音。

“你做得很好，换体检单换药送假机密这三份工钱我会一起转给你。”

“好。”对方迅速挂掉了电话。

张伟开始得意地盘算着升职后的打算，这时他的电话又响了：“您好，请问是张先生吗？我是梦境控制与人格孵化研究所的蔡博士。”

“唔，这几天的合作很愉快，我想要的效果也达成了，合作的钱我之前就给你们了……”

“啊哈，我们今天不谈合作的事，我就是想问一下您，感觉自己最近状态如何？身体和精神两方面都还行吧？”

张伟觉得这个问题有些唐突，皱了皱眉：“你问这个干什么？”

“既然这项服务的目的已经达成了，我就不妨明说了吧，好让你死个明白……”

“你到底在说什么！”张伟明显生气了，准备要挂断电话。

“你作为我们二期项目的重点实验对象，看起来很成功嘛！”

“什么?！什么二期项目?！”张伟突然感到一阵不知名的恐慌。

“所谓二期项目，比一期项目更进了一层。如果说一期项目中的两个人格是双生关系，各过各的人生，互不打扰，那么二期项目中的两个人格就是寄生关系。我们依据张伟的要求，在他的梦中先培育了狡诈的你，再把你带入现实生活中控制他的身体一段时间，以达到他的短期目的，现在目的达成，你的状态看来也非常好，一切都很顺利，看来我们的二期项目可以大规模开发啦！至于你嘛，我们将会通过远程控制把你销毁，让原先的张伟重新主导身体，这段时间你还是辛苦啦……”

“你们这群……”张伟突然发现自己说不出话了，甚至连手机都要拿不起来了，身体越来越不受控制……

火海潜航

胡绍晏

在潜入火焰的第三天，我们看到了奇妙的景象。

“探索者号”电离体考察船从鲸鱼座τ星的行星基地出发，向着该星系的恒星前进，经过一个多月的航行，终于穿入恒星的大气层。每天，指挥舱里的大屏幕上都会显示出经过处理、肉眼可以辨识的图像。毕竟，等离子体能发射出的从远红外到真空紫外波段的电磁辐射频谱，远远大于可见光的范围。一开始，大家都时不时抬头望向屏幕，希望能看到我们此行要寻找的目标。但除了一片反映出勘探船附近粒子流向的炫目的色彩，其他什么都没有。

到了第三天下午，我已对大屏幕不再关注，转而专心研究数据。光影或许迷眩，却有可能欺骗你的眼睛。但数据不会。至少经过悉心采集与整理的数据不会。

“哦，我的天！”格蕾丝发出一声惊呼。每个人都从手头的事务中抬起头来。只见她专注而兴奋地昂头望着大屏幕。于是，大家的视线再次集中到控制室里最大的那块显示屏上。

在杂乱无章的粒子流中间，电脑用淡紫色，或者说近似薰衣草的颜色标示出了一片云状物体。它的形状很难描述，有时感觉像乌贼，有时感觉像水母，有时则像个斑驳的球体，其状态取决于观察角度和它的运动状态。正当我们瞠目结舌地瞪视着这奇异的物体时，更多它的同类也出现在屏幕上。

格蕾丝·库珀——我们的生物学家——神情振奋，脸上甚至泛起激动的红晕。迈克·戴维森——勘探队的语言学家——一边看着屏幕，一边敲击面前的键盘，我猜他是在作观察记录。杰森·吴——“探索者号”的船长兼军事顾问——脸上一如既往的平静，但我可以看到他的手掌紧紧按住桌面，仿佛是为了抑制颤抖。

我是一名物理学家，常年的潜心研究让我学会以客观的眼光观察物理现象与数据。我有机会参与这次考察，得感谢我的丈夫。在我们女儿还小的时候，每当我需要整日整夜地跑算法，查资料，泰德都会照顾好克莉丝的饮食起居。这不是容易的事，也并非只是一两天而已。正因为如此，我才有可能在地外电离体生物研究方面取得如今的成就。然而对我影响最大的，是我母亲。作为生物学家，她首先激发了我对电离体生命的兴趣。假如她仍在世……

不，她已经不在了。我迫使自己停止思绪。

“探索者号”是一艘特殊的勘探船，专门为了潜入恒星的色球层，获取第一手资料而设计。鲸鱼座τ星是一颗各种参数与太阳类似的恒星，距离地球约12光年，太空研究院早年在该恒星的一颗行星上建立了基地，以研究人类殖民的可能性。然而，来到基地工作的科学家们意外发现，这颗恒星里似乎有些奇怪的迹象。经过理论推演和实际观察，有证据表明，鲸鱼座τ星的内部可能有电离体生命存在。

“看，它们多美。”格蕾丝依然难掩兴奋。她对未知总是充满热情。

“杰森，能不能看一下周围区域中是否还有类似的……个体。”我向舰长提议。

“好。不过你们都知道，探测半径只有五十米。”杰森一边回答，一边将显示切换成三维雷达图。

我当然知道勘探船在恒星色球层的复杂环境里探测范围不可能太

大，但我要求舰长这么做是有原因的。在行星基地，我们一直密切注意鲸鱼座τ星附近的电磁信号，其中大多数都是恒星本身发射的各种波与粒子，杂乱无章。但我们也观察到一些有规律的信号，数据分析表明，它们很可能不是自然产生的，更像是智慧种族的通讯信号。从大量电磁噪音中找到这些信号已属不易，而在没有任何背景的情况下，更是完全无法解密其可能蕴藏的信息。然而这的确是我们向太空研究院管理层提交的证据之一。

根据屏幕上的显示比例计算，这些“水母”的半径为一米左右，足以产生复杂的内部结构，所以接下来的问题是，它们是否就是智慧生命？地球上有各种不同的碳基生物，从单细胞的细菌直到处于食物链最顶层的人类。或许电离体生命也具有这种多样性。

观测图显示，以五十米为半径的三维空间内，存在许多这种电离体生物，就好像“探索者号”闯入了它们的“兽群”。

“我觉得我们可以捕捉一个作为观察样本。”格蕾丝说，“我已经想到了几种方法，测试它们的特征与习性。”

她当然已经想到，她的思路一向很敏捷。格蕾丝凭着对课题的热情和聪明的头脑，在“探索者号”的考察任务中获得了一席之地。假如说我跟她有什么共同点的话，那就是我们都在坚定追求学术突破。但是眼下……

“可是计划不是这样的。”杰森在我来得及想到合适的措辞之前便直截了当地提出了反对意见，“如无必要，我们不该干涉它们。”

“噢，杰森，你知道的，如果他们不让我们捕捉电离体生物，为什么要给勘探船设计这项功能，又为什么要配备实验室呢？”格蕾丝反驳道。

的确，勘探船的设计考虑了多方的意见与各种可能性。研究院内部关于如何实施考察计划有不同看法。格蕾丝攻读博士学位时的导师麦肯尼教授认为，应该先了解电离体生物的基础本能，直接拿一个样本来测试其对各种刺激的反应。反对者则认为，应该先研究其社会习性，观察它们在原生栖息环境里的行为与互动，这才能得到有用的数据。

“我们不知道干涉的后果，也许会引起它们的敌意。”舰长坚持自己的看法。

格蕾丝耸了耸肩，转头问我：“洁西卡，你怎么看？我知道你对这些生物也很着迷，不想近距离接触一下吗？”

哦？你是向我求助吗？恐怕得让你失望了。狭窄的指挥舱内，我们四人的操作台呈弧形排列，面对着中间的大屏幕。此刻，格蕾丝正歪着脑袋殷切地望着我。

“杰森，可以把屏幕切回刚才的画面吗，谢谢！”我没有直接回答她。

屏幕上再次出现刚才的水母状物体。我在操作台上输入了几条指令。原本淡紫色的“水母”展现出不同色彩。

“我们都知道，这些图像是经过计算机处理的，以便我们人类的眼睛能够辨识。原先的图像中，并没有体现出这些等离子体发出的光的频率，因为周围环境的光线太复杂，所以电脑选择以单一色调将它们清晰地标识出来。现在，我让电脑呈现出它们真实的光谱，虽然在杂乱的背景中不那么清晰，但我们可以看到其原貌。”我平静地向大家解释。

“瞧，这就是我们需要近距离观察样本的原因！计算机显示的画面并不可靠。”格蕾丝兴奋地说。

先不要太快下结论。

“不，格蕾丝，我的意思是，它们在交流。你们有注意到吗，这些个体的颜色变化是有规律的。我不清楚它们如何接收同伴的光谱，但这些光的频率基本上是一种循环反复，只是偶尔有些偏差，这种偏差与波动或许是它们在互相传递信息。”

“你是指它们是有智慧的生物？”迈克一边查看自己的操作终端，一边问道。

“我没这么说，或许是，或许不是，现在还无法定论。不过这应该已经足以让我们谨慎行事。毕竟，数据不会撒谎。”我给了格蕾丝一个歉意的笑容。

格蕾丝露出失望的神情，但没多说什么。

*****

我独自坐在勘探船的厨房里。由于空间狭小，勘探船的厨房也兼作餐厅与休息室。柔和的灯光令人心神宁静。今晚要到后半夜才轮到我值岗，因此在上床歇息之前，我有多余的时间在此闲坐片刻，喝杯酒解解乏。

我倚在沙发上，让人造重力场把身体压进柔软的垫子里。由于船体时刻都处于剧烈颠簸之中，因此需要靠重力缓冲来抵消加速度的随机变化，最终形成一个稳定的重力场。

随着年龄的增加，尽管我在工作时仍能集中精神，保持清晰的思路，但等到放松下来，却会感到疲惫。此刻，我倚在沙发里，头脑仍在运作之中。

我母亲是生物学家，虽然她独力抚养我长大，仍在事业上有自己的成就。我还记得小时候，她将我带到实验室里的事。她总是在开始工作前先给我念一段童话故事，然后就一头扎进研究课题中，而我也不以为意，只是自己看书，只要一抬眼能看到她的身影，便有一种安心的感觉。现在想来，那是我们母女俩最为惬意舒适的一段时间。因为后来，等我长大一点，有了自己的学业与生活，便无暇去她的实验室了。那时候，我几乎只有每天早晨能看见她，享用她做的美味早餐。

大约八年前，鲸鱼座τ星的行星基地上观察到恒星中所发出的特殊信号。由于我和母亲的学术课题都跟等离子体生物相关，太空研究院批准了我俩的申请，让我们加入这座遥远的基地。于是我们各自按着自己的时刻表忙碌，期望有朝一日，可以发现鲸鱼座τ星内部的秘密。然而不久之后，不幸的事发生了。电离实验室的一场事故夺去了母亲的生命。这让我猝不及防，我没料到竟没有机会跟母亲一起分享未来的生活。虽然严格来说，我俩分属不同学科，但事实上都在为同一目标——寻找电离体生命——而努力。当时，“火潜计划”已经启动，“探索者号”电离体考察船正在建造之中。我感觉身上又多了一重责任，仿佛对学术目标的追求不单单是为了自己，也是替母亲完成心愿……

然而此次勘探任务开始后采集到的数据与我和基地团队的预测并不相符，就好像我们忽略了某种至关重要的元素，导致整个结论都不太对劲。包括今天的数据也一样，这也是我感觉如此疲乏的原因之一——我花了太多精力反复对比，寻找症结所在。

除了数据的问题，还有一件事让我担忧。那就是格蕾丝。诚然，她非常优秀，获得优等学士学位之后，直接攻读了博士。事实上，她的博士课题就是在行星基地完成的。而以三十三岁的年龄入选勘探队，虽然有年轻精力充沛的原因，但也反映了她近年来的成就。不过我担心的是她的性格。没错，她表面上给人外向热情、积极努力的印象。但时间久了，我发现与她相处有一种不适感。一个太过灿烂的微笑，一声太过兴奋的欢呼，很难说清楚到底哪里不对，但总是让我有点不安。她追逐成功的方式在我看来似乎太过急切。甚至有传言说，她时常进出麦肯尼教授在基地里的单身宿舍……

“嘿，你还好吗?”迈克的声音打断了我的思绪。

我睁开眼，略略坐直身子。“我很好，就是喝一杯放松一下。”

“哦，我来倒杯咖啡就去值岗。看你一脸忧心忡忡的样子……嗯，反正你没事就好。”他微笑着说。因为母亲具有印度血统，他的皮肤略带褐色，说话稍带口音，不是很重，但足以产生一种别样的抑扬顿挫的效果。

“谢谢，我大概是有点累吧，休息一下就会好。关于那些生命体，你觉得它们是在用语言交流吗?”我试图从他的专业角度获得一些启发。

“啊，光谱频率的变化吗？我还没有明确的结论，但就目前来看，感觉这种交流太过简单，缺少构成语言的复杂成分。”迈克回答道。

“哦，是吗？看来是我期望过高了。搜寻不可能一帆风顺。”我承认道，“但愿这一趟不是一无所获。”也许格蕾丝说得没错，捕捉样本的确也是一种获取信息的方式，哪怕那些样本仅仅是低等电离生物。

“不用担心，洁西卡，这才第三天。按计划，我们还有七天时间。反正我不是太在意。如果真有发现智慧生物那是最好，我又有新的语言样本可供研究。如果没有……那就没有吧。毕竟这只是第一次勘探。”他轻松地耸了耸肩，仿佛我们不是在恒星内部炙热的乱流中航行，而是在清风徐徐的海边度假。

我要是有他那种洒脱的心态就好了，我心想。

你总是太操心，什么事总想做到最好，我告诉自己，这与格蕾丝的缺乏耐心相比，或许也没好到哪里去。看，你根本没资格评判她。

“有时候你太较真，”迈克继续用他那高低起伏的语调说道，“你得学着放松一点。”

“谢谢。”我说道，这一回是真心实意的感谢。我明白他的意思，他的话让我想起，母亲曾经说过：“有时候，你得停下脚步，才能保持平衡。退后一步，才能看清全局。”她指的是瑜伽修炼中身体与头脑的双重平衡。唯有平静的内心，才能解除迷惑。母亲总是如此充满智慧，并且常常将这些智慧与我分享，对此，我依然十分感激。

*****

我打算回卧舱睡觉，但是刚拐过一个弯，进入生活区狭窄的走廊，就看见格蕾丝从舰长的卧舱里出来，门在她身后咔嗒一声关上。从她的脸色来看，无论她想干什么，都没能成功。然而一看到我，她飞快恢复了正常表情，微笑着说：“洁西卡，你看起来很累，还好吗？”

也许我的确需要好好休息，每个人都能看出来。

“哦，我这就去睡觉。”我说道，“不过你跟舰长说什么了吗？”

"就是询问一下我们的航行路线，什么时候返回恒星的大气层。"她轻描淡写地说。

我并不相信，但决定暂时不再深究。有时候，你得停下脚步，才能保持平衡。退后一步，才能看清全局。

"哦，好吧。我最好还是去睡了，晚安！"说完，我打开自己卧舱的门，走了进去。

卧舱里，灯光设置在最低亮度，我的眼睛只能隐约辨识屋里的陈设：固定的小桌、储物箱和小床。通往盥洗室的门仿佛一个黑框。但我没有调亮灯光，而是静静躺在狭窄的床铺上，右手枕在右脸颊下，左手轻轻搭放于左边大腿外侧，保持标准的卧姿，以期迅速入睡。我知道，这短短十天需要耗费许多精力，因此一有机会就该尽量休息。然而，观察到电离体生命的兴奋，数据与理论不符的困扰，再加上对格蕾丝在关键时刻出错的担心，这些都让我很难静下心来。

不知过了多久，朦胧中，我仿佛又置身于母亲的葬礼上，望着棺木里母亲苍白而平静的脸。基地的牧师以低沉的语声替亡者祈祷，他的话在我耳边打转，仿佛某种引擎的嗡嗡蜂鸣，但我却一句也没听进去。当时，我的心中只有一个念头：我会找到电离体生命。因为那也是母亲毕生追求的目标。泰德和克莉丝仍在地球——基地缺乏完善的初等教育系统，而我们都希望克莉丝能接受良好稳定的教育。即便他们搭乘昂贵的超光速飞船，也来不及赶来参加葬礼。在葬礼上，与我同组的研究员莫妮卡轻轻扶住我，以防我因过度悲哀而昏厥。当然，我没有昏厥，真正的悲痛要稍后才会向我袭来，等到震惊过去之后。此刻，我只是有点麻木，仿佛难以相信片刻的电压失控就能夺走母亲的生命。我也清楚地意识到其他人的表情。来与我母亲告别的几乎都是基地的工作人员，他们个个神情肃穆，其中不少人甚至默默流泪，连格蕾丝也低头无语。

下一刻，我被一阵剧烈的晃动惊醒。我赶紧翻身下床，打开便携式通讯器。不需我多加操作，通讯器已经显示出问题所在：勘探船的护盾遭到攻击。由于补充护盾能量为最高优先级，导致重力缓冲场分配到的功率下降，因此我们都感受到船体的颠簸。但问题是，护盾受到了什么样的攻击？在船体的震动中，我踉踉跄跄地往指挥舱走去，心中隐约感觉刚才的梦境有哪里不太对劲，但一时又不知到底有什么问题。不过此刻我无暇细想，因为指挥舱已经近在眼前。

其他人都已在舱内，舰长正忙碌地操作导航软件，迈克和格蕾丝也紧盯着各自的屏幕。

“我现在没工夫解释。”舰长显然已经留意到我，“迈克，你能告诉洁西卡出了什么事吗？”

“我们捕捉到一只电离体生物。”迈克顺着舰长的话说道。

“你们什么？”我难以置信地问。

“嗯……我和格蕾丝一起操作，捕获了一只电离体生物。但是它的同伴们似乎不太乐意，向我们发起了攻击，一边变幻光色，一边撞向勘探船的防护罩。舰长正在努力摆脱它们的骚扰，似乎马上就要突围成功了。对吗，舰长？”迈克继续说。

“也许吧，但在离开恒星表面之前很难确保百分之百安全。”舰长生硬地说。

“不，不，我是说，你们为什么要去捕捉那东西？”我追问道，尽量保持语调平静，但也许不太成功。

“洁西卡，这是多好的机会。”格蕾丝渴望地说，“它们离我们那么近，我不知道等到这一群远离之后，是否还有下一次机会。我们努力这么多年，不就是为了证实它们的存在吗？你瞧，只要抓住一只，详细测量记录，等回到基地，整个世界都会知道我们的成果。这不正是你想要的吗？”

不，你不明白。第一次深入陌生而危险的环境就贸然采取干涉性行动，这不是明智的举动，我暗自叹息。捕捉电离体生物需要用到船体外的高能重力防护罩，让防护罩延伸出去将电离体生物套住，封闭在防护层内，使其无法逃脱。就像一个气泡，只不过气泡壁是与防护罩一样的高能重力场，可以阻挡各种波与粒子。然后，通过收集缸可以将捕获的生物送进勘探船内部的实验室。由于在能量密集的恒星色球层里，防护罩的作用至关重要，一点点差错即可让勘探船在瞬间蒸发，所以这项操作需要格外谨慎，必须有两名船员的密钥卡才能激活。迈克多半是受格蕾丝鼓动，才同意一起操作的。

这时，船体的震动稍稍缓和下来，舰长似乎已经修复了防御系统。他抬起头，对着格蕾丝怒目而视：“你来我舱室找我时，我就警告过你。幸好这批电离体生物的能量总和不算太高，不然我们现在都已经成了飘浮在恒星大气中的离子。回到基地后，我会写一份书面报告，我想洁西卡可以作为证人。”

“可是，这不公平。我的确估算过周围电离体生物的总能量，即使它们真的发动攻击，也不会造成致命威胁。”格蕾丝辩解道，“而且，事实证明，我的计算没错。我们不是还好好的吗？”

“防护罩能量降到百分之六十，你说这算不算威胁？船体发生剧烈震荡，差点散架，你说这算不算威胁？我不得不取用备用能源修补防护罩，并且加速前进摆脱追逐。鉴于目前的能源储备水平，我们必须马上返航。”舰长语气坚决。

屏幕上，一只电离体生物闪烁出炫目的光芒，比先前要明亮得多。电脑还来不及调节亮度减少对人眼的刺激，它就已经逐渐远去，消失在乱流里。这让我想起小时候母亲告诉我，地球的海洋深处有一种水母，在遇到捕食者时会发出明亮的光线，以吸引更高一级的捕食者，令最初的捕食者陷入险境。舰长似乎也注意到了，我不知道他有过什么经历，但对这一场景或许有类似的理解，因为他低声咒骂了一句，又开始带着紧迫的神态操作导航软件。

*****

回到昏暗的卧舱里，我再次躺倒在床上。

好吧，看来这次的行程只能到此为止了，无法再按照计划巡航十天。也许我该学学迈克，一切都不要看得太重。

刚才我把迈克拽到走廊里，问他是怎么回事，为什么要帮助格蕾丝，他只是耸耸肩说："她的话也有道理，把那些生物捉回来测量的确是最有效的分析手段，有些问题光靠观察无法找到答案。而且……她很难拒绝，假如你明白我的意思，她很……有魅力。"哦，我明白他的意思，看来关于格蕾丝的那些传闻多半是真的。

后来，大家又去实验室里看了捕捉到的电离体生物。收集缸已被自动推送进了实验室。那生物在近似球形的玻璃缸里缓缓转动，好像一团微微发光的气体，但不似在外面那样活跃。我想要把它放回去，但舰长认为再次改变防护罩的配置太过冒险。于是它暂时被留在了实验室。

经过这一番折腾，疲惫终于战胜了我的忧虑，使我渐渐进入睡眠。睡梦中，我看见恒星表面翻滚的烈焰。有的地方颜色偏暗，近乎深红，似乎在缓缓旋转，仿佛一摊岩浆；有的地方则不时迸发出耀眼明亮的火星，但我知道，这一粒火星的体积可能比地球还大。而这样一颗恒星在浩瀚的宇宙中甚至连一颗火星都算不上。梦境中，我意识到这是早年的无人探测器拍到的景象，我在基地里曾经看过许多遍。

然后，梦中的视角发生了变化，我看到母亲在实验室中埋头摆弄一台仪器，看模样应该是电离场发生器，也就是导致事故的仪器。她通过控制屏设置参数，然后伸手去调节仪器内部的零件。突然，一阵火花闪过，母亲倒在了地上。

这很奇怪，事故当天的场景我并没真正看见过，是从后来警方的报告中才了解到的。一定是潜意识构造了梦境。

接着，梦境又变了。这回是格蕾丝在那台仪器跟前。她似乎通过外部接口把某种设备与仪器相连。我从没见过这种设备，但不知为何，却明白它的作用。它可以修改仪器的内置程序。

可是，我为什么会梦到这些？也是潜意识虚构出来的吗？也许是我太过疲倦，让潜意识控制了思维。但我的潜意识里真的有这样的怀疑吗？母亲死后，她的研究资料大多被公开，但其中并无真正有价值的内容。这看起来或许有点奇怪，不过她的发现早就发表在各种学术期刊中，剩下的资料大概也的确没什么特别的。很难想象有人会为了这些没有价值的资料加害于她。除非……

停下脚步，才能保持平衡。退后一步，才能看清全局。我需要换个角度思考。

基地上能够收到疑似智慧生物发出的信号，但在这次航行中，信号充斥着噪音，并伴有大量缺失。这就是一直困扰着我的问题。按理说，靠近恒星表层之后，信号应该更清晰才对。要么是出于某种原因，信号的发送者故意掩人耳目，要么是有人破坏了数据。而刚才的梦境中，格蕾丝显然是在搞破坏，这其中的意味……我必须去一趟实验室。

*****

我一边在黑漆漆的走廊里行走，一边奋力思索。先前梦到母亲的葬礼时总觉得哪里不对，现在我想起来了，葬礼当天，格蕾丝仍在接受警方的调查，因此并不在场。但我的梦境里却看见了她。后来的梦也是一样，一部分是我见过的景象，另一部分则不是。而格蕾丝摆弄仪器接口的场景又与眼下数据不符的问题有关联。实验室的设备与我在指挥舱的操作台是相互独立的，我至少可以看一看那里的数据是否跟操作台上收到的一致。

勘探船并不大，没多久我就到达了实验室。幽暗的灯光下，那团棉絮状的离子生物依然在房间一角缓慢地变换着形状，发出微弱的光亮，一副有气无力的模样，让人联想到营养不良的小动物。

“哦，是你在给我暗示吗?”我望着它喃喃低语。

“不，不是它。”一个声音在我脑中响起，吓了我一跳。一开始，我还以为实验室中有另一个人。但我随即意识到，那声音并非我耳朵听到的，而是脑中直接感受到的。这是一种独特而怪异的感觉，仿佛大脑受到轻微的电击，让我颇为不适。

“谁?”我略带惊恐地再次低语道。

“我是你要找的东西。”那声音回答说，“当我们发现，在距离足够近的情况下，我们可以读到你们的思维与记忆时，我们也很吃惊。不过似乎你们并不容易听到我们。所以我才尝试通过梦境中的各种暗示引起你的注意，期望你能敞开头脑，与我们直接交流。目前来看，这似乎可行。”

“为什么是我？你们为什么找我?”震惊中，我逐渐意识到，他们多半就是我要寻找的电离体智慧生物。但他们可以读到我的思维……多么可怕。

“因为你的头脑最开放。世上总是有许多选择，但其实可选的并不多。舰长杰森和语言学家迈克，在他们的潜意识深处，并不真正相信电离体智慧生物的存在。而格蕾丝，她……不太稳定。另外，还有一个原因，这是我们与你母亲的协定。”

“什么？我不明白……”这是什么意思？母亲跟他们早就有联系？

“我很乐意给你解释，但眼下恐怕有更紧急的事。你们捕捉到的东西，是我身体的一部分，换句话说，你们的船闯进了我身体里。”退后一步，才能看清全局。“由于恒星磁场与引力场的束缚，我们双方都不可能立即大幅度改变行进路线，因此勘探船还需要一点时间才能逐渐脱离我的身体。但是就像你们没法直接控制自己的红血球和白血球一样，我也无法直接控制这种……共生体。现在的问题是，你们已经激起了我体内的防御机制，你们的勘探船将被当作入侵者，遭到更强力的攻击。”仿佛是对这番话的印证，船体又剧烈地摇晃起来，震得我一个趔趄。

“我无法撤销防御，但可以设法帮你们脱身，只是需要你的配合。”那声音继续说。

我感到一阵晕眩，也许是因为颠簸，也许是因为这忽然涌入的信息太难以消化。我咬了咬牙，回应道：“告诉我该怎么做。”

“你需要把实验室里电脑的接收频道打开，我会给你传输数据。然后你们得利用这些数据重新配置防护罩，让它反射某些特定的频谱，模仿共生体之间的交流方式。”

哦，对，那些闪烁的光。

“好，马上。”说着，我坐到一台公共终端跟前。

没多久，果然有数据开始源源不断地输入。

在船体的阵阵战栗中，舰长向全船发布广播：“舰船遭到攻击，全体船员请到指挥舱就位。重复，全体船员请到指挥舱就位。”

我焦急地看着数据下载的进度，心中盘算着如何说服舰长使用这些来源不明的数据重新配置防护罩。我真的信任这个声音吗？如果我自己都没把握，如何才能让舰长相信呢？但假如我对那声音置之不理，勘探船或许真会被撕成碎片。

“好啊，好啊，原来你在偷偷摸摸处理数据。”这次不是脑中的声音，而是格蕾丝。她不知何时进了实验室，站在我背后，看着电脑屏幕：“果然跟你母亲的作风一样，想要一人独吞成果。”

我深深吸了口气，然后缓缓吐出：“格蕾丝，我不明白你为什么这样说，不过现在形势紧急，我需要你帮个忙。你应该随身带着密钥卡吧？”先处理最重要的事，其他以后再说。

“哦？你现在要我帮忙了？不过你在这儿究竟想干吗？我一直担心，我们捕捉到的样本放在实验室里不安全，所以来看一看。没想到你果然想要偷偷地搞破坏。”她的语气充满怀疑，甚至有点偏执。

我定了定神，凝视着她的眼睛说：“格蕾丝，勘探船的处境很危险，我需要你的密钥卡重新配置防护罩。其他的一切我以后会解释。”

格蕾丝似乎并不在意，依然接着自己的话头说道：“告诉我，你在搞什么鬼？不要想骗我，这个界面肯定是在接收数据。”她指了指显示屏，“你跟你母亲一样自私，把所有研究资料都据为己有。我还没问你呢，你母亲留给部门里的数据全都毫无价值，我猜有用的东西都悄悄给你了吧？再看看现在，你也想向大家隐瞒。我不会再允许这样的事发生！”

忽然间，她手中多了一个合金扳手。那是维护设备用的工具，显然是她事先从工具箱里取出来的。格蕾丝挥舞着扳手向我扑来。我猝不及防，只来得及略略一偏脑袋，扳手擦到我的额头。我感觉一阵疼痛，伸手一抹，手上都是黏乎乎的鲜血。由于船体震动，这一下没吃上力，否则我多半会被砸晕。

船体仍在颤抖，而且幅度似乎越来越大。公共广播中又传来舰长的嗓音：“全体船员请立即到指挥舱集合，勘探船遭到攻击，我需要大家的配合。”

但格蕾丝对此不予理会，继续追着我在实验室里转圈。近年来，我也像母亲一样修习瑜伽，因此保持着良好的健康与体态，即使在摇摇晃晃的船体里，也能稳住步伐。我试图打开舱门，但手还没触到开门的按钮，便不得不闪身躲开。金属扳手哐的一声砸在门板上，即使在船体的隆隆抖动声中也显得十分刺耳。

脑中的声音选择在此时再次跟我说话：“数据已经传输完毕，你得赶快重置保护罩。”

“抱歉，我这儿有点忙不过来。”我说道。

但格蕾丝以为我在跟她说话，忿忿地叫嚷道，“抱歉？你还知道抱歉？要不是你和你母亲藏着解密算法，电离体生物的秘密早就解开了。

我也不会到现在什么实质性的成果都没有。该是时候改变一下了!”

我一转身，背倚着装载样本的收集缸，视线追踪着格蕾丝的移动。此刻，她的眼中充满激愤，经年积累的不满尽数迸发出来，转化成怒火，要将我吞噬。她又向我冲来。我一猫腰从她手臂底下钻过去，而船体恰好在此刻又猛然大幅摇晃了一下，格蕾丝脚下一绊，身体前倾，手中的扳手一个收不住，砸到了收集缸的玻璃外壁。

一阵清脆的玻璃碎裂声过后，收集缸里的电离体接触到金属扳手，闪出一阵滋滋的火花。格蕾丝倒在地下，不再动弹，而电离体也耗尽了能量，消散得无影无踪。

格蕾丝失去了意识，不过仍有呼吸。我从她身上搜出密钥卡，迅速回到电脑终端跟前。

“好了，现在你最好给我解释一下，你们跟我母亲的约定是怎么回事。”配置防护罩的程序一旦启动，便不需要我投入太多注意力。因此我决定继续与脑中的声音交谈。希望它能听见我的声音。

“哦，没错，至少我欠你一个解释。”很幸运，它似乎的确听见了，“事实上，是特蕾莎最早找到我们的。或者说找到我们互相通讯的信号。抱歉，我直呼你母亲的名字，但我们与她彼此信任，因此遵从你们的传统。”

特蕾莎？为什么，母亲？你跟他们如此熟悉，却不曾告诉过我？

那声音顿了一顿，继续说道：“但那时候，我们还没作好准备，不知该如何面对人类的到来。我们对你们一无所知，要不是特蕾莎向我们展示人类的语言，我此刻仍无法与你沟通。我们的……社会，用你们最近似的概念来描述，差不多相当于游牧民族。没有统一的权力，没有集中的规划。我们可以利用等离子状态的物质达成一些目标，但无法操控固态与液态物质。我们与人类的差异如此之大，难以想象要如何与你们为邻。况且，我们内部的意见也不一致，数以百万计的个体如果无法达成一致，造成的混乱将很难控制。于是，我们要求你母亲暂时保守秘密，不要立即公布这一发现，以免造成不必要的矛盾。文明的碰撞如不加以谨慎的引导，或许会带来冲突与悲剧，这在我们双方的历史中都早已反复印证，我们不想重蹈覆辙。所以，这些年来，她所发布的研究成果与她真正的发现相比，其实根本不值一提。”

虽然如此，也已经惹得一些人眼红。比如格蕾丝。

“当然，我们明白，事情没那么简单。特蕾莎找到我们有运气的成分，碰巧用对了算法，只要她不公布，其他人短时间内或许无法重复这一发现。然而她也很敏感，察觉到有些人很危险，可能会不择手段夺取她的成果。因此她将整理的数据全都传给我们，让我们代为保管，并嘱托说，万一她遭遇不测，就把数据转交给你。你瞧，她对你很有信心，相信你最终也一定会与我们接触。”

回想起那时候，当我偶尔与母亲共进工作餐，她总是对研究进展避而不谈，如今想来应该是她在保护我。长久以来，我一直把母亲当作榜样，课题上遇到麻烦，我就想，如果是母亲，会怎样解决；与人发生冲突，我也会思考，母亲会如何应对化解。我尽量向母亲的思维靠拢，因为在我看来，她就是智慧与力量的化身。不过现在看来她不仅仅是我的榜样。所有父母都是儿女的守护天使，我母亲也不例外。不知何时开始，我的眼圈有些湿润。

母亲去世后，等到处理完各种繁琐的后事，我感觉好累好累，心中仿佛出现了一处空白。就像舌头会不自觉地去舔牙齿掉落之后留下的空缺，我的思绪也常常触到那片空白，而每次都会让自己的情绪陷入低谷。但是现在，我又多了一份希望，或许我可以为母亲实现未完成的梦想。

然而有一件事我必须先搞清楚。“所以刚才你给我看的场景，格蕾丝偷偷修改操作界面，那是真实的情况吗？”我问道。

“没错，是我从她的记忆里挖掘到的。她甚至在这艘勘探船上动了手脚，让你的终端无法正常采集数据。不过刚才她的失控已经被监控录像拍摄下来，加上先前违反舰长命令的举动，回去之后她将面对严格的审查。这样，你就可以腾出手来为我们牵线搭桥了。”

“所以你们现在决定与人类接触了?”我感到一阵莫名的激动。

“是的，经过我们内部的讨论与协调——当然，我很难解释这一过程，我们的思维与运作方式与人类截然不同，这有待于以后进一步沟通——我们决定开启与人类的对话。我们一直等待特蕾莎再次联络，但直到这艘勘探船靠近之后，才从你们的头脑中了解到发生了什么。现在，我们想要让你作为代言人，向其他人解释有关我们的一切。这是个循序渐进的过程，我们认为目前只有你可以胜任。”

“你们……信任我吗?”我的声音有些颤抖。

“哦，我们信任特蕾莎，信任她的睿智，信任她的沉稳，信任她的责任心。是她向我们推荐你。她说，假如这世上有人能像她一样理解我们，这个人非你莫属。因为她知道，你跟她很像。”

*****

回程途中，当我独自躺在卧舱里，回想前前后后的一切时，心中混杂着哀痛与喜悦。“探索者号”勘探船的外部监视设备观测范围太小，而那些电离体智慧生物体积硕大，长度以千米计，因此未能看到他们的全貌。不过有了此次交流的先例，未来的勘探任务将更加容易。不过他们要我担当中间人的角色，这并非易事。不说别的，要如何说服人们去接受一种会“读心术”的外星生物，那本身就是个很大的挑战。另外，格蕾丝陷害我母亲的阴谋一时也没有证据，唯有等到人们认可电离体生物之后，才能让他们出面作证。我依然需要耐心。但无论如何，这个开头还算不错。

哦，母亲，我要替你做到你未能完成的事。我将再次潜入恒星炽烈的表面，我将找到神秘的电离体生物群落，我将开启人类与地外智慧生物的交流。而这一切都是因为有你的努力……还有我的——这是我们母女共同的奋斗，我不会让你失望。

海的尽头

刘啸

邂逅

我生在一个有山、也有海的蛮荒世界。蛮荒的意思是，这天地间没有太多新鲜事物，只有各种令人碍手碍脚的局限。地面上的人们羡慕着广阔的天空中飞鸟的翱翔，羡慕着宽广的海洋中鱼龙的游弋，而自己只能在田野里劳作，流满汗水的脊梁在阳光下闪闪发亮，或者在山林间游猎，粗陋的麻布衣裳被冰凉的山风吹透。日复一日的麻木劳累，或刚好蔽体果腹，或渐渐锦衣玉食，满足于眼前庸庸碌碌的生活而不去思考其他的问题，这正是大多数人的境况。不过这世界上也总有另外一类人，他们努力让自己的目光变得更远更宽，努力去解开山海之中的密码，纵然自身潦倒不堪难以度日，也只感叹人生苦短，或懊恼生不逢时，让他们不能触摸到天地间的真相。我不知道有这种人对于世界来说是幸运还是不幸，我只知道有一点是不幸的：我刚好也是这类人中的一员。

好在这类人也不止我一个。

在大多数人的眼中，我只是个不思进取不关注仕途经济的没前途少年，不过我不在乎别人的看法，因为我清楚地明白自己想知道什么。我只粗略知晓谋生护身的农桑耕种、渔猎扑击之技，却专研算筹之术、天文之图、历法之谱、物行之理。我的足迹遍布山川河流，我的汗水滴落田野阡陌，我的目光远远投向宽广的海洋和辽阔的大地，而我的思维则如展翅万丈、击风拨云的鹏鸟，纵横在广袤无垠的长天。

而这个时候往往就有人嘲笑我：

“瞧，这就是那个整日里想着‘天圆地方’的傻瓜。”

听说远古时代的确有过天圆地方的传说，说大地是平平的一块巨型陆地，浮在平平的无边海洋中。但近些年这说法早就不流行了，尤其是五年前太王亲自手书的“地圆天旷”牌匾挂上京城观星台大殿正门之后，文人们全一致改了口径，争相称颂起太王的英明决定来。虽然天地之间的道理不是文人说什么就是什么的，但民间的学派对此进行的激烈争论并没有结果，仍旧和其他论战一样谁都不能说服谁。觉得大地是平整的一派没法指明海洋的边缘在哪里；觉得大地是圆的一派也没法证明绕大地一圈后还能回来。至于我，则什么派别都不是，因为我不够格。

我所认识的人中，只有公输和钱铿和我有着类似之处。公输是公输家族的小儿子，名巧，才十三岁。他身体虚弱，但秉承了家族的传统精湛技艺，做出的各种器械精巧得像他的名字一般。在京城认识他时，我曾经说起过很仰慕传说中他们家老祖宗做的大木鸟，能在天上飞三天三夜。公输哼了一声道：

“彼旧术也。”

“难道你有新的术？”

于是公输自豪地给我看他做的小型木鸟，半尺来长，还是可拆卸的，很便于携带。我们拿去野外试飞，嚓的一声，木鸟蹦上天空，在高高的云层中盘旋，吱吱声响彻天际。

“能飞多久？”

“集天地之灵力，可数载不坠。”

“怎么收回？”

公输这才有一点点尴尬。

“只能打下来。”

他取过弹弓，拉满，瞄准天上盘旋的木鸟，连弹几发，全没打中，我哈哈大笑。

“这事你不在行，看我的。”

我抢过弹弓，两发就击中了木鸟。木鸟的一侧翅膀被打断，旋转着坠了下来。

“唉呀坏了。”我捡回木鸟，有些惋惜。

“没事，我明天再送你个新的。”公输不以为意，“夸父，你再给我讲讲昆仑山和黄河源的故事吧？我家里老不让我出去，闷死了。”

“其实我也是听一个老头说的。”我不好意思地笑笑，“他知道很多东西——对了，我还想让你们俩认识呢，不过他架子好大，说懒得来。”

我提到的老头就是钱铿，他是我的忘年交。说起这“忘年”两字，的确是名副其实，因为钱铿说他已经忘记了自己的年龄。我记得第一次遇见他的时候是在邓林。那是个桃花盛开的春天，还是少年的我贪玩迷了路，天色渐晚，肚子饿得咕咕叫。周围的桃花再美丽也不能充饥，我只有仗着胆大，闯出了桃花林爬上了旁边的一座小山去找吃的。山坡上正好生有大丛的山药，我挖了几条，找块石片刮去些粗皮，掰断便咬。这山药入口爽滑，汁液极多，实在是美味，但填饱肚子不一会，我发觉手上滑滑的有点痒，便随意挠了挠，却弄得身上其他地方也蹭上了山药汁，愈来愈痒得难受。我开始诅咒当年的神农，埋怨他为何不早在本草经中通告天下说山药会让人发痒？然而埋怨神农也不能解决眼前的问题，我只能这儿挠一下那儿蹭一下，很是狼狈。

正在这时，钱铿来了，他似乎是从山坡后面突然出现的，我看见他的时候他也正诧异地盯着我，一身土灰色的衣服，腰间挂把佩刀，一张苍老的脸，只有眼睛比平常人亮一些。我挠了七八下痒，见他一动不动，便没好气地冲他说：“帮帮忙。没看见我正痒着？”

他愣了一下，见了旁边生长的大丛山药和我吃剩的渣块，像是明白了。

“呆着勿动。”

我看见他走到坡下小溪边采了几株长着平平一圈三片叶子的小草，将茎叶揉碎，将草茎中挤出的酸酸的汁液涂抹在我手臂上，不一会儿我手臂上便一片清凉。我高兴得赶紧也去揪了一大堆，依法挤出汁液涂擦，痒果真慢慢地止住了。

“您真行。”我佩服地看着眼前这个小老头，“这草能止痒，您是怎么知道的?”

他皱眉看着我，似乎在思考什么，半晌才道：

“古已有之。此草性酸，可解木树之瘙。”

“古时候就有了？那么您学识一定很渊博了。您是做什么的?”

“一介野叟，游山历海而已。”

“看不出啊，您今年年岁多大?”

他的眼神黯淡了下来，叹了一口气，道：

“忘了。”

于是，我就这样认识了钱铿并跟着他离开了邓林，当时他并没告诉我他的名字，而我在和他分手前居然也糊里糊涂地忘记了问，只在短短的几天里听他聊昆仑山如雪的玉髓、聊黄河源如镜的湖泊，一个个神话般的故事让我很是向往。后来过了几年，我又一次在渤海之滨看见了他。那时候我已经立志探寻天地日月的奥秘，但仍年少轻狂地四处游历着。我正准备出海寻访传说中的博父国，到码头的时候，很远就看见海边泊着一艘大帆船，木质黝黑，船头钉着一层铁甲，船上竖着的两根桅杆足有五六丈高。可能是刚远航归来的缘故，船上的水手正三三两两下船上岸，走路大多东倒西歪，但都笑逐颜开的，只有最后走下跳板的灰衣老头面无表情，一边走一边似乎在思索着什么。我一眼就认出了他，赶紧三步并作两步跑了过去。

“原来是您老啊。好几年不见，改行做水手了?”

我原以为他会不怎么记得我，至少也得想好久，可他偏偏就像知道我在这等他似的，看见我时眼里毫无惊奇之色，只“嗯”了一声。

我有点泄气，接着说：“我要出一趟海，劳驾看看你们船上还有没有空位?”

“何处?”

“博父国，北海两千里外。可能有那么一丁点儿远。”我讪笑着道，“行个方便最好，麻烦帮我通融一下管事的?”

“博父?”他这才露出了微微一丝诧异的神色，“孺子长矣。海外经年之途，吉凶未知，何必犯险?”

“不怕。”我笑着说道，“您不也说了嘛，吉凶未知，也就是有可能吉，那还怕什么。”

“此船自东海归来，船民需略作休整，你可下月朔日来此。”钱铿沉吟了一下，招手叫来前面的一个老水手，道：“此次休整一月半，下月朔日启航。多备些淡水与青铜弩箭。”

“是，钱铿船长。”

“船长?”我惊奇地张大了嘴巴合不拢来，“这艘船……是你的?”

“然也。”

就这样，我搭上了钱铿船长的顺风船开始了海外的游历。钱铿的船名为渊槎号，它很奇怪，既不捕鱼，也不捞虾，似乎从来没有一个固定的航程，只要淡水足够，想去哪儿就去哪儿。而且这艘船确实挺先进，帆是细麻织成，沥以桐油，又轻又不易破。船舷下的舱室里有两排脚踏桨，无风或是正面临逆风的日子里，水手们喊着号子用力踏桨驱动船破浪前行。我们只花了两个月时间便到达了博父国，见识了岛上两手抓着蛇的彪悍居民。之后便起帆南下，途经章尾山、流波山、大荒离岛，在南海间漫无目的地绕行了一大圈。航程开始时我还很晕船，整天躺在摇晃的舱室里爬不起来，但过了几个月也就习惯了，在船上如履平地。倒是船上的食物以各式鱼肉为主，那股子腥味儿多少总让我有些反胃，真想不通水手们是怎样天天乐呵呵地一边嚼着鱼肉一边干活的。

风平浪静的时候，船长经常举着个竹筒站在甲板上眺望海天，有一日我好奇地拿来把玩，这根摩挲得油光发亮的竹筒，两端各嵌了一块透明的弧形水晶片，拿在眼前一看，远处的景物一下变得很近，真是一件稀罕物。

“镜曲而光聚，再曲而散，聚散复之，像之所以近也。”我拿着这件东西打听它的奥妙时，钱铿船长这么回答我。

“那为什么不能变远？聚散应该可以是对等的。”

船长倒过竹筒把另一头递给我。

还真的远了。

后来我发现，除了这水晶筒之外，船长的船舱里还藏着不少稀罕物件，譬如我在慈山见过的能吸铁砂的神奇石头，船长就有好几块，其中一根被磨成了细细的棒状，用细绳悬挂着作指南之用，比铜盘上放个这种石头琢成的勺子不知道精确了多少倍。还有堆在舱角的几卷棉絮一样的东西，看似和普通棉花没什么区别，然而却重了好多，烧不焦、烤不烂。船长说这叫“石棉”，俗称火浣布，是当年西戎首领们向中原臣服时的贡物。说得我半信半疑的。

我把船上稀罕的东西参观了个遍，只有船舱尽头的一间小小的舱室船长没让我看。那舱室成天锁着，木门不见得有多厚重，锁也松松垮垮的，却推不动，像是里面有其他东西挡着。

我还私下里打听过船长的年纪，但这些年轻的水手没一个知道的，只有一位来自北狄的、据说跟了他好些年的老水手唱诗般回答：“等到海风拨开眼角的皱纹，你才能数清他藏起的岁月。”这不糊弄我嘛。

飞鱼

南疆的海域比渤海之滨要炎热得多，火暴的日光让不少水手躲在舱里，不到干活的时候不愿出来。阳光下的海面并不平静，时不时飘来几大块黑云，云脚擦过海面，落下阵阵暴雨，倒是给了我们不少补充淡水的机会。

“哗啦啦”一阵拨水声，将趴在甲板栏杆上出神的我惊醒了。声响来自左舷，我探身一看，离船舷不远处的海面上，忽然蹦出了几条细长的小鱼，你追我赶，飞快地在海面上奔跳。定睛一细看，这些尖嘴小鱼长着飞鸟般的鳍，一冲出水面便在空中展开来滑翔，近的几尺，远的数丈，一时力尽，又重新栽入水中。我正看得出神，甲板上的水手却大声呼喝起来，船长从舱里出来，看见海面上的飞鱼，眼中闪过一丝不安的神色。水手们似乎都见过这阵势，不待钱铿船长下令，已经拉起了帆开始转舵了。渊槎号原本是朝东南方向航行的，现在慢慢地调转船头向西，船首正迎着飞鱼跃来的方向，整艘船仿佛如战场上绷紧了的巨大床弩，随时准备迎击敌人。

我见到水手们如临大敌的模样，一时摸不着头脑，于是去找船长。船长站在船头检查了一遍，似乎没有疏漏，才吁了一口气，拉我进了船舱。

“到底出了什么事?”我越发糊涂了，一进舱就问。

船长却没直接回答我的问题，而是反问我：“船首的铁甲，你可知何用?”

“铁甲?”我想起来了，第一次见到这条船时我便奇怪为何船头包着如此厚重的铁皮，增加了船的重量不说，还容易锈蚀。“为了撞到别的船的时候不吃亏?”

“不然。”船长丝毫没理会我的幽默感，“此种飞鱼成群，遇之则万千尾，其喙极利。寻常海船若遇之，必被击穿而沉没。”

“还有如此厉害的鱼?”

船长点点头：“方才所见，虽区区几尾，其后必有大队尾随。”

仿佛是印证船长的预言似的，我忽然听见船舱外响起了密集的扑棱声，像是这艘船冲入了杂草丛生的滩涂而惊起了大量鸟群。夹杂在振翅般的扑棱声中的还有时不时的几响沉重的撞击。我壮着胆子推开舱门爬上甲板一看，船头前面宽广的墨蓝色海面上忽地像沸腾的水沫一般涌出了无数的飞鱼！它们飞快地在海面上跳跃着，像战场上冲锋的士兵一样不顾一切地向渊槎号扑来，十几条来得快的已经撞上了船首的铁甲，那沉重的撞击声就是它们用最后的生命喊出的呼号。接着一眨眼工夫，渊槎号船头触上了飞鱼群，船体竟然在这种杂乱而密集的连续撞击下微微发颤。少数飞鱼跃得很高，冲上了甲板，水手们也早有准备，在船头架好了厚重的木板，像盾牌一样挡住这远方射来的带着生命的利箭。几个勇敢的小伙子还挥舞着木棒凌空击落了好些飞鱼，被击晕的飞鱼躺在甲板上，细长的身体，尖尖的喙，看上去确实像能杀人的利器。

整整过了近一刻钟，渊槎号才冲出了飞鱼群，耳边一下安静下来。水手们都松了一口气，忙着去检查船体有无损伤，顺便一边收拾甲板上躺着的和嵌在木盾牌上的飞鱼，一边议论说今晚伙食有改善了。我跑到船尾，见广阔的飞鱼群正如海波荡漾般慢慢地远去，它们身后的海面上留下了细小密集的尾迹。此时正是清晨，太阳刚刚升起，远处粼粼的海面被朝霞抹上了一层亮丽的金红，也给跃动的鱼群披上了一层金色的战袍。我看着飞鱼们迎着太阳跃向那一片茫茫的亮光，不知怎么忽然想起了扑火的飞蛾，心里有所不忍，轻轻地叹了口气。

“此鱼群自西而来，往东而去，年年如此。”不知什么时候，船长也来到了我身边，幽幽地说，“它们不主动袭击船只。所谓击而沉没者，皆是误入。”

“你是说，它们每年都朝东方迁徙?”

“然。向日出之处而行，其势不可挡。”

“那它们最后到哪儿了？不会真跑到太阳上去吧?”

船长抬手指了指东方天边刚升起半轮的朝阳，说道：“旷天无际，沧海有穷。它们去的地方，是大海的尽头。”

“大海……也有尽头?”我瞠目结舌，“尽头外边是什么?”

船长摇了摇头：“太阳出没之地，从未有人靠近过。当年洪水泛滥时，我曾尝试随波一航，中遇阻隔，半途返而无功。”

“什么阻隔?”

“漩涡。”

漩涡

夜里，船长给我粗略地讲述了他以前航程中遇到大漩涡的经历。当时他也是带领一支船队航行在南疆，离开渤海之滨约五千多里，一日清晨发现海流有些异常，登上桅杆眺望时，发现船队前面几十里的地方出现了一个巨大的漩涡，径有数里，阻住船行。漩涡转了三日未见消失，反而越来越大。

“晨已见之，幸甚。”船长叹息着，“若夜半直航，必近入而陷，则危矣。”

“有这么大的漩涡!”我惊叹。

船长点点头：“彼时，众人均以为此处是海之极，前已无路，惧而议退。我欲绕之前行，然鬼神之说已传，且深得众心，无奈而返。”说着他露出惋惜的神情来。

“可惜，不知道绕过去是什么。”我也叹了一口气，心里想象着大漩涡的样子，“当时遇见漩涡的地方在哪儿?”

“离此处不远了。”

“不远？那我们还有多久能到?”

船长沉吟不语，半晌才道：“容吾算之。”

我看见船长出了舱室，拿了件奇怪的像弯尺一样的东西走上甲板。我正疑惑不知道船长在做什么，却看见他开始拿着弯尺对着天上的星斗，像是在测量什么角度，如此量了近半个时辰，又回到船舱里记下此时铜壶滴漏的刻度，然后抽出一堆算筹开始计算。算筹之术我也懂得不少，不过船长的手比我的眼都要快，噼里啪啦一阵摆弄，明显比我熟练得多。我见跟不上也就放弃了，又等了近一刻，船长才停下了计算，双目炯炯发亮。

“以目前航速，正东，月余可至。”

说实话，我不太相信船长计算的日期，毕竟茫茫大海，谁都难以知晓自己的准确位置，更何况漩涡的位置也未必和以前一样固定。不过船长却似乎很有自信，接近月底时便令水手们放慢了航速，每日只行不到百里，晚间甚至抛锚停航，且通宵派人在桅杆上值守，严令如发现海流异常，必须立刻叫醒全体水手改变航向。不知情的水手们听见这样如临大敌的命令都很诧异，船长便向他们解释了漩涡的旧事，并吩咐千万不可大意。

一日正午，平静的海面在我们紧张的等待中终于开始骚动了，一层层薄薄的海浪从远处海天相接处轻柔地涌来，哗哗地滑过船身，和船体前进时激起的浪花一撞击，化成无数的小小漩涡。这种小漩涡并不马上消失，而是像海藻一样漂了开去，不到一个时辰工夫，海面上目力所能及之处，已布满了这种径不过数寸的小漩涡。这些漩涡的旋转方向似乎很有规律：船身左边的漩涡都是朝右旋，右边的则相反地朝左旋，而船头正前方很窄很长的一片海面却相当平静，除了轻轻涌动的海浪之外，一个漩涡都没有。

船长早已下令停船静观其变化。我站在船头的甲板上看着布满圆圈的海面，似乎觉得自己正身处北疆广阔的大草原，草原上春日里开满了一盘盘的花朵，茂盛得能埋住土族们的木楼。

这种尺寸的小漩涡对我们的渊槎号自然不会构成什么威胁，不过船长仍然很谨慎地没有继续前行，而是在甲板上和我一起继续观察海面。又过了大约一盏茶的工夫，海浪开始变大了，每一波涌来，总是让渊槎号晃上几晃。船长拿起水晶筒朝船舷左边远处眺望了一盏茶时分，忽然面色一变，回头朝水手们大声下令：

“起桨！退！”

水手们轰然应诺，不是去升帆转舵掉头，而是跑下舱中直接反方向踏动了脚踏桨，黝黑的船体随着桨轮的吱哑声猛然震颤起来，在人力号子声中缓缓加速后退。海面上的哗哗涌动声忽然也变得更响了，甚至盖过了水手们的号子声。船舷两边的小漩涡在海浪的推动下开始一个一个地融合，从径不过数寸增大到数尺，每两个漩涡一碰撞，就产生了一个更大的。再往远处看去，刚才船长眺望过的海面已经生成了一个数十丈的大漩涡，周围还不断有小漩涡涌入，旋转的水流扩张得越来越快，也越来越大。而与此同时，船舷右边的海面上也涌现了一个同样规模的左旋漩涡。从它们的扩张速度来看，一时半刻即可追上此处的渊槎号，倘若不全力躲避，我们势必被旋转的海流拖住而陷身海底。

在这样紧急的关头，渊槎号优良的船体装备与强悍的水手终于展现了配合的威力，船身如箭一般飞速后退，甲板前方猛地拉出两道长长的浪花，像巨蛟蜿蜒的触须。而远处两座巨大的漩涡已经成形，宽度和高度都在不断增加。我们的船体虽然在远离，但漩涡在视野里并未变小，而是仍旧在扩张。船后退两三里之后，视野里的两座漩涡已经足有三四层楼那么高，周围的海水疯狂地朝它们涌去，一进入漩涡圈里，便随着水流飞速旋转，轰鸣之声响彻耳际。海流旋转着激起的水雾弥漫了整片海域，也湿透了我们的衣裳。船长亲自掌舵，准备调头加速离开这片危险的海域，可就在这时，桅杆上一名负责瞭望的水手忽然惊恐地喊叫起来，尖利的声音突破了漩涡的轰鸣声传到甲板上，我抬头看见那位桅杆上的水手指着船尾方向的海面，脸色苍白。船长松开船舵三步并作两步跨到船舷边举起水晶筒，却猛地停住了，脸上露出难以置信的神色。我顺着他的目光一看顿时也大吃一惊，船尾后方两侧的海面上，居然又冒出了两个巨大的漩涡！虽然它们的规模还远小于船头的两个，但合围之势已成，渊槎号现在进退两难！

“勿惊！”船长下令，“倒桨，向前！”

我明白船长的意思，船尾突然出现的两个漩涡，比船头的大漩涡离我们更近，当务之急是要先摆脱眼前的危机。船体在漩涡周围海流的冲击下已经有些摇晃，钱铿船长刚下令完毕，船舱里的人力号子立刻一顿，脚踏桨轮在“嘿哟”一声中齐刷刷地停转，然后马上有节奏地朝反方向旋转，船舷两边再次被桨轮拨起大片大片的雪白浪花。然而此时船体在涡流的吸引下没能像刚才那样迅速地加速，而是挣扎摇摆着一点一点向前移动，我的心不由提到了嗓子眼。不过幸运的是，强悍的水手们连吼了十几声的号子，桨轮拼命拨动，船身两侧也有长桨助力，船身终于又前进了三四丈，这三四丈距离正好让渊槎号摆脱了涡流，船体慢慢加速，暂时脱离了身后的危险海区。然而更大的危险并未过去，四个漩涡依旧将渊槎号合围在中间，按目前漩涡扩张速度来看，不用一个时辰，渊槎号现在的位置便会被疯狂旋转的海流覆盖，到时候一切海面上的东西都会被漩涡拉入海底，永远不见天日。

下一步照理渊槎号应该调转船头横穿出漩涡的包围圈，但我忽然发现，船舷左右两边远处的海面上，小漩涡也在不断碰撞融合，照这样下去两边的海域随时有可能再冒出超级漩涡来，如果渊槎号调头横行，恐怕没等冲出包围圈就会迎头撞上新生的漩涡。亲自掌舵的船长也看到了这种情况，脸色无比严峻。

我不知道船长是怎样做出决定的，后来的日子里我甚至忘记了船长在这紧急关头究竟是思考了一时半刻还是立即发令的。我只记得他冲着舱门口传令的水手大声喊了一句话，那吼声震得我耳朵嗡嗡作响。

他喊的是：

“继续前行！”

向前

渊槎号再一次加速，冲向前方的大漩涡。

应该说，船长的决定有道理。前方最先出现的两座漩涡之间距离比身后的远，渊槎号如果全力加速，则有望从这漩涡之间冲出。现在，前方两座漩涡边缘的水墙相距不足一里，而船距其之间两里有余。我紧张地想估算一下船前进的速度与漩涡合围的势头究竟孰快孰慢，却发现两者相若，局势不容乐观。漩涡周围旋转的巨大水墙正在疯狂地卷吸着海水，由于两座漩涡规模差不多，左右卷吸之力在它们之间的中央海区保持了一个奇妙的平衡，渊槎号正沿着这处极窄的平衡带向前进发。水手们在尽最大的力量驱动渊槎号，掌舵的船长也在全神贯注地控制着前进的方向，我们就像杂耍时走绳艺的演员一样小心翼翼地行进在漩涡间这片略微平静的海区，不能有一丝偏差。

或许是危机时刻激发了水手们的全部潜能，渊槎号比预想中更迅速地靠近了漩涡。这时站在船头的我能清楚地看见左右拔地而起的两扇如山的水墙，像地狱的大门一般随时准备合拢、将我们吞噬。水墙在飞速旋转，却能奇妙地保持矗立，被漩涡卷吸而带动的海风不断从水墙上削下大丛大丛的浪花，随即马上被吹散，形成了漫天的海雾。两座漩涡旋转时在海面带起的浪涌正好和我们前进的方向相反，对渊槎号造成了一定的阻碍，并且越靠近感觉阻力越大。漩涡带起的海风也是顶头风，不过由于未起帆，阻碍感反倒比不上海流。

渊槎号艰难地冲入了漩涡间最窄的部分，从此处往左右两边看，两个漩涡距离不过数十丈，水声震耳欲聋。我清楚地看到旋转的水墙里夹杂着成堆的海藻与海鱼、海鸟的尸体，甚至还有破船板、断桅杆等物什。或许这些东西是历年来被漩涡吞噬的沉船残骸，撕碎后被翻涌的海流从沉埋的海底冲上海面，又一次向后来者展示着漩涡的威力。

两边的水墙正以肉眼能看见的速度朝我们慢慢逼近，水墙激起的浪花像暴雨一样打在甲板上。忽然间船体左右一阵摇晃，我惊骇地发现，这处最窄的海区，海流的阻力竟然达到了顶点。渊槎号前进的势头已大大减缓，水手们激越雄壮的号子声也被水声淹没得几乎听不见了。嘈杂的水声中，渊槎号像蹒跚学步的幼儿，艰难地一尺一尺前行。

我站在船舷边向后望去，看见船尾方向离我们约两里地的两个大漩涡已经开始合拢了。两边旋转的水墙逐渐靠近，一经接触便激起冲天的浪花。两座漩涡忽然失去了全力旋转的势头，它们接壤的一瞬间，远处海面上猛地涌起了一道比原来水墙更高的水山，像地震时平地被挤压而耸起的山包。这小山包一样的水山正在缓慢坍塌，塌陷的速度越来越快。我相信任何船只如果身处在这样合拢的漩涡间，只怕都躲不过被夹击的水墙撕碎然后被塌陷的海水砸入海底的命运。我看看远处不断缓慢崩塌的水山，又看看身边左右两旁夹击而来的水墙，心里非常紧张。渊槎号前进的速度已经很慢了，倘若一刻钟内不能脱离漩涡，我们必然在劫难逃。但水手们已经把脚踏桨的动力发挥到了极致，整条船上根本没有多余的动力，我们还能怎么加速？除非老天保佑，在身后吹来一阵风把我们吹出困境……等等，风？

突然，耳边猛地响起了船长的吼声：

“起帆！”

我回头一看，船长一手扶着舵，一手指着远处的海面，顿时，我一下子就明白了，转身就往主桅杆跑去。

桅杆下堆着已经放下的帆布，帆索软软地垂在桅杆旁。我拽住帆索正想找个人帮忙，身边响起几声纷乱的脚步声，两个水手听见船长的命令也跑了过来。他们的力气比我大得多，很快，主桅杆上升起了帆，紧接着另一根桅杆上的帆也被拉了起来。水墙间顶头的海风刮得帆布猎猎作响，阻力骤然增大，渊槎号左右抖动，举步维艰，几乎已停止了前行。此时，远处激荡成山一样的海水终于轰然崩塌了，高高的水墙砸在海面上，激起一圈极为广阔的浪流。我看着这圈巨大的浪流在海面上缓慢地扩散，心里紧张得无以复加。我知道，尽管看不见，但这巨大的水山崩塌时激起的狂风就是我们脱困的希望，就像雪崩时激起的气浪能推倒树木一样，这股狂风，一定能将我们推出漩涡！

我深吸了一口气，心里开始默数：

一

二

三

……

船身依旧在剧烈晃动，尽管两边倒退的水墙会让人产生一种我们似乎正在飞速前进的幻觉，但渊槎号实际上已经停止了前进，甚至开始缓慢倒退。我转过身闭上眼睛默默地数着。耳边响着的是哗啦啦的海浪，还有舱底踏桨水手们的号子，还有我的心跳。

这须臾的时光，漫长得像我的一生。

我数到七的时候，船身猛地剧烈一震，桅杆上挂的帆蓦然绷紧。迎风展开的帆布发出一声沉闷的低响，像敲响了一面巨大的战鼓。我背上同时也像被一只巨手猛力一推，一跤跌在船板上，摔了个嘴啃泥。

尽管摔得七荤八素，但我仍然可以感觉到，船身在狂风的猛力一击之下开始前进了。船板上清晰地传来舱底脚踏桨有节奏的震感。我爬起来朝船舷外看去，旋转的水墙开始缓慢倒退，越退越快，让人觉得之前即将合拢的地狱大门正在诡异地重新打开。随着船行的加速，漩涡的整体弧度也在视野中逐渐出现了，两圈弯弯的水墙在刚才狂风的一击之下溃散了一部分，此时正重新聚拢起来，旋转着相互靠近。船行开近百丈之后，这两座大漩涡开始碰撞了，水流交叉搅动，激起像刚才那样的巨大水山。这次的水山由于距离更近，看起来愈发的高大，水山顶端在不断喷涌着，随后缓慢崩塌，漩涡碰撞激起的漫天海雾被偏西的阳光穿过，折射出一圈圈瑰丽的彩虹。

船长并没有因为脱离漩涡的夹击而懈怠，仍旧在指挥水手们竭尽全力地前进。我也知道虽然渊槎号暂时避过了被漩涡卷入海底的厄运，但身后水山的崩塌迫在眉睫，那圈气浪由于距离比上一次更近，威力也会更加巨大，渊槎号必须尽量远离才能安全。

我们全力前行了约半里地时，水山又一次轰然砸下，卷起的无形气浪在眨眼间迅速跨越了短短的半里距离扑向渊槎号，船身朝前猛然一抖，像被攻城的巨木狠撞了一下，头顶上被风鼓满的帆布也禁不住冲击，嘶啦一声裂开了一道长长的裂缝。好在渊槎号的船体很坚固，在气浪的冲击下非但没有散架，反倒前进得更快了，但身后水山激起的一圈巨型浪涌和之前的巨浪一叠加，紧跟着也扑了过来，浪涌像沙漠里推进的沙丘一样轰地将渊槎号顶得高高的，尽管抓住了缆绳，我整个身体还是被抛得离开了船板，心也同时被抛到了嗓子眼。但只过了一刹那，渊槎号就重重地落回了海面，又一次艰难地从海流中挺起了船头。

我摔得晕头转向。当我手脚酸麻地拽着缆绳站起来的时候，还不敢相信我们已经脱离了危险。但看看身后的海面，大型漩涡已经全部消失，只剩下残余的起伏海浪和漂浮在海面的碎物。朝船首方向看去，一圈雪白的浪涌已经越过了我们，正缓慢地朝外扩散，愈来愈远，也愈来愈弱。日光从身后照来，给远处的浪涌镀上一层粼粼的白色波光，从高处看，渊槎号像处在一个巨大的光环中。我忽然觉得这光环就像命运一样将我们套在其中，我们永远也追不上它，更突破不了它。

青堤

过了漩涡群之后，依然是一望无际的蓝色海面。水手们补好帆后按照校准的航向单调地前进，日复一日。船长开始每天夜里观察天上的星斗，并且继续摆弄算筹来计算船行的位置。据说这种计算方法是船长自己独创的，虽然算出来的结果暂时也无从验证其对错，但想到上次过漩涡群的日期被算得八九不离十，我姑且也就相信他。

东行的航程中非常偶然地能看见一些岛屿，大多数荒无人烟。碰见岛屿时，钱镗船长总会让水手们暂时改变航向靠近过去登陆，水手们也分了工，伐木、打猎、寻找野果野菜等，以尽量补充装备与给养。岛屿较大时船长还会停留个两三天并令一批水手掘井，好几次都成功地从井里取出了甘甜的淡水。每次淡水从井里喷涌而出时，水手们都欢呼雀跃群情激奋，仿佛又一次得到了上天的赏赐，从而能继续我们的航程。

有些岛屿上有居民，长得奇形怪状，语言不通，看上去也不是很友好。而我读过的风物志上没有这样偏远岛屿的记载，也无从了解他们的风俗与行为，倒是船长觉得这片海域人生地不熟需要多多了解情况，反而尽力与岛屿上的居民沟通，不过大部分居民只在岛屿的近海捕过鱼，没有经历过远航，我们想了解的蛮地风俗无从谈起，日常交流也仅仅限于交换一些日常用品再拍拍胸脯哈哈笑几声。后来在东边一个较大的岛屿上我们遇到了一个老人，他是他们部落的通事兼管家，粗略懂一些南疆渔民的语言。钱铿船长和他交换了他推销的一大堆东西后又席地谈了三天三夜，收获颇多。不过我土语知道得有限，在旁边听得半懂不懂的。

他说他叫伦哲麦，我管他叫“轮着卖”。

船长转述说，“轮着卖”年轻时曾出海东行过很长的航程，折算成我们的距离单位约莫一万里，但再远就无法前进了。

“为什么?”

“‘那里是海洋的边缘，一切船只都无法穿越，只能在遮天蔽日的阴影里叹息，放下风帆虔诚地祈祷，请求神们宽恕远航者的冒犯。’”船长喃喃念道，“吾实不明其言也。”

“难道是被另外一块大陆挡住了?”我也听不明白，“不过他说那儿是海洋的边缘，看来离我们的目的地也近了。”

我们已经离开陆地远航了两年多，大部分日子顺风，按照日行五十里计算，航程已经接近三万里，如果此处万里之外是大海的边缘，那么说明大海至少达四万里方圆。

“不然。”船长皱眉摇头道，“渊之遥，未尝明也。何况，日月星辰之行已现偏差，往后需更加小心。”

我知道船长说的是什么意思。这半年里，我慢慢从他手中学会了根据观测日月星辰运行来推算船位的复杂算法，这算法之前相当准确，但近几个月莫名其妙地开始不靠谱起来，算出的位置常常差个几十里上百里，船长成天眉头紧锁地思考，但始终想不出太好的修正办法。用他的话说，“不明其因而演，岂能精之?”

“那就不管了，继续前进。”

七个月后已是冬天，寒冷冻住了动荡不休的海面，露出难得一见的平静。太阳已久未露面了。大海在铅云笼罩下呈现一种奇怪的墨灰色，这圈墨灰色朝东方的天边延伸开去，在目力所能及的地方和天空融为一体，像是给这个世界盖了个密不透风的盖子。一天，桅杆上眺望的水手报告，远处好像出现了大型岛屿，船长登上甲板拿水晶筒观察了一阵，不禁皱起了眉头，随手把水晶筒递给我。

拉近的视野里，海平面上出现了一条细细的黑线，两边望去竟然看不到尽头，只在视野中渐渐变远直至几乎消失。

“并非岛屿。”我下结论道，“可能只是大型乌贼群，把海浪染黑了。”

“那得多少乌贼呀?”一位水手表示很惊奇。

后来的事实证明我是错的。五天后，渊槎号靠近了黑线，我从水晶筒里能清楚地看见黑线居然是一堵黑石壁，其高度约莫比渊槎号船体还要高好几倍，并且左右竟然真的望不到头！这莫非就是“轮着卖”说的海洋的边缘?

一天后，渊槎号停在了离石壁约莫百丈的近处。船长指挥水手放下了一条小舢板，我和几个水手划到石壁前细细地观察。石壁通体黝黑，极其坚硬，远瞅着较为光滑平整，但凑近了就能看出其表面满是岁月磨蚀的印迹。这高大入云的石壁不知在海中矗立了多少年，海浪一层层涌来，徒劳地拍击其上，飞溅出堆堆碎沫。

舢板划回后，水手向船长报告了所见到的一切。船长双眉紧锁，又开始背着手在甲板上踱来踱去。

“如何是好?”我问。

“且左右探之。”

渊槎号开始转头沿着黑石壁行驶，试图找出其他的出路。但往北行驶了二十几天，船体右边总是那道长得没有尽头的黑色。入夜时，黑石壁随着黑夜来临而藏入黑暗，在永不停息的涛声中坚守自己的位置；天亮时，黑石壁在曙光中挺直自己的身躯，似乎在嘲笑我们的徒劳。阴沉沉的云朵下，我们每个人的心情也是阴沉沉的，对于远航的人来说，还有什么比不能前进更令人受挫？来自北狄的那位老水手平日里负责记事，他现在已经准备往竹简上写“这儿是海的尽头”一类的词儿了，还给这道黑石壁取了个有点诗意的名字“青堤”。的确，这道长长的青石堤不光挡住了我们的去路，还似乎拦着整个浩瀚无边的大海。我实在无法想象这桀骜不驯的大海能被这样束缚住，但青堤就在眼前，我们毫无办法。

我们沿途还遇见过几艘小渔船，应该是周边岛屿的渔民，他们都躲得远远的，似乎对黑石壁有种天然的恐惧，看来也没法从当地土人处得到什么有用信息。

“实在不行我们就在石壁上凿洞，我爬上去！”又一天巡游未果后，我仰头盯着云底，咬牙发狠道。

“不必。”船长缓缓说，“且徐候之。”

“等什么？”我瞪大眼睛。

“飞鱼。”

我忽地醒悟了。

“那，离下一拨还有多久？”我努力回忆以前碰上飞鱼群的日期，“照道理拿我们以前遇见它们的地点和日期应该能算出它们的速度，再算出它们到这儿的时间。——我去找算筹。”

“春日可至，约二到三月。”船长替我说出了答案，“如彼可行，随之可也”。

海风开始变暖的时候，我们已经沿着青堤来回盘桓了好长的距离，依然是毫无出路。不过有一件事引起了水手们的警觉：周围的小渔船悄悄地随着暖风靠近了青堤，然而看不出他们有什么恶意，也没有攻击我们的意思。我从水晶筒里能远远看见小渔船上的渔民，他们个个都皮肤漆黑、身体强壮，但无所事事，那悠闲的样子倒是像在等待鱼汛。

春分那天，飞鱼群终于来了。西边海面上出现了一波黑压压的浪头，浪头推进速度极快，须臾便到了近处，浪里显出无数利箭一般的影子。水手们一边呼喝一边踏动桨轮离开危险海区，对面的小渔船也拉开了和鱼群的距离。双方远远地看着飞鱼群直扑青堤，像草原上的羚羊悄悄窥探着远来的旅人。箭阵般的飞鱼群离青堤越来越近，三里、两里、一里……我的心里微微抽紧，不敢想象接下来的结果。这堵在海中亿万年来矗立不动的青堤，能否阻挡飞鱼群一年又一年的执着？

眨眼间，飞鱼群撞上了青堤，闷声如潮，血花飞溅。大多数飞鱼的尖喙在撞击中连同头部一起直接折断，瞬间被掏空生命的鱼尸滑下石壁，重重跌入水中，溅起的血染红了一小片海面。石壁上眨眼间布满了血迹，低处被淡红色的海浪轻轻冲刷，几下又恢复了黑石的本色，等待下一批自杀者的袭击。

我们站在甲板上目睹这种生命在冷酷死亡前的无助，不由全都瞠目结舌，少数水手甚至忍受不了这血腥的场面而开始呕吐。然而更令人震惊的奇迹出现了，海底突地传来一阵极其低沉的摩擦声，低沉得似乎根本听不见，但这摩擦带来的震动感沿着大海传来，像地狱的沉重石门在开启。远处被鱼群攒射的石壁忽地缓慢摇动起来，竟慢慢露出一道竖直的裂缝。后面的大队飞鱼群马上变成了狭窄的长队，随着疯狂卷入的海水涌进了裂缝而消失在石壁内，只有少数被挤在一边来不及改变方向的飞鱼撞击在裂缝边缘而粉身碎骨。不到一刻工夫，飞鱼群竟然全消失了，石壁又一次颤动起来慢慢合拢，眨眼间毫无痕迹，如果不是海面上漂浮的血迹与鱼尸随海浪轻轻涌动的话，谁都看不出来这儿曾经发生过惨烈血腥的碰撞。

“我算是明白了。”目睹一切的我长出了一口气，“原来，竟然有道门。”

“过去看看？”水手们也七嘴八舌，对石壁上的裂缝充满了好奇。

“慢。”船长指了指对面，“待彼先行。”

原先停泊在飞鱼群对面的小渔船行动了，它们接近了染血的海面，开始轻车熟路地捞取漂浮在水面上的鱼尸，看来这飞鱼群的习性已被附近渔民所熟知。飞鱼群在撞击中约莫损失了三分之一，这批损失给渔民带来的收获十分丰硕，没多久小渔船便个个满载而归。他们驶远后，我们才慢慢地靠近过去。海水中依然漂染着淡淡的红色，但比起刚才已稀薄了很多。

我们停泊在裂缝处的石壁前。从这个距离看，青堤的石壁上除了快干透的血斑之外，没有裂缝的痕迹。我们又一次放下舢板靠近了仔细观察，这才发现石壁上有一道细细的竖直缝隙，和被海浪拍击的痕迹混杂在一起，不近看很难察觉。退一步说，即使我们提前察觉了，也只会把它当作普通裂缝而忽略掉，丝毫想不到这会是一扇可以开启的巨大石闸。

可是，这石闸的开关在哪儿？

开闸

入夜后，水手们发生了激烈的争论，一部分认为青堤的石闸根本不是人力所能开启的，我们应该掉头返航；另一部分人觉得石闸一年开一度，和飞鱼群的习性相同，要等到下次开启得再熬一年。鱼油灯下见他们争吵得脸红脖子粗的模样，我不由想起了京城里关于天地方圆的学派论战来。

船长和往常一样没有参与口水仗，而是独自站在甲板上，也不知道是否在思考什么。从舱门口看去，他的身影藏在黑暗中，像一座隐约可见的雕像。

“真烦。”我爬出舱门走上甲板，发牢骚道，“明明路就在眼前，却过不去。”

海风吹动了船长的胡须，他转过脸来。

“你有何打算?”

“凿洞，攀之。”我不自觉地用船长的口气说，“古语云：人定胜‘堤’。我就不信这块大石头还能真挡住我们。”

船长却摇摇头道：“此石极为坚硬，寻常之物难以凿动，唯青铜斧凿可克之，然船上甚缺，不易为也。”

“这……”我挠挠头，心想有些难办了。

船长忽然缓缓道：“你有没有想过，石闸的开启，或许是石壁上的机关控制的?”

我眼睛一亮，想了想，却又有些泄气：“那么高的一块大石头，上哪儿摸索去?”

“如果机关是因为飞鱼的撞击而启动，那么……”船长指着船头黑暗中的石壁，比画了一个圈，“此处必是其藏身之地”。

“有道理。”我兴奋得双手乱摇，“明早我和他们一块去敲打敲打。——啊对了，飞鱼跳得很高，我们还需在石壁上凿洞搭架子才能够得着。”

“倒也不必。”

船长转过身来。借着从舱门口透来的微弱鱼油灯光，我看见他手里拿着一样东西。

一支青铜弩箭。

这几年的航程中我们很少使用青铜弩机，一方面青铜弩箭存量有限，自己无法打造补充，得省着用，另一方面也的确没有遇到传说中需要巨箭才能击退的大鱼。但弩机与弩箭的保养水手们却一丝也没有懈怠。弩机分大型和小型两种，大型弩机六架，一架需要两人才能搬动操作，拉开弦也很费力，但射程远，可达五百步。小型弩机三十架，一人就可以端在手中击发，射程约二百步。箭矢则是以坚韧的杨木为杆，刨成光滑的三尺长，头上紧旋着统一打造并打磨锐利的青铜箭头，尾部嵌入山鸡的硬羽以保持平衡。起航时我们携带的这批弩箭有五大捆共五百支，除去少量渔猎消耗，现在还剩四百多。如今在前行无路的情形下，我们要在青堤前摆开所有青铜弩机，用疾射的箭矢模仿飞鱼的撞击来打开石闸，这招有没有把握我心里没底，但看船长沉着的样子，也就踏实了不少。

清晨来临，铅云依旧挡住了东升的旭日，只有乳白的晨光从青堤之后投过来，将渊槎号罩在石壁的巨大阴影里。为了避免溅射的箭头回弹伤人，渊槎号退至了三十丈开外，船身也横了过来。甲板上架起了大型青铜弩机，端着小型青铜弩机的水手也在船舷边一字排开，在船长的号令声中齐齐拉弓、卡弦、填箭，瞄准了远处飞鱼群撞击过的石壁。

船长抽出腰间的佩刀，举起，虚劈："射!"

耳边弓弦同时嘣的一响，随之爆出箭矢破空的声音，竟震得耳膜隐隐发疼。带着白色羽毛的箭矢在空中划过一道道弧线，像投林的鸟群般飞速直扑青堤，然后一片密集的嗒嗒声无力地传来，青铜弩箭全掉进了海中。石壁上只有一些浅浅的印痕，估计是力量更狠的大型弩机留下的。

第一轮箭矢的徒劳在意料之中。船长吩咐渊槎号移动了一个船身的距离，开始了第二轮。

"射!"

"射!"

……

七轮叮叮当当的箭矢过后，飞鱼撞击的区域基本上都被箭矢覆盖到了，然而这带着血斑的石壁依然没有丝毫动静，像个永远不会被激怒的巨人。钱铿船长停止了号令，拿着佩刀似乎在思考着什么。

箭矢已消耗过半，水手们虽然依然端着青铜弩机严阵以待，但也能看出来有些泄气，部分人转头期待地看着船长，等待进一步的号令。

半晌，船长像下定了什么决心一般，唰地把佩刀插入刀鞘，走下甲板从一位水手手中拿过青铜弩机，架上弩箭，向众人道："此次改散为聚，射吾指之处。"

"是!"

没怎么瞄准，船长举起弩便扣动了扳机，利箭唰的像流星般击在石壁的一块血斑上，随即水手们的箭像暴雨般跟随攒射在同一块血斑之处，不过仍旧无动静。

船长轻叹了一口气，又架起了一支箭，指向另一块血斑。我在一旁，紧张得大气都不敢出。

当第三轮利箭攒射上第三块血斑的时候，青堤终于怒了!

我清楚地看到，石壁上一处不起眼的血斑被好几支箭矢击中，微微凹了一块，随即弹起来恢复了正常，紧接着，我们曾经听过的低沉而巨大的摩擦声又一次自海中响起，宛如推动了一盘天地间的巨型石磨。由于距离近，这震动的感觉让人觉得五脏六腑都在跟着颤抖。石壁缓缓裂开，露出一条狭窄深邃的峡谷，海水开始涌入，竟带动横着的渊槎号向前冲去。船长连忙掌起船舵开始调头，并命令水手归位，左舷的脚踏桨反转，右舷的正转，很快渊槎号便有惊无险地调直了船身，随着海流飞快地冲入了峡谷。

一进峡谷的海道，狭窄而高耸的石壁立马给了我们很重的压迫感与纵深感。仰望头顶，两道幽暗的黑石壁夹着一线遥远细长的浅色天空，像盘古开天辟地时巨斧劈开的裂缝。前方的出口倒是不太远，但由于海道狭窄，看上去比实际距离要远很多。海道正对东方，初升的旭日刚跳出海面，一大半已躲入了极低的铅云之后，但露出的一小半仍射出炫目的阳光。这道阳光从远处竖直的石壁夹缝中洒来，像黑色幕布中央点起了一盏指路的明灯，而我们的船正驾着海流朝这盏指路灯驶去。颠簸的船上，我和水手们都有些恐惧，因为峡谷实在太窄了，如果海流一乱而渊槎号触上石壁，就有船毁人亡的危险。

为了赶在石壁闭合前冲出峡谷，船长命令水手升起了一半帆。海流带动的海风从身后呼呼鼓来，让渊槎号行进得愈发迅速，然而也愈发危险。有好几次摇晃的船身离石壁已经很近了，似乎马上就要沉重地撞上，然而又有不知哪儿涌出的乱流一激，让船体只在石壁上轻轻一蹭，减速了一刻，又立即被海流驱动而恢复原速。近了，近了，出口在视野里越来越宽也越来越亮，然而峡谷两旁的石壁忽地抖动起来，像马上要开始慢慢合拢，我们的心一下子提到了嗓子眼。天地间又一次响起了巨大的低沉摩擦声，狠刺着所有人的心神，仿佛死亡的预告，也仿佛末日的来临。两旁的石壁以肉眼刚好可见的速度开始渐渐夹拢，距船舷不过两丈，而前方的出口还有几十丈。脚踏桨的桨轮全力旋转击出大片大片的浪花，渊槎号飞速前进，其速度甚至超过了当年在两座漩涡间被夹击时的高速冲刺。船长充分展示了娴熟的掌舵技艺，在这几十丈的行程内，渊槎号竟然一次未撞壁，完全没有减速。终于，在石壁离船舷中部还有半丈不到的距离的时候，渊槎号的船头冒出了青堤出口。

眼前豁然亮堂起来，我正想欢呼，船身却猛地一顿，身后传来了几声刮擦与木头碎裂的声音。我回头一看，船体中部已经挨上了合拢的石壁，一夹之下，速度骤降。好在船体后半部分是逐渐收拢的尖锥形，石壁在压近而船体在挤出，终于，渊槎号完全冲出了青堤峡谷，而身后的两道石壁也在船体驶离不到三丈时轰然闭合，又恢复成了亿万年来矗立不动的旧模样。

石壁闭合激起的风浪过后，渊槎号停了下来。船长松开船舵，开始指挥水手检查船体的损伤。船尾凸出的脚踏桨轮被石壁撞碎了几片桨叶，船舷也被石壁刮擦出十几道深深的划痕，好在船体极厚，并未伤及舱室。疲惫的水手们顾不上休息，忙着扛来木料修补船体和桨轮，以保证能继续前进。

我站在甲板上观察青堤外的海域。这块海面和青堤内没什么区别，海水依然墨蓝，海浪也仍旧在狂风的卷动下拍击着外侧石壁。石壁上的裂缝早已合拢，完全看不出片刻之前这儿还有一道可以通行的海峡。沿着青堤两边看去，远远的海面上行驶着几艘小渔船，看来外边也不是什么太奇怪的海区，也有渔民在这儿活动。

海风驱散了头顶的铅云，露出久违的太阳，我忽然觉得这太阳比平时要亮一些。奇怪，难道只是因为多日不见阳光的缘故？我眯起眼睛看看太阳，总觉得有些不对。

“此处你看若何？”船长指挥完毕后也来到甲板上。

“没啥，和里边一样，有人有船的。”我指了一下远处的小船，“只是觉得太阳好像太亮了点儿，或许很久不见，只是错觉。”

船长抬头看着太阳。清晨很亮的阳光斜射在他的脸上，他却似乎没觉得刺眼，连眉头都未皱一下。

半晌，他才低下头，闭上眼睛，长出了一口气，像是明白了什么。

船长忽然睁开眼，道：

“计算船位之偏，可知为何？”

“呃……不知道。”我奇怪船长怎么会忽然提起这个问题，“不是由于日月星辰的偏差？”

“否。”船长双目炯炯发亮，像是阐述一项新的发现，“我想，此处乃海之角，日月已近。如依原法以恒距计之，则巨谬矣，须修之。”

“近？什么近？”我一时没反应过来。

船长指了指日轮，“你可发觉，它看起来变大了？”

我再度眯眼细看，炫目的阳光刺在眼底，给我的视野中短暂地留下一块纯白光斑。

太阳，果真看起来比以前要大了一圈，虽然没有大很多，但仍然挺明显。

一惊之下，我结结巴巴地说：“你是说，我们已经……”

“没错，我们已经靠近太阳了。”

水墙

渊槎号经过了两天的修葺，又朝东方驶去，青堤被我们抛在了身后。

这两天水手们也发现了太阳变大的现象，有一些诧异，但并不害怕。在他们的心目中，能击中青堤开启的机关并能指挥船队穿过青堤的钱铿船长早已成了神一般的存在，只要有他在船上，就不用担心渊槎号的安全。

我开始每天拿着船长的水晶筒观测太阳，从清晨海面上日缘初露，到正午日轮高悬，到黄昏日落入海，我都仔细记下视野中的太阳大小，想根据这些数据来推算距离，从而校准行程推算的规则，不过所得的数据太粗糙，未能成功。

我在船长借给我的水晶筒口蒙上了一块薄薄的鱿鱼片，这样拿来观测太阳就不会太刺眼。但一天几个时辰看下来，鱿鱼片总是被烤成鱿鱼干，于是每天都得换，消耗很快。船长看在眼里，这天他递给我一块黑黑的东西，我一看，竟是产自昆岗的黑玉，被精巧地打磨成又圆又薄的一块，正好可以卡在水晶筒口。透过装了黑玉镜片的水晶筒看平常的东西什么都看不见，但却能清楚地看见太阳的轮廓，真是无价之宝。

船在继续往东航行，渐渐地，太阳在我们的视野中越来越大，每天清早的日出也愈来愈瑰丽。吹来的海风已变成热浪，重重包围着我们渊槎号。曾经远在天际的蓝天与大海的分界线也渐渐地靠近了，透过水晶片，我看见远处海的尽头弥漫着一层浓雾，和天边的云团混在一起，难以分辨。又航行了三天，浓浓的雾气看得更加清楚了，还在缓缓上升。我们惊奇地发现，雾气里面，居然是高耸入云的上千丈的水墙！这水墙不断往上喷涌，左右看过去都看不到头。飞溅的水在极高的空中被风吹散，变成雨水洒落在海面上，也噼里啪啦地打在我们的船身上。这雨大概亿万年来不停歇地下着，早晨来临时雨点会变得温热，入夜后则回归冰凉。我们收起了帆又航行了一天，下落的雨水被抛在了身后，前面高耸的水墙愈发清晰了，我们就像处在一扇巨大的水质拱门中，这道拱门矗立在天地间随风飘动，似乎随时会倒塌下来将我们扑入海底，不留一点残骸。

现在是白天，这道长蛇般的水墙不用水晶筒都能看得很清楚，太阳在我们身后斜斜地照来，把水墙映得透亮。从这边看过去，水墙由无数从下往上喷的细细喷泉组成，并不厚，却看不透。水墙对面黑沉沉一片，像个不见底的深渊。我记得以前游历南蛮之地时曾在十万大山间见过许多飞瀑，有的宽达百丈，其声如雷，然而哪怕最大的瀑布，即使有神力令其倒流，其势头也不及此处之万一。我站在甲板上，耳中充满了水墙喷涌的巨大轰鸣声。随着水柱卷起来的风像刀子般刮着肌肤，寒痛透骨。

“太古之时，传说大地以鳌背为础，如今你看若何?”

我转头一看，是船长。他没看我，背着手像是在沉思，双眼凝望着不远处的水墙。

“有可能。你看看，现在此处若是鳌背的边缘，那么按理前方深渊中就是它的脑袋，这水墙，极有可能就是它鼻孔里喷出来的。我们海上见过的巨鲸，不是也有此喷水一说?”

“鼻孔?”船长若有所思，“此墙左右一望无际，但厚不过三五丈。倘若……”。

我立刻也觉得有些荒谬，哪有这么扁的鼻孔?不过我不松口：“没人见过大鳌，也没人规定它的鼻孔不能这样长哇。”

“哼。”船长转身走了。走了两步，回头又扔下一句话：

“今晚早睡。明日寅时，有事。”

我还想问问明早有什么事，钱铿船长已经进舱里去了。

日出

太阳在我们遥远的身后落下了，由于距离极远，看起来就像月亮一般大小，周围的晚霞也暗淡了很多。当最后一片小小的火烧云消失后，漫漫长夜降临，整个海面连同我们的船都沉入了黑暗中。

寅时，我被船长叫醒了，我看见他指挥水手从舱里搬出来几卷石棉堆在甲板上。我知道这东西很耐热，但从前几天的经验看，日出的热浪应该不至于烧毁我们的船只，人只要躲入舱里，外面泼上海水，基本便无大碍。需要这些石棉的场合，除非是待在甲板上……

我忽然感到一阵莫名的兴奋，朝着身边的船长大喊：

“今天黑玉镜归我用，谁要都不给！”

船长似乎早预料到我会有这一句，没有表情地看了我一眼，转头向水手们吩咐道：“石棉搬过来，盖紧。你们几个泼水。其余的人都进舱里去。”

几个水手忙着从海里汲上一桶桶水泼在甲板上。前几天在靠近水墙的途中，每日凌晨水手们也是像现在这样从海里汲上来大量清凉的海水，将船通体淋透，这样才能抵御一下日出时短短一刻的高温。当太阳露头的一刹那，整艘船身被雾气笼罩，海面上也像烧开了一般翻腾，仿佛我们不是行驶在海里，而是在烟云缭绕的天宫。事后我们知道其实大海并没有热到沸腾的程度，否则我们早成了蒸熟的馒头了。

“还有多久？”我趴在湿漉漉的石棉下，动一动身上便感到衣裳冰凉地黏着皮肤，很是不舒服。周围的黑暗中刚透出一丝乳白。

“快了。”船长不动声色。

突然，毫无征兆地，前面深渊中浮现了一片极其炫目的巨大光亮，幸好甲板上的其他人都用厚厚的鱿鱼片事先蒙住了眼睛，才不至于失明。我看见矗立在天际的巨大水墙被这片光亮猛地穿透，还没来得及尽情折射出五彩绚丽的光芒，水雾便已迅速蒸腾。一团团浓密的水汽像大蘑菇一样直冲天际，在深渊中吹来的热风的推动下朝我们身后散开，幻化成天上滚动的层层白云。我呆呆地仰着头，实在想不到云居然能以这种方式被太阳驱散着朝着外面的世界喷涌。然而还来不及感叹，我马上觉得下巴一疼，居然已经被烫伤了！

我赶紧低下脑袋拿已经被烤干一半的石棉捂住口鼻，顺手在甲板上抹了点儿海水想要冷却一下下巴烫伤的地方，但甲板上刚泼上去的海水已经差不多干了一大半，剩下的热得烫手。我只得打消了这个念头。

光亮愈来愈强，蓦地，宽阔的水平线上，喷泉底部各处齐齐升起了一道更加灿烂耀眼的光芒，几乎占据了水平方向的全部视野。这道光和刚才那片虚无的光亮不同，它是有实体的，这是太阳的边缘！这道长长的边缘带着浅浅的弧线，弧线飞快地上升，片刻间便脱离了我的视野，接着便是茫无边际的光亮，这光亮甚至刺透了厚厚的黑玉镜片，让我看清了太阳表面旋转涌动的火焰与异常清晰的黑点，但却看不出距离究竟有多近。日轮爬升的速度很快，眨眼间，它便拖着卷动的火舌跃离了海平线。我感觉到热浪从我头顶、脊背上掠过，眼前亮度突然降低，让我一时间什么都看不见了，身体有种奇妙的幻觉，似乎前面竖直的水墙才是深邃的海面，而我们马上就要失去控制，沉入脚下的黑暗深渊中。

过了许久，我才掀开身上已经干透的石棉，趺趺撞撞地爬起来。

我对船长说："我想过去看看。"

穿越

日出的热浪消失后，水手们又忙碌起来。

船长答应了我刚才的要求。他指挥水手把船驶到水墙边，小心地维持住位置，然后放倒桅杆，把桅杆横过来架在一辆可以在甲板上滚动的四轮小车上，这样就做成了一个简单的可以移动的杠杆。一位老水手把绳子在我身上绕成两个绳套，熟练地打了个水手结，捆在了桅杆的另一头。我被长长的桅杆悬空吊着，慢慢地朝船外伸去。

“慢!”船长像又想起了什么，吩咐将我拉回甲板，挥手让水手从舱里扛来一卷牛皮裹在我身上捆好，“水力甚劲，你小心些。”

我点点头。桅杆又一次将我平平吊起，水手们推着小车，将我朝船外送去。

离水墙尚有半丈时，我感觉到涌起的水雾已经透过牛皮打湿了全身，耳边的水声也更加清晰了。这种清晰的轰鸣隔绝了尘世的一切声音，甚至让我感觉不到身后船的存在。进入水墙的一刹那，水流自下而上喷涌的巨大的冲击力让我猛烈摇摆起来，隔着牛皮感觉像有千百只巨手拽着我在空中摔打。我捂着脸，竭力扭动着湿透的身体，让自己在冲击中找到一个平衡点，能随着桅杆慢慢平稳地前进。前面越来越黑，似乎我正在朝深不可测的海底下潜。水流的激荡让我整个身躯全被水浪包围，每呼吸一下，口鼻间总涌入许多水花。我逐渐有种窒息感，心里暗叫不妙，屏住呼吸，只盼着赶紧熬过这几丈远的距离。

忽然，我感到击打在我身上的水浪一瞬间全都消失了，悬挂着我的绳子也一下绷紧，让我重新感受到了重量感。水墙的轰鸣声已经被抛在了身后，现在耳边响彻的是极劲的风声，呼呼的让人有种耳鸣的感觉。我抹干眼前的水珠，甩甩脑袋定了定神，睁开眼一看，不由得愣了。

我对水墙后面的世界设想过无数次，总是在猜测究竟后面“存在”什么东西，然而眼前竟然是一片黑暗的虚空，一无所有。阳光以一种奇妙的角度透过水墙从我身后照来，非常微弱的光线愈发让这片虚空显得极度黑暗。我从牛皮卷中探出头朝下看，下面目力所能及之处仍然深不可测、一无所有。往上看，只有极高处微微透着一丝蓝天的影子，想必是水墙之上的日光投射过来的结果。

我忽然想起一个问题，如果这儿全是黑暗的深渊，那么海水呢?

难道……

顿时，一阵凉意涌遍了我的全身，我不敢相信我猜到的答案。

我挣扎着从牛皮卷中探出小半个身子，不顾身边刮着的极劲的狂风，扭头朝身后看去。

一刹那，我震惊得无以复加。

因为我看见了另一个海面！

竖直的海面！

我看到，天地间有一种不为人知的神力，将浩瀚无垠的大海，生生从尽头切断；我看到，这大海尽头水的断崖，被神秘的力量逼住，在虚空中波涛激荡；我看到，来自深渊的狂风，在竖直的海面上扫起一圈圈的涌浪，像扑向沙滩的浪头一样层层叠叠，从下往上涌到我眼前。而当浪头升至断崖边缘时，海浪忽地碎成漫天的水柱，在深渊中寒风的卷动下，冲天而起。

原来这高耸入云千丈的水墙，竟是被黑暗虚空中的狂风吹成的！

深渊

我被水手们拉回甲板上的时候，已经浑身没有丝毫力气了。上身的衣裳被撕裂了好几个口子，隐约透着被如刀寒风刮出的血痕。

“果真如此？”听完我上气不接下气的描述，船长脸色凝重起来。“日之出，不生于海而生于空，恐怕我们都错了。”

“的确如此。”我四仰八叉地躺甲板上喘着气，“没看见巨鳌，什么都没有。咱们这块小海被饼一样切了开去，对面不知道是什么，下面也看不见。”

“天如穹盖，如非实体，则自然无事。而地如平野，倘若无所托，势必坠入深渊。”船长像是在喃喃自语，“然而，下面是什么呢？”

我累得顾不上说话，几个水手扶起了我朝舱里走去。

“换件衣服，好生休息。”船长在背后叮嘱。

夜里。

“你疯了?”

这是我第一次看见钱铿船长脸上露出惊讶的表情，我心里蓦地涌起了一丝得意甚至是报复的快感，不过也有点儿内疚，毕竟他还是很关心我的，尽管老板着脸。

“是的，我要下去。”

“你已经知道下面是什么了?”

“不知道，所以我才要去看看。我请你、还有船上的所有人，帮我这个忙。”

“此地已是海之尽头，对面的深渊下，不是人力所能及的地方……甚至，时空亦可能错乱……”他皱眉沉吟着，语气中带着敬畏。

我以为他会出言反对，正准备慷慨激昂再宏论一场，却不料他抬眼看我，淡淡问道:“你真的不怕?”

“怕。”我老老实实地说，“我知道这可能就是去送死，但都到这儿来了，不再前进的话，我会后悔一辈子。”

我看见船长的眼神变得黯淡了。在满天的星光下，他背转身，不再看我，然而夜色中仍然传来他沉稳有力的声音，像从深渊的底部飘上来:

“跟我来。”

我们的船已退到离水墙十里外的海面上停泊，只有在这个距离船才不至于受到水流喷涌引起的海浪的冲击，而能相对保持一个静止的位置。铁锚在这儿早已失去了作用，桅杆上通宵有人点着防水的灯笼观察着船位，如果碰上了海浪或潜流把船冲得远离了原来的位置，就得赶紧叫醒舱里的水手，指挥他们划桨把船归位。这些天水手们轮流值班，都疲累不堪，只能抓紧现在风平浪静的时候好好睡一觉。现在甲板上到船舱里除了平稳起伏的呼噜声之外都安静一片，我跟着船长走下甲板来到了舱尾走廊的尽头，前面，是那扇一直关着的门。

我好奇心上来了，难道这舱室里船长一直不让我看的东西，居然和我去送死有关?

船长左手拿着蜡烛，右手拧开锁头，拉开了门。我往里一看，不禁呆住了。

我之前猜过许多次，觉得里头可能是极其稀罕的奇珍异宝，比如貔貅的屁股、饕餮的獠牙、或者是颛顼的天王剑、嫘祖的引蚕花。然而，这舱室里居然放的是——绳子!

满满一室绳子!

船长在门口蹲下，摸索到绳头，沉沉拉出一段塞到我手里。我轻手轻脚地捏起来在烛光下细看。这绳子完全不同于系船的粗笨缆绳，它只有半指来粗，触手光滑，很轻也很结实，绳子是崭新的，表面在烛光下闪着星星点点的银光。

“此物名天纫，乌金丝为脊，冰蚕丝为筋，另有银麻织入，单根可悬三百石。”

“这一屋子，有多长?”

“四千五百丈。”

“那，到底够不够?”

“不知。”船长缓慢地摇了摇头，“何况，什么才是底?”

我的心也一沉，似乎也找不着底了。

第二日，船长叫人帮我打点起下深渊的装备来。水手们挑了几根结实的木头钉成一个四方的框架，表面覆上牛皮，做成了一个刚好容下一个人的敞口吊箱。桅杆顶端装了一个青铜滑轮，名为天纫的绳子从舱室里被一段段地拉出来，绕过甲板上架起的绞盘，穿过滑轮，牢固地捆在吊箱上。

船长亲手给我准备了一堆鱼干、肉干、烤饼等干粮，又用竹筒装了满满一筒清水，一块打了个包袱紧紧地扎在我背后。我一边把公输以前送给我的小木鸟和一把小刀别在腰上，一边问：

“吃不了这么多吧?”

“深浅未知，以备万一。”

我爬进吊箱，水手们起吊了。这一次穿越水墙比上一次要安稳不少，水浪击打在蒙了牛皮的木框上，像敲着震耳欲聋的战鼓。我觉得我像在喊杀喧天的战场上冲锋的士兵，正冲向一无所知的敌军大营深处。这种豪壮的想法让我对深渊下面未知世界的担忧稍许减轻了一点。我很快就来到了海水断崖外的虚空，头上青铜滑轮吱吱作响，天纫稳稳地吊着我朝断崖之下放去。

应该说，进入黑暗和沉入黑暗的感觉是完全不同的，前者需要的只是勇气，而后者更需要坚强的心理素质。现在唯一维系着我与人类世界的联系的，就一根黑沉沉的天纫，我忍不住伸手紧紧地抓着它，唯恐它突然消失。微光中，天纫黑黑的一道竖直没入天顶，像一根琴弦绷紧在天地之间的巨琴上。我就像趴在这根极长琴弦上的一只蚂蚁或一颗灰尘，微不足道。

头顶上已经全然看不见海面上的亮光了，但身边这道巨大的竖直海面在天风的鼓荡下从来就没停止过汹涌，轰隆隆的声音一直像战鼓一般擂响在我耳边。周围一片黑暗，不过等我的眼睛适应了黑暗后，却能看见对面的虚空里闪现的点点微弱星光。这星光的亮度和我们夜间在海面上看见的没有什么区别，都显得十分的遥远。我忽然想起老朋友公输，如果这个时候有一架他们家造的大型木鸟，我就能乘着它飞越这片黑色虚空，去看看这天上的星辰究竟是什么样子。不过我很怀疑他们家造的木鸟在这深渊的狂风中能不能坚持着不散架，要是飞着飞着哗啦一下坠了，还不如像我这样老老实实用绳子缒下去来得稳当。

天纫不甚吸水，长长展开后自重增加也不多，但深渊里的狂风胡乱卷动，有时自上而下紧紧压迫着我的身体，我不由担忧绷紧的天纫能否承受得了这种额外的负重。不过天纫的表现还是很令人信任的，好几次我似乎听见绳体内传来拉伸过度的吱吱声，以为它要断了，然而都是如后世的那句成语一样，杞人忧天。

吊箱约莫下降了两个时辰。这两个时辰里，我的心情经历了兴奋、恐惧、平静和烦躁，最后变成了郁闷。身边的黑暗一直没有改变过，仿佛一潭死水起不了一丝涟漪。如果不是天纫的轻轻颤动和一顿一顿的摇摆，我几乎怀疑我悬在空中没有动弹。在这极深之处，身边的竖直海面的汹涌已经减弱了很多，变成了一直荡漾的哗哗声。这种一成不变的背景噪音令我有些昏昏欲睡，只有遥远的虚空中偶然掠过一颗流星，那道光芒能让我精神一振，然而等我振作起来睁大眼睛盯着星空等待下一颗时，它又死活不出现了。

摇晃中，下降的速度开始缓慢起来，我判断天纫可能快放到了头，不由有些泄气，原来这海的尽头底下的黑暗虚空竟然是这样的无趣，不仅没有传说中的大鳌，连条大鱼都没有。又过了半刻钟，吊箱停止了下降，应该是水手们打算收回绳索的时候了，我不由促狭地想，没准应该编造一点在这下面的奇遇等上去后讲给船长和水手们听听。那编什么呢？大鱼大鳌什么的传说太多了，编了容易被戳穿；进入仙境遇见仙女？鬼才会相信；有恶魔恶兽？那我怎么还能手脚完整地回到海面上？不如说下面是一片非常相当特别奇妙的空间，至于怎么个奇妙法……

突然，天纫断了。

坠落

在遥远的后来我才意识到，天纫断的那一刻，我的人生便走上了另外一条完全不同的道路，但我当时根本无法思考，也根本意识不到这些。天纫的断裂像巨琴崩断了一根琴弦，我甚至感觉到黑暗虚空中荡起了涟漪般的一声嘣响。随之，突然失去重量的感觉淹没了我，我慌乱地在空中挣扎着想抓住什么东西，然而除了同样没有重量感的吊箱之外，我摸不到任何其他实体，只能眼睁睁地看着自己徒劳地坠向身下黑暗的虚空。

古老的传说中描述，人在临死前，一生的经历会闪电般地全部掠过脑海，可我脑海里一片空白，没有任何回忆。幸存的非常微弱的一丝理智也正被恐惧紧紧缠绕，毕竟我随时会沉重地撞上某个坚硬的底部而粉身碎骨。我听不到自己的尖叫，甚至风声也突然变得静寂，那一刻我似乎失去了一切感知能力，成了一具下坠中的空白躯壳。

等到我恢复了一丝微弱的意识时，已经不知道究竟下坠了多久。这里没有方向感，耳边也仍旧没有风声，我甚至感觉不到我在坠落，只有一种虚幻得接近不存在的朦胧感紧紧束缚着我，让我几乎无法思考。朦胧的意识里，我仿佛看见自己飘在极深邃的天空，眼前一片深深的纯蓝色，像我们世界中的一望无际的大海。星星点点的堡礁散落在海面上，周围不时溅起雪白的浪花。海中涌动着极其缓慢的暗流，带着无数鱼群蹿动跳跃，比渤海中见识过的“龙兵过”还要壮丽宏大。没多久，海面上忽然又起了变化，鱼群和堡礁消失了，仿佛从来没出现过一般。海中的乱流渐渐合成了一股，开始在我身前朝一个方向旋转，眨眼间竟形成了一个占据了整个大海的巨大漩涡。而飘在虚空中的我正缓缓前行，无法阻挡地落向漩涡的正中央。

想象中疯狂卷动的水墙并未出现。漩涡中心处，海水变得纯净而空灵，几乎感觉不到一丝重量。它们轻柔地在我周围旋转，构成了一条幽长而透明的淡蓝色隧道。淡蓝逐渐褪去，又透出了遥远虚空中的点点星光。我忽然有了一丝奇妙而确定的感觉，我不是在坠落，而是在时间之中移动。这种移动与平日里时间流逝的感觉完全不同，也无法用言语描述。在这时间之海里，空灵的隧道像一根两头没有尽头的长轴，我正沿着这条幽长的时间轴滑向过去，或者未来。

最后，我被冰冷的海水呛醒了。

我不知从什么角度重重地栽入水中。入水的一瞬间我连上下左右都还没分清，便被呛得晕头转向。我立马屏住呼吸，根据突然产生的重量感努力分辨出向上的方向，然后手脚并用扒拉着往上浮去。没浮多久，身旁的海水忽地产生了一股强劲的冲力，迅速地把我往上推。一刹那我的身体突然悬空，无数水浪从下往上击打在我身上，像在被一堆蛮人群殴。我由这股“群殴”之力所驱，被斜着高高地抛起在空中，一下子水柱消失，我又“啪”地摔回了海中。

我身上四肢百骸痛得像快被捏碎似的，只有最后一丝力量在支持着我挣扎着浮上海面。深渊里我乘坐的木框早已散架，此刻也浮上了海面，我抓住一大块散落的木板，这才缓过一口气来。抹去脸上的水珠四顾环视，我发现刚“群殴”自己的竟然是当初我穿越的巨大水墙，我刚才应该是掉入了竖直的海面，然后被水墙喷涌的水流带上了空中，跌回到我们的世界。我心里一喜，马上划水转头寻找渊槎号来救援，但海面上空荡荡一片，哪里还有渊槎号的影子。

在这海的尽头，居然只有我一个人在孤独地漂浮。

我瞬间从头凉到脚。

紧接着，我发现了更令我恐惧的事情。此刻一轮硕大的太阳正悬在头顶，如果现在是清晨，这轮红日应该像上次观看日出时那样逐渐上升，跃离这片海面而远去。但细看之下，太阳居然在慢慢变大。

它在朝我头上沉来！

我一下子慌了，清晨日出时热浪的侵袭还历历在目，高温笼罩、热气蒸腾，这种滋味恐怕只有传说中的汤镬之刑才能相提并论。虽然我自穿越水墙下到深渊时就已将生死置之度外，但倘若还没弄明白怎么回事就被煮熟，也未免太不值得了。

死亡真的临近时，我却冷静了下来，开始飞速地思考。此处日落之地，应是世界的西方，而我们数年来一直向东航行，难道这道深渊是世界尽头的轮回衔接之处？那么是否意味着“地圆”之说可以被证实？还有，深渊中我感到的那种时间的移动感是怎么回事？我越想越觉得脑袋里全是问题，没有一个答案。我忽然很想念钱铿船长，如果他在这儿，兴许就能告诉我答案，然而现在想念也不顶用了。

我飞快地从腰带上解下未装配的木鸟，拔出小刀，使劲在它身上刻起字来。我当初携带木鸟下到深渊时就是为了遇险时可放飞以传递消息。如今，我要在生命的尽头抓紧时间尽量记下我的见闻，也许未来还有其他旅人来到这世界的边缘，也许这木鸟能让他们知道深渊下的秘密。如果能这样，那我也不算白死。

在越来越亮的日光下，我歪歪扭扭地刻着：

“随舟追日，坠渊竟还，晨而为昏，不知所以。夸父。”

没时间了。木头已经被阳光烤得发热，小刀也烫得握不住。我扔下刀，用颤抖的手飞快地拆下配件，装配成一具完整的小型木鸟，然后用尽全身的最后一丝力气，奋力把木鸟弹向水墙。

刚起飞的木鸟被喷涌的水柱一冲击，立即失去了方向，被冒着白汽的水柱带向遥远的高空，一闪便没入刺目的阳光。在水墙巨大的轰鸣声里，我似乎听到头顶遥远的天际响起隐约的振翅声，像来自世界的另一端。

做完这一切，我已筋疲力尽地瘫在海水中，等待死亡的降临。

我的身体在慢慢下沉。日暮时的火舌扫过海面，烤得周围的海水开始变烫。我就像待在个快烧开的大鼎中，腹背受热，只有脚底下的深水处还微微荡着一丝凉意。

等等……凉意?

我忽然觉得，我似乎还有一线生机。

正如我想的那样，日落的速度和日出同样迅速，热浪只撒播在海水表面，几尺深的水里还保持着常温。如果躲入深水，或许还能避过被煮熟的厄运。

我长吸一口气，放开木板潜入海中，身边立即被凉爽的海水包围。海面上太阳越来越近，强光刺透几尺深的海水，让闭着眼睛的我也能感觉到身边的亮度与热度。然后，这片混沌的亮光慢慢移向身体的另一侧，渐渐下沉，最后消失在脚底下。

黑暗重新降临。我挣扎着从窒息的边缘浮上海面，呼吸了一口发烫的水气，呛得大声咳嗽起来，喉咙里像着火那样难受，不过我知道我已经躲过了这一劫。黑暗中，我重新抓住木板漂浮在海面上，任由喷涌水墙带起的海流将我慢慢推离这海的尽头。

我依靠包袱里钱铿船长事先给我准备的食物和淡水在海上漂流了七天，七天后接近了世界这一端的青堤，被青堤外的渔船发现并救了起来，好几天才恢复体力。

此后，震惊我的事情一件接一件地发生，几乎让我麻木不仁了。

这儿的渔民显然还不知道青堤开启的奥秘，然而却已经在石壁上凿出了攀登的道路。我跟随他们爬上了入云的青堤，越过这隔断世界的天险，回到了另一侧的大海。在渔民们的岛屿上，我比画着和他们交流，得知此处正是西方。但由于纪元不同加上语言不通，我很难确定现在是什么时代，也就无从证实自己的怀疑。我只有暂时留下来，一边渔猎谋生、学习土语，一边等待东行的机会。四年后我搭上了附近岛屿的远程商旅船队，从一个岛屿到另一个岛屿，辗转了近十年才回到我所在的大陆。果不出我所料，我所熟知的时代还未出现，鲜活地呈现在眼前的是史书中曾经记载过的朝代，一切都显得古老而陌生，令人产生无比的沧桑感。

而且在这十几年的航程中，我逐渐发现了另一件更古怪的事：我的身体似乎停止了生长。无论是身高体重还是指甲毛发，都基本停留在我从深渊里归来那一刻的水平，或者说变化得极为缓慢，不为人察觉。这让我又兴奋又恐惧。兴奋的是，如果这意味着“长生”，那么人生有了更长的时间，我或许能尽力解开更多的天地间的奥秘；恐惧的是，这种超越了人类认知的事情发生在我身上，一旦为人所知，必然有杀身之祸，我还得好好保守自己的秘密才行。

我不知道离奇的命运将如何安排我，但我既然经过了深渊下的奇妙时空，既然还存在于这个世界上，我就应该好好活着。

我无奈而又小心翼翼地开始了新的生活。

重逢

时光更替如水。沧桑变换间，二百多年过去了，我的身体略有些衰老，但看上去仍不到花甲之年。这二百多年里，我依靠时间与经验，在海外的航程中积累起了相当多的财富，同时也见证了不少朝代更替、世道兴亡。我一直在打听钱铿船长的下落，还特意跑了一趟昆仑山和黄河源，但无论在内地还是海滨，都没有一个人听说过他，似乎他在历史上就从未存在过，这让我一直很不理解。

我二百三十岁的时候，这个世界中的“我”诞生了。接下来的十几年里，我暗地里看着“我”慢慢长大，暗地里看着“我”四处游历、年少轻狂。从“我”身上我宛如重读人生的记忆，一幕一幕时常让暗处的我老泪纵横。我依稀记得“我”在邓林第一次遇上钱铿船长的日子，于是我提前赶到那桃花盛开的山坡，在那儿静静地等待着。那一天下午，我看见“我”在桃林里迷了路，不知所措；那一天黄昏，我看见“我”在山坡上挖到了大丛山药果腹，然后瘙痒症发作，可是钱铿船长居然仍未出现。照理他应该在这个时候到场，找到三叶草给“我”止痒才对，可我早找了一圈了，方圆一里地都没有第三个人，这究竟是怎么回事?

我疑虑重重，然而实在不忍心看着“我”瘙痒难耐的样子，便打算偷偷地采些三叶草来帮忙，可我一站起身来便被“我”看见了，四目对视，“我”一愣，我也发了呆。我不知道“我”是否能在我身上找到他自己的影子，但这样第一次真实面对二百多年前的自己，我心里突然涌现了一种莫名其妙的忐忑，似乎有什么秘密就要在这跨越百年时空而对视的一刻解开。

果然，“我”挠了七八下痒，见我一动不动，便没好气地冲我说：“帮帮忙。没看见我正痒着?”

刹那间，我全明白了。

我陷入了一个命运之环。这个环里根本就没有什么钱铿船长，只有我自己。

穿越断崖之外的虚空不仅改变了我所在的年代，还改变了我的身体，让我能在有限的寿命里重新经历命运的轮回。年轻的“我”在历史上被现在的我指引而远航，最终又造就了现在的我，这是一个绝对不能被切断的环。

从这一刻开始，我的命运就和前面这位年轻的夸父紧紧绑在了一起，直到海的尽头。

我知道我该做什么了。

“……您今年年岁多大?”

“呃……忘了。”

我回过神来，开始庆幸“我”只问我的年龄而没问我的名字。如果问起来，我还真没准备好该如何回答。虽然我已明白了一切，但“钱铿”两个字在我的记忆里早已紧紧地和那位灰衣老头凝结在了一起，一时间我仍无法接受这种角色错位。后来在接下来的几天里，我努力根据记忆中钱铿船长的形象调整着自己的口音与心态，并像当年钱铿船长一样给“我”讲了一堆记忆中的美丽故事。我知道，这几天的经历对“我”以后立志游遍天下的想法有着重要的催化作用，我必须好好掌握。

临别前，“我”还邀请我去京城认识一下公输。我记得公输这小儿耳目敏锐记忆强劲，倘若被他看出一丝可疑之处，势必给未来带来不必要的麻烦，因此我婉拒之：

“路甚遥，惫不往也。”

分别后，我立刻赶往海滨，变卖了我的大部分船队与货物，重新打造了一艘包着铁甲的双桅大帆船，还配上了脚踏桨、细麻帆布和青铜弩机，一切都是这个时代最先进的东西。然后我新招募了一批不认识我的健壮水手，在我的带领下大伙驾着渊槎号在海上磨合了几年，直到确信我个渊槎号具备远航到海外万里的能力后才返航。接下来，我踏遍整个大陆，花巨资购买了火浣布，打造了更精确的铜壶滴漏，还找高明的手艺匠人磨制了水晶筒和黑玉镜。另外，四千五百丈的天纫不好找，幸而我当年听钱铿船长讲过它的材料与织法，于是我又重金购买了乌金丝、冰蚕丝和银麻，请京城里的织造匠人费了整整一年时间才将这仿制的天纫搓拧而成，虽然工艺中出了一点点偏差，边角材料加工耗费太多，导致最后成型时短了百来丈，不过应该没人会注意到这一点。

在我记忆中的那一天，我驾驶渊槎号停泊在渤海边的码头，“偶遇”了打算出海寻访博父国的“我”。我让水手刻意地透露了我的船长身份，顺利约好在下个月的朔日起航。然后，我们的远航又一次开始：渊槎号行经博父国之后去了章尾山、流波山、大荒离岛，一圈下来让“我”逐渐适应了海上的航程；我将船故意驶入南疆的飞鱼阵，指着东方的天边告诉“我”，我们的目的地是海的尽头；我编造了很久以前被大漩涡阻碍而返航的故事，又靠着当年学来的观星测位之法重新计算并预言了我们遭遇大漩涡的日期——其实我不需要计算，因为计算出来的结果正是我记忆中的时刻。在那个精确的日子里，我在面临四座漩涡夹击的时候丝毫不慌乱，因为我知道我们最终将以神奇的方式驾着狂风脱困，甚至船体都不会有丝毫的损伤；在距青堤万里之外的岛屿上，我又一次与伦哲麦交谈，他精确地重复着我记忆中两百多年前的话语，用诗歌般的咏叹向我们散布着对未知世界的恐惧；在青堤边上，我耐心地等待着新一轮的飞鱼阵出现，然后用青铜弩机攒射血斑中那一处我早已知晓位置的机关，让渊槎号冲过了地狱之门，踏入太阳的禁区；最后，在海的尽头，在黑暗的虚空之外，在喷涌的水墙之前，我让“我”裹上石棉，经历了我早已经历过的日出壮丽景象，也让“我”亲身穿越水墙，感受了我早已感受过的黑暗与竖直之海。我唯一担心的是，如果“我”不提出下到黑暗中去看看的要求，我该怎么办？这道命运之环现在已经接近了轮回的尽头，轮回的每一环都没有出过差错，倘若在这接近成功的时候功亏一篑，我也无法预知以后自己以及整条船上的人会如何，是逐渐隐去还是彻底消失？像根本没在世上存在过一样？

命运的无情铁律展现了它不可违背的一面，深夜里，“我”果然过来找我。

“你疯了？”

我暗地里长长松了一口气，脸上却露出早已准备好的惊讶表情，说出了早已准备好的诧异话语。我知道前面的“我”心里有点报复的快感，但我已经顾不上在意这些了。

我表面上勉为其难实际上迫不及待地答应了“我”的请求，为了防止“我”反悔，我还向“我”展示了舱室里崭新的四千五百丈的天纫，并连夜命众水手打造了牛皮木框吊箱。我甚至还亲手准备了丰盛的鱼干、肉干、烤饼和清水，为的是让“我”能更为顺利地度过深渊下或者说是对面世界的漂流时光。这份苦心，眼前的“我”是否理解？

轰鸣的水幕前，水手的号子声里，黑沉沉的天纫穿过吱吱作响的绞盘，顺着桅杆落向黑暗的虚空，像岁月从眼前流过。这二百多年来，我一直在疑惑为什么天纫到最后会断裂，但现在站在深渊前，我心底似乎隐隐约约知道了答案。

两个时辰过去了，坚韧的天纫快送到了尽头，筋疲力尽的水手们放缓了下降的速度，靠在绞盘边喘着粗气。等待着最后一刻来临的我渐渐失去了耐心，开始烦躁而恼怒地在甲板上走动。又过了半刻钟，绞盘终于停止了转动，放到头的天纫紧绷在桅杆上，在海风水雾中不断地震颤。几个体弱的水手累得瘫坐在甲板上休息，带队的水手走上前来问道：

“船长，换另一队搜索？”

我突然狂笑起来。笑声中，我双眼涌出了泪水，眼前的世界在漫天海雾中模糊一片，仿佛地狱的尽头。我终于彻底确信了，我们的命运之中没有意外，一切都是预先设定的。只有我自己才能续上最后一环，让终点变成起点，让整条轮回之链首尾相连。除此以外，别无他法。

我抽出了佩刀。

尾声

海风掠过甲板，凉爽地鼓满了渊槎号的风帆，浅蓝色的海面在脚下轻轻起伏，像慈母摇晃着熟睡的新生儿。空气中弥漫着湿润而清新的薄雾，我站在甲板上，背着手眺望远方。

忽然，头顶上响起一阵清晰的吱吱声，像从天外飘来。我心里突地一震，那是木鸟振翅的声音!

一位水手惊奇地指着天空："船长，看那边!"

我举起水晶筒。拉近的视野里，我一眼就认出了这只二百多年前放飞的木鸟。它暗晦的身躯布满了岁月带来的残破痕迹，却仍旧艰难地在空中徘徊。我甚至影影绰绰看见鸟身上刻的字迹，每一道刀痕都带着秘密，恍如隔世。

我缓缓放下水晶筒，闭上眼思考着。为什么木鸟会出现在这里？难道它费了二百多年时间穿越了整片大地和海洋，或者从深渊下、世界的另一端归来？无论哪一种解释都没有丝毫的说服力，也没有人能证明是否的确如此。我忽然觉得很茫然，这天地间的秘密还有多少是我们所不知道的？或许穷尽人的一生，也不能窥其万一，除非有无限长的生命来探索。

也许，我有。

"船长，怎么办?"

我从思绪中惊醒，不由得摇了摇头，挥手道：

"射下来。"

"是!"

水手们端起了青铜弩机。

喜丧

柒武

1

在临时搭建的大棚中央，有一口厚重结实的棺材。棺材前的供桌上，整齐地摆着死者的牌位以及遗照。

照片上的谭喜，正灿烂地笑着。

大棚里摆满了各色鲜花，空气中充满了芬芳的气味。阵阵欢快的锣鼓唢呐声传来，让大棚里充满了轻松的气氛。谭喜的儿子、媳妇、孙子、重孙以及亲朋好友几乎挤满了大棚，各自低声交谈着。他们时不时会转头望向大棚中央的彩色遗照，脸上浮现出宽慰的微笑。

飘荡在人群上空的谭喜俯视着这一切，欣慰的笑容也在脸上绽开。接着他不由自主地开始缓缓向上升起，穿过棚顶，朝着黑暗的天空慢慢飘去。

渐渐地，脚下的大棚变得比火柴盒还要小，鼓乐声微弱得几不可闻。四周的黑暗也变得越来越浓郁，如墨般浓厚。忽然间，黑暗中缓缓传来一个熟悉而柔和的女声。

“二十弱冠、三十而立、四十不惑、五十知天命、六十花甲、七十古稀、八十耄耋……”

谭喜渐渐辨认出来，这好像是哪个护工的声音。

“喜丧，人家之有丧，哀事也，方追悼之不暇，何有于喜。而俗有所谓喜丧者，则以死者之福寿兼备为可喜也……”女声继续在念着，谭喜也终于回想了起来，这是护工小王在替自己读着文章的声音。

无边的黑暗完全包裹住了谭喜。

接着他从梦中的云端坠下，跌回了这个世界。

2

刚从梦中醒来的谭喜觉得脑袋昏沉，实在难受。比起现实，他还是更喜欢梦境多一些。

“先生，你找哪位?”走道上的一个女声隔着门传了进来，但那并不是小王的声音。

“我找谭喜。”一个谭喜无比熟悉的男声回答。

“你是谭飞先生对吧？我记得预约表上好像有你的名字。”陌生的女声说。

“嗯。”男声回答。

随后门吱呀一声开了，一个穿着洗得发白的淡蓝工作服、头发半白、背也有些佝偻的老人跟着一个年轻而面生的年轻女护工进入了房间。

护工翻了翻预约表，轻快地对来客说道：“哈，我没记错，果然有预约……嗯，每周有三次？这挺难得的呀。谭飞先生，你可真是个好父亲呢。”

听到“父亲”这个词，躺在床上的谭喜忽然间乐得大声笑了起来。

“小姐，你搞错了……”谭飞挠了挠他那花白的脑袋，一脸窘迫。

尽管由于长期缺乏运动而显得十分瘦弱，但躺在床上的谭喜有着一头黑发，看起来才三十多岁的样子，在这样的年龄差之下，护工很自然地就认为他是谭飞的儿子了。

“搞错了吗？真是不好意思啊，我是新来的，不清楚情况。”年轻的护工又连珠炮似的说道，“你不用叫我小姐啦，我叫陈静，你叫我小静好了。看样子我是以貌取人、先入为主了。不过……我能再猜一下吗，谭飞先生？”

没等谭飞回答，躺在床上的谭喜就抢着说道：“你就尽管猜吧，小陈。”

护工转向谭喜，说：“好，那我这一次就猜，你是谭飞先生的弟弟，对吗？”

谭喜听后又笑得更大声了，结果因此而引发了一阵咳嗽。谭飞急忙扶起谭喜，边抚着他的背对护工说道：“陈小姐，谭喜是我父亲。”

陈静把眼睛瞪得老大。她一开始还以为他们是那种坚持不做回春治疗、以此保持父母与儿女间年龄差的家庭。尽管回春治疗技术已经出现了三十多年，但许多父母还是无法坦然接受自己比儿女还年轻这一状况。

结果她第二次还是猜错了。谁知道头发花白的老人是儿子，而躺在床上的年轻人却是父亲，这种情况她还是第一次遇到。

“没关系的，小陈。”谭喜微笑着说，“你毕竟是新来的嘛。好了，你可以忙别的去了，这里有他照顾我就行了。”

年轻的护工吐了吐舌头，匆匆离开了房间，只留下看起来年龄毫不相称的两父子。

“小飞啊，我们出去走走吧。”谭喜说道。

谭飞没说什么，只是径直把瘦弱的父亲搬到轮椅上。只要天气允许，陪父亲到外边散步早已是惯例。然后他拿了条毯子盖在谭喜的腿上，慢慢推动着轮椅向院子里走去。

“小飞啊，你好像精神不太好哇，是不是最近工作太累了？”轮椅上的谭喜问道。

“还好，还好。前两天组长还特别照顾我，换了个轻松点的位置。写字楼那边也好了点，他们加班都没那么晚了，我可以早点清洁完回家。”

谭喜在心里默默叹了口气，儿子毕竟已经年逾六十，同时打两份工实在是有点辛苦，如果不是自己的话，他也不必这么劳累。

这时谭飞已经推着轮椅来到了院子里。深秋的天空中布满乌云，只有夕阳投射出的昏暗光线从乌云中透出。院子里那块不大的草坪已经发黄，仅有的几棵树也只剩下稀稀拉拉的枯黄叶片。偶尔，还会有几声野猫的叫声在院子里回荡。

谭飞推着轮椅走上了草坪间的小道，结果没走几步他就大声咳嗽了起来，过了好一阵子才止住。

“我说小飞啊，你没事吧?”谭喜担心地问道。

“没什么。”

“你平时要多注意点，都这把年纪了，不好好注意身体可不行啊。”

谭飞吸了吸鼻子，答道：“没事儿，刚才只是一下子不太适应外边的冷空气而已。我身体好着呢，就算让我再干多一份工也照样没问题。”

这一说到谭飞的身体问题，谭喜想起了另一件事，于是他问道：“对了，小飞，你的回春治疗费还差多少?”

正推着轮椅的谭飞忽然停了一停，然后支支吾吾地回答：“唔，就差最后一点了……这次应该会比上一次要快一点……”

见儿子并没有正面回答，谭喜明白情况应该并没有什么改变。

回春治疗是在谭喜50岁那年才面世的，这一点谭喜记得很清楚，因为妻子李玲早早就去世，家里欠下的债务就是儿子在那一年还清的，当时他才26岁。本来还清债务后谭飞终于可以轻松一点，开始为自己的人生做些事了，可是他一知道回春治疗的消息后，就又默默地继续日夜工作，为谭喜积攒起回春治疗费来。

结果这一攒就是20年。

在谭飞攒够钱为谭喜做了回春治疗后，又过去了15年，谭飞也已经变成了花甲老人，但他的收入却并没有明显的提高，而回春治疗的费用也一直居高不下。所以谭喜估计，大约也还要五六年时间，儿子才能凑够他自己的回春治疗费用。

于是谭喜说道："小飞，要不你把我转去个更便宜的疗养院？还是早点做好啊。"

"不用转啊。"谭飞回道，"其实我迟点做也没什么的，迟有迟的好处。现在厂里会发一些额外的补助给生理年龄偏高的工人，写字楼那边也是看我的年纪大才雇的我。"

见谭飞的态度依旧没变，谭喜知道劝也没用，于是他不再说话，只是默默地看着被夕阳染红的云朵。此时一个中年女护工端着一碟东西来到了院子的一角放下，接着好几只野猫纷纷跳出，来到碟子前大快朵颐起来。

"对了，爹，我听说有一种新技术快要面世了，或许可以治好你的病。"谭飞转换话题道。

"是吗，有得治了？"谭喜的声音有点颤抖。他已经快想不起能自由活动是什么感觉了，听到这消息他难免有点激动。

谭喜得的病，是一种罕见的基因突变型运动神经退化症，症状跟俗称渐冻人症的ALS症类似。在发病后谭喜的运动神经元在三年内就毁得七七八八，脖子以下几乎完全瘫痪。但这之后谭喜的病竟不再恶化，还逐渐稳定了下来，最终他得以保留下自主呼吸和吞咽的能力。然后谭喜就这么躺了五十多年，真不知该说这是幸运还是不幸。

"我觉得可能行吧……"谭飞又不太确定地答道，"好像叫什么完全回春治疗，听说这两年内就能面世。从新闻里说的来看……我觉得说不定能管用。"

"完全回春？"谭喜有点不解，"跟平时说的回春治疗不一样？"

谭飞挠了挠脑袋，解释道："是这样的，现在的回春治疗不是也叫做躯体回春治疗嘛，它的作用就是把我们身体里细胞的端粒延长，让细胞恢复年轻的状态。不过其中有一种细胞由于终生不会再分裂，因此延长端粒的方法不起作用，这种细胞就是神经元细胞。所以普通的躯体回春治疗，其实是不包括由神经细胞构成的大脑和神经系统的。”

这么一解释下谭喜才依稀记起来，在他做回春治疗前好像也听过这个。所以，虽然回春治疗把谭喜的身体变得比发病时还年轻，但他的运动神经却还是没办法复原。

谭飞继续说道：“这完全回春治疗呢，就是包含了神经细胞在内的回春治疗。我听新闻上说，这种治疗可以把脑和神经系统都整个换成新的。”

可谭喜却皱起了眉头，问：“也就是说，完全回春是比躯体回春更高一级的技术？”

“应该是吧……我会继续关注这方面消息的。爹你就等着吧，说不定只要做一次完全回春你就能恢复过来啦。”

“哦。”谭喜若有所思地应了一声，“到时候再看吧。”他的声音又已经恢复如常了。当谭喜得知完全回春是躯体回春的升级版本后，他强迫自己把激动的心情冷却了下来。

当然，谭喜并非不想再次拥有健全之躯，可升级版的回春治疗意味着什么，谭喜并不是不明白。升级版，就意味着治疗费用也会相应升级，那恐怕不是谭飞能在短时间内能凑够的数。因此谭喜很快就做出了判断：当务之急是谭飞的回春治疗，自己得靠边站。因为如今谭飞已经是超过六十岁高龄，早超过了回春治疗的理想生理年龄——五十岁之前。

谭喜接着又淡淡地说道：“其实也不用急，反正都过了这么多年了，我早就习惯了。”

见父亲的反应如此平淡，谭飞就没再说什么，只是默默地陪着父亲待在院子里，呼吸着正变得冰凉的空气。

野猫们享用完晚餐，喵喵叫了几声后纷纷从院子里离开。夕阳的余光也变得越来越暗，终于完全消失。

3

半躺在床上的谭喜，正用脑波遥控装置不断转换着电视频道。

重播的新闻、电视购物、健康讲座、农业信息、吵吵嚷嚷的综艺节目，这些免费的非全息频道都一如既往地单调乏味，正如自己周而复始的生活一样。

从谭喜完全瘫痪的那会儿起，他的生活就已经定格了下来。尽管他看着小飞从孩子长成了大人然后变老，自己也从青年变为了白发苍苍的老头又再变回了一头黑发的青年，但生活却依旧一样，整日里不是躺着就是坐着，能长时间陪伴他的就只有电视而已。

到了今天，情况也并没有多大变化。便宜的脑波控装置无法识别复杂的指令，也只能用来控制电视换台而已。

看了一会儿后，谭喜瞄了眼时钟，已经到了四点。那个人也应该快要来了。尽管谭喜对这人并无好感，但这总算是个能跟人接触的机会，所以他没有拒绝探访。

门外响起“笃笃笃”的皮鞋声，那个人径直推开了门。尽管他只来过几次，但疗养院对他已经相当信任，连护工都不派一个跟着。

“老谭，下午好啊。”来人用爽朗的声音打招呼道。这是一个穿着西装套装的中年男人，皮鞋也擦得锃亮锃亮的。乌黑发亮的头发全部向脑后梳去，显得十分精神。

“史博士。”谭喜回了一声。

被叫做史博士的男人大步踏入了房间，顺手把提着的塑料袋放到了床边的小桌上。

“老谭，水果给你放这了。要不要我削个给你吃?”

“不必了，史博士。”

“叫我小史就可以了嘛，都这么熟了，还客气什么?”

“都习惯了，还是不改了吧。”

两人继续又寒暄了好一阵子，聊了些鸡毛蒜皮的生活琐事。尽管只是照例的嘘寒问暖、闲话家常，但只要有人能跟谭喜说上那么一会儿话，他的心情也能稍微变好一些。

大约半小时后，等该说的也说完了，史博士才直了直身子，说道：“那么老谭啊，我还是要问一问你……”他换上了严肃的神情，“你要不要参加我那个治疗项目?”

这史博士名叫史林，他所谓的治疗项目，其实是个还在实验阶段的项目。据他说，这个项目所针对的就是谭喜得的这一类神经退行性疾病。史林一直没有找到肯参加实验的病人，所以他才定期来拜访谭喜，希望能说服谭喜加入。

谭喜装作考虑了一下的样子，才说：“还是暂时不了。不过史博士，我多嘴问一句啊，你还没找到别的人参加吗?”

“这个啊，暂时还没有……”史林脸上露出一丝尴尬，不过他又立即顺着谭喜的话说道，“所以啊，如果你肯答应的话就是第一个，我可以给你比别人都丰厚的报酬。”

谭喜仍是轻轻摇了摇头。因为他心里很清楚，这丰厚报酬所对应的风险也是高得吓人。

事实上，也正是由于风险太高，这项目无法通过正式的立项手续，史林只能在暗地里私下进行。史林所在的医院并不是不清楚这点，可是考虑到这个项目如果成功所能带来的回报，他们干脆就睁一只眼闭一只眼了。

史林接着又劝道：“老谭啊，我知道你的家境不好，为什么就不肯考虑一下呢?”

谭喜笑了笑，说：“我儿子说，日子过得去就行啦，不必要冒险。”

“唉，老谭，如果人人都这么想，治疗方法得到什么时候才能成功呢？要是人人都等着别人去替自己冒险，世界怎么会有进步哇？你还是再考虑考虑吧，只要你勇敢一点，就可以成为英雄，造福世界上的其他患者啊。”

谭喜还是摇头：“还是以后再说吧，我再想想。”为了让史林继续来探访，他并没把话说死。

“好吧，希望下次来的时候你能想通。”史林无奈地说。

接着史林起身准备离开，但这时谭喜似乎想起了什么，于是他叫住了史林。

“史博士，你稍等，我还想问你个事儿。听说最近有个叫什么完全回春的技术，你能不能给我说说是怎么一回事儿?”

史林愣了一下才又坐了下来：“完全回春啊？巧了，我们院也正在上这个项目，设备刚刚到位。不过离手续齐全正式推出估计还要半年。怎么，老谭你想做这个吗？这好说啊，只要你答应参加我的项目，到时候我可以安排你免费做一个。”见谭喜问起完全回春，史林似乎看到了一线机会，于是慷慨地开出了免费治疗的价码。

不过史林又想到，谭喜也知道这个实验项目风险很高。于是史林又补充道：“或者……你自己不想做的话，也可以把这个机会让给别人。只要你答应参加，一切都好说嘛。”

“史博士，我想了解的是这个完全回春对我这病管不管用?”谭喜像是没听到史林开出的条件一样。

“噢，你是问这个啊。”史林挑了挑眉毛，然后一脸遗憾地说，“老谭啊，我不得不遗憾地告诉你，你这个病是完全回春也没法治的。所谓的完全回春治疗，是在躯体回春治疗的基础上，再加一个脑回春治疗——就是把脑和神经系统也翻新一遍。不过跟躯体回春不一样的是，脑回春治疗是先刺激神经细胞分裂一次，然后再让新生的神经细胞替代掉老的。由于涉及到几百亿神经细胞的分裂，而且还要保证它们在替换后保持原样，所以在具体的治疗步骤上脑回春就复杂多了。除了要让脑细胞按阶段、按区域分裂替换，还要不断监控脑波波动、观察神经元间的联系和网络反应、检验记忆是否有缺损等方方面面，然后再不断进行细胞级的干预调整……”

史林忽然发觉谭喜一脸的不解，于是他停下来想了想，换了个说法。

“我简单点说吧，老谭，不管哪种回春治疗都需要在现有的细胞基础上进行翻新，而你的大部分运动神经已经完全退化、死亡，没办法翻新了。打个比方，一个人就好比是一栋大楼，回春治疗就相当于是一个翻新工程。可你的病早就把大楼给毁了一部分，而我们手头又没有建造图纸。所以，就算翻新工程能按照现有的布局把每一根钢筋、每一块砖头都换成新的，可是有些关键的立柱、管道、线槽之类的东西早就毁得太严重，没办法复原了。这么说……你能理解吗？”

“是这样啊……”谭喜只是轻轻说了这么一声，似乎是仍不太信服的样子。

“的的确确是这样的啊，老谭，我怎么可能骗你嘛。我们在躯体回春治疗前，不也要先把病都治好才能做吗？肝有问题就治肝，肾有问题就换肾，要全都治好了才能做，这脑回春其实也是一样的。而且你想啊，如果脑回春能治你的病，我的项目不就完全没用了？那我还研究来干什么，对不对？”

“这，就跟缺胳膊缺腿的人做了回春治疗也没办法长出手脚来一样，对不？”谭喜似乎明白了。

“对对，就是这样。”

谭喜这才叹了口气：“那我明白了，谢谢你的解释。”

“老谭啊，那刚才我说的你再考虑考虑？只要你答应，一套免费完全回春治疗就是你的了，这完全回春可要比躯体回春贵多了啊。你可以自己保留到以后做，要么也可以给别人用……我记得你好像有个儿子吧？”

谭喜听到史林提起儿子，眼皮忽然跳了一跳。史林察觉到了这一点，于是又趁机劝道：“老谭，你应该是只有一个儿子吧？除了自己家庭以外，他还要供你的回春和疗养费用，负担应该不轻啊。况且我们的大脑都免不了要老化，所以这更贵的完全回春将来也是跑不掉的，到时他的压力就会更加大啦。”

其实史林并不太清楚谭飞的情况，只是照自己的猜测在说着。

“你看，现在这个机会不是正好？可以替你儿子省下一大笔费用啊。要不……这样好了，虽然有点超出我的能力范围，不过我还可以再给你加一次。总共两次免费治疗，怎么样？这样你跟你儿子就每人都有一次了。老谭啊，机会难得，你好好考虑一下，这完全回春可是要比躯体回春贵十倍以上呢。”

十倍？这么贵？谭喜不禁愕然。如果按儿子的收入来算，这不得要攒上两百年才能攒齐啊？

又想了想后，谭喜开口问道：“史博士，这两次治疗……都跟刚才你说过的一样，是可以给别人或者推迟使用的吧？”

“唔，可以，你可以随意使用这两次免费治疗。你是想留给儿媳？”史林以为谭喜还在担心会白白浪费掉一次。

“也不是……”谭喜轻声回答。

“总之，不管你想什么时候用，给谁用，都可以。除了这个，你有没有什么别的条件？要吃山珍海味大餐、去赌城玩个痛快、还是要美女服侍？不然……我给你弄些能让你特别‘快活’的药？有条件只管提，一切都好说嘛。”史林见谭喜终于松口，干脆继续使劲加码，甚至连一些非法的条件都提了出来。

“呃……史博士，这些以后再说吧。我得先跟儿子商量商量，到时候我再联系你。”谭喜并没有被这些额外条件所打动。

“那好吧，你们好好考虑一下。”史林只是简短地回答。他觉得该说的都说了，不能再紧逼了，否则可能会适得其反。

史林道别后就离开了，房间里只剩下谭喜自己。谭喜望着天花板，反复咀嚼着史林提出的优厚报酬。

谭喜忽然间发觉，自己竟然真的动摇了，这可是16年来的头一遭。

4

谭喜又做那个梦了。

还是那个红色的大棚子，中央还是被鲜花环绕的红棺材，但棚子里的人就只剩下了一个，那是正跪在棺材前低着头的谭飞。

正在大棚上空飘着的谭喜想要到儿子身边去，但他怎么也没法凭自己的意志挪动一寸。他试着大声呼喊，谭飞也毫无反应。

接着谭飞的肩膀耸动，开始抽泣了起来。这抽泣声如同一条绳索扯住了谭喜，让他止不住地逐渐下坠。随着谭飞的一滴滴泪珠落下，谭喜也一分分地不断朝地面坠落。

忽然间，谭喜发现自己的遗照在一点点地褪色，慢慢变成了黑白。照片里自己那上扬的嘴角也在渐渐垂下，笑容完全消失。欢快的鼓乐声逐渐低了下去，哀乐缓缓奏起。最后，连鲜花和大棚也都全变为了苍白一片。

谭喜不受控制地继续下坠，直至地面。但谭飞仍旧不止地抽泣，这又让他穿过地面，继续朝着地下沉去。他不断大喊着、挣扎着，但泥土还是逐渐包裹住了他。

最终，谭喜完全被黑暗所吞噬……

"小黑，你吃慢点哦，吃的还多着呢，别急呀……"

浑浑噩噩中，谭喜听到了陈静的声音，这才意识到自己是做了噩梦。睁开眼后，谭喜看见了蹲在地上的陈静，背对着谭喜的她正在跟吃着晚餐的野猫说话。

"大白，不许挤别人，大家都有份的，不能那么小气哟。"

谭喜想起来了，刚才是陈静推着他在院子里散步来着，结果自己不知不觉就睡着了。这时谭喜喉咙一痒，忍不住轻轻咳了一声，陈静才回过了头来。

“你醒了啊，谭大爷。”

“嗯……”谭喜随口应道，“小家伙们今天怎么样?”

“还算乖，就是大白不太听话，老要挤开花花……”陈静已经对这些野猫相当熟悉，一个个都能叫上名来了。当然，这些名字都是她自己起的。

“小虎，你吃饱了吗？那就陪陪谭爷爷吧。”说着陈静把一只虎斑猫抱了起来。那只猫也不反抗，就任由陈静抱到了谭喜的大腿上，然后扭过头瞪大眼睛静静盯着谭喜。

谭喜看着大腿上趴着的小猫，刚才噩梦带来的阴郁心情也一扫而空。可惜的是他的手无法活动，不然能够摸一摸它就更好了。

这时陈静叹了口气，说：“唉，大黄今天没来，可能以后都看不到它了。”

“那只老猫?”谭喜问。谭喜这些天来对野猫们也熟悉了不少，大黄好像是一只脱毛严重、眼睛浑浊的老猫，一向比其他野猫的动作要慢上一拍。

陈静点点头，“上次来吃东西的时候它精神就很差了，只吃了一点点，走的时候还差点穿不过栅栏。我听养过猫的人说，猫在感觉自己快要死了的时候会自己跑去外边待着，免得主人看到它死而伤心。大黄说不定也是这样，不会再来了。”

“是吗?”谭喜接道，“那它也算挺懂事的了。”

“什么懂事，是不懂事才对。”陈静并不同意，“要我说啊，如果是懂事才不该这么做呢。”

“这怎么说?”谭喜有点不解。

“如果它懂事的话，就会明白主人绝不会希望它就这么默默离开，因为主人对它肯定有深厚的感情，一定会想方设法带它去治好啊。如果不理别人的感受就自顾自走掉，就实在太任性了。”

陈静这么一解释，谭喜也觉得挺有道理的。回过头仔细想想，这番话又仿佛是在说谭喜一般。

实际上，在16年前谭喜也曾经擅自决定过要离开这个世界。

那是在谭喜70岁的时候，当时谭飞只差一步就可以凑齐谭喜的回春治疗费用了。但谭喜觉得拖累儿子已经够久了，不想再浪费掉谭飞辛苦凑的这笔钱。加之谭喜也觉得这辛苦而枯燥的生活太过漫长，实在难以忍受，于是他开始了绝食。

谭飞一得知父亲绝食就立即请了假过来，不断反复说着一定要坚持，一定会有治疗办法的，还说不是家人永远排在第一位吗，自己辛苦点是应该的等等，劝父亲不要放弃希望。谭飞就这么跟着谭喜什么也不吃，在床边整整守了三天。

看着毫不言弃、憔悴而执着的谭飞，谭喜终究还是没有坚持下去。

从那时开始，谭喜就明白自己不能再这么干了。一旦谭喜擅自决定离去，谭飞会不会觉得是自己把爹逼死的？他心里会留下多深的伤痛和自责？这将是多大的心理负担？

所以说到底，在感情深厚的家人的面前，人是不可以像猫一样随便自作主张的。

然而，在史林上次来访后情况又有了变化。史林开出的条件重重地压在了谭喜心里，让那架16年来从未再动摇过的天平开始悄悄地晃动了起来。刚才的噩梦是不是就反映了这个呢？

在谭喜沉默着想着这些的时候，陈静以为他又要睡了，于是转身又逗起猫去了。

当野猫们都已经吃饱喝足，夕阳也已经沉入地平线之下，迟到的谭飞才终于来了。打过招呼后，陈静朝两父子和野猫们挥挥手，然后离开了。

太阳下山后气温似乎一下子变冷了不少，谭飞把父亲膝盖上的毯子向上拉了拉，那只半睡半醒的虎斑猫也喵的叫了一声后跳了下去。

“小飞，太晚就不用过来了，赶来赶去很花费时间。”谭喜说道。他知道谭飞只能再待个十来分钟而已，他晚上的工作时间就快到了。

“没事，在附近办点事，顺路。”

“噢？什么事？”

“呃……”谭飞犹豫了一下，“其实刚才我在附近的一间餐馆面试。”他知道迟早瞒不住父亲，不如直接说了。

“面试？”谭喜有点奇怪，“现在的那两份不好吗，又要换新的？”

“不是，是我想再多找一份……”

“多找一份？怎么回事，手头紧张？”

“也没什么，”谭飞小心地说，“就是疗养院的费用涨了一些，存款又是定期的没法动。我就想着说，那就干脆再多干一份好了。”

“涨了多少？”谭喜继续追问。

“没多少……”

“到底多少，告诉我。”谭喜一脸严肃。

“不到两成……”

“这还叫没多少？”谭喜叫道，“去年他们才涨过一次吧，怎么可以这么快又涨？”

“这真不算多，换过这么多疗养院，这家算是最实在的了。你就别管了，我能应付得来。”

虽然谭飞是这么说，但谭喜明白恐怕情况并不乐观。谭喜想了想后，又提议道：“要不然，我转到便宜点的疗养院去？反正对我来说哪都差不了多少。”

谭飞立即反对道：“不行，那些疗养院肯定照顾不到位的，毕竟一分钱一分货。爹，你就别再想什么转院的事了，只不过是多一份工，又没什么。”

“你可不年轻啦，再多干一份怎么受得了？”

“没事，今天我去面试的这个兼职，是只做周末三天晚饭时间的，很轻松。只是我每周就得少来一天了。”

谭喜知道没法说动谭飞，但又不忍心看着他更加劳累，于是谭喜想到了这些天来一直萦绕在脑海里的那件事。

“对了，小飞，上周史博士也来看我了。”谭喜说道。

谭飞一下子没反应过来，愣了愣才回道：“哦，他还不肯死心？”

“别这么说，好歹总有个人来陪我说说话，可以解解闷。”

“可他来来去去不就是劝你参加实验嘛？我早说让别人先试，咱们只要耐心等就好了。”尽管谭飞没有亲自见过史林，但他还是从父亲的口中了解过实验的危险性的。

其实，史林这疗法所针对的是病情稳定的病人，跟那些针对控制特定病症，阻止神经继续萎缩的前期疗法并不相同。其主要原理是先诱导干细胞生成神经元细胞，再通过精确的培养塑造让其完美重现病人所丧失的神经，从而让病人重获运动、感知等能力。这是面向多种神经退行性疾病的后期修复疗法，所以有着强大的市场潜力。

而这其中的关键，就在于神经细胞的培养塑造上。因为新的神经元细胞必须得跟原本的一模一样，才能完美地连接上肌肉和残余的神经系统。可问题就在于病人的神经元早就已经死亡，没办法像脑回春般照原样去复制，只能摸索着来。对于缺乏实际经验的史林来说，甚至连失误致死的概率都相当地高。

打个比方，想要修复无图纸大厦的施工方如果技术不精、经验不足，那很可能是会在修复时出状况的。轻则水电不通无法居住，重则伤筋动骨整个坍塌。

“不过这次不同了。”谭喜说道，“史博士说他已经掌握了一种新技术，可以把风险大大降低，还说能给比以前还高的报酬呢。我觉得可以考虑考虑了。”

“不行。”谭飞完全不为所动，“不是根本没人参加他的实验吗？那风险肯定小不了。再说了，就算是死亡风险降低到一成、甚至是半成都好，也还是太高了。我们还是让别人去先蹚这摊浑水吧。”

谭喜见连撒谎都没能说动谭飞，又说道：“史林说能给咱们两次免费的完全回春呢。这完全回春的价格可是普通回春的十倍……”

“那也不行。”谭飞还是打断了父亲，态度前所未有地强硬，“这可是拿命去赌，就算报酬再高也绝不能答应。爹，你可别再像上次那样想不通啊。”

听到这最后的一句，谭喜知道谭飞反应过来了。谭喜说想要参加史林的项目换来优厚报酬，跟16年前的自杀确实有类似之处，只不过程度上略有不同。

谭飞接着继续说道：“我们又不是过不下去，就算是疗养院再涨价，最多我多加点班，或者迟几年做回春治疗呗，没什么大不了的。我再辛苦也好，只要撑得下去就没问题。你可不能再提什么拖累了啊，当年你都没有嫌我，我现在又怎么会嫌你?”

谭喜默默在心里叹了口气。在史林开出相当于谭飞要两百年才能攒到的高报酬后，谭喜确实是动摇了的，如果谭飞能够看开那么一点，谭喜或许就会答应史林了。但现在看来，原来到了16年后的今天，谭飞的想法也依然如顽石般一成未变。

不过说回来，谭飞会这样执着，跟谭喜的言传身教也有着莫大关系。

其实早在谭飞才一岁半的时候，他的左肺就曾因不明原因而开始萎缩，在无菌重症室待了几个月都无法治愈。家里因此欠下了一大笔钱，几乎山穷水尽。为了让儿子能继续获得治疗，谭喜毅然把一个肾给卖了，那时候的肾还是值点钱的。

之后谭飞奇迹般地痊愈，但谭喜的手脚却开始逐渐不灵便了。医生检查后说，谭喜的病可能是由于取肾手术才诱发的。此后谭喜渐渐地失去行动能力，谭飞也逐渐懂事起来，慢慢明白了自己痊愈的代价是父亲的瘫痪。

因此，当谭飞提及了当年的事表明态度后，谭喜也不好再说什么了。换做是自己的话，他也一样会做出同样的决定。

毕竟，家人该永远排在第一，而非自己。

谭喜曾无数次想过自己的丧礼，他希望那是个喜丧。

何谓喜丧？是离世者享尽福寿心满意足，还是终弃残躯束缚而得以解脱，才可谓之为“喜”？这似乎并无定论。可如果人真能死后有知，谭喜自然是希望能够感到“喜”为好。

而对于在世之人，这“喜”又从何而来呢？从实在一点的角度来看，或是减轻家属负担，或是留下不菲的家财，甚至是为陌生人留下角膜、器官等等，对生者而言也可算是“喜”吧。

就如今的状况来看，如果谭喜留下可抵数百年劳动的优厚报酬而离世，那对他和谭飞两人来说，这是否能算作“喜”的状况呢？

答案是皆否。

如果谭喜选择了参加史林的实验，谭飞并不会因报酬而“喜”。因为这对谭飞来说恐怕无异于父亲又再自杀一次，他仍旧会认为是自己把父亲给逼死的，永远无法释怀。而对谭喜来说，只要谭飞不会因此而感到哪怕一点“喜”，他即便地下有知也一样不可能“喜”得起来。

这就是在跟谭飞谈过之后，谭喜得出的结论。

于是当晚谭喜就让护工拨通了史林的电话，说明了自己的决定。

5

五个月后，史林所在医院的豪华单人病房旁。

谭喜隔着观察窗一脸凝重地望向病房中央。病房里躺着的是仍在沉睡着的谭飞，他一头花白的头发已经变得乌黑，原本松弛的皮肤也变得紧绷、恢复了年轻的光泽。

“老谭，他应该过一会儿就会醒了。”站在一旁的史林对谭喜说道。

坐在轮椅上的谭喜一言不发，并没有回答。

“治疗过程非常顺利，都是我亲自跟进的。”史林继续安抚道，“而且你的要求我都照办了，你还有什么担心的？”

“我不是担心这个，”谭喜终于摇摇头，“我是在想，如果小飞知道真相，会怎么想。”

“没事的，他不可能知道的。”史林信誓旦旦地说道。

虽然谭喜并不完全相信史林的话，可事到如今也没办法反悔了。在跟史林达成了协议后，他们两人就配合着把谭飞骗来做了完全回春治疗，如今他也只能相信史林。

“最好是这样。”谭喜说。他心里很清楚，谭飞知道真相后肯定无法接受，如果让他知道了就前功尽弃了。

谭喜接着问道：“小飞的那些钱，你处理好了吗？”

这次谭飞所做的回春治疗，名义上是史林所在医院的优惠活动，否则以谭飞的积蓄还是差一点的。而为了把戏演得逼真一些，史林也是真收了谭飞那笔积蓄的。

“手续全办好了，包括后续的也是，随时可以转出去。”史林回答。“要不然我把钱划到你的账户里？”

“别给我。”谭喜回答，“我拿的话怎么给回他？汇钱的名目不是早定下了吗，还能改？”

史林笑了笑，“这不是跟你开个玩笑嘛，谁让你问得像是我会吞了这笔钱一样。我可是违反了不少规定才搞定你的要求，这笔钱比起我冒的风险来根本不值一提。”

谭喜忙说：“我只是问问而已，没别的意思。”

这时病房里的谭飞动了动胳膊和脑袋，眼皮跟着也跳了跳，似乎快要醒来。史林对谭喜点了点头，转身向病房里走去。

史林进入病房后不久谭飞就睁开了眼。在检查过仪器确认无异常后，史林开始了简单的提问，检查起谭飞的意识状况来。病房里的声音通过扩音器传到了观察室，每句话谭喜可以听得清清楚楚。

“……来，看这里，这是几?”史林问。

“唔……思博寺，这似在干嘛?”或许是由于刚醒来，谭飞的吐词并不清晰。

“我要确认一下你的恢复情况，所以会问你一些简单的问题进行测试，你好好回答，行吗?”

“哦……豪……”

“你叫什么名字，能告诉我吗?”

“谭危……”

“你父母叫什么?”

“谭夕、林丽……”

然后史林又问了些诸如住址、工作单位之类的信息，谭飞都用越来越清楚的声音一一回答了。在此期间谭飞越来越清醒，边回答边端详了一番自己崭新的双手。然后他又把脸和脖子也摸索了一遍，确认皮肤不再松垮皱褶。

接着，史林仿佛是为了让谭喜听清而提高了音量，提问道：“小谭，你记得自己为什么会在这吗?”

“我，是来做完全回春治疗的吧。”

“那么，你记得为什么你会来做这个治疗吗?”

“唔……”谭飞似乎费了点劲才想起来，“前不久我得到了一大笔钱，加上我年纪也不轻了，又听说这有九折的优惠，就来这边做了。”

“你这笔钱是从哪来的?”

“这个啊……”谭飞似乎很努力地想了一会儿，才回答道：“好像是保险公司吧，因为……”接着谭飞又顿了一顿，眼中忽然泛起泪光，一脸悲恸地缓缓说道：“我爹死了……”

过了好一会儿，他才又断断续续地说了下去：“我爹……他的病情突然恶化，上个月刚刚去世……唉，可惜我们运气不好，没能等到博士你的研究成功……不过他是在睡梦中走的，还算安详……”

史林默默地转过头，意味深长地看了一眼观察室的方向。见史林这么做，谭飞也跟着转过脑袋，望向了通向观察室的那面玻璃窗，对上了谭喜的视线。谭喜一下子紧张了起来，心跳也快了好几拍。

然而，在跟谭喜短暂地对视之后，谭飞却只是有些疑惑地皱了皱眉，很快就移开了视线，仿佛他根本不认得谭喜一般。

“小谭，我们继续把测试做完吧。”史林继续说道。

谭飞收回视线，看着史林点了点头。

“那好，我们再确认一遍你父母的名字。”

“嗯？刚才我说错了吗？谭夕，夕是夕阳的夕。林丽，双木林，美丽的丽。”谭飞报出了一对完全陌生的名字。

谭喜的眼眶瞬间被泪水湿润了。

尽管谭喜早就知道脑回春对记忆的影响，但听着儿子述说自己那并不存在的死亡，面对自己却没有认出，还把名字也完全说错，他心里还是不免泛起一阵莫名的震颤。不过即便如此，谭喜还是拼命压抑住了自己的情绪，不让眼泪流出眼眶。

因为，谭飞记忆的改变完全在谭喜和史林的计划之内。

这虚假的记忆，就是谭喜所希望的结果。

6

五个月前的那一晚。

在谭喜谢绝参加实验后，史林仍不愿放弃这难得的机会，又想方设法百般劝说谭喜改变主意，于是两人一来一回就这么聊到了深夜。

结果就在这一番长谈后，史林竟成功地让谭喜改变了主意。因为谭喜在当晚终于明白了，只做躯体回春是根本行不通的。

那是一条死路。

那天晚上史林告诉谭喜，尽管他的病已经不会复发，而且神经细胞都非常长寿，但它们仍旧会逐步老化。而大脑的老化，又会导致多种其他神经退行性疾病，例如最典型的阿兹海默症。所以如果有条件的话，最好是趁早做脑回春治疗来预防。

可谭喜听了却并不在意。于是史林又强调，谭飞也一样要面对同样的风险。一说到儿子，谭喜才有些担忧起来，开始跟史林谈起了儿子的详细情况。

然后，史林发现了一个残酷的事实——谭飞很可能也携带着致病基因。

由于谭喜的家族中并没有人得过同样的病，所以史林判断，致病基因应该到谭喜这一代才出现的。而谭飞在一岁半时的不明肺萎缩现象，则很像是这种病症的初步发作表现，所以史林认为谭飞应该也遗传到了谭喜身上的致病基因。

而最为致命的是，跟谭喜这种完全发作后趋于稳定的状态不同，谭飞这种情况下的复发率仍会随神经的老化而逐渐增加！史林这次才确确实实地击中了谭喜的要害。

谭喜根本没想到实际情况居然糟到这个地步。

本来拖累了儿子四十多年，导致他迟迟没做回春治疗也就够了，可如今呢？自己竟然还把致病基因遗传给了儿子。如果不及早处理，谭飞迟早会因神经老化而再次发病。

而目前能够缓解谭喜所面对危机的方法，就只有脑回春而已。可让谭喜绝望的是，其费用却是谭飞需要200年才能攒齐的巨款！

谭喜这才明白，自己和儿子这40年来所走的，竟是一条死路。

早在谭飞两岁那年，谭喜就得了病。三年后他几乎全瘫，由妻子李玲挑起了整个家。但只过了十来年，独力照顾着两父子的李玲就被累垮，得了肝癌。李玲去世后家里仍欠着一大笔债，那一年谭飞才17岁。

然后谭飞随之辍学，边照顾谭喜边四处打工还债，在26岁那年才还清了家里的债务。可就在同年，昂贵的回春治疗面世了。谭飞当时就算了一笔账：以他的收入水平，至少要花上十来年才能攒足一次回春治疗费，而当年谭喜已经50岁了，所以谭飞必须马上开始才来得及。

于是谭飞就立即又投入到了为父亲积攒回春费用的辛劳之中。

这期间谭飞试着谈了几次女朋友，但全都因家庭原因而告吹。毕竟家里有个瘫痪的老人需要照顾，而且还是处于收入最低的阶层。之后谭飞干脆就不再找了，只是埋头工作攒钱。

结果这一攒，就是整整20年。

需要20年才能攒够啊，一路看着儿子咬牙坚持的谭喜十分明白这其中的沉重。谭喜曾劝儿子说，干脆不要管自己了，反正做了回春治疗自己也还是老样子。

可谭飞却坚持道："总有一天，能治好你的技术会出现的，只要能坚持到那个时候就好了。当年不也是因为你坚持，我才能活下来吗？"正是谭飞这个无比坚定的信念，打消了谭喜绝食的念头。

但这也就意味着，谭飞必须独自负担起两父子的回春治疗循环，一刻也不能松懈。

循环的起点，是谭飞从二十来岁时开始，花20年给父亲攒一次回春治疗；然后，他得再花20年给自己攒一次回春治疗；之后，谭飞回到二十来岁的年纪，一切又恢复到初始的状态——年青的谭飞努力为年过花甲的谭喜积攒回春费用。

这是一个长达40年的循环。

谭飞认为这个循环迟早会结束，尽头就在能治好谭喜的那一天。

然而，如今谭喜却已明白，这是一个无法抵达尽头的循环，一个谭飞无法跳出的循环。

于是，谭喜当即做出了抉择。

无论如何不能让这个绝望的循环继续下去了。他必须改变这一切，趁着还有机会的时候。

在那晚之后，谭喜帮助史林取得了谭飞的详细病历和细胞样本，交给了第三方作权威分析。在确认了谭飞确实携带有致病基因之后，谭喜开始认真地和史林谈起了交易的条件。

由于史林的实验并非正规项目，没有合约保障，所以为了让史林无法中途反悔，谭喜要求先让谭飞做一次完全回春，接着把另一次治疗的费用折现交给谭飞，之后自己再正式参加实验。而史林这边也同样怕兑现条件后谭喜会翻脸不认账，于是在具体的实施程序上两人陷入僵局。

两人又合计了好几天后，终于史林才提出了一个能令双方都满意的方案。这个计划的关键，在谭飞处于脑回春阶段时针对性修改他的部分记忆。

在用于脑神经调整的细胞级干预技术以及用于记忆监控的解码技术支持下，要重新编写特定的记忆并不困难，只不过这是严重违法的行为。可为了自己的实验项目，史林还是豁了出去。

谭飞的记忆将被修改为：父母的样貌、姓名和身份等信息，都变为了另外一对已经过世的孤寡老人。而且谭飞会认为久病不愈的父亲因突然发病刚刚过世。

对谭喜而言，这意味着在儿子的心里他曾经存在的痕迹将被完全抹去，从此再也无法相认。但这也同样意味着，谭飞将能够接受父亲离开的现实，从此摆脱执念的束缚，拥有更加自由的人生。

于是谭喜很干脆地就同意了这个方案。

只要能给儿子留下一个更为富足的未来、一个不受自己拖累的未来、一个更自由的未来，那么即便是自己的存在被抹去，又有什么可犹豫的呢?

7

何谓喜丧之“喜”？

既使离世者为之欣然，也使在世者为之欢喜，两者缺一不可。

于更深一层的角度来看，除死者的馈赠之外，在世之人还应以离世者终于享尽福寿、得以解脱而感到欣慰。反过来离世者也一样，也应为生者减轻负担、生活改善而宽慰。

如今，谭飞能够获得丰厚的遗产，也能释然地接受父亲的离去。而谭喜也因终结了那绝望的循环，为谭飞的解脱感到欣慰。

因此对谭喜来说，无论是在哪个层面上，这都可以真正地称之为“喜”了。

这天晚上，谭喜又做了那个梦。

一切都从黑白变回了喜庆的颜色，人群再度出现在棚中。人群中的谭飞，也露出了释然的微笑。

谭喜觉得满心欢喜，向着天上飘去。这一次，四周不再黑暗如昔，明月高悬于天空之中，正散发着洁白的光芒。

沐浴在白光中的谭喜舒展开身体，就这么飘向了天际……

潘

石黑曜

大约是2002年的时候，受到朋友张显存家人的委托，我来到辽宁省温屯乡调查他的失踪一事。虽然最终未能有什么明确结果，也无法给他的家人带去哪怕只言片语的安慰，然而当时调查过程中，所经历的种种实在太过奇异，令我自己也无法相信。最近由于某起化学工厂爆炸的事故，温屯乡的名字再次出现在了媒体之上，此事发生的地点对我而言实在太过熟悉，勾起了许多深藏已久的回忆，于是下定决心趁着没有完全忘记的时候，尽早记录下来，也算是给他的家人做一个交代。

那个时候我刚刚从公安系统中退下，自己开了一家私家侦探事务所，这在当时算是很新潮的事情了。然而越新潮的事情越没有人敢于尝试，再加上事务所开在北京，平时除了接一些富商太太委托的桃色调查，赚一些生活费外，基本上是入不敷出的。就在这个时候，张显存的家人找上了我，委托我对他的失踪进行调查。原本就清闲的我对此事表示非常重视，一部分原因在于，张显存与我本来就是警校同期毕业的同学，他这个人脑筋活络，思维跳跃，虽然有时候太过执拗。我担心他的失踪未免与他的性格有关，便痛快地应下了这桩调查。

根据张显存家人的回忆，张显存已经失踪一年有余，其本人在失踪前的一两个月表现出了极大的反常，经常一个人在家里喃喃自语、手舞足蹈，翻阅了许多史料研究方面的书籍，据说还去拜访了著名的考古学家童北桥。由于童先生就住在北京，我便打点了些随手礼登门拜访。出乎意料的是，童先生否认了张显存家人的话，申明张显存并未与自己有过实质性的见面，只是通过电话有过短暂的交流，内容无非也只涉及到中原龙文化的产生与传播，无论从哪个方面看，都与张显存的失踪无甚联系。这条线索的中断，让我不禁质疑起张显存家人所说话的真实性。于是我甩开他们，通过一些以前的关系，拿到了张显存失踪前正在调查的卷宗档案。

在这里我不得不选择性地复述一下这份卷宗档案的背景。张显存作为专办刑事案件的公安警员，主要调查的是儿童绑架失踪的案件。这类案件在2010年后随着网络的普及与社交媒体的兴起逐渐被人重视，而在当时，儿童绑架案的关注程度并没有那么高，加上破案难度大，耗费时间长，很少有警察会花费大量精力在上面。不过正如我所说，张显存是个性子执拗的人，他在破获了一起贩卖儿童的案件之后，发现涉案被拐的儿童均来自于辽宁省温屯乡附近，认为此案定有蹊跷，于是报告上级要求进行独立调查。这中间耗费了多少时间和多少口舌，我不想一一赘述，值得一提的是，我在张显存家人后来提供的档案中，找到了官方案宗中没有提起过的部分。张显存私下对多名儿童进行了笔录，试图了解他们被拐卖之前经历了什么。不知道是因为儿童受到了太大的惊吓，还是大多年龄尚小，言语中只是重复“飞翔”、“仙女”之类的话，加上主犯在押送过程中突然暴毙，从犯在逃下落不明，案件的调查陷入僵局。

根据卷宗档案，张显存向领导申请后，替代了同事陪同被拐儿童返回温屯乡，然而他在温屯乡所经历的情形却并没有记录在档案之内。一方面由于案件已破，主犯也已抓获，剩下的无非是些细枝末节，另一方面，张显存似乎对官方隐瞒了他在温屯乡所进行的个人调查，而在张显存家人提供的档案中，这一期间的资料似乎有意遗失了。考虑到上级领导对他的压力，他的行为也是可以理解的。按照记录，张显存在温屯乡待了大约有一个月的时间，回到家后便将自己锁在屋内，只有吃饭的时候才会出现，却也闭口不谈任何事。在这一期间，张显存的身体状况明显下降，并拒绝食用荤菜，无论家人尝试什么类型的烹饪都没有效果。三周之后，他的脸上就几乎看不到血色，皮肤甚至接近半透明。随后的某个夜晚，他忽然领悟了什么一样，开始频繁外出。家人看不到他的时间越来越长，最终他悄无声息地消失了。他的家人试图研究他的调查档案，却并无实质性的收获，唯一的线索就是在最后一页上，张显存写到他必须要返回温屯乡。张显存的家人并没有告诉我他们是否去过那里，但从他们讳莫如深的表情上，应该是吃了闭门羹而毫无收获。这样看来，无论如何，那里将成为此次调查的核心。

我推掉了几个关系尚佳的富商太太的调查邀约，收拾妥当之后，带着事务所的小张作为助理，从北京乘火车出发，坐上大约半天的快车抵达沈阳，之后换乘当地的长途大巴前往温屯乡。温屯乡位于辽宁半岛中部，被低矮的群山环抱，相比于沿海地区算是较为偏僻的地方，鲜少有人了解。一路向西南方向进发的时候，我们途经了营口市，据说上世纪30年代的时候，曾经有龙在这里出没，还留下了一副骸骨。根据当地县志的记载，1934年夏季，大约是六七月份的时候，曾经有一条龙坠落在了田庄台上游附近的地域，不少人曾经目击过这一场面，还用芦苇席搭成凉棚为其遮荫，数日后此龙神秘消失。一个月之后，在营口市区距离辽河入海口10公里的芦苇丛中，一条奄奄一息的龙再次出现。此龙很快就没了气息，身体也快速腐烂到只剩骨骼，不过当地媒体还有素描与照相记录下当时的情况。

出于某种原因，张显存将这起事件记录在了他的调查档案之中，并递交给童北桥征询看法。张显存写到说童先生评论此事为荒诞之谈，并指出画面上的骨骼是多种第四纪生物遗留下来的残体拼凑而成，并非所谓“龙”的骨骼。而在之前的拜访中，童先生明确告诉过我，龙文化作为一种图腾文化，其身上的拼贴性是毋庸置疑的，龙的形象包含有鹰、蛇、鹿、鱼等动物的常见特征，本身是一种图腾标志，绝非什么真实存在的生物。然而这并不能解释当时目击者口中的细节。张显存猜测，这或许是埋藏于地下冻土层的古老生物因为长时间暴雨的冲刷而露出了地表，不过营口地区并非极寒地带，并不存在这种可能。张显存又试图解释，声称也许是因为某种地质活动，导致地层缓慢抬升，加上当地是背斜构造，所以才共同导致了这一现象。而所谓目击者的证词，见到龙的求援、飞升，似乎可以用集体无意识的理论来解释。然而张显存并没有地质学经验，当时也缺乏相关的记录，这样的观点最终也就仅仅是猜测而已，至于他是否相信童先生的说法，则是另外一回事了。

在张显存的档案中，有着许多用铅笔写就后擦掉的痕迹，经过复原之后，只有少数的字词能够辨认，其中多次出现“潘”这个字。档案中张显存推测，“潘”大概是某种原始传说中吃小孩的怪物。我让小张对此作了一番调查，却并没有太多有价值的信息，不过有一条内容倒是吸引了我的注意。在古希腊的神话中，有一位潘神。他又被称作牧神，专门照顾处在乡野之中的农民、牧人和猎人。据说潘神拥有人的身体，长着羊的长耳朵和一对长角，下半身和脚也长得像是羊一样。这种拼贴性的创造，显然并不仅仅是我国文化所独有，在相隔半个地球之远的地方，在大致接近的时期出现了同样与自然有关的拼贴性形象，是否意味着这其中有着某种隐秘的联系呢？当时的我并未过多考虑，只是将其作为奇谈怪事记在了脑海中。此案告一段落之后，随着年岁的增长，阅读量渐渐增多，我逐渐意识到这种类似的形象与早期人类的认知能力有着相当大的关系。过去的人们无法清晰地认识到与拥有自由意识的人之间的关联，倾向于将各种自然现象误认为是拥有性格的动物神所为。在发育尚早的儿童身上，也能够发现这种现象。这也许是“潘”、“龙”形象的来源。不过，有没有其他的可能，或许可以打一个问号吧。

虽然在地图上，从沈阳到温屯乡的直线距离比到北京要近得多，但考虑到火车和大巴车的差别，加上当地公路设施并不完善，抵达温屯乡的时间比我们预料的晚了许多，下车时候已近深夜。当地居民早就进入了梦乡，所幸那时民风还算淳朴，小张负责联络的当地招待所因我们迟迟未到，手机也由于信号不良联络不上，便一直为我们留着大门。这令我着实有些感动，免了扣除小张差旅补助的想法，大概他也因此很受触动。不过后来细想，此地少有外来人口，又并非旅游胜地，老板的殷勤也不无道理。

老板为我们安排住宿的时候，我向他打听起了当地地名的来源。温屯乡顾名思义以温姓人口为主，然而辽东地区并非此姓聚集的地区。按记载温姓最早发源于黄河中部地区，随着朝代更迭逐渐扩散，到了近代主要分布在北部晋陕青、南方粤赣浙等地。此地温姓之人，最初也一定是较大的氏族由以上地区迁徙而来。可惜的是，尽管老板同样姓温，作为本地人士，却对本家姓氏起源并不了解，家族中甚至没有编写族谱的习俗，这让我产生了一系列的联想。或许先前该温姓氏族得罪了某权势者，被发往今天的温屯乡地区，同族中人以此为耻，于是将族谱一事列为禁忌。由于缺乏印证，加上当地的老人不善言辞，我们在当地待的时间又很有限，这一猜测自然是不了了之。不过后来联系到案件的一些细节，还是颇有些值得推敲之处。

由于长途舟车劳顿，房间安排妥当之后，我们便顺利地沉沉睡去。中途有一次我似乎醒来，听到了远方传来阵阵隆隆之声，振动十分机械，然而当地距离最近的铁路线也有几十里地，怎么想也不太可能是直线传播所致。加上声音十分清晰，倒有可能是凌晨时分大气折射所造成的特殊声学效应。之后很长时间，我都没有听到过类似的响声，直到后来事务所倒闭，我转向了别的行当，店铺开在西直门附近，九十点钟的深夜，地铁二号线经由脚下回库的时候，传出的声音倒是会让我回想起那个夜晚。不过事情过去的时间太长，到底有没有过那事，也并不十分确定。

次日清晨，我们先去了派出所了解情况。经由过去局里的熟识的领导，之前已经与这里通过气。然而接触起来才发现，所长对我们并不客气，甚至有些冷漠了。简单寒暄两句之后，他便将我们打发给了底层的民警。小张对我提起路上村民看我们的眼神，我才明白昨晚招待所老板的热情只是个例而已，显然这里并不习惯外人的出现。与我们接触的民警并非本地人，不过也在此居住超过十年，对我们的出现，他的言辞之间似乎稍有怨言，考虑到这里的民风还是可以理解的。他提供给我们的信息，许多已经在张显存的私人档案中略有提及，顶多是稍微补充完善而已。

2000年9月中下旬，张显存带队将9名被拐儿童送回温屯乡，并在此进行了走访式调查。或许是由于过程中触及了当地民风，村民反对的声音四起，导致调查一时陷入停滞。后来未经联系，张显存便自主离开了温屯乡，此后再也没有出现过。对此我们表示了质疑，张显存难道没有回到温屯乡？民警赌咒称张显存离开之后，确实再没有返回这里。在他离开几周后，张显存的家人倒是来此寻找过，这和我们所了解的情况相吻合。我曾猜测双方中或许有人说谎，然而根据现有证据，的确无法证明张显存确实回到过温屯乡，也许在前往火车站的路上他就决定前往别处去了。不过按我对他的了解，他并不是一个能做出这种行为的人。

我们向民警出示了档案中当年被拐儿童的名单，希望对方能够提供相对应地址，方便我们进行进一步的调查。此举实际是试水的行为，在张显存的私人调查档案中，9名儿童的家庭住址已经经过了核实，我已经预计会被拒绝，打算之后再请老领导施加压力，要求对方继续配合调查。出乎预料的是，民警甚至没有经过请示，直接交给我们了一份地址详单。我们又并无继续逗留的理由，只好先行告辞。倒是离开时民警的微妙神情与最初所长接待我们时颇有些相似，让我很是介意。

对比过两份地址，二者并无任何差异。不过还没等我们出发，便见到了古怪之事。先前讲过温屯乡位于低矮的群山之中，周围水系众多，十余年后发生爆炸的化学工厂也建在离此处不远的地方。后来村民采石挖山，环境变化了许多，不过当时植被还是覆盖得很好的。从派出所出来的时候正值晌午，在村西头的半山坡上，隐约中竟然闪现着一个细长的白色生物，根据周围的树木推测，那只动物至少长十余米，并且在树丛中游走。我不敢相信自己的眼睛，便指给小张。小张确证了我的看法，并及时拍摄了照片，可惜后来遗失了。

我们当即决定上山。按理说周遭至少应有些羊肠小道，然而走了一阵后，疑似道路的小径已经消失，我们困在灌木丛中迷失了方向。北方的树木以落叶阔叶林居多，树木间隙较大，植被覆盖并不十分茂密。可是不知是何缘故，此处的树林给人一种压迫之感，明明太阳就在头顶，阳光却很难照射下来。阴影中的阴影四处扭动，又并无生物穿行而过的痕迹，甚至鼠窝兔洞都很少见。我怀疑这是村民人工植树的结果，然而树龄又推翻了这个观点。小张询问我是否要下山改日再探，正当我犹豫的时候，窸窸窣窣的声音突然不知从何处传来，我感到背后寒毛一阵倒立。小张肯定也听到了声响，我们屏住呼吸不敢挪动，仔细聆听，但那声响并没有继续出现，反而从某处隐隐传来绵延的笛声。我与小张对视一眼，急忙循着笛声迈步。之前迷宫一样的地形这时忽然清晰起来，还没走出半里地，一条明显是伪开垦出来的土路就出现在了我们眼前。上面的脚印还很新鲜，一路追上去后，所见的情境大大出乎我们的预料。

先前我们在山下看到的白色生物，竟是由幡旗组成的。然而我们所目击的，却并不是丧葬场面，而是一场奇特的仪式。幡旗总共由11名佩戴面具的村民舞动，每截幡旗的尾部都有特殊设计，相互可以钩连在一起，从而形成长虫的样子，在笛声中摇摆。经小张提醒我才认识到，这竟然是一条龙。在龙围绕的中心，通常是绣球的地方，居然是一个面相苍白的纸扎人。舞龙表演是北方重要习俗，寓意保佑风调雨顺，粮食丰收。可是当日并非什么节气，也没有发生旱涝歉收。仔细观察之下，这条龙竟也不是白色。幡旗的本色是黑色的，出于某种目的，村民们为旗帜表面涂上了透明的油彩，阳光的反射之下如鳞片般栩栩如生，看上去便是白色的了。即便如此，黑色却也不是常见舞龙时会用的颜色。这条龙奇怪的地方还有很多，比如四肢很长，龙角也有着奇怪的弧度，不过不等我们细看，就有人发现了我们的存在，所有人的动作停了下来，构成了诡异的画卷。就在我担心触碰了某种禁忌，准备叫小张先行离开的时候，一位拄着拐杖的老者踱步而出。

面前的老者自称是温屯乡的村长，岁数应当不小，看不出真实年龄，身体有些歪斜，袖子遮住了拄拐的右手。未等我们自报姓名，他便先说出了我们的名字。我开始有些惊奇，后来想到温屯乡是个小地方，加上之前有老领导通气，见到陌生的面孔，自然应当能猜到七八分，也便见怪不怪了。我向他表示自己受人委托调查张显存的失踪，上山只是一时好奇，如果打扰了他们的风俗活动还请多多谅解。村长和蔼地表示理解，并解释说这是温屯乡特有的习俗，每年大约七月份的时候都会上山祈福，时间大约连续一旬。然而当我询问能否继续观看的时候，却遭到了他友善的拒绝，我们被告知说，按规矩本地习俗不允许外人观看，甚至是嫁过来的儿媳、出嫁的本地女子，以及外孙一辈也都受此限制。我想再问一些关于张显存的事，村长干脆地否认了见过他，并指出当时张显存的调查都是直接通过派出所所长进行的，详细情况可以找他了解。话已至此，我也不便再多说什么，在村长安排的向导带领下草草下了山。途中我检查了下时间，发现我们其实并没有在山上逗留多久，算起来之前在灌木中迷失的时间总共不会超过五分钟，然而当时的感觉像是度过了一个小时，这大概是人体紧张时产生的心理错觉了。

下山之后，我便按照地址挨个走访，令人惊讶的是，所有曾被拐的儿童，竟无一还在温屯乡。9名儿童中，五名跟随父母外出打工，一名在几个月前意外而亡，还有三名无故下落不明。当我们试图询问打工的五名儿童的联系方式时，却被告知他们也处在失联状态，分配的宅基地也早就无人打理荒废了。我继续打听关于张显存的事情，大多数家庭对此都噤口不言，少数愿意回答的只说他询问了这些孩子的身体状况、生活作息，并没有太多实质性的内容。

在这里我有必要解释一下，在那起绑架拐卖儿童的案件中，张显存指出的疑点之一便在于，根据主犯的供述，他与从犯两人是夫妻关系，均是外地人士，对温屯乡一带并不熟悉。既然如此，他们是如何在同一时间拐走如此多的儿童的？主犯提到他们两人中，从犯负责寻找孩子，应当与村内其他人有联络，即此案应当还有第二个从犯存在。然而官方调查中否定了这一说法，从犯实际上对主犯隐藏了自己的身份，她的真名叫温莉莉，原本也是温屯乡人，只是出于某种原因，十几岁就在外打工，继而认识了主犯。档案中提供的近照，她的年龄不会超过四十岁。在张显存来到温屯乡前，官方已经进行了一轮调查，温莉莉的家人早在二十年前就搬走了，村里已没有认识的亲戚或是朋友，村里人也从没见过她出现，于是官方将其登记为在逃。巧合的是，负责调查的正是如今的派出所所长，这或许可以解释为何之前他对我们十分冷漠。

即便如此，张显存在他的档案中还提出了第二个疑点，即被拐儿童的年龄跨度较大，其中最小的只有2岁，最大的女孩子竟然已经十五六岁。这在拐卖儿童的案件中有点少见，拐卖儿童与贩卖妇女所需要的犯罪成本并不一致，一般不是同一伙人所为，但也并不太有悖情理。不过问题在于，贩卖妇女的目标大多是像温屯乡这样较为封闭的地方，反其道而行之的确很少见。考虑到主犯的供词，两人并无子女，也没有相关经验。如果从犯真的在外多年，与村里人并不熟识，那么或许是出自于想方便照顾儿童的心态，将略大的孩子一并拐走也说不定。我检查过张显存的卷宗档案，笔录中这个叫温芸迪的女孩被诊断为应激性障碍，虽然已经进入青春期，也上过小学，但却无法正常回答问题，只会频繁地重复“飞行”、“仙女”、“野兽人”、“大船”等词语。温芸迪也是后来再次失踪的三个儿童之一。

因此当我们来到温芸迪家时，我让小张出面，以调查当年儿童被拐为由，详细询问相关问题，我则作为助手在一旁观察，希望能够获得什么突破。小张对此很是兴奋。温芸迪家中只有一位老人常住，在小张的语言攻势下，老人竟然告诉我们当时张显存来到温屯乡后，就是在她们家中借住，而且要求就住在温芸迪的房间。在他离开的前一晚，张显存曾与村长发生过激烈的争吵，具体原因不明，但村长离开时身上竟然沾着不知是谁的血迹。之后张显存便将自己关了起来，其间老人还听到房间内发出过类似口哨的响声，像是某种乐器，之后就是摔打枕头，甚至还有女人说话的声音。第二天清晨，当他再次出门的时候，房间里已经凌乱不堪，窗帘也被扯了下来，为此张显存还付了一笔钱以示歉意。出于调查的缘故，我借口要上厕所摸进了温芸迪的房间，希望小张能够多拖一些时间。温芸迪的房间并不难找，屋中十分整齐，没有人生活过的痕迹，灰尘积得不是很厚，然而根据老人的说法，最后一次打扫已经是半年前的事了，这让我产生了某种错觉，像是屋内的时间比其他地方流逝得更慢一些。

这里清理得如此干净，加上时间已久，即便有任何可能存在的线索，找到的可能性也微乎其微。然而我并不甘心。我沿着墙壁仔细搜寻了一遍，在角落发现了一处暗色的斑点，与昏黄的墙壁相比简直不值一提。我刮下一点在手指上，隐约传来的某种气味忽然让我心里十分恐慌。我翻出腰包，找到紫外光手电筒。手中的粉末幽幽地散着肉眼几乎不可见的荧光。我拉好窗帘，又把屋门掩上，再次打开手电，骇人的画面跃然眼前。

墙壁上，许多人被一团物体逼迫着自悬崖上跳下，一只面目模糊的怪兽张开巨口，吞噬着掉下的人们。如果比例属实，怪兽光是头颅便有数十米宽。更奇异的是，怪兽身下像是乘坐着某种庞大的飞行器，比山峦还要高，比河流还要长，竟然环绕了整个房间，细节之处似乎勾勒有某种外形简朴的装置。而在我的头顶，点点亮光遍布四方，绝非随意而为，乃是真实的星图。更令我惊讶的是，这怪兽的形象我曾在张显存的档案中看到过，难道这就是他留下的线索？某种来自外星球的生命？吃小孩的怪兽？潘？

怀着莫名的心情，我回到了外面，小张已经在暗示想不到什么新的话题，老人的兴致倒是渐浓，不停地表达对张显存找回温芸迪的感激之情，并为其失踪遗憾，末了还提到他还留下过几张合影。我趁热打铁提出借阅的要求，幸运地没有遭到老人的拒绝。翻找相片的时候，小张提醒我说不定其中会有什么线索。我赞许了他一番，便让他重新走访其余几个被拐儿童的家庭，看看能不能有更多的收获。

现在想起来，当时没有拍照记下屋内的场景，实在是最大的失误之举。尽管我曾安慰自己，这是因为相机在小张手中，而我只有装有简单工具的腰包，想到以后还有机会继续研究，便没有放在心上。没料到的是，我们离开后不久，老人便死于炉灶失火的意外，包括温芸迪的房间在内的三间砖房均被烧毁，即便想要重新复原也是不可能的了。然而这都是后话。

傍晚回到招待所的时候，小张怀里多了一摞实木相框装饰的相片，我重新翻阅张显存的档案，希望能够找到更多关于“潘”的信息，却在无意之中发现了一条新的线索。档案中夹着十余张清晰度不高的彩色相片，拍摄的都是一个古怪的图案。它歪歪扭扭的、像是被拉长的六角星，背景曝光得厉害，先前翻看的时候只被我当作是同一个物体不同角度的抓拍。然而我忽然意识到，假如这不是出现在同一个物体上的呢？我向招待所老板借来两张描红纸，把相片上的图案誊了下来，结果发现，这几张相片中的图案并不是完全一致的，换句话说，这是9个略有不同、却又是基于同一个模板描绘的图案。9个，和被拐儿童的数目吻合。

我赶忙回头翻看档案，张显存似乎已经知道这9个图案的来源，所以并没有明确写在其中，但通过前后段落留下的蛛丝马迹，我推断，每一个被拐孩子身体的不同部位，都有一个极其相似的图案。这绝不会是自然形成的。张显存认为这可能是拐卖儿童的主犯所为，通过文身对目标儿童进行标记。然而官方档案中唯一的一份活体取样报告否认了这种看法。那并不是后天文身的结果，而是某种自然色素的沉积，也就是胎记。

我找来招待所老板询问此事，老板露出了惊异的眼神，显然是知道些什么。据他回忆，温屯乡上辈人流传下来的说法是，此地的人都是黑龙王的后代，但黑龙王并非会给百姓带来福祉，它自遥远的天界而来，常年待在地下，在仆人的照顾下沉睡入梦，一旦醒来，将会带来无法预料的灾祸。每一年，黑龙王的梦都会结束，地上的人们必须依照仆人的指示采取行动，催眠黑龙王回到梦境。而每隔几年，体格敏感的儿童身上就会浮现出这种胎记，他们被视为灾祸的象征，预示着黑龙王对梦并不满意，作为被选中的童男童女，他们将成为侍奉仆人的人。

这不正是温芸迪房间里所描绘的画面吗？难道这与拐卖儿童有所关联？我继续追问老板，这些孩子要如何侍奉所谓的仆人？根据传统，这些孩子又最终会有怎样的结局？老板却摇头表示，除了这些相片，他也没有亲眼见到过所谓被选中的孩子，甚至这个传说的细节也并不是太了解。从他没说出的话中，我猜到了他身份的尴尬，大概他也是村长所描述的，受到限制的嫡系后人之一。

张显存并非民俗学研究出身，在调查档案的后半部分，他却脱离了案件开始转向了温屯乡的传说故事，并推测在附近存在一个庞大的洞穴体系，在洞穴内存在着某种不可名状的东西。在他的档案上还潦草地涂鸦着一些举行某种仪式的小人，并标注是某处的画作，但是却根本看不出他们是在做些什么。这种怪谈性质的信息自然无法取信，但毋庸置疑的是，他的失踪和这传说有着千丝万缕的联系。

正当我不知如何进行下去的时候，小张在相片中发现了一条重要的线索。他所取得的相片来自于包括温芸迪在内的三名被拐儿童的家庭，而在每人的相片中，都出现了同一个少年，他大约十七八岁的样子，外表令人过目难忘。少年的身体有些臃肿，脸部表情呆滞，是典型的唐氏综合征患者。我立刻询问老板这个人的身份，老板的脸上却第一次表现出了害怕的表情。我再三请求之下，他终于对我坦诚说，这个人是村长的儿子，天生痴呆，语言功能障碍，唯一会说的字就是“潘”。此事是温屯乡内的禁忌，不得随便谈起。然而“潘”的再次出现闪电一样划过我的脑海，原来“潘”指的并不是某种神明妖怪，而是一个人。张显存在这一点上犯了错误，从而走上了神秘主义的道路。

事不宜迟，我决定当晚出发前往村长家一探究竟。原本我还想带上招待所老板，但他极力反对把自己扯到此事之中，并以拒绝服务为由相挟，于是我只好问清方位后，与小张独自出发。温屯乡的用电习惯在那时才刚刚成型，街灯还没有配备，好在村长家位于风水最好的地界，背靠山峦远眺溪流，十分好找。不出一刻钟的时间，我们便摸到了他的院门。

院内没有开灯，也没有养狗，这一点在乡下极不寻常，但当时我并未多想便翻墙而入。借着初升的月亮，我观察了院内的环境，这里的装潢水平远超一般乡下的大宅，不仅左右厢房配置齐全，院内花草也都不是本地植物，应当是从外地购得。建筑风格并无太特殊的地方，只是与通常的规制不同，院内柱础十分方正，像是从哪里寻来的古物，上面刻有用粗糙线条勾勒的龙纹。无论如何，这里的建筑设置显然不是村长一职能够承担得起的，此人身上必有蹊跷。我与小张摸到后院，猛然听到库房的方向传来了鞭子抽打的声音。

我们连忙贴到门口，屋内除了挥鞭子的人和挨打的受害者，还有第三个边踱步边说话的。这人十分气愤，听声音应当是村长无疑，挨鞭子的大概就是我们在寻找的人。当我听到村长对挥鞭的人的称呼后，嘴巴惊讶得无法合拢，小张从门缝中极力窥视那人的相貌，与档案中的照片十分吻合，她竟然就是一直登记在逃的从犯温莉莉。两人言语之间透露出，他们之间存在着某种奇怪的联系，甚至比血缘还要紧密。尽管隔着木门十分模糊，我仍然听出，村长想要他的儿子交代出某个被藏起来的东西的位置。后来的事情证实了我的猜测，他说的应该就是那些失踪的被拐儿童。被责罚的少年一直没有吭声，鞭打的声音一时间停住了，同时却响起了村长拐杖落地的声音，不知道是他做了什么，还是少年看到了什么恐惧的东西，少年忽然大声叫了出来。

“潘！”村长的儿子扯着嗓子喊。忽然间，我的眼前猛地暗了一下，有些眩晕。里面的村长和温莉莉却安静了下来，接着响起了砰砰撞地的声音。紧接着，少年不知怎么摆脱了束缚，竟然一下冲出了库房，把藏在门外的我们撞倒在地。我们连忙躲入草丛，希望没有被人发觉。村长和温莉莉却在同时破口大骂，对着库房内的什么吼了几句，温莉莉甚至还挥了下鞭子，两人随后追了出去。我们没有其他的选择，只有紧紧跟上。起身的时候，我朝后面望了一眼，一无所有的库房里，灯光照耀的地方似乎有奇怪的阴影，但我也并不确定。

前面的人追得很快，我们必须集中注意力才勉强不被甩掉。然而此地我们是外来的陌生人，自然比不过他们，尤其进入树林之后，更是只能凭借声音追踪，于是很快便跟丢了。这时小张突然提醒我说，他们追击的方向好像与我们发现舞龙的方向是一致的，而晌午我们离开的时候，在向导的建议下选择了一条上下山的近路。我当机立断带着小张找到了之前的岔口，没有几分钟我们就来到了土路上。月亮此时挂在空中，路上却显得更加昏暗。好在我们已经基本适应了这种环境，几乎是在同时，少年和村长的身影出现在了前方。

我们拔腿向前，土路似乎没有尽头。就在我怀疑是不是又跟丢了的时候，一座龙王庙出现在了我的眼前。无论是当时还是现在，我脑海中想到的形容词就是“厚重”。过去我也在乡下办过一些案件，其他地方的龙王庙基本只是一个祠堂，好一点的刷刷白浆。然而眼前的龙王庙是用未经打磨的石材建造，由巨大的长方体砖石堆砌而成，呈现出结实的三角形结构。顶端却又突兀地出现了中式的木制屋顶，瓦片和飞檐一个不缺，门口还摆放了一个不小的香炉，一眼就能看出是后人所为。四周挂满了系着石头的红色丝带，石头上还用白点做了标记。而晌午时出现的舞龙，此时就扔在地上，摆成扭曲的样子。

这座龙王庙看起来像是通往人类未知领域的入口，然而我们不能就此止步。少年的尖叫声从庙中传出，混杂着村长的责骂声。我定了定神，探进门去。正前方是一尊黑龙王的画像，看不出是什么年代的作品，时间太久已经很难分辨轮廓。庙内的空间比外面看着小了许多，我判断应当有秘道存在，果然，画像所在的墙体只是屏风一样的构造，因为它与旁边的墙体形成了一个完美的角度，所以能给人一整块墙壁的错觉。此时没有必要再隐藏自己了，我和小张打开强光手电。进去的一瞬间，外面的声音消失殆尽，我们被隔绝在了另一个世界。

不出所料，通道一直向下，人工开凿的痕迹十分新鲜，空荡荡的通道里传来奔跑的声音，我们加紧了脚步。由于并未看表，只能猜测我们追了将近二十分钟的时间，之后周围墙体上突然出现了一些诡异的壁画，人工的台阶也蜕变成了某种历经无数脚步打磨后留下的阶地。我凑近仔细观察，壁画的风格十分古老。我曾经去过一次敦煌，而这里的绘画似乎远远早于那个年代。画面上描绘了一种活人祭祀的场面，在一个黑色的环形的石台上，躺着几个身形明显是儿童的人，他们被架在某种叉形的器具上斩断四肢，仅仅留下最接近躯干的上臂和大腿。为首的人站在一旁，将斩下的四肢投入石台所包围的中央。后面的绘画表现的场景则更为怪诞，那些残疾的儿童似乎被某种会飞的女性所环绕，仿佛一同具有了飞行的能力。背景中似乎想要表现某种设施的存在，在丛林一样的岛屿上，竟有一艘楼台高筑的大船。我意识到，这里也许就是张显存在档案中所描述的那个山洞了。这样说，他确实可能曾经来到过这里，回去之后还将所见记录在了档案之中。根据温屯乡对外人接触舞龙和黑龙王崇拜的避讳，这很有可能是他与村长交恶，最终被逐出温屯乡的理由。最令我惊讶的是，被献祭的儿童身上，明确地画着六角星的图案。虽然在这些不知名画家的笔下，这个图案像是瘫软的爬虫，但无疑和我们在相片上发现的胎记是同一种符号。

这让我当下脖颈发冷，我所坚信的现实逻辑在某种形式上与远古的过去发生了联系，这通道深处还不知道存在着何种恐惧之物。然而跑在最前方的少年此刻发出了惨叫，伴随着的是村长愤怒的喊叫声。小张推了我一把，立刻将我从癔症一样的状态中惊醒过来，顾不上继续观察，我们急忙追赶上前。

没过多久，通道突然变得水平，展现出迷宫一样的构造。空间一下变得广阔起来，头顶甚至出现了穹窿一般的结构，表面却极其光滑，看不出工具打磨的痕迹，类似腐蚀而成，更像是某种巨型生物的消化道。然而四周出现的壁画却变得更加原始，仅仅用粗犷的炭黑线条进行勾勒，表现出怪诞而无法理解的场景。画面上的女性人类和某种长角的蛇类生物进行着舞蹈，紧密地缠绕在一起，我开始拒绝认为这是一种交合的表现，但随后的画面中，出现了一批由人向蛇人演化的图谱，最终竟然化为了和蛇类生物一样的形态。我不敢再看下去，抓紧强光手电想要刺透前方黑暗的空间。四周的石壁映照着光芒，隐隐似乎现出某种复杂的内部结构。不知道拐了多少岔路，我们来到了另一处洞穴，地面的痕迹证明有人曾在不久前跑过这里。我用嘴咬紧手电，双手扒住边缘跳了下去。

一张人脸登时出现在我的面前，我的心脏立刻停止了跳动，五脏六腑搅作一团，下身直接跌坐在了地上。强光手电滚落一旁，我抓住它的绳柄连连挥舞。接着小张也跳了下来，马上按住了我的胳膊。那张人脸一声不吭，眨了眨眼睛，并没有表现出任何可以捉摸的欲望。人脸旁边，出现了第二、第三张脸，他们显得更小，眼中也更加无神。

我定下心，温芸迪这个名字跳入脑海，这三个人正是之前再次失踪的被拐儿童。我立刻反应过来，难道说村长的儿子，被他们叫作“潘”的那个少年，正是因为把他们藏在了这里，所以才遭到父亲的责打？眼前的三人像是中了某种催眠术，意识都处在崩溃的边缘，他们在洞里待的时间太长，不能再拖延下去了。我命令小张带着他们返回地面，寻找派出所所长联系县级的公安部门，要求他们带人来帮忙。而我自己决定继续向下，救出村长的儿子。

接下来所见到的事情，实在超过了我所能够感知和理解的范畴，只能通过有限的语言进行描述。即便如此，这也无法描述出我记忆中百分之一的恐怖。那种刺入骨髓的邪恶气息，即便在多年之后的北京，在那些难眠的夜里仍旧会让我的躯体止不住地颤抖。此案之后，我连续做了一个月的噩梦，甚至最后只能依靠药物逃避睡眠的到来。我也见过不少心理医生，但没有人能够解释我那晚到底见到了什么。我的精神状态每况愈下，这大概也是事务所最终倒闭的原因之一。不管怎样，我仍旧要在这里尽量复述当时的场景，并希望今晚能够睡得安稳。

小张离开后，我壮胆沿着洞穴向内前行，脚步却踉跄起来，地上的碎石不断增多，空气中弥漫着一种难以言说的腐臭。我把手电向下照去，猛然发觉自己竟站在一根肋骨上面。我感到肺部的空气被瞬间抽干，强光手电不受控制地照向周围，数不清的白色、黄褐色骸骨连绵不绝，它们堆积了几千，甚至可能上万年之久。前方不远处，就是之前见到的温莉莉。然而此时她已经不再活着，甚至看不出人类的形状，衣服之下的肉体以无法描述的方式扭转爆裂开来，内脏撒在陈旧的骨骼之上。数不尽的尸块散乱地涂抹在岩壁之上，像是感染的真菌一样相互勾连。我对天发誓自己听到了鼓起的肉团不停跳动所发出的砰砰声，哪怕那并不可能。

骨骸之地的正中央，村长和他的儿子相对而立。村长抛弃了他的拐杖，露出了挂着扭曲的钩子的残臂，残臂的形状如此诡异，像是曾被某种动物咬掉一样。紧接着，四周忽然暗了下来，我意识到，这里还有第四个人，一个女人。几乎是在同时，村长跪了下去，少年消失在了黑暗之中，取代他出现的是一个赤裸的女子。我根本无法用任何词语直接地进行描述，但当我见到她的一瞬间，几十年岁月所积攒的欲火全部被她点燃，哪怕让我当即殒命于此，我也不会有任何怨言。然而，我脑海中无比清晰地响起了一个陌生而沙哑的声音，它告诉我，这个女人并不属于我。

少年出现在了我的身边，把手按在了我的肩上，先前被鞭打的地方不停地渗流着血液，但他毫不在乎。我动了动口型，想要称呼他“潘”，却看见他从袖管中掏出一支笛子，一支雪白的骨笛。然后他吹响了它。口哨一般的笛声刺穿我的耳膜，让我瞬间回忆起了之前听到的类似声音。那正是舞龙的时候。然而现在的声音更加清脆、令人无法抗拒。黑暗中，某个庞然大物正在挪动，尽管我看不到，听不到，感觉不到。

然后，周围的空间发生了诡异的颤动，就在我的眼前，村长的身体飘然飞了起来，和那个女人一起，被骨骸构筑的笼子所包围。我目瞪口呆地看着这一切，身体竟然也变得轻飘飘的，仿佛一蹬地就能浮在空中。一股机械的颤动声突然隆隆响起，眼前瞬间漆黑一片，头顶上开始出现点点星光，竟然和温芸迪房间中的星图一模一样。我仿若飘浮在茫茫宇宙之中，意识到自己在不知不觉之中，已经进入了那艘来自无尽虚空的飞船。而这飞船早已与洞穴融为一体。笛声再次响了起来，这一次，黑暗深处竟应和地响起了同样的声音。女人像是得到了指令，温柔地抱住了村长，在他的身上蠕动。随后，那女人爆裂开来，成了一团不断膨胀，散发着腥臭的肉团，无数只眼睛在上面诞生又凋零。我张大嘴巴，发出无声的呐喊。那恐怖的怪物开始移动了，它就在黑暗中爬行，披着毛发的身躯盘绕在我头顶的空间，我相信自己看到了巨大的、沾着腐肉的利爪正在缓缓伸出。少年扯了我一把，像是被唤醒了一样，我手脚并用，发疯一般连滚带爬地向来时的通道跑去，强光手电在岩石上摔得粉碎，我最终一头磕在地上，失去了意识。

后来等我醒来的时候，已经是在沈阳的武警医院。一旁陪护的小张告诉我，我是在龙王庙外面被发现的，只有我一个人。陷入深度昏迷的我被立刻送到了县里的卫生院，接着在老领导的帮忙下转到了沈阳，到我恢复意识，已经足足过了半个月。其间发生的事情，只能由小张一点点地讲述给我听。

温芸迪和另外两个孩子最终被平安地解救，随后被送到了北京接受检查和进一步的恢复性治疗，医院的专家持有乐观态度，尽管我对他们恢复记忆并不抱什么希望。温屯乡的拐卖儿童案在官方发现新的证据后，得到了进一步的解释。作为主犯的妻子，温莉莉在几年前就与村长相互勾结，利用温屯乡的迷信思想，怂恿村民将那些长有胎记的孩子送到龙王庙的地下洞穴中，经由村长暂时照顾，等待时机成熟便由温莉莉联系主犯带往他处。至于那些相同的胎记，后来被证实确实是文身的结果，鉴于当时官方仅仅递送了一份样品，出错的可能性的确很大。当温莉莉选定合适的儿童之后，便由村长借故身体检查，为其文上黑龙王的图腾。所采用的颜料，大概和那条舞龙身上的黑色油彩也有些关系。村长的儿子在整个案件中，似乎是扮演了看护儿童的保安一类的角色。根据推测，当村长诱拐温芸迪之后，触发了原本低智商的少年心中的某些隐藏的情愫。拐卖儿童一案破获之后，温莉莉便在无人注意之下潜回了村长家中，本想联合村长杀人灭口，未想少年先行一步把几个人藏了起来，还就藏在龙王庙下的洞穴之中。至于村长和温莉莉私下的关系，官方并没有明确提及。

然而奇怪的是，公安部门对龙王庙进行调查后，并没有见到我们那天所走的深不可测的连环洞窟，而是发现了一处小型溶洞，溶洞中也确实有人生活过的痕迹，还找到了温芸迪的一些衣物，从而证实了官方的推测。当然，我没有跟别人讲述那洞穴中曾经发生的事情，也没有提起过关于洞穴就是某种宇宙飞船的猜想。因此村长、温莉莉，还有村长的儿子，直到十余年后的今天，依旧下落不明。而我，也依旧没有搞清楚，张显存在温屯乡到底经历了什么，最终的下落又是如何。

我和小张约定，以后不再提起此事。回京不久，我就有了做噩梦的毛病，事务所倒闭之后，我开了一家素斋馆，我们两人也就逐渐少了联系。但他结婚的时候我是在场的，新娘不是别人，正是结束治疗后康复的温芸迪。这时候温屯乡的样子已经大不一样，在政府补助下，不少外面的资本被引入，龙王庙的位置也被化学工厂所取代，这或许算是某种讽刺吧。我试着旁敲侧击询问当年所发生的事，她自然是没有丝毫的印象。不过当我提起村长儿子的时候，她倒回忆起了两件事。第一件事是，尽管村长的儿子是痴呆，只会喊“潘”，但同乡的小伙伴们并没有叫他“潘”的习惯，而是直呼其名。第二件事是，村长的儿子不仅仅是大脑发育不良，肢体上还有残疾，据说出生之后，屁股上长着一条长长的尾巴，生有蜥蜴一样的鳞片，被接生婆一刀斩断，只留下了一小段，游泳的时候会随着身体而晃来晃去。

在某些失眠的静谧夜晚，我仍然会反复琢磨这一无疾而终的案子。假如“潘”说的并不是村长的儿子，那说的又会是谁呢？有时候我会想，那隐藏在黑暗之中梦魇一样的怪物，到底是什么模样？温屯乡地下的未知空间，实在是有太多无法证实的存在。尽管如此，我却很确定一件事，哪怕没人目击作证，我也清楚当晚在洞穴，或是飞船之中所见到的，的确是真实发生过的。因为那根骨笛，当我在医院醒来的时候，就安静地躺在我的衣袋里。自然，我从来没有吹响过它。

但我并不仅仅是因为害怕召唤那不可名状的存在，而是因为在警校时，张显存曾经发生过一次事故，左边的小腿断成了三截。而这根用胫骨制成的骨笛上，有着两条一模一样的愈合过的缝隙。

盛夏物语

钛艺

其一

回忆。

视觉还是黑漆漆一片的时候，耳边响起了风铃的声音。那清脆的音色非常好听，使我更不想睁开眼。蚊香点燃后的味道，应该是从门口那里飘来的。皮肤的触感，好像是直接躺在榻榻米上。

“初君~”温柔而又充满恶作剧的口吻。

她是谁？我的脑中一片混乱。

她到底是谁？答案仿佛卡在嗓子中，无法通过声音顺利送出。

她是我非常熟悉的人。应该是这样的。

“初君，醒醒啦。”她的手在触碰着我的胳膊。那温煦的触感使我更不愿醒来，好像睁开眼，一切就都会消失。

是的，我知道，其实，一切都已经消失了。

回忆结束。

当你已经消失，但知识、习惯和一切回忆全都无所保留地交给一个空壳般的继承者之后，那个“你”还是你吗？

“美弥子博士，今天17号床的病人体征和昨天相比，基本没有变化。”年轻的护士将记录交给扎着马尾辫身穿白色医生制服的女子。

“嗯，我知道了。”女子点点头。

“早安。”片刻之后，她站在隔离间外面，透过大大的钢化玻璃窗向躺在里面病榻上的男子轻声说道。男子毫无血色，身体形如枯槁，浑身弥漫着死的气息。但他身旁的仪器显示着微弱的体征，不管是心律、血氧饱和度还是电解质，都还显示有生命的迹象。

进到这个隔离间，不管是医师还是护士都要穿上厚厚的隔离衣，门口贴着的生物危险（Organism Danger）标志提醒着人们在这个隔离间里充满了肉眼不可见的死神。

一个名叫藤田的老教授走到美弥子博士的身边，瞄了一眼记录。

“初已经沉睡300多天了，生命体征一直在慢慢衰弱。完全束手无策啊。”他轻声说道。

“嗯。”美弥子点点头。

“核磁共振成像显示，他的大脑已经被那种细菌吞噬殆尽。但奇怪的是，这些细菌好像有代偿功能，可以取代被吞噬的原有脑组织的功能，所以我们还不敢给他注射抗生素，不小心把那些细菌干掉的话，说不定他也就不行了。我们不知道这些细菌在完全吞噬掉大脑后他是否还能活着，以及这些细菌会不会将他的重要器官挨个吞噬个遍。只能说，他现在还能活着已经超出我们的理解范围了。”教授用手挠挠已经谢顶的脑袋，接着说道，“跟病人和病魔打了一辈子交道，看到这种束手无策的状况，心里还是很难过。”

“是啊。”美弥子对教授报以安慰的微笑。不过这些人中最难过的，恐怕还是美弥子本人吧。

“哎，初，为什么是你啊……”美弥子在心中嘀咕。

最早知道这件事的时候，美弥子大哭了一场。如果在以前，初可能会来安慰她。但现在这已经只是一种奢望了。

可能初永远都不可能醒过来了。

美弥子咬着自己的嘴唇，压住这个无数次从心底冒出来的想法。

她透过隔离室的钢化玻璃看到初的眼睑在不动摆动，看来他在做梦。

“祝你做个无人打扰的美梦。”美弥子苦笑着对那个听不到她声音的人说道。

初和其他木卫二考察队员发出求救信号后，月球空间站的人们紧急派出了医疗队前往他们在欧罗巴的据点。幸亏有了搭载超高速对消灭引擎的太空飞船，医疗队得以在木星和地球处于太阳系最远位置（约为6个天文单位）的情况下用不到3天时间赶到木卫二，其中有一天专门用于将飞船加速至每小时数千万公里，另有一天用于减速。但即使救援来得这么快，考察队除了初以外，最终无人生还，死因是不明原因的微生物感染。初一开始就被隔离处置，然后被送回地球的医院进行救治。从那时候起，初就再也没醒过来。

他被隔离在最高等级的隔离室内，这意味着他所感染的疾病对其他人而言也是最危险的。不知算是幸运还是不幸，接手对他的治疗和研究的团队中有他的熟人。

初沉睡在梦境中，而美弥子心中五味杂陈。

“哎，初，为什么是你啊……”从那时起，美弥子就会经常这样自言自语。

其二

回忆。

我感到自己的鼻尖被刺得痒痒的。

不得已，我睁开双眼，看到她的脸遮挡在我的面前。果然，她那垂下的发梢轻轻抚在我的脸上。

“初君真是个懒鬼，怎么叫你都不起来。”她的脸上带着坏坏的笑容。我发觉自己喜欢这个笑容已经很久很久了。鼻子嗅到她身上淡淡的香气，让我觉得心中有什么难以抑制的东西涌了出来。

我慢慢坐起身来，看到和纸拉门外的天空，竟然蓝到匪夷所思的境地。不时在那蓝色的幕布上卷起的大片的云，也白得好似不属于这个世界一般。远处林中泛起悠长的蝉鸣，提示着这个季节室外所蕴含的热度。屋子里的摆头风扇发出不安分的嗡嗡声，吹过我们周围时能看到她耳边的一缕头发也会随风飞舞。

眼前的女孩半跪在我的面前，大概被我的睡相逗得一直在笑。她穿着一件白色的衬衣，和一条浅绿色的裙子，腿和脚被这条裙子衬得更加白皙。看到她的裸足我便总是移不开目光，纤细的脚踝是那样楚楚动人，底下是线条好看的足弓。

“初君，晚上参加盂兰盆祭的时候在庙会入口等着我哦。”

“嗯，好的。”我点点头。

“喏，妈妈让我拿来的西瓜，一直泡在泉水里哦。”美弥子从塑料袋中拿出个头不小的瓜，摆到了我的面前。真奇怪，看到西瓜的时候才想起她的名字。

“嗯，谢谢啦。我来切开吧。”我站起身来，将瓜拿到厨房。瓜皮那冰凉的触感使我觉得这瓜一定会很美味。

将瓜切好放到白瓷盘中，我们两人便坐到小屋外的廊檐下。一边吃着西瓜，一边悠闲地看着远方的景色。在盛夏的时节，只消看一眼窗外的景色就会让自己的身上冒出点点汗珠，不过吃着冰凉的瓜，听着远方的蝉鸣，我觉得这样的生活也很舒服。

“美弥子。”

“嗯？”

“下个月，我就……”

美弥子突然将右手食指挡在我的嘴唇前面，然后摇摇头。我看到她淡淡的笑容，知道这笑容意味着什么。不该提起这件事的，我满心懊悔。

两人有一搭没一搭地聊着暑假的作业，以及各自的父母带自己出去旅游时遇到了什么趣事。那个我不该提的事情，就像一块突兀的岩石，我们想小心翼翼地绕着它走，甚至想要无视它，但反而心里更加介意了。

等到两人要分开的时候，美弥子戴上了一顶大大的白色遮阳帽。当她走远后，又回过头来向我招手。

我也向她招手，然后在心里说道："晚上见。"

回忆结束。

一个名叫高桥亨的研究员在内部会议上发表了自己的一套看法。美弥子对他并不熟悉，只知道这个人的做派并不招人喜欢。有传言说他根本不在乎病人的情况，而只在乎那些致命的微生物。实际上只要见过这个人一次，就会让人觉得的确如此。他戴着一副半框眼镜，总是一脸冷酷的模样，只有在谈到埃博拉病毒和肺鼠疫的时候才会露出嘲讽式的笑容，也正因为这样他和病人的家属屡屡吵翻。但他在研究危险微生物的方面颇有建树，所以这家半医院半研究院性质的机构将他置于幕后，让他少接触病患和家属，专心进行危险微生物的研究。

"冈崎初所感染的细菌和从其他33名木卫二科考队成员尸体身上提取的细菌已被证实是同一种。那些人在感染这种细菌后不到两天内就由于大脑被吞噬而死亡，但是冈崎初却活到了现在。事实上冈崎初的大脑也被基本吞噬殆尽，可以认为他本人对这种细菌并不存在抗性。通过对冈崎初大脑的核磁共振成像发现，细菌在吞噬掉他的脑细胞后，会模仿它们而复制相应的细胞功能。通过对其他科考队成员尸体脑部的检查发现，这些细菌在他们的大脑内也做了相同的事情，细菌组成的大脑已经成型，但好像在取代脑干功能的时候出了一些差错。而冈崎初的脑干早已被这些细菌吞噬并取代，但迄今为止还维持着生命，说明这些细菌成功地同宿主建立了共生关系。”

下面的研究员在听到这番话时一阵骚动。高桥亨在大家安静下去之后接着叙述。

“我们到现在也无法找到这些细菌起源于木卫二的证据，那里的调查组除了在科考队据点里发现这些细菌外，离科考队方圆十公里内的欧罗巴表面都没有这些细菌的迹象。但这种高传染性的细菌也没有在地球和火星殖民地上扩散的迹象，所以也可以基本排除这些细菌来自地球和火星的可能。迄今为止，它们的来源是个迷。”

这回下面的人又一阵骚动。不得已，老教授藤田站起身来示意大家安静。

高桥亨继续说道：“最初我们以为他们感染了疯牛病之类的朊病毒，可当我们发现他们的脑细胞是异化的细菌之后，我们小组的人都震惊了。接着说一说我个人对于此事的三个观点。第一点是，众所周知，生物从单细胞进化到多细胞是一种跃升式的进化方式，关于这个进化的过程有很多种说法，比如群体学说、合胞体学说和共生学说。由于生物进化是个漫长的过程，而且这个过程最初发生的时代又非常久远，缺乏化石证据的支撑，所以我们对任何一个学说都很难验证。现在，我们可能有机会得以验证了。”

大家都明白高桥亨的意思，于是屋内彻底鸦雀无声了。

“这种单细胞生物在吞噬掉宿主分化后的细胞后也会出现分化，并试图取代宿主原来细胞的功能，我认为通过对这种细菌进行研究，可以揭开单细胞生物进化成多细胞生物的方法和过程。美国女生物学家林恩·马古利斯在1970年写了一本关于共生理论的书《真核细胞的起源》，提出真核细胞是由无核细菌进化来的，实现原理是无核细菌通过与基粒、叶绿体和线粒体共生来完成——也就是说，这三种细胞器本来也是独立的单细胞生物，后来通过共生的方式共同形成了一个完整的真核细胞。这套学说开始被视为异类，她那揭示生命进化的理论过于革命性，所以一开始并不被人所接受。但随着后来其他分子和细胞生物学家大量地提供出证据，这套内共生假说开始为科学界所接受。这个学说揭示出：一切真核生物，包括人类在内，都是由细菌进化来的，在10亿年前组成真核细胞的细菌是共生关系。这可以说是生物从单细胞生物进化为多细胞生物的第一步准备阶段，而下一个阶段的空白，恐怕要由我们正在研究的细菌来完善了。

“第二点是，现在的生物学界出现了一种观点，即癌细胞是一种返祖现象。拥有许多特化细胞和器官的后生生物在此前的进化中经历过一种类似癌细胞的稳定细胞簇阶段，具有使细胞去分化而不能正常凋零能力的基因片段会因为某些原因被激活。而冈崎初感染的细菌是这种去分化状态的逆过程——这些细菌在某些条件下获得分化机能，从而直接跃迁进入后生生物状态。所以我认为，对这种细菌的充分研究可以让我们更了解癌症，甚至治愈癌症。其中一条我认为可行的推论是，可以利用被创伤诱发的癌细胞迅速填补创口，然后通过这种细菌重新诱导分化，最终使人类或者其他生物获得更强的恢复能力。

“我的第三个观点是，这种细菌可以取代人类一直在研究的胚干细胞，并且可以用于离体器官的培植。如果可以结合上一条观点的推论，人类永生也许不再只是缥缈的梦想。这种奇特的细菌提供了这一可能性。”

高桥亨发言完毕，听众面面相觑。

美弥子听后心里充满了混乱。如果高桥亨的观点是正确的，这对初意味着什么？如果这种拥有分化能力的单细胞生物真如高桥亨所说，那么初会醒过来吗？美弥子一遍一遍梳理着高桥亨的观点和逻辑。如果真如他所说，发生在初身上的事情将不仅仅只是受到危险微生物感染这一件了。美弥子心中充满了惶恐不安，又抱有微妙的希望，这些难以言表的思绪使她的内心久久无法平静下来。

即使醒来，初也将不再是初了。但那又怎么样？只要他能醒来，什么都无所谓了。

内部会议还在进行，与会者不断向高桥亨提出各种问题，也有人由于过于激动和高桥亨争吵起来。但大部分人都像美弥子一样一言不发，因为他提出的观点需要大家慢慢消化。

“如果高桥亨是正确的呢?”大部分与会者在自己的心中问道。

“我的天哪!”这是他们唯一的结论。

其三

回忆。

夜晚如期而至。

庙会上一派灯火辉煌的景象，里面人声鼎沸。夜风习习，逐渐驱走白天的暑热，但欢闹的人群又将这热度带了回来。

我穿着一件普通的蓝色T恤和一条牛仔裤，站在庙会的入口。等了大概半个小时，美弥子来了。

她穿着一身绣着漂亮花纹的白色绸缎浴衣，用垂着一束清澈的人工水晶的发髻将长发盘在脑后，白皙可爱的脚上穿着木屐，走路时木屐发出清脆的哒哒声，十分好听。

“怎么样?”美弥子在我的面前轻轻旋转一圈，然后问道。

我打量一下美弥子，然后红着脸说道:“很合身哦!”

“谢谢。”美弥子又是一脸坏坏的笑容，酒窝非常好看。

两人肩并肩走在熙熙攘攘的人群中，为了不被冲散，我在情急之下抓住了她的手。刚抓住时她的手稍微颤动了一下，但她没有拒绝我。手心的温度传了过来，那份柔软的温煦使我骤然心跳加快。

“阿初，请我吃苹果糖!”她开心地指着面前不远的一处摊位。

“好，好……”看来今天我的荷包又要大出血了。

我和美弥子从小就是青梅竹马，每次盂兰盆祭的庙会都会参加。在我的记忆中，她吃苹果糖的方式从未改变。先用小小的舌尖慢慢舔着糖衣，糖衣全部舔光后再吃掉苹果。看着她红红的舌尖我总会忍俊不禁。

突然想起两人小时候经常手牵手，那时没有现在的尴尬和心动。仿佛一切都是理所应当，两人的心意如同涓涓的山涧溪流一般纯净。现在的我们已经长大，每当看到美弥子时，我的内心就会冒出一股异样的酥酥麻麻的占有欲。

我们漫无目的地在庙会逛着，又玩了气枪射击和捞金鱼的游戏，可惜布偶和金鱼都没有得到。

“阿初真笨。”美弥子嘟起嘴撒娇道。

“请你吃章鱼烧。”

“好啊好啊。”看来我的过失可以一笔勾销了。

最后我们买了一盒章鱼烧，到离庙会不远处的湖边长凳上分享它们。

静谧的月光洒在波光粼粼的湖面上，青蛙的叫声在黑暗中此起彼伏。身后的庙会还在传来太鼓声和大家拍手叫好的声音。我们一边吹着烫人的章鱼烧，一边慢慢将它送入口中。

狂欢后伤感的思绪爬上心头，夜的空灵仿佛是这种想法的注解。快乐与期待溶解在这份虚无之中，只剩下怅惘和无尽的哀愁。吃完章鱼烧，两人坐在这片静谧之中，任凭月光窥伺着我们的秘密。

突然，湖对岸闪出美丽的亮光，巨大的烟花照亮我们眼前的世界。如同一轮一轮绽放后随即枯萎的美丽花瓣，绚烂时辉煌无比，消失时无声无息。路过的人们无一不停下脚步，驻足观看这短暂却震撼人心的景色。

不知何时，两人的手又紧紧握住。之前那无聊的矜持与不安都被眼前的景色一股脑带走，留下的只有接近无限透明的心境，没有暧昧，没有哀愁。

我突然明白，身旁的人是我最重要的人。

而我将会失去她。

回忆完毕。

以高桥亨的三个观点为指导，他带领的小组开始在戒备森严的BSL-4生物安全等级的实验室对白鼠进行试验，例如对大鼠直接进行该细菌的感染，对大鼠的癌细胞进行重分化的诱导，以及利用离体大鼠细胞进行独立器官的培育。这些实验无一例外地碰到问题，高致死性使得所有感染该细菌的大鼠不出两天就死亡，离体细胞也很快凋亡。小组从最初的兴奋转入迷茫，大家觉得事情看起来不像高桥亨想的那般，而他本人也愁眉不展。

藤田和美弥子主要还是对初进行监护。初的状况看起来不甚理想，毕竟只是在维持生命，究竟能不能醒来，以及能撑多久，都是未知数。但不知为何，以科考队遇险之后一年为界，初的生命体征开始慢慢好转，对于美弥子而言这是暗无天日的时光里唯一值得庆幸的事情。

某天，高桥亨从BSL-4实验室出来，在隔离消毒室将厚重的隔离服消毒，然后费力地脱掉。突然他想到了什么，从隔离室出来换好衣服后径直走向治疗初的隔离室。初静静躺在床上，一如他刚来时的样子。高桥亨盯着初，左臂横在胸前，右手握拳撑着下巴。路过的美弥子一动不动，看着这幅饱含非现实意味的画面。

突然高桥亨向电梯奔跑起来，把眼前的美弥子吓了一跳。只见他掏出手机拨打号码，进到电梯里面。这是又产生什么不得了的想法吗？美弥子完全摸不着头脑，便也转身看着初。两人已经这么久不见了，最后却以这种方式重逢，而且初的身上显然发生了什么奇特的事情。高桥亨发现了其中暗含的什么秘密吗？美弥子摇摇头，准备穿上隔离服去检查初的情况。

“喂，你好，我是高桥亨，我想查一查冈崎初所在的木卫二考察队在去那里之前所搭乘的太空飞船。”高桥亨在电梯中迫不及待地想验证自己的想法。

“他们搭乘的是一艘名叫‘麦克莱恩’号的太空货船。”电话那头回答说。

“太空货船?”

“是的，他们这次科考带了众多设备和补给物品，所以这34人索性直接挤在船员的休息舱室，反正有对消灭引擎的太空船去木卫二也就是几天的事情。”

“我再确认一下，这艘船上的船员迄今没有任何感染的状况，对吧?”

“是的，木卫二科考队被确认感染烈性传染病之后我们立即对‘麦克莱恩’号的所有船员进行了长达半年的隔离，并且对‘麦克莱恩’号进行了检查，完全没有找到关于那种细菌的一点点迹象。为了避免一切由我们没有想到的疏漏引发的严重后果，这艘船已经被我们封存。”

“那些船员呢?”

“隔离半年后，他们去别的太空飞船工作了。不过我们对他们的行踪可以完全掌握，毕竟这件事疑点太多，我们不敢怠慢，便一直进行追踪性调查。”

“我另外再确认一下，船上所有成员，包括那34个科考队员在船上的就诊记录全部都发给我们了，对吧?”

“对。这点放心，一开始就把相关资料全部移交给贵所了。不过这里要补充一下，由于科考队员在船上待的时间非常短，所以那段时间里并没有任何关于科考队员在船上的就诊记录。”

“实际上他们在木卫二的就诊记录也没有太多用处，他们到科考站的据点没几天就突然爆发这次疫情，队医还没来得及处置，队员们就已经不行了。”

“嗯，的确是这样。”

“你能帮我联系一下当时的船医吗？我想问问他当时的情况。”

“可以是可以，但是当时船医因为家里有事并没有待在船上。”

“那段时间船上的医疗记录是谁负责制作的?”

“无船医时应该是大副来负责全船的医疗工作。”

“能帮我联系到他吗?”

“可以，这段时间他正好在地球休假。”

拿到联系方式后，高桥亨拨通对方的号码，在用这通国际长途征得对方的同意后立即买了机票，一个人飞往阿姆斯特丹，去和原“麦克莱恩”号太空飞船的大副亨利进行面谈。

其四

回忆。

我离开了地球。

父母将我接到火星的人类殖民地，这里经过一个世纪的开发已经初具规模。

我非常想留在地球，但和父母的交涉失败了。随着奶奶的去世，我在地球上变得无依无靠，虽然邻里们非常照顾我，但这毕竟不是长久之计，而父母也不可能回到地球来照顾我，所以把我接到火星生活是唯一的选择。

这便是我无可奈何的十五岁。

在我踏上这颗红色星球的第一步，我就发现自己将永远憎恨这颗星球。稀薄的空气，荒凉的地表，绿意才刚刚开始占领人类殖民地周边的区域，从太空中看去就像附着在红宝石上的霉斑。这里的物资情况远不如地球富饶，中午学校食堂里提供的永远都是藻类食物，鲜能吃到蔬菜和水果，而替代肉类的则是生物工厂中生产的蛋白质。

更糟糕的是，在这里我堕入到彻底的孤独之中。来自地球的移民并不受到本地人的欢迎，于是我这个转校生在学校里被彻底孤立了。完全不同的文化，完全听不懂的谈话，我就像被困在荒蛮之地的井中，不能指望有任何人对我施以援手。我想这段时间的痛苦有很大一部分要怪自己，因为我甚至没有为爬出井底做出任何努力。

唯一令我欣慰的是，美弥子还一直在和我通讯。我们用手机互相发送电子邮件，我想象着这些文本最远会通过两个半天文单位的距离，然后我透过这些文字想象着她的容颜，想象着她说出这些话时的语调。对于她的思念有时能让我忘记自己正身处黑暗的井底，有时却反而会加深渗入骨髓的孤独感。

等我考上本地的大学，事情多少有了好转。我交上了几个朋友，没有课时会一起在火星的各个人类殖民地瞎逛。令我难过的是，我和美弥子渐渐断了交流。我们长大了，这么多年没有见面，原本两人所拥有的交集慢慢消失在漫长的时间和距离之中。对于这件事我没有多么大的懊悔，从地球来到火星时就做好了这个心理准备。但无可奈何的感觉还是爬上了我的背，成为我人生中长久甩不掉的包袱。

我开始真切地明白，人生不如意十有八九。

大学毕业后，我就工作了。大学时交往的朋友也四散在太阳系各地，渐渐也都断了联系。也许不该把这种事归咎于距离，因为我的性格就像一个黑洞，曾经的羁绊会一点一点在那绝望的重力中土崩瓦解。每每想到这里，我总会黯然神伤。在单位中我结识了很多同事，大家互相都很客气，有时为了工作的原因争吵起来，不用多久就又和好如初。但这里没有很深的羁绊，因为大家像一颗一颗围绕着家庭运转的卫星，当哪颗卫星决意脱离地心引力，导致的后果也都是毁灭性的。我们每个人的交往之间都隔了一道看不见的幕布，虽然无形，但所有人又都能感受到它的存在。

于是，我仍未摆脱那深深的孤独感，我发现其实自己一直还待在黑暗的井中，动弹不得。

回忆完毕。

“你好。”亨利向高桥亨伸出右手。

“你好。”两人在亨利的家门口处握手。

亨利把高桥亨请进客厅，为两人各倒了一杯艾来岛的拉加维林16年威士忌。在醇香的诱使下两人将杯中酒一干而尽，随后亨利又为高桥亨倒上了一杯。

“感谢你拨冗同我见面。”高桥亨用英语说道。

“别客气。”蓝色眼眸的亨利微微一笑，也用英语回应道。

“我主要是想询问一下冈崎初的情况，不知大副是否还记得他呢?”

“嗯，还记得他。木卫二科考队发生的事情是个悲剧，不过有传言说，只有冈崎初活下来了?”

高桥亨没有说话，只是点点头。

“嗯。真不知道该说他是幸运还是不幸。哎……”亨利叹息道。

“你们这边没有任何被传染的迹象。”

“是啊，没有。我们被隔离了整整半年，不过大家都知道那是烈性传染病，如果感染的话就会很快发病，所以一个月之后我们就都放下心来。除了隔离生活有些无聊外，也没有什么特别大的不便。不用干活，政府发给我们和工资等额的补助金，我想我们也没有什么可抱怨的。船主也拿到了补贴，所以他对自己的船被封存也没说什么。”

“嗯。话说，冈崎初在你们船上有没有生过病?”

“呃，怎么说呢。之所以我还记得他，是因为他那段时间失眠比较厉害。”

“失眠? 他在船上就诊过吗?”

“没有，是大家一起吃午餐的时候听他说起过。他说因为失眠的缘故，所以胃口不太好，午饭没怎么吃。我当时问需不需要给他开点安眠药，他说不必了，最近生活上发生了点事情，所以他心情不太好。大家劝了他几句，他道谢之后就回船舱休息了。”

“除了失眠，他还有什么问题吗?”

“让我想想。他好像有点口腔溃疡，所以吃饭对他而言有点痛苦。他说工作遇到压力时自己就会这样，过段时间就好，于是也没有就诊。”

“嗯，这样啊……”高桥亨点点头，在自己的黑牛皮本子上记着，然后接着问道：“你知道冈崎初在生活上遇到了什么问题吗?”

“不知道，冈崎初不是一个喜欢说自己事情的人。我想他也没告诉自己的同事。而且，即使说过，恐怕也没人能告诉我们了……”

“哎，是啊。”

之后高桥亨又问了一些关于冈崎初、木卫二科考队和“麦克莱恩”号太空货船的事情，并把亨利说的事情基本都记了下来。

后来两人握手道别，高桥亨当天就乘坐飞机回去了。

他把这些情报梳理好，第二天给他的小组成员提出新的实验方向——先弱化大鼠的免疫力再让它们感染那种细菌，而癌细胞重分化的实验和体外细胞先暂停。

其实患癌大鼠的免疫力也比较低下，而且它们在先前的试验中都很快死掉了。不过现在也没别的办法，高桥亨打算先参考亨利提供的情报，重新开始进行试验。

藤田教授和美弥子这边也遇到了怪事——长达一年的时间里只用营养液和流食维持生命的冈崎初好像慢慢夺回了生命力。冈崎初身上最初是发生了一些好转的迹象，后来越来越好，体征不仅稳定，甚至还有增强的迹象。这是一种极其不正常的情况，但美弥子还是从心底里感到高兴。

如果你能醒过来该有多好啊！她天天这样祈祷。

其五

回忆。

在工作后我也同几个女人交往过。

我们很年轻，所以也会经常纵欲。我们在彼此的公寓中做爱，在宾馆里做爱，在市立图书馆中某个无人的角落做爱，或者在夜晚的公园做爱。我渴求着她们的身体，正如她们渴求着我的身体一样。我们毫无节制，她们喜欢在轻舔我的阴茎时我发出的呻吟声，我喜欢握着她们大小适中的乳房，看她们香汗淋漓的样子。

但我不爱她们，她们也并不爱我。

当我们彼此都知道这一点之后，便做得更加汹涌，更加势不可挡，更加兴致盎然。但当我在她们的身体内一泻千里时，我就会想到美弥子。

那时我的心里就像被虚无剜了一个大洞。

我用同她们的交往和做爱来填补心里的大洞，我想她们也一样。

但我意识到这并不能解决任何问题，我还是留在井底，毫无得到救赎的感觉。心里的洞越来越大了，我能在漆黑的井中看到从自己胸前的伤口处流出的血。血是那样的鲜红，仿佛我还活着一般。

我幻想自己还能获得救赎，直到我接到了那条电子邮件。

致初君：

我马上就要结婚了。如果可以，希望你能来参加我的婚礼。

美弥子

这封电子邮件如同当头一棒，让我万念俱灰。

我想我理解，美弥子还是想让我知道她的事情，才会将此事告知于我。我也很想见到她，但这封信所含有的意味又将我的心彻底撕裂。

这一点不怪她，我知道。

但我已经死掉了。

在酒吧喝了个烂醉，第二天狂吐不止。我在自暴自弃中如此回复道：

致美弥子：

恭喜！虽然很想去参加你的婚礼，但无奈最近工作繁忙，恐难如期前往。

祝新婚快乐!

冈崎初敬上

随后，我向经理申请参加木卫二的科考项目。

我的申请被通过了。我原本以为这样可以将心里的痛苦甩在那两颗类地行星上，但这毫无用处。在科考队雇佣的货船上，我陷入了严重的失眠，随之而来的便是口腔溃疡和食欲不振。

就让肉体的痛苦好好蹂躏我吧，如果这能减轻我心头无尽的痛苦就好。

可惜，这一点也没有用，我的身体那么难受，心里就更阴郁了。我不想把这份痛苦传染给同伴，于是每天强作笑颜，然后尽可能待在狭窄的休息舱室，看着窗外黑暗的太空景象发呆。

结果一到木卫二的科考站据点，就好像发生了什么不得了的事情。由于长期失眠，我反应非常迟钝，只能木讷地看着自己的同伴突然倒地暴毙，脑子里却根本不理解眼前的状况。

哦，他们死了。

哦，我也要死了。

队长和队医没有能及时处理这种突发状况，因为他们也倒在了地上。

很快我也倒了下去。

我早就已经死了，现在只是确认这一点而已。

然后我好像陷入了长长的梦境。

我梦到了和奶奶一起住的地方。

我梦到了美弥子渐渐发育的胸部和白皙好看的裸足。

我梦到火星的井底，自己坐在井底看着血水将自己淹没。

我梦到了美弥子对我恶作剧后那可爱的笑声。

我梦到了木卫二不见边际的冰原和远处木星表面狂躁的风暴。

我梦到了美弥子和我手牵手在庙会里逛着的样子。

我梦到了科考站的广播音响里充斥着来自地球总部询问的声音，却没有任何人能去应答。

我梦到了美弥子站在我的面前，对我笑着说："我要结婚了。"

惊醒。

初睁开了双眼。

眩晕感迅速袭来，他胃部空空，却还是想呕吐。

他想用胳膊将自己撑起来，但完全没有力气。眼前漆黑一片，过了一段时间他才发现自己大概身处医院之中。

酸痛感麻痹了自己的全身，初想尽力把手抬起来，结果不小心弄掉了夹在指头上的心律传感器。以为他心脏停摆的值班护士很快赶了过来。

美弥子接到电话就立即驱车前来，藤田教授也一样。

两人透过隔离室的钢化玻璃窗，同被护士扶起身来的冈崎初对视。此时的他根本不像是在病床上躺了一年多的病人，虽然看起来有些虚弱，但实际上他的身体非常健康。此时美弥子将右手搭在玻璃窗上，不禁哭了起来，一边哭又一边笑着。藤田博士看起来也很高兴，毕竟付出这么久，终于获得了回报，他为美弥子和冈崎初感到庆幸。

护士为冈崎初做了血液测试，他体内的致命细菌含量依然非常高，所以他必须待在隔离室中。不过好消息是，大家对他的记忆力做了测试，发现他还正常记得自己的名字，自己过去的一切，以及美弥子。由于他身体状况非常好，而且自理能力也没有问题，于是没过几天，他就被移动到一个更大的隔离室，那个隔离室更像一个公寓，里面有卧室、起居室、洗手间和浴室，冈崎初可以在里面正常生活，只是护士们进来的时候依旧要穿上厚重的防护服，美弥子和藤田进来时也一样。

美弥子每天都会来陪冈崎初聊聊天。他看到美弥子时非常高兴，当然有时又会流露出痛苦的表情。某些时候他会盯着美弥子的左手看，但因为穿着防护服，什么都看不出来。美弥子知道他在顾虑什么，所以每天上班时从不戴结婚戒指。

可怜的初君，美弥子在心里说道。

现在的初已经不再是初本人，而是被细菌所替代掉的人。但他的记忆没有被夺走，他现在行动的一切都是基于以前的认知和经验。对于美弥子而言，初依旧是初。

她想起还在地球时，初的一举一动。在奶奶过世时，初每天的表情看起来都非常木讷，就像现在一样。那时她天天去看望初，就像现在一样。初喜欢自己，美弥子非常清楚这一点，他对于离开地球非常抵触，这其中恐怕也有自己的原因吧。他因为这件事和父母吵架时，美弥子都会劝初去好好考虑父母的感想，但实际上，她多么希望初能在地球上留下来。可惜，两人最终分道扬镳，各自拥有了自己的生活。但看到醒来后的初的表情时，美弥子知道，他一直过得并不快乐。但这些事情也都不那么重要了，因为初醒了过来，而且看起来不会有什么性命之虞。虽然隔着防护服，美弥子还是经常会开心地握着初的手。而他也放弃了最初的顾虑，紧紧握着美弥子的手。

高桥亨知道初醒过来后，也参与了对他的身体检查，初惊人的恢复力让高桥亨感到了那种细菌的巨大潜力。不过以现在实验的情况来看，冈崎初只是一个极其个别的例子。即使对大鼠进行了免疫力弱化的处理，在感染细菌后它们也是无一例外的迅速死亡。高桥亨从未对于自己的观点产生过像现在一般巨大的动摇。

明明是天赐良机，但好像自己是没有机会把握到了。

不。

不行。

只要有机会，我就一定要尝试到底。

高桥亨用双手的手掌拍拍自己的脸颊，准备去联系一个人。

实验遇到死胡同，那么就跳过这里，试一试下一步吧。

在公园的长椅上，高桥亨身穿一身便服，坐在那里等人。

不久，一个穿着一本正经的西装打着领带的年纪有些大的男子走了过来。

“电话里不能说？”那人坐到高桥亨旁边便发问道。

“说不清楚。这段对话不能外传，希望你理解。”

“那我真不该穿得如此显眼。”那人低下头看了看自己的西装，然后笑道。

“长话短说。我想将那个细菌投入人体试验。”

男子抬起头盯着旁边的高桥亨，半天一句话都没说。

“怎么了？”高桥亨问道。

“你知道自己在说什么吗？”

“知道。”

“你真的知道？这种来路不明的细菌进行动物实验就可以了，你是用哪个脑袋想出来要做人体试验的？”

“实验做不下去，被注射那种烈性细菌的大鼠无一例外在两三天后就死亡了，黑猩猩的实验素材太少，做这种实验的话估计用不了几天就会被叫停。”

“人体试验更不可能会被通过啊。难道你认为人类数量多就可以绕过那些法规了吗？”

“我是这么认为的。”高桥亨用冷峻的眼神看着那个男子。

“儿子啊，虽然以前我工作太忙不能照顾你，但这也不至于让你成为这么冷酷的人。”

“冷酷？想不到这竟然会是你说出的话。你知道这是必由之路。你知道我对民族啊国家啊大众啊根本不怎么关心，我知道你也一样。考虑那些事情从来无法得到任何有意义的东西，有意义的东西必须从人类对世界一步一步的探索中获得。”

“那我也直说了。我对人体试验什么的根本不在乎，但管着你和我的人太在乎了，而管着那些人的人恰巧需要大众提供的选票，给你我提供方便就是给他们的政治生涯判死刑。也就是说，不管是我们的上面还是上面的上面，都不可能同意这件事。”

“我只需要几个濒死的艾滋病人，对他们展开实验，提供挽救他们性命的机会。说不定他们能活过来。”

“儿子啊儿子，我不得不说你这是太天真了。你得向上面申请，他们同意后才会允许你去找志愿者。你我都知道那种细菌的毒性，如果实验失败——而失败的概率接近100%——没人会认为这些人的性命是丢在HIV手上，只会觉得是丢在你高桥亨手上。你明白吗？死在你手上就等于死在那些批准你开展实验项目的人手上。你觉得有任何人会为你冒这种风险吗？”

“你也不会吗？”

“不会。虽然不关心那些人的性命，但我的确很关心人类对艾滋病的治疗研究，不过前段时间我们已经摸索出利用鸡尾酒疗法抑制病人血液内艾滋病病毒数量，然后移植天然抗艾滋病者的骨髓来治愈艾滋病的办法，结果看起来很不错。你的提案对我而言没有任何帮助。”

那人站起身来，准备离开。高桥亨握住那人的手，说道：“爸爸，你不想知道山的那边有什么吗？”

“想。但是我只会踩着我的道路去搞清楚，而不是你的。”那人甩开高桥亨的手，自己径直走掉了。

高桥亨失魂落魄地坐在长椅上，静静目送那人离开。

其六

初依旧处于被隔离之中，一直无所事事。醒来的最初几天，警方还派人来探望冈崎初，并询问当时探险队里发生的事件的详情。不过初所能记起的事情并不多，所以一个月后警方也就不来打扰初了。每天穿着厚厚隔离服的护士和医生们会来检查他的身体状况，美弥子在检查完后会陪他聊聊天。两个人一直聊着小时候的事，以及初离开后各自在学校和工作中的状况。有一个话题两人总是小心翼翼地避而不谈，那就是美弥子的婚事。这就像一根刺一样扎在初的心里，明明他知道这不是美弥子的错，但自己总无法坦然接受。

而美弥子看到他的样子，便也避开那个话题，两人没有什么可聊时，就会一起听CD碟。初拜托病院从他在火星的公寓里把他的个人物品都带过来，包括一套胆机功放，一对B&O的音箱，以及一堆CD收藏。两人听着刘易斯·阿姆斯特朗和艾拉·菲茨杰拉德合作的老歌《Stars Fell On Alabama》，思绪便回到小时候。

两人有一次在凉爽的夏夜里并排躺在草地里，周围没有灯光的污染，星空在他们面前展露出壮绝的一面。流星没有那么多，但两人还是看到了五六颗。那些流星一旦闪过，初和美弥子就赶紧默默许愿三遍。那时小孩子的愿望不外乎是望远镜，迪士尼乐园，以及永远幸福快乐。

现在的话，我会许什么愿望呢？初向自己发问道。

我已经不可能获得任何幸福了，所以我希望美弥子能够幸福，直到永远。

“你的新婚生活，过得如何?”初终于下定决心，便对美弥子问道。

“嗯……还可以吧，先生是个随和的人，对于我天天忙于医院的工作也从不多嘴，有时还会早起为我做便当。”美弥子开始时愣了一下，然后注视着初的双眼回答道。

“看起来，是个不错的家伙呢。”初尽可能做出一个轻松的微笑。

“嗯，看起来的确是这样。”美弥子附和地点点头。

“听说我昏迷的这段时间，你一直在照顾我。实在是太感谢了。”

“没什么，这是应该的。”美弥子摇摇头。

“我想，以后，你可以不必这么照顾我的。如果可以的话，周末不要过来了。好好跟丈夫在家里休息休息吧。”

美弥子的表情没有变化，但两道泪痕突然印在脸上。初透过隔离服的透明面具部分看到了美弥子哭泣的样子，一下子也愣住了，不知道该怎么做。

“我结婚是因为我想自己这辈子可能真的再也见不到你了。冈崎初，你为什么不一直待在我的身边，你知道你离开的那些年我有多难过吗！我从来没体验过那么孤独的感受，好像自己的心已经不复存在了一样。如果那时候你在我的身边该有多好！”

美弥子突然站起身来，从初的隔离室跑了出去，然后锁住了门，在消毒室里进行消毒。

初不知道该做什么，依旧坐在沙发上，动也不动。

“我真是太差劲了。”初暗自骂道。

高桥亨这边一直不太顺利。虽然知道投入人体试验的可能性并不大，但是没想到被父亲呵斥到那个地步，这让他受到了比较大的打击。大鼠试验还是天天在做，但是没有用，冈崎初身上的细菌就像是三途川的船票，拿到船票的生物没有能安然返回的，除了冈崎初。

高桥亨郁郁寡欢到失眠的地步，这个情况持续了整整两个月。突然，一个更大胆的计划在他心中成形。

谁说没法做人体试验？我不就是很好的实验素材吗？

想到这点的一瞬间，高桥亨便从失眠的阴郁中走了出来，立刻在三更半夜时从自己的高档公寓乘电梯下到车库，开着美洲豹来到了医院。

这次他什么防护服都没穿，用自己的ID卡打开了BSL-4实验室的门，然后坐到实验台边，用注射器给自己注射了一针那种致命的细菌。

高桥亨听到自己兴奋的心脏发出的轰鸣声。那逐渐躁动起来的声音就像死神的钟摆，自己可能很快就会踏进它的国度。不过你不要来接我哦，我会让你死亡国度里的一切都再死一遍。

“此刻，我成了死神，三界的毁灭者。”高桥亨笑了起来。

但我不要毁灭世界。我只想知道山的那边有什么。

突然，有什么东西冲击着他的大脑。他抓紧从实验室中找到的一个实验记录本和一支笔，把刚才想到的东西写了下来。

写完后，高桥亨一边坐在实验台边上开心地笑着，一边沉入了两个月以来最安稳的睡眠。

第二天，高桥亨的遗体和遗书被发现。实验室里的摄像头记录下了他死前的一举一动，他这疯狂举动给了所有同事极大的震撼。高桥亨所在的小组暂时停止了一切实验，等待来自领导层的决定。

但他的遗书在这家研究院中广泛流传，大家对上面的内容充满怀疑，同时感到了莫大的震惊。

遗书内容如下：

致我的同僚：

在我注射了面前的这种致命细菌之后，我突然想到了冈崎初活下来的一种可能。

我是说，只是一种可能，但我已经无法再去验证了，想必如果我活着的话也极难验证吧。

我的想法是这样的——初在刚到木卫二科考据点的时候可能处于濒死状态，一种生理状况很糟糕，免疫力很差，而心理处于死本能占上风的状况。也就是说，他的身体和心理都处于将死的状态。感染者不论是身体的免疫力处于正常状态，还是他的求生意志尚存，他都会死于这种细菌的侵蚀。而科考队中最特殊的例子就是冈崎初，警察在他醒后记录证词的时候提到他当时对于求生处于极其麻木的状态，也许这就是细菌能和他共存的原因。

这种细菌需要宿主的生理和心理都处于不设防状态，顺利绕过宿主的免疫系统和心理的抵触才能和宿主共存。

当我想到这点后，求生意志又爬上了心头。但我知道，现在一切都晚了。

所以，永别了，我的同僚们。

虽然这种细菌到底是从哪里出现的，以及该怎么进行防治都是个谜，但依旧祝你们在和这种细菌的对抗中能够走得更远。

祝大家武运昌隆！

高桥亨，落笔于我们的实验室

看着这封遗书的拍照版，藤田教授心里无限惋惜。美弥子看到他难过的样子，便上前去安慰教授。

“在初刚醒的时候，高桥亨有和我聊过初的事情。”藤田犹豫了一下，然后把这席话告诉美弥子。

“哦？他有说什么吗？”美弥子问道。

“他认为，初到底是什么并不重要。他说，冈崎初就像一艘特修斯之船，被换下了一部分零件，又有新的零件被替换上去，于是这艘船一直能在海上正常航行，这样的船究竟是不是原来的那条特修斯之船也就无关紧要了，因为人类本来也就是这样，旧的细胞消亡，新的细胞取而代之，人类每天发生着如此大量的变化，但在别人眼里他还是原来的那个人，所以冈崎初仍旧是冈崎初。即使细菌替代了他体内原有的细胞，但他还是冈崎初，这点并没有变化。”

听罢，美弥子点点头。

“哎……高桥亨的父亲和我是挚友，而高桥亨的性格很像他的父亲，非常执拗，但又非常有才华，行动力又是那么强。我现在心里那么难过，除了有白发人送黑发人的痛苦，更难受的是，这么好的头脑就这么消失了，这个人咻的一声就从这个世界上不见了。本来我觉得他在有生之年一定能证明自己的想法，现在这种可能性被他自己弄丢了，我……”说到这里，藤田教授彻底泣不成声，在美弥子的面前嚎啕大哭起来。

美弥子将教授扶到一旁的凳子上，也哭了起来。

在没有道理的世界面前，人的生命就像一株野草般脆弱。

尾声

过了几天，初也知道了这件事。他是从给他做检查的护士那里听来的。那些护士聊起了高桥亨的野心，以及他对冈崎初的看法。冈崎初对这个人最开始感觉有些不解和厌恶，但后来发现，这是一个纯粹的人。虽然有些自我中心的意味在里面，但他觉得自己和高桥亨在哪里有些相同的地方。

不，我们并没有任何相同的地方。

我只是单纯地在羡慕他那纯粹的求知欲而已。

就如同他在羡慕我的运气一样。

如果高桥亨还活着多好，弄不好我们可以成为好朋友也说不定。

和美弥子吵架后的几天里，她一直都没有过来，于是初的心里总是空落落的。

等过了两周之后，看到美弥子再次出现在自己的面前时，冈崎初高兴地跳了起来。

“实在抱歉，我一直想见到你，如果你能经常来看我的话，我会非常高兴的。所以，上次实在是太对不起了。”初紧紧握住美弥子的双手，向她道歉。

美弥子笑着点点头，隔着防护服和冈崎初来了一个大大的拥抱。

冈崎初抱着美弥子，心想，也许小小的幸福并没有完全离我而去。

小学五年级暑假的时候，冈崎初和美弥子躺在草地上，看着天上的星星发呆。

突然，一颗流星一下划破长空，却又转瞬即逝。

初在心里许愿道："我想和美弥子永远在一起。我想和美弥子永远在一起。我想和美弥子永远在一起。"

许愿完毕后，初问道："你许的愿望是什么啊？"

美弥子笑着说："你得先告诉我，我才告诉你。"

"好吧……我许的愿是暑假能去东京迪士尼乐园玩。"

"哈哈哈哈哈，初君的愿望真没出息。"美弥子捂着肚皮笑道。

"喂……好啦，告诉我你许的愿望吧。"

"因为初君这么没出息，所以我决定不说了。"美弥子一边扭过头去，一边偷偷笑着。

"啊，你赖皮！快告诉我啊！"初君对喜欢戏弄他的美弥子一直没什么办法。然后两人追跑起来，笑声持续了一路。

冈崎初可能永远都不会知道，美弥子许的愿望是：和初君永远在一起。

咒语

王江山

“如果这个世界消失了，那有什么能证明它存在过?”

你从书里抬起头来问我。

“已经消失了，谁还会在乎它存在与否呢?”

“被留下的人啊。”

你一脸认真，像个孩子，令我忍不住回想起第一次见你时的情形。你在一群人中是很显眼的——那明亮柔和的发色。你在分享会上说起童年、少年那些悲伤的往事，我仿佛看到一个倔强的小孩儿，孤零零地坐在一片空地中央。因此我十分想走过去，把你扶起来。

害羞如我，终于鼓起勇气，在分享会结束后找到你，得到了你的联系方式。

熟识了之后，你随性的一面就暴露出来，有时我们明明在讨论相当严肃的问题，可下一秒，你的语气马上就变得调笑了。我总是跟不上你的步伐，这边还想安慰，你那里已经在笑我的自作多情了。

“如果世界都消失了，人又属于那个世界，如此，怎么会有人被留下呢?”

你听到这句，愣了一下。然后继续看书。你竟然在看奥古斯丁。我笑你的学究气质，又忍不住凑过去，让你读给我听。

你的声音温软清澈，不像你平日负责的工作那般乏味冷酷。我看到夏日的阳光把树的阴影送入房间，洒在你的桌子上。你的身子伏在桌上，用一只手按着书籍昏黄的边角，干净美好。

“谁认识真理，就能认识这光；谁认识这光，就能认识永恒者，唯有爱才能认识他。”

我的房间有一半沉浸在阴影里——拜基地对面的发射塔所赐。但和别人不同，我很少抱怨这件事。我经常沿着阴影的边缘走，像是踩在发射塔的隐秘的灵魂上。那个塔我们是去不了的，基地也仅有几个人知道它的存在有何意义。

意义如何，我确实不太感兴趣。

我刚从一次冬眠中醒转过来，总觉得肌体乏力。跟着同伴上了一个月的健身课程，勉强恢复了之前的水平。

可是这次冬眠让我觉得很奇怪——醒来后我感到自己的很多意识都变得模糊，尤其是记忆那部分。虽然我的心理医生上次告诉过我，我得的是典型的战争应激反应后遗症，由于参加过五年前的战争，大脑又有损伤，所以感到记忆丧失是很正常的。

其实我倒并不为此过度担心。我没结婚，也没有家人，朋友都很少，性格懒惰，也不愿去想一些太复杂的事——记忆这种东西，其实就是大脑的自我欺骗吧。

正在我无聊地想着这些事情的时候，基地的人打来电话，要我去战略部办公室一趟。

战略部？他们应该不会让我这种老兵再上战场了吧？

这个部门总在研究一些稀奇古怪的问题，不过我确实对自己的现状无所谓，因此不担心他们会对我做什么，索性就去看看他们又干了些什么事儿吧。

你穿着绿色条纹的连衣裙，看上去就像个刚大学毕业的女学生。短发将白皙的脸遮了一半，坚硬的发梢却显出一种孩童般的活泼。我后来才得知你从前是留长发的，可惜不得已剪去——你要入伍了。

“你喜欢听德彪西?”你指指我的耳机。为了缓解第一次约会的紧张，我在等待她的时候一直在听音乐。

“啊，还好。”我有点慌乱。觉得不对劲儿，多嘴了一句：“你，听得见？是我耳机声音太大了吗?”

你只是摇摇头，微笑一下。我跟在你后面，为自己的不知所措微微懊恼起来。

“别那么紧张啊!”你忽然凑近了，在我额头上拍了一下，从未有女孩子对我这么热情。你的手也直接凑了上来，拽着我走进便利店，买了一些东西——我们一会儿打算去对面的公园露营。经过店里的镜子前时，你看着里面的自己，神情微微恍惚了一下，似乎有点不适应自己短发的样子。而我竟被这画面里溢出的天真打动，忍不住将你的手握紧。

办公室整个被涂成了银色，使得这看起来很像元时代时期的科幻电影布景——当然，那些电影只有少数几个人可以看，作为了解过往历史的一种手段，可惜过往的历史，对今日似乎没什么用了。

我大学时的老师接待了我。“谭，你准备接这次任务吗?”

“想获得授勋，当然要做出更多实事来啊。”我扫了一眼任务手册，皱着眉，有点无奈。

“其实并没有想象中那么难。直升机会先把你们带到8000米的平台，登山队的成员们再带你们登上峰顶，他们都是有经验的好手。”

“也就是说，我们还要自己向上攀登一千多米?”

可怕的高峰。虽然十几年前就有很多队伍都成功登顶了，可我却是第一次去。想到这我就不禁打了个寒颤。

“八千米已经是极限了。飞机没办法直接在峰顶降落。”

"看来人还是强于他所制造的机器，"我耸耸肩，"好，我接。"

老师往椅子上一靠，似乎心满意足，他的满头银发快要和这间屋子融为一体了。

你那时候在做人工智能的研究，每天想着"机器能思考吗？""机器会有自我意识吗？"而这种抽象的讨论对我来说，还不如进行一些具体的实验。而你则会笑笑："人和机器虽然有很大不同，但有一点是十分类似的。"

"什么？"

"语言。人用语言交流，因而了解彼此的心意，而机器是因编程语言写出的程序，才获得了机器的灵魂。"

"机器也会有灵魂吗？"

奇怪，这么寻常的一句话，却让你思考了很久。你忽然说："如果机器没有灵魂，那它就会被有灵魂的事物所掌握……"

这是我们第三次约会。我在你面前，还是会觉得紧张。但我仍忍不住想纠正你："那是自然啊，人发明机器，并且掌握它们。这不是很平常的事吗？"

"掌握和被掌握，都是一念之间的事啊。"

你总是想这些稀奇古怪的问题，我只是看着你棕色的头发发呆。你看起来非常年轻，那困惑的表情也像上课走神的孩子。不一会儿，许是你自己想通了，忽然调皮地看着我说："你知道吗，其实人的语言是有魔力的。"

"噢？什么魔力？"

"语言其实就是一种咒语，你说了什么，往往真的就会变成那样。与此同时，语言还要有相应的动作的触发。"你端起酒杯，酒吧的彩灯照射在红色的酒上，又在你脸上洒下轻盈的投影。非常美。

"就像巫师在说咒语时同时做出某些手势或动作？"

“对!”你忽然伸手捏住我的下巴，很深很深地看进我的眼睛里。

“要不要来试一下?”你的眼睛里是两团波光潋滟的宇宙，我被其中的灿烂吸引，忍不住越凑越近。

于是我们接吻了。

登山队的队长是我从前在作战科的上司，这是我很意外的。他竟没有在仕途上发展，反而去了登山队?

“谭，真没想到你去了别动队，还坚持了下来。”他先开了口。

“我这个人你也知道，懒散还浑浑噩噩，如果不是在别动队里，我不知道还能去哪。鲁，听说你结婚了?”

“是啊，你刚离开作战科那年结的，因为你去的远，就没通知你，没过几年，我也从那离开了。”

“恕我多嘴，我以为你会一直在那里做，直到退休呢。”

“发生了一些很不好的事，我不能在那了。”他眼睛不再看我。

两个男人都沉默了，在心中感慨着世事无常。

“嗨！我是你们的向导，Neo，很高兴认识各位。”来者是个高大的男人，长发被编成了粗辫子，缠在头顶，他看起来像元时代时期流传下来的那些民族油画中的人物。我们大家纷纷跟他问好。Neo黝黑的脸上一直保持着笑容：“直升机把我们放到那里后，我将带着大家继续向上攀登。不过，带回‘归墟’的任务我就不好插手了，请你们谅解。”

我和鲁对看一眼，觉得这个Neo应该大有来头。“归墟”是元时代时期的超级计算机，只有我们别动队和国家安全中心的几个专门负责研究它的人才知道，Neo却说得如此轻描淡写，可见他深得高层的信任。

“归墟”是传说中元时代文明的见证者。它作为一个记录仪被放置在峰顶，远离核战的现场，所以没有被辐射损毁。当时的人们将其设计为一台高度智能的超级计算机，尽最大限度地储存着当时文明的一切——音乐，美术，文学，科技，人类影像，生物体研究……虽然我们曾在考古发掘中发现过许多当时的遗迹，了解到了元时代的一些文化——比如那些电影。可那毕竟是极少数部分，根本无法满足我们的探究欲望。

若能将“归墟”里存储的信息全部破解出来，对当今的世代来说，一定是极大的飞跃。我们都知道这次任务意味着什么——寻回一个失落的文明。

许多人眼中，你是有点古怪的。其实很多时候，就算我在你身边坐着，也根本不知道你在想什么。你的背总是挺的很直，虽然你还没正式入伍，但看来总有军人的气魄。你说这是少年时父亲的严厉家教所致：“爸爸不允许我驼背，搞得我现在都有点刻板了。”你就这样挺直身体坐着，望向远方。风把你的头发吹得左右翻飞，令我总忍不住去摸它们。而你就会躲开。“其实我总是不习惯与人太亲近，不知道为什么，像是从小如此。”好吧，你第一次约会就拍我脑门时，可不是这么表现的。

但我像每个恋爱中的男孩那样，带着愚蠢的甜蜜感，和你坐在一起。即使我根本不知道你在想什么。

“听说要开战了。”你说。

“是啊，不过，不会爆发太重大的战役吧……总不会第三次世界大战的。”

“说不准，”你摇摇头，“战争一旦起来，谁也说不好它的范围。”

“也不要太悲观了。”我伸手想把你揽进怀里，却又停住了，最后讪讪地缩回手来，一方面自己内心还是胆怯，一方面怕你生气。

“不问我点什么吗？”

“啊？”

“别害羞啊，随便说点什么。”你把腿伸直，将手放在膝盖上。

“那，你是不是也喜欢听音乐？”

“哈？”你此刻的神情不那么严肃了，一从那种沉重的专注中解脱，你的脸就会溢出一种暖洋洋的活力来。

“第一次约会的时候，你不是一下子就听出了我在听的东西嘛……”

“嗯，算是吧。”

“那你知道那天听的曲子叫什么吗?”

你的眼睛左右闪动一下，笑了，伸手推了一下我的肩膀。“是巧合吗?”

“不。”我心里仍很紧张，“那次在分享会上见到你，不知为什么，一瞬间脑海里就回荡起了我少年时最喜欢的一个曲子，德彪西的《棕发少女》。所以正式去见你的时候，我就选了它听，因为，那总会让我想起你。”

你更加乐不可支，棕色的短发随之伶俐地摆动起来，凑近我的脸颊，你把我的脸扳过来，注视着我，一字一顿的说：“那么，我要对你施加一个咒语。”

“什么?”

你伸手盖上我的头发。“从现在起，直到世界的尽头，只要你存在一天，”你的手从头发上缓缓移动下来，靠近我的额头，“只要你想到这首曲子，你都会想起我。”在说最后一个字的时候，你忽然伸出食指在我额头中间深深一点：“这，就是我的咒语。”

直升机呼啸着离开，很快就融入天空的蓝色里，一点也看不见了。

Neo走在前方，他的助手走在我们旁边，这时谁也不说话，上午的太阳把我们的影子印在雪山上，显得极为漆黑。只有我们鲜艳的防寒服，像是闯入严肃布景的不速之客，与这里洁白的岑寂那么格格不入。

通过一个很陡的冰雪坡时，Neo和鲁不断地用冰锥固定位置，然后用冰镐整平道路，我和另外两人跟在后面。他们身后是一行行猫爪似的脚印，那是装备在高山靴上的冰爪留下的，它用轻硬金属制成，防滑效果非常棒。

正在我想着这些无聊的事情的时候，我旁边的一个队员忽然失手了。他没能注意到斜坡上一个极滑的冰面，侧身摔了下去，最后被安全绳挂着，悬在半空。

“打钢锥！继续打刚锥！”Neo大声对另一个向导喊，他让我们分散成稳定队形，然后他绕过我，伸出手拽绳子，我们几个人又从后面拽住他。费了好大力气，终于将这个队员带了上来。

“情况有变，今天不能冲顶了。”这是惊魂未定时，Neo的第一句话。

“为什么?”我们都很惊奇。

“刚才已经浪费了大量的体力，加上可能的高原反应，强行冲顶会死在上面。”

Neo的话似乎不容置疑，许久，鲁说了一句：“我和谭都是士兵出身，体质很好，是否可以试一下?”

“不行，这不是体质的问题。”Neo一口回绝。

我和鲁都被噎的够呛。对视一眼，再也无话。又向上攀了几十米，勉强度过斜坡，找到一个相对安全的地方，支起了帐篷。

只待下一个天明。

和你认识一个月后，我才多少有点了解你的工作——由于近年来局部战争不断，国家组织了许多科学人员入伍。在入伍前，也要继续进行课题研究。这项工作令你非常疲惫，于是你在闲时加入了互助分享会，与一群陌生人分享你的一些压力。

如果不是如此，我也许永远没有机会认识你。

“其实我一直觉得你很厉害。”有次我忍不住说。

“哪里厉害啊?”你就微笑着看我。

“这么年轻，就为国家出力啦。可是，你马上要去军队了。”

气氛黯然下来，你低下头：“我出身于军人世家，如今又是危急之际，我不得不如此。”

“别担心，你也只是换了个地方继续你的科学研究，”我拍拍你的后背，“而且我们很快又能常常见面的。”

“对了，我记得你很喜欢听音乐吧。”你转移了话题。

“是。”

“想过一种新的玩法吗?”

“玩法？音乐还能怎么玩?”

“你一定听说过摩尔斯密电码吧。”你的笑意加深了。

“当然，不过，这种原始的密码现在都不用了啊。”

“我刚刚想到，可以用摩尔斯密码，来表示音符，然后再用闪光反映出来。”你伸手在我额头点了一下，“喂，你可以试试将你喜欢的曲子都做这种转换啊!”

我不懂摩尔斯密码，但我可以给出各个音乐的简谱。于是这变成了我们约会的一个寻常的娱乐活动，我提到一首曲子，说简谱，你就将它的摩尔斯密码写下来。我们打开手机的发光设备，以手遮挡它来制造闪动的效果。我们乐此不疲，全然不顾周围人惊奇的目光。

我们在萤火虫公园里约会，你忽然大笑起来：“看这些萤火虫，也在发射摩尔斯密电码呢。”

我看着它们在黑色的布景中旋转飞腾，像是一些梦的精灵。我忍不住伸出手来，在你后背上轻轻的敲了起来。

:.. . -.. ---... -. .. -①

你的脸隐没在夜色中，但我知道你笑了。

和你在一起，好像其他的人，整个世界都消失了一样，只有你，陪在我身旁。

雪山的夜晚极度寒冷，即使躺在厚实的帐篷里厚实的睡袋中，旁边就是暖炉，依然觉得寒气逼人。鲁的睡袋在我旁边，他睁着眼睛看着帐

---

①译为I LOVE U。

篷的一角，不知道在想什么。

“这些年，你过的怎么样？”

“马马虎虎。不过幸好有了家庭，算是有了归属吧，”鲁似乎不愿多说，“你呢？”

“不知道。我好像变得比之前更加懒散了。”

“懒散还会来接这种任务？”

“因为，我想退休了。”我说的是实话。做完这次任务，我就可以再次获得授勋，再升一级，获得更高的退休金，基本可以保证我这个几乎不怎么出门的人平安度过后半生。而且，基地的日子，也实在太单调了。

“你可曾想过，基地是为何存在？”

“当然是战时的据点啊。虽然现在是休战时期，不过敌人会随时攻击我们也说不定。”

“那为何基地要建在雪山脚底，对面还有一个几乎跟雪山一样高的巨塔呢？”

“为了隐蔽吧？而且发射塔应该是为了接受原镜系统的信息的。上次战争后，各国都在修建高塔嘛。”

“不，其实不是这样。”鲁说得很确定，他一定知道些什么。“你想过没有，其实基地更像个囚牢。”

?!

“你什么意思？是在说其实我只是囚犯吗？那我们大家岂不都是囚犯？”

“你在基地多久了？”

“十多年。”

“清醒的日子呢？你不是说你总是冬眠？”

“可能只有两三年。”

“那就对了，你这样几乎没获得什么军功的士兵，为何要一而再，再而三的冬眠呢？”

他这样说，我忽然觉得恐惧，但很快又平复下来："我得了战后综合征，冬眠是种治疗，这也是没办法的事。"

"那，你来基地之前的事，你有多久没回想了？你确信自己保有那时的记忆吗？"

鲁一直盯着那个帐篷的边角。幸好如此。我害怕在他眼睛里看到我自己的恐惧。

你只给我传回过一封信。

入伍以后，你就像消失了一般。所有的通信都被隔绝了。我当然知道这是军队的正常规定，然而仍免不了担心。正在我为你心焦的时候，接到了这封信。

展信佳。

这里没有手机，没有网络，索性我也不再登录那些无聊的设备，只拿出纸笔给你写信。这么原始的做法，在我身处的冷酷的军营里，是非常浪漫的。

我思念你，也知你思念我。我们两个就像在地球的两头，但地球是圆的，也就是说，无论往哪个方向走，我都能离你更近一点。

写到这忽然觉得好肉麻。可认识你以前，我都不知道女孩子其实是可以撒娇的。

我依然是倔强，固执的人，坚持的事情一定要做到底。

祝我好运吧。

也没有落款，但当然是你。我很高兴，当即决定回信，又想更浪漫一些，就买了笔墨纸砚，想用这种最古老的方式讨你开心。我写了很多话，又怕你嫌我唠叨，翻来覆去，左右觉得不妥，到最后只写了几句话，却重复写了几十遍“我想你”。

我满怀欣喜地寄出信，那时还不知道，就在我将带着墨香的纸投入邮筒的时候，邻国的军队正驶进我们的海湾。

第二天，明明早上还风和日丽，可在我们攀登了一百多米后，阴云火速降临。

昨天就不应该停下来。我在心中有点埋怨Neo

高原雪山上空的云层是十分壮丽的，你会觉得这些云是有实体的，觉得他们绝对是可以攀援的东西。云朵铅灰色的表面让人感到，它说不定是硬的，比我们手中的铲子还硬。大片云层移动过来，是比人类所见任何高山都更夸张的庞然大物。天空太开阔，几乎呈球形，倒映在我们毫不起眼的眼睛里，像用渺小去承载伟大。

不过此刻我们却没有欣赏风景的闲情逸致，得快速找到新的地方躲避。

但时间不多了。这次的风暴比想象中还大，我们会面临缺氧的危险。

可这次出事的却是Neo和他的助手。为了防止缺氧，助手去掏氧气瓶，就在这一瞬间，一些被风暴吹起的雪袭向他的护目镜，视线被遮挡，他一下子滑落下去。Neo为了救他，想用上次的方法，可这次是在狂风中，他的安全绳又与助手绑得最近，所以也被带了下去。

我，鲁，和另一个队友，此刻悬着Neo和助手的命。

Neo努力想回到陡崖上，可风总是把他吹开，最后他看着我们，做出了一个割断绳子的手势。

我们仍不放弃，仍在用力拉安全绳，可是Neo的身形太大——他太重了。试了几次，风暴也越来越大，我们几乎都要掉下去。

Neo忽然脱掉了防护手套，这使他的动作灵活了很多，他从背后拿出冰锥，用它锐利的表面，一下一下划着绳子。

“不！Neo！一定有办法！”我们焦急地大喊起来。然而这个汉子非常坚决。

绳子断了。

我们注视着Neo和他的助手掉了下去。他们鲜艳的防寒服彻底被白色风雪掩埋了。

“肏!!”

我忍不住发出一声怒吼，感到头痛欲裂。这时我却看到鲁反常地晃动着胳膊。我立即问道：“你的手怎么了?”

鲁不说话，我忽然想起刚才我们奋力拽绳子时，鲁似乎发出了一声痛苦的呻吟。

我摸到了他的手臂。

他骨折了，这是个坏消息。

可我们已不能停步，只好咬牙，继续向上攀登。

“宁做盛世犬，不做乱世人。”有一次你谈及未来的打算，忽然说了这句，透出一种与年龄不相称的沧桑。

“也别那么悲观，哪会真的战争？要是真的打仗了，我就把你藏在家里，不让出去。”我摸摸你的头，这次你不再躲开了。

“要是真能那样就好了。”每次我们谈到未来，你看起来都很茫然。我总乐观地认为不会打仗，你却过早地看清了你的命运。

你入伍后不久，那次小战争引发了局部战争，然后是停战，接着，恐怖分子参与进来，又是局部战争。没几年，因为许多集团各怀鬼胎，合纵连横，渐渐变成国与国的交战。国与国又联合成各色利益集团，终于，真正的大战爆发了。

人类终于还是走火了。枪不该递给孩子，他是一定要玩的。

战争很快陷入泥潭，有个发狂的小国竟动用了核弹。核弹摧毁了几个国家，其中有几个不理智的国家做出了玉石俱焚的报复行动，核战争差点被全面引发，这让全体人类陷入恐惧，大国紧急叫停，全体休战。

可最令人担心的事情还是来了。

核冬天。

核弹爆炸点燃的大火让浓烟迅速通过对流层，太阳将这些微小的粒子加热，推波助澜，送他们到达平流层，由于那里不会降水，因此这些灰尘将一直停在那里。空中的铅云似乎永远不会退散了，庄稼死了一茬一茬。文明，以远超人类想象的速度，进入最后的倒计时。

在这种情况下，各地更加混乱。新的起义不断爆发，一些无知的侵略者又不小心将核电站作为了攻击目标，雪上加霜，这让核冬天的状况更加严重。

而我再也没有你的消息。

你明艳，美丽，深邃神秘，而我，懦弱，自卑，毫无行动力。你像梦一样来到我的生活中，然后战争又把梦叫醒了。

我四处流离，最后终于因为自己的计算机特长受雇于政府部门。身处那样的环境，我不止一次通过各种办法搜集你的消息，可一无所获。

你消失了，而我还在。

我是不是被留下的那个人呢?

也不知是谁的主意，核冬天降临后，他们提议建设一个高大的发射塔，高度超过一千米，用这发射塔发射的一种特殊的激光直接驱散铅云，让阳光回来。这个想法疯狂而大胆，而且事实上这种塔起码要建几百个，才可能有一些效果。于是提案很快被否决了。

但是人们仍然从各个地方得知了传言，在靠近珠穆朗玛峰的一侧，有大批工程人员入驻，那里聚集了全世界的精英们，似乎在进行一项终极的任务。

我却不相信。

事到如今，还有什么终极的任务，可以挽回这一切呢?

可心中却忽然一个闪念——你，精通工程和物理的你，会不会就在这些精英中?

即使只有一丝希望，我也要去找找看。

自君别后，迩来十有余年矣。

还有最后的两百米。

本以为是手到擒来的任务，竟然牺牲了这么多人，而胜利，似乎还遥遥无期。

峰顶真的有“归墟”吗？那时的人类建造的计算机，会是什么形态呢？跟今人的一样笨拙庞大吗？

“鲁，我今天要告诉你一个坏消息。”

“什么？”

“我们虽然随身带着各自的装备，但是多余的那些氧气瓶……已经掉下去了。”我不忍再说。

“也就是说，只有一个人可以登顶了？”鲁不愧是职业军人，立即明白了我的意思。

“看来是这样，我们中必须要有两个人留在这里休息，这样也更安全些。”其实在这里等待，更加可怕——若是再来一场风暴，而氧气瓶都给了登顶的队友，那结果可想而知。

“好，你去。”鲁说。

“是的，谭，现在这里你的身体状况最适合了。”另一个队友也说。在第一天的攀登中，他由于失足掉下去过，心肺功能一直不稳定。

我看了看鲁刚刚包扎固定的手臂，我知道，懒散的我，这次必须硬朗一回了。

我果然没有找到你。拿出你的照片——棕色头发的你。漂亮的你。还是少女时期的你。可没人认识。我神经质而徒劳，在末日恢弘的背景下，冲进茫茫雪山，无望地寻找我消失多年的爱人。

但是，我却看到那个东西建起来了。

初始很慢。我看到一些人在挖地基，非常非常深的地基。我曾很担心这会引发地震，毕竟这里是板块结合处。但不知为何，只有两次小风波——这反而验证了这东西的确坚不可摧。你们进展缓慢，光建设地基就用了五个月——其实有三只工程队在轮班施工，真正的夜以继日。谁也不知道你们在建什么。直到一年后，你们的东西建到了地面，建到半空，我们看到了，那是塔——极高极高的塔。

谁也不知道建塔有什么用，但谁都看得见它。五百米，一千米，一千五百米。

顶端几乎看不见了，塔身薄如蝉翼。

两千米。

一座尖细的人造山峰。

三千米。

这已经不是常人所能接受和理解的了。在高塔的建设过程中，世界人口也渐渐减半了。

各地都在做各种拯救措施，然而于事无补。这个星球已经接近毁灭的边缘。没有办法修补。再也不能了。

五千米。

奇怪的是，几乎没有谁来干涉高塔的建设。或许这其中反映出的科技，已经足够震撼人心。或许人们有个心照不宣的想法——这违反常理的高塔，或许与人类最后的存亡有关。

六千米。

我想起你同我说过的咒语。你说，人的语言是有魔力的。你说出的事情可能会变成真的。我后来仔细回想你曾说过的所有话，发现它们真的都成真了。

八千米。

这几乎要与珠穆朗玛峰，这世界最高山峰比肩了。人类历史上从未建过这么高的建筑物，当然，除了圣经里那次。然后就在这里，高塔的建设停了下来。因为飞机飞不到那个高度了。

高塔的振幅很大，远处看就会发现它一直在抖动，从更大尺度看，它就像个跳动的秒针。直指天空。

而我没能找到你。

可高塔的建设者们，却找到了我。

“您是苏芳菲小姐的男朋友，我们得知，您一直在找她。”

这是我第一次，从别人口中听到你的名字。我激动得站了起来：“她在哪？”

“您跟我们来，就知道了。”

我进入了那个基地。他们详细跟我说明了他们的计划——一个可悲的计划，但别无选择。他们准备将超级计算机的元件，移植到一个人类头脑中。简单来说，他们要牺牲一个人，来做这个承载者。

“请您仔细考虑，要不要做这个牺牲者。因为他将被送入雪山，进行漫长的冬眠。如此才能使其躲开地面核辐射的侵扰。您一定要非常心甘情愿才可以，否则，这个项目无法成功。”

“人类怎么能做计算机的元件？”

“人的体内有30亿个原子，足够将一切记录。”

“超级计算机，用来储存什么？”

“记忆。”

“什么？”

我没听明白。什么记忆？

“你的记忆，我们的记忆。我们整个人类的记忆。”这个接待我的老人眼中忽然泛起了泪花，“地球变成如今的样子，没有人知道，我们还能支持多久。与其坐待死亡，不如留下些什么，让后人可以见识到，我们曾经创造了多么恢弘壮丽的文明，又是如何将这个文明亲手毁掉的。”

“可，未来会有人类吗？”

“我听说他们已经在进行胚胎冷冻计划，一到合适的时机，人类就可以重新回到熟悉的家园，继续繁衍生息。这是我们的种子，而你，”他银白色的头发下，是一双灰色的，明亮的眼睛，“是一枚寄往未来的时间胶囊。”

我大受感动。

“可你们为何要用人类来做超级计算机的存储设备？他远远比不上金属坚韧，说实话，可能是最不容易保存的计算机了。”

“因为，”老人说，“人类有意识，而无论多么设计精巧的金属设备，都是无意识的。”

我忽然想起你曾与我讨论的，机器是否有意识的问题。蓦然明白了，你当时为何沉默。“也就是说，有意识的人类计算机，不会被其他势力所掌控……”

老人冲我点点头。“这也就避免了，未来的人们，会利用这计算机里记录的文明精华，做出可怖的事情来……我对人类早就失去了信任，只要有一丝可能，即使历史重来一遍，人类还是会为此争得头破血流的。”

“这个提议的设计者，是她吗？”沉默了一会儿，我问道。

“她是我们的骄傲。”

可你不是我的骄傲，你是我最柔软的秘密。

登顶的过程因为孤独变得非常缓慢。我听到自己的呼吸声，非常沉重。氧气瓶用掉了好几个，我身上不仅背负着完成任务的信念，还有伙伴们的性命。

长久的跋涉会给人带来一种奇异的感觉。天地之间，只有我一个人。往上是极蓝的天，脚下是极白的雪。这令人不禁对自己的存在产生怀疑——我到底是谁？

我的父母呢？不，不记得。我有过爱人吗？好像并没有。我的朋友？别动队的人算吗？我有个老师，他把这任务交给了我，可，他是教什么的来着？怎么跑到战略部去了？

这一切到底是怎么回事，峰顶有什么等着我？为什么要派我这个没有登山经验的人登顶？我的身上，曾发生过一些事吗？

氧气一点点消耗殆尽。只剩一个斜坡了。我奋力爬上去，然后瘫坐在地上，大口喘气。我的时间不多。我很冷，然而背上一片虚汗。我想像着它们冻成冰块儿，将我的皮肤封住。奇怪，为何这个场景，像是冬眠之前想到过的呢？而在冬眠之前，我都经历了什么呢？

不行，我不能再胡思乱想。人们说，在大脑缺氧时会出现一些幻觉。我集中精神，站起身来。这时候，我看到了那个凸起的石碑状的东西。

“归墟”

我找到你了。

我全身浸泡在淡红色液体中，感到身体正在失水。他们说，等一切结束，我就会像沉入一场长久的睡眠那样，只不过我再次醒来，不知道是什么时候了。

接下来的几天，我仍在这液体中泡着，许多电线插进我的身体。可我却丝毫不觉得害怕。

如果这是你的想法，那我心甘情愿。

也不知道过了多久，我总是时醒时睡，监测我生命体征的护士也不敢同我说话。当然，我也一个字都说不出来了。

但这时，我的神经与电流的融合很充分了，我仔细琢磨了方法，还是想到了与外界沟通的途径。我会入侵那个监测员的电脑，在屏幕上显示几个字。这引起了大批科学家的兴趣。他们想让人类作为计算机的形态生存，没想到这个人类完成得这样好。

只是除了科学家之外，很少人愿意停在这间屋子里——我看起来实在太惨了。

偶尔的，我会和那个老人交谈。

不知道他们用了什么办法，我还有自己的视力。这时我忽然想到了年少时听过的一个思想实验——“缸中之脑”，也不免自嘲地想着，我这是缸中之躯。

“我想得到关于苏芳菲的一些资料。”这些天来，我无时无刻都在想你，却无比害怕听到你的消息。

老人在显示器前，非常踟蹰。最后，他像下定决心那般：“她死了。我很遗憾。”

虽然早就知道会是这个结果，听到的时候，我还是感觉心脏一顿，一片涂炭。可惜此刻我的心脏上连接着密密麻麻的导线。神经传导出再浓重的悲伤，也不过是冰冷的电信号罢了。

“我很抱歉。但是，”老人继续说，“我觉得你有权力知道这个。确切的说，她是为了整个人类的文明死的。她提出了这个计划，一开始是想用自己作为储存器。但是在实验中，我们失败了。她最后残存的一点记忆保存在一个硬盘里，我们按照她的遗愿，找到了你。而她的失败，给了我们宝贵的数据，使得我们进展神速，找到你后，就可以进行最后一步……”

“您觉得残酷吗？”

“恕我直言，并不。毕竟，我们都快死了，而你，却可以带着我们的希望，继续活下去。你下次苏醒是什么时候，谁也不知道，不过，那时，一定已经是新的文明了。”

“我将如她所愿。”

“你知道我们为何要建造那座高塔吗？”

“为什么？”

“在她死后，我们发现了她的日记——是手写的。幸好如此，因为许多存储在硬盘里的文件都在上次的中子弹辐射中被损毁了。”

“在我们原本的计划中，我们想开发一个有自主意识的机器，可慢慢也都明白这是不可能的任务，于是苏芳菲小姐提出将人改造成计算机。

这个想法很大胆，但她的设计看起来又无懈可击。我们就开始商讨第二步计划，即如何安置计算机的问题。我提出放置在世界最高峰的峰顶，那里绝对安全，而且远离辐射区。即使以后再发生战争，也没人能打到那里去。而等新的文明能登上峰顶的时候，也正说明他们的文明已经发展到一定的程度，有能力了解我们的文明，我们的辛苦才不会白费。可是，由于印度板块和亚欧板块的运动，珠穆朗玛峰每年都在升高，万一，未来的人类放弃对它的攀登，那我们的一切岂不是永远要滞留在这山顶了吗？

苏芳菲小姐此时提出建一座高塔，作为一个纪念碑似的存在，提醒未来的人们去攀登这座比高塔还高的山峰，也提示那些后人们，地球上，曾有这样一个文明。

我们开始着手工作，可她却因实验事故死去了。幸而，这时候我们发现了她的日记。原来在那座高塔里，还存在着只有你们两个才知道的秘密。我们研究决定，将这个秘密，作为你启动的密钥。因为那是她的一个咒语。对你的咒语。"

如果我此刻能流泪，一定早已哭的泣不成声，像个该死的娘娘腔。可我一动也不能动。我的眼睛可以看到周围的一切，然而一切都像个空洞。

"其实启动密钥的方法很多，但都因为保存时间不够长，或者容易被辐射损毁等原因而被否决了。最后我们还是决定按照苏芳菲小姐的方法来。这个密钥有个最大的特点，一定要你自己意识到密钥的存在，才能由此全面开启你的机能。这个触发事件中，最重要的是你的意识。"

"不，"我在屏幕上缓缓打出这行字，"重要的是我的心。"

这是一个玻璃器皿，厚实的冰雪覆盖了它。我用冰锥敲碎冰块，又铲下许多雪块。然后用尽全身力气，撬开了它的外罩。

不，里面不是什么计算机。

里面什么也没有。

我注视着一片空荡，感觉自己像是遗忘了什么很重要的事那般惆怅。

这是什么呢？我们付出了两个同伴的生命，最终只得到了这个吗？

我靠着这个棺椁一样的东西颓然坐下，望着远方。

我觉得不对劲儿。

什么东西，在远处发光呢？

我站起身来，看到了远处的高塔。

这个发射塔，我一来基地时就在那里。不，我们的历史刚刚开始的时候，它就在那里。有人说，其实这个塔已经伫立三万年了。

在漫长的三万年里，连我此刻身处的珠穆朗玛峰都升高了将近一千米。沧海桑田，不过如此。在地质宏大的刻度上，人类多么微不足道。

不对，为何塔顶一直发出闪光呢？

我注视着那些闪光，像是看到一只萤火虫。在天地间孤单地飞着，永远没有落脚处。

短短　长　短长……①

“. . . . . – – . . – – – . – – – – . – – – – . . . – – . . – – – . . . . – . . . . .”②

我的心中忽然响起一个轻柔的音乐。我此前从未听到过。这曲子是如此陌生，却熟悉得令我胸口发疼。我感到极度的眩晕，直至跪倒在地上。

曲子的声音越来越大，回荡在我的整个身体中。记忆真像潮水一般，从神经的末端开始苏醒，带着奔流了万年的疲惫，回到我的胸腔。

我独自一人，站在这个世界的最高点，面对着闪光的高塔，在那无比熟悉，也让我无比悲伤的音乐中，回忆起了草长莺飞的原野，千帆相竞的海洋，回忆起高楼林立的城市，回忆起我曾生活过的每一个地方，

---

①译为ITA。

②译为532113245，为德彪西作品《棕发少女》的简谱起始部分。

我回忆起那些宝贵的建筑图纸，那些精密的仪器样貌，回忆起人类每一次智慧的闪光，回忆起达芬奇、梵高画作上的每一个纹理，回忆起巴赫、贝多芬不朽的交响。

无数的信息正在启动，我几乎回忆起了一切。

只要我能将这个文明全部回想起来，那么这个文明就能全部存在。

是你。

你下了一个咒语。往昔岁月，因此全部追回。

我们的生命如此卑微，可这微不足道的生命，却创造了无比辉煌的历史，毁灭一次，又重生。

只有这个发射塔，在三万年间屹立不动，向轮回后的新世界，昭示着旧时代的傲慢和伟大。

你说得对，语言是一种咒语，当那个触发机关启动，我脑海中的反馈依然深刻清晰，崭新如初见。即使已经过去三万年，你我曾经共属的文明早就销声匿迹。可只要那熟悉的乐声响起，我就能回忆起那个夏日斑驳的午后，拥有一头棕色头发的少女伏在桌前，为我读书。

我就能想起那些温柔而闪光的日子，

想起你。

后记：

写到最后，脑中只有一句话："你在那个世界留下了我，我在这个世界，回忆你。"

非常匆忙的一次写作，只用了两天时间，因此没有精力完善技术细节，这是一个非常"软"的科幻故事，是我以前很不喜欢的类型，但当我听着耳机里传出的《棕发少女》，竟会有一丝动容。想起了圣经里那个很美的句子：

"爱是永不止息。"

3

三等奖作品

按作者姓氏排列

水中莲

作者：晨辞

似僧有发，似俗无尘，
作梦中梦，见身外身。

——北宋·黄庭坚

“砰！”

沉闷的枪声在蝉鸣中凝固。

老僧人缓缓坠入莲花池，缁衣被风撑起。水花落在莲叶，惊起叶尖的蜻蜓。

一池绽放的莲花，却只微微点头。

一

“荻港萧萧白昼寒，高歌一曲斜阳晚……”

每次进港时，船老大都喜欢哼这首曲子。

残阳穿透“纸鸢号”沾满灰尘的舷窗，照亮大凡大汗淋漓的脸。大凡睁开双眼，瞳孔慢慢放大，等待传输过程最后的缓冲。一阵抽搐过后，扭曲痉挛的肌肉放松下来，大凡大口喘着粗气，出神地盯着低矮休眠舱里锈迹斑斑的天花板，脸上滚落豆粒大的汗珠。

“到站了，到站了，都给老子出舱！别磨磨唧唧的，舱里又他妈的没有金子！”手里拿着粗大的铁棍，上身打光膀的船老大在阴暗潮湿的舱道里走来走去，边走边拍着大肚皮，看到还有人滞留在休眠舱里，就使劲敲打舱口。“老子开的是货船，搭不了几个人！每次老子卸货都有人赖在里边，叫老子怎么干活！”

大凡抹了把脸，用掉色的衣服擦干脸和脖子上的汗水，费力地拔掉脑后的劣质光纤数据线，该死的光纤居然足足有半米长，高速传输让这条细如发丝的光纤略微有股烧焦的味道，熔化的保护层不断滴在地板上。

他不理会船老大的吼叫，低头检查手提包里的家伙。二手的老式DR-50数据终端，俄罗斯货，做工粗糙笨重，恢复脑数据却挺可靠。三块象头神数据存储器，边角被磨得很光滑，外壳涂满花花绿绿的印度纹饰。瑞士走私的红十字应急无线接入器，能让人悄无声息地脱身。手提包底下散落着各种备用山寨电子元件。

休眠舱缺乏通风设备，充斥着刺鼻的霉味。大凡清点完设备，决定出去透透气。他奋力扭动身体，挣扎着爬出棺材一样狭窄的休眠舱，差点摔倒在舱道。

“纸鸢号”并不大，休眠舱就躲在货舱的小角落里。货舱里堆着一座座货物小山，看起来都是稀松平常的物资。他七拐八绕，终于走出了“纸鸢号”闷热的船舱，来到了并不宽敞的甲板上。

翼宿星的海鸟成群结队在港口上空盘旋，四处寻觅船员们丢弃的食物。猩红夕阳挂在绿色的翼宿星海面，接壤的海天一线又蓝又紫。形形色色的船只冲破大气层，驶向翼宿星的港口，在天空留下一道道痕迹。身体还没适应过来，动作有些不协调，大凡索性趴在船舷的栏杆上，一边百无聊赖地吹口哨，一边摸着自己稀疏的胡楂。

“穷鬼！”船老大骂骂咧咧走出舱门，驱赶缺胳膊断腿的偷渡客下船。偷渡客们刚下船，就被一艘艘无牌照的小艇接走，各自前往藏身之处。船老大把没人接的穷鬼挨个踢下船，走到全船最后一名乘客身边，“喂，我说，这身皮还习惯不?”

“还行吧，托你的福，至少四肢健全。”大凡转过头看着船老大，“这副赛博体还凑合，看起来像个学生，没什么特点。也好，就怕别人一眼就记住。”

“擦！你是不知道今年的行情啊，条子们突然搞起大行动，严格管制赛博传输和赛博体供应。老子可是费了老大力气才搞到的量产货。”

大凡冷笑了一声。这具赛博体和手提包里的装备，船老大起码吃了一半货款。

“真羡慕你们这些赛博人呐，在虚空网里想去哪去哪，只要有钱买得起赛博体，接一根线就行，想去哪个赛博体就去哪个赛博体。今天是个大美女，明天又是个小帅哥……”

“别废话了，我们是一堆数据。等哪天你想不开了，你也把自己的大脑赛博数据化，上传到虚空量子网络里吧。”大凡拍了拍自己脑后贴着闭合胶布的数据接入口。

“嘿嘿，我还是喜欢我爹妈给我的这身皮肉。哦，那个，你怎么喜欢这种能模拟出人类各种感觉的赛博体啊?”

“可能，我觉得这样比较真实吧。”大凡下意识地捏了自己一把。

二

入夜时分，星港犹如一朵浮萍，漂在波翻浪涌的海面上，任凭海浪拍打，任由海鸟栖息。尖尖的导航塔打开全息信号灯，源源不断地向星空发送导航信号。

大凡提起手袋，拦了一条电动小客船，开始穿梭在星罗棋布的水城间。

水道两旁，鳞次栉比的房屋，五光十色的全息广告，流光溢彩的霓虹灯，一一迎面而来。一艘艘小艇满载着从星港卸下的货物，拥挤地码在岸边。商贩们站在翘起的船头，同岸上的客人高声讨价还价，激动得手舞足蹈。偶尔能看见茶摊，老人们的桌前摆放一副茶具，几笼茶点，热气袅绕。

大凡是一个失去“生前”记忆的赛博人。他记不起自己是何时何地赛博化，从前的记忆，忘得干干净净。

一个陌生的星球，一花一树，一屋一人，一切都那么熟悉，又那么陌生。他总在猜想自己“生前”的样子，肤色是小麦色还是米白色，是瘦得像猴子，还是壮得像头牛。每一次换完赛博体，走在陌生的大街上，他心里仍然渴望着，茫茫人海中，会有人叫出他以前的名字，冲他微笑，喊他留下来。

可是现在，他的名字叫大凡，他只是一个“打捞者”。

假日里，大凡喜欢在虚空网里化身成一个老太太。花白头发，满脸皱纹，穿一身靛蓝色暗纹布衣，外面套一件军绿色马甲，再踩一双黑色布鞋，手里攥一大束鲜艳的卡通气球，站在充满稚嫩笑声的赛博游乐园入口兜售。

游乐园的入口是一个阶梯式的古罗马广场。四周高高的阶梯上竖立着一排排深红色的传送门。只要镀金的门把手一转动，小孩子们就迫不及待地从门里冲出来，像潮水般涌向广场中央的游乐园入口。

“来，今天奶奶买一送一，多送你一个大灰狼气球！”一个穿着背带裤和白衬衫的小男孩第一次来光顾大凡，得了礼物，两只手各一个气球，开心地一蹦一跳。

大凡把小男孩的妈妈打量了一番，一件米白色丝绸礼服，头上一顶与肩同宽的雪纺帽，一身珠光宝气。大凡冷笑了一声，装作不经意地提起："这孩子多乖巧，多机灵啊——花了不少钱吧？"

小男孩的妈妈听到这句话，脸上顿时露出了喜色，刻意摸了摸手上昂贵的戒指，边说边扭起微胖的身子："那可不——我和老公来虚空网快三年了。刚开始那会儿，我每天叫上一帮好姐妹，传送到各个地方疯玩，累了就回去做梦。日子开心得很！后来日子长了，唉，总觉得缺了点什么，怎么玩都没意思。常常一个人发呆，夜里还唉声叹气的，动不动就对老公发火。有时候好几个星期不跟他说话！"

"是不是觉得家里太冷清了？"

"可不是嘛！——突然有一天，老公对我说：'去要个孩子吧。'当时听到后，我眼泪哗的就下来了！我才明白，我们这种人，无论在虚空网里生活多久，都别想摆脱以前的世界！"

"不过要孩子的方法不多啊。"

"唉！——想要在虚空网里生个孩子，现在还没这技术。我和老公一合计，听说福利院的赛博孤儿特别多，就去虚空网的福利院领养一个好了。"

这都要拜"猎人"们所赐啊。大凡心里想到。

"哼，我们给院长塞了个大红包，院长立马安排我们看人。不一会儿，那些小孩子都排好队，七八个一组地让我们挑。大概看了三四十个吧，这个小孩一走过来，我们一眼就觉得他的眼睛最有灵气，像小星星一样，对着我们不停地眨啊眨。我和老公都觉得这个小孩不错。为了领他出来，可是交了一大笔赞助费呢！"小男孩的妈妈一边说话，一边得意地摸他的头，"我那帮姐妹啊，一看到我这个小孩，都夸我有福气！个个都抢着要去福利院呢！"

大凡知道，这位妈妈口中的福利院，其实是一个收容所。虚空网的世界里，赛博孤儿们像游魂一样飘荡，他们不知道自己从哪里来，又将去向何处。他们每天四处寻找栖息地，只求不被粗暴的收容队逮住，送到拥挤破败的福利院。

“你先跟老奶奶玩一会儿，妈妈接个电话啊。”小男孩的妈妈按了一下自己耳朵的通讯器，双眼的瞳孔顿时消失了，她闪到一旁，咯咯地笑着接了电话。

“老奶奶，求求你帮我。”小男孩突然转过头，对着大凡说话。

“你说什么？奶奶听不太清——”大凡假装自己耳背，心里却嘀咕，除了多送个气球给他，还有啥忙好帮。

“听说你是‘打捞者’。你能帮帮我吗，老奶奶？”小男孩眼里竟泛起泪花，“我不记得以前的事了。我要找以前的爸爸妈妈。”

大凡愣住了。

“我……不知道你在说什么呀，小朋友。”

“求求你了，只有你能帮我。”小男孩的妈妈在一旁说着“好好好”，就快打完电话了。

大凡说不出话，他的心像被电击了一下。

“求求你把信息屋的地址给我，我去找你，好吗？”小男孩简直快哭出声来。

大凡犹豫了一会儿，念出一长串地址代码。这是他的家，也是他的工作地点。

小男孩的妈妈刚好打完电话，扭过头来，冷冰冰的脸上又挤满笑容，她伸手拉住小男孩，歪一下脖子说：“时间不早了，快跟奶奶说再见！”

“奶奶再见！谢谢你的气球！”小男孩强装成开心的样子，向大凡摇摇手。

小男孩被妈妈拽着走进游乐园入口，他远远地回头望了大凡一眼。不一会儿，他们就消失在欢乐的人群里。

游乐园变幻成黑夜，闪闪发光的摩天轮，随音乐跳动的旋转木马，充斥着尖叫声的海盗船，就像加入了一场谁先数到一百的游戏，不停地转。

三

深秋的空气总是凉飕飕的。白桦树披着白霜外衣，一动不动。秋风吹过，金色的叶子便如涓涓细雨，落在荒草丛生的地上。

大凡拿着一杆双管猎枪，肩搭着几只野松鸡，优哉游哉地吹口哨。在信息屋里，他是一个西伯利亚大汉，拥有粗犷健硕的身形，一身褐色的猎人装，脚蹬一双山地靴，头戴一顶短檐毡帽。

小男孩坐在小木屋前的木桩上，百无聊赖地甩腿。

“你是老奶奶吗？我好喜欢你的信息屋。树林好漂亮！还能玩打猎游戏！”

大凡装作没听到，若无其事地走过小男孩的身边，先将猎物挂在屋檐下，再把猎枪靠在木墙上。

“你走吧，我不接你这样的委托。”

“老奶……不，大哥哥，你不能这样！”小男孩倏地一下站起来。

“你还小，不知道吧。我接的委托，都是大人们在虚空网里失踪了，亲戚朋友怀疑他们偷渡到现实世界里，遇到什么不测了，才来找我，去把他们‘捞’回来。”大凡转过身对小男孩说道。

“我不管！我就要你帮我！”小男孩焦急地跺脚。

“别闹！你先听我说，这件事太难了。你原来的人类本体可能早被‘猎人’杀害了！脑死亡了我压根没辙。”大凡双手一摊，表示无可奈何。

“要是我被送到福利院前，就是个赛博人呢?”小男孩噘起嘴巴，气呼呼地说。

“要是赛博人的话……”大凡说着便掏出烟斗，往里面塞着烟丝，再慢慢地用火柴点燃，“那就容易多了。模拟大脑一般是三防的，恢复起来比较容易。又不知道你‘生前’是人类还是赛博人，我才不去做费力不讨好的事呢。”

“妈妈给了我好多零花钱，妈妈说，这些钱都够普通家庭半年的开支了！我可以都给你！”

“这不是钱的问题……你一点线索都没有，我接了也白搭。”

“我有线索！我有一段记忆，可以给你当线索！”小男孩兴奋地举起了白嫩的小手。

大凡咂吧地猛吸一口烟斗，脸上的络腮胡子微微地颤抖。他很反感读取他人的记忆。每次读取他人的记忆，他都会意识到，自己甚至连一丁点残存的“生前”记忆都没有。一片空白的他，却在帮别人寻找失去的记忆。

大凡站在原地犹豫了一会儿，又叹了口气，走到小男孩的身边，举起手击向小男孩的手掌。

“我先看看吧。”

白桦林，小木屋，沼泽地，蓝天，大地，一切的光，都在击掌的一瞬间化作一列列量子位数据，消失在无垠的虚空量子网络里。

无尽的黑暗中，先是一个小小的光点出现，逐渐变成一个光晕，渐渐地扩大，所有的黑暗随之被这个光点吸了进去。

强光褪去，一个模糊的身影渐渐清晰。深色缁衣，两道神气的偃月眉，鹰钩鼻，花白胡子，老僧人的形象。

“——砰！”

老僧人中了枪，落入莲花池，溅起水花。池边高大的菩提树，洒下的阴影，遮住了一半的池子。一种特别的海鸟，长着两对翅膀，不断地在寺庙的上空盘旋，发出一阵阵哀嚎。

记忆转瞬即逝，图像越来越模糊，犹如一幅刚画好的水墨画被浇上了清水，不断洗刷。

“那是翼宿星的海鸟。”退出记忆后，小男孩依然站在木桩前。

“那个老和尚是谁？”大凡每次读取记忆，总是大汗淋漓，冰冷的汗水使得他在秋风中瑟瑟发抖。

“不知道呢。潮子说，这是我仅存的记忆。”

“潮子是谁？”

“哦，潮子是一个了不起的人呢！她在虚空网里帮我找回了这段记忆，还介绍了你呢！她还说，到了翼宿星，尽管找她帮忙！”

大凡记得好像在哪里听过这个名字，想了一会儿，终于决定接下这单生意。

“我试试看吧。”

“耶！好棒好棒！”小男孩拍了拍小手，站在原地转起圈子来。

临走时，小男孩给了大凡一笔数额不小的钱，还留下了潮子的地址——翼宿星港口的“春晖梦坊”。

大凡挑选一艘星际船准备偷渡。嗯，“纸鸢号”不错，就像一只铁制的风筝，小船厂最喜欢仿造的型号，容易组装，造价低廉。海关根本不会理会这种小货船。在货舱里装一个非法的数据传输装置，就可以让赛博人完美偷渡。

跟船老大谈好价钱，再让他把需要的装备也买好。

到了约定时间，大凡走进小木屋，把门轻轻关上。

开始传输。

四

小客船很快开到了目的地。

发光的“春晖梦坊”旗子挂在粗壮的棕榈树上，一间不起眼的石砖铺子门口，挂着一张很大的黑色帘子，一个大大的白色“梦”字写在上面。

大凡叫船家停下，一跃跳过岸边的扶桑花，几步就走到几个身穿花衬衫的光头大汉面前。他们敞着领口，露出胸口的大金链子和刺青，不停地打量过路的行人。大凡给其中一个像是领头的使了个眼色。大汉心领神会，撩起门前的帘子，示意让大凡赶紧进去。其他人则在旁边望着风。

迷幻的霓虹灯光刺眼地射过来。大凡用手挡住亮光，快步走进梦坊。

梦坊里摆放着一排排散发不同亮光的“松井牌”生命维持器。亮光的颜色反映脑负荷指数。蓝色代表脚踏车速度，绿色代表刚刚起飞，橙色代表急速狂飙，红色代表冲上云霄。五颜六色的灯光，照亮了玻璃后面扭曲的脸。

店伙计见大凡面生，盛情地迎了上来，不停地点头哈腰：“客官，看样子，您是第一次来小店吧？您是喜欢哪种类型的梦呢？我们这里有言情，武侠，职场，历史等等，我看您斯斯文文的，像个学生，应该打怪升级是不错……”

“都不用，我来找个人。”大凡给店伙计浇了盆冷水，“找潮子。”

店伙计刚才还热情洋溢的笑脸，瞬间冻住了。“那您先等会儿，我这就去叫她。”

大凡对这种地方再熟悉不过了。一台造梦机器，几根数据线，上万套完美无缺的梦程序。交过钱，你就可以舒舒服服地躺在生命维持器里，连接上造梦机器。机器轰鸣，开始读档。一切都会变得异常美好。

大凡见过一口气缴费让自己做四年梦的人，见过没钱续费在梦醒之后当场自杀的人，见过有人做了违禁的梦最后身体超负荷暴毙在生命维持器里，也见过有人亲手打死前来强行拔掉数据线的亲友。

一股生命维持液刺鼻的味道飘了过来。不远处，一台生命维持器发出砰的一声，冷气从底座排出，顶盖缓缓地打开。

维持器里猛地坐起一个湿漉漉的黑发女子，她尖叫了一声，身体不断抽搐，好似被电击了一般，身上的潜水服也莫名膨胀开来。大凡知道，这是梦坊特有的唤醒程序。要她爬起来都费劲，还是自己走过去吧。

走到她身边后，女子也平静了许多，大凡这才看清她的面貌。一双茫然的丹凤眼，高高的鼻尖还在往下滴维持液，有些滴到了毫无血色的嘴唇上。脑后的头发里突出了三个排成倒三角形的接入口。人类想要接入虚空网的梦程序，可真比赛博人麻烦多了。奇怪的是，她的潜水服手臂的位置破破烂烂，隐约能看到静脉上不少的针口。

又一个虚空梦境不适综合征患者。

突然，女子毫无征兆地抬起手扇了大凡一个响亮的耳光。

大凡还没反应过来怎么回事，捂着脸惊讶地看着对方。这人做梦做疯了吧！现实和梦境分不清了？

“你丫怎么了！线都拔掉了你知道吗？”大凡向对方怒吼。

“你怎么才来？”女子直勾勾地看着大凡，“我就是潮子。”

“我……”大凡说不出话来。长期缺乏日晒的潮子，竟如此白皙冷艳。

“你就是‘打捞者’。来找我帮忙，对吧？”

“是的，我就是。我想……”.

“你想找那些‘遗体’的资料，对吧？”潮子不等大凡把话说完，又抛出一句。

“对对对，你说的都对！”大凡不耐烦了，他讨厌说话被别人不停打断。

“跟你这么说吧，只要是这颗星球上联入虚空网的资料，我都有。哪怕是警察局和银行。”潮子并不理会大凡，接着说下去。

“警察局和银行我都不需要……”

“我知道，你要的是殡仪馆的资料。”

“……没错，我要你帮忙找……”

“我知道，找那些无人认领的赛博体，还有那些下落不明的赛博体。你就想要他们的大脑。”

大凡真没想到眼前的这个潮子，竟然懂这么多。

“你们干的活真没意思。每天背个包，跑到殡仪馆，从一个个箱子里找出那些赛博体，往他们脑壳一插，强行把数据恢复。最后你们带着一块硬盘就去交差了。哈哈，要是那些赛博体掉到河里了，你们也会下水去捞吧？不然怎么叫‘打捞者’呢？”潮子说完，笑得短发都甩了起来。

“我们有自己的‘活法’。”大凡说这句话的时候，居然有点底气不足。

“活着？你们赛博人是不是只要硬件没有弄坏，就永远想死也死不了？哦，不对，应该是想消失也会被你们‘捞’回来。”潮子用手遮住嘴巴，笑得更厉害了，“好可悲。”

“那你们人类想消失就消失，就比我们活得好吗？”大凡无数次跟别人讨论话题，只要每次他词穷的时候，都会反问对方活得好吗。真的，屡试不爽。

潮子听了，先是哈哈一笑，抬手又给了大凡一个耳光。

“废话这么多！你还要不要资料了！”潮子两只手互相搓着，看来打得手都疼了，“小心哪天你就因为话太多，也掉水里了！”

“借你吉言！我要掉水里了，也不会忘了找你打回两个耳光！”大凡摸着自己发烫的脸。

潮子从潜水服的兜里掏出了一小块芯片，伸到大凡面前，然后把头扭开。“你要的资料就在这里。”

大凡接过芯片一看，上面印着一个红蓝相间的热气球，他轻声地说：“我反正没有‘生前’的记忆，出现在虚空网里就是个意外。既然出现是个意外，那么消失也不会意外。”

“别跟我说这些，我不感兴趣!”潮子熟练地给自己接上数据线，又准备躺进恒温的蓝色维持液里，“撒扬娜拉!”

五

船老大很喜欢钓鱼。

每次星际跑船结束，他都会在“纸鸢号”船头架一把钓竿，搬一张折叠凳，一只手拿着碳纤维钓竿，另一只手夹着薄荷味低尼古丁香烟，一坐好几个小时。

港口的污染让近海域里的鱼无法生存。绿色的海水只适合以浮游生物为食的翼宿星鱼生存。每天都有远洋捕鱼船出海运作，去捕捉那种比鲸鱼个头还要大，肉质还要鲜美的翼宿星鱼。

船老大从小长大的捕鱼船上，传诵着一首古老的曲调：

“老渔翁，一钓竿，靠山崖，傍水湾；扁舟来往无牵绊。沙鸥点点轻波远，荻港萧萧白昼寒，高歌一曲斜阳晚。一霎时波摇金影，蓦抬头月上东山。”

唯有这首曲调，才能让船老大暂时忘记鱼腥味的童年。

也不管能不能钓到鱼，抽完半包烟后，黄昏彻底被黑夜吞没。

靠港的第一个晚上，他都会去陶氏酒吧，一口气喝下一大杯冒泡的黑啤，配上六成熟的果木烤肉，旁边还有爵士乐队。“乖乖，那滋味……”一想到这，船老大的口水都快滴下来了。

草草地收拾一下渔具，远远看见大凡吹着口哨回来了。

“老弟，走！哥带你去酒吧潇洒！有酒喝，有肉吃，有曲听!”

船老大兴冲冲地跑到客舱里，却看见大凡瘫坐在藤椅里，一动不动。

应该是进入休眠模式了吧。船老大悻悻地说了一句：“今宵有酒今朝醉啊。赛博人真他妈没意思。”

萨克斯和长号激昂齐鸣，钢琴灵动地响起。酒客们在昏暗的陶氏酒吧里大口地喝酒，嘶声聊天。

船老大一屁股坐到吧台上，冲着吧台伙计说："小白脸！照旧！"

被叫做小白脸的伙计看了他一眼，拧开酒龙头，给船老大上了一杯满满的黑啤。

船老大咕噜噜地喝下一大口，把杯子啪的一声拍在台上。"最近客人多吗？"

"最近有点冷清——不过你运气好，这几天来了个有钱的主儿。"

"哼，我哪天运气不好？"船老大又喝下一大口。

"给自己积点德吧。"小白脸一边擦拭酒杯，一边说道。

"少废话！"船老大连啤酒花也喝下去，"快给我资料！"

酒吧伙计从桌子底下拿出一块芯片，垫在他要的第二杯啤酒下面。

"慢慢喝。注意喝干净。"

第二天的宿醉让船老大头痛欲裂。他简单洗了把脸，再把昨晚地板上的呕吐物打扫干净。打开衣柜，穿好衣服。

路过客舱的时候，看见舱门没关好，大凡还是一动不动。没想到赛博人睡觉的时间比老子还长。

头疼减轻了好多，该上路了。

庙街市场是港口最热闹的集市。通路两旁挂满形形色色的广告招牌。混凝土楼房之间，拉满杂乱的电线。马路的中央，也搭满帆布大棚，底下要么是大排档，要么就是水果摊。脚下污水横流，行人摩肩接踵，挤得船老大一身燥热，巴不得脱掉上衣。

船老大挤过人群，拐进一条巷口在卖烧腊熟食的巷子，来到一家写着"百分百地球进口"的宠物店。门上挂着十几只叽叽喳喳的鸟笼，门口则摆了好几个硕大的玻璃鱼缸，往里走又是猫猫狗狗的叫声。

“老板！有放生动物吗？”

“有有有，乌龟放生最好！”

“好！你给我挑一只！得有灵气！给我装在小箱子里啊。”

“好嘞！”店老板最喜欢船老大这种爽快的客人了。

净澜寺就在庙街的尽头。

船老大猜过寺庙很小，却没想到这么小。净澜寺悄悄地躲在一家大型超市的后面，不细心找的话，还以为那是当地的城隍庙。寺庙两侧开满了各式各样的小摊，解签算命，翼宿星鱼刺身，太空腌菜，等等。

寺庙的大门却一直紧闭，船老大敲了好久的门都无人应答，又问了门口旁边卖香纸烛灯的小贩。小贩只道不清楚。

船老大正犯愁怎么办呢，大门的侧门突然开了，一个小和尚露出头来。

“小师父！嘿嘿，是我敲的门！我娘病了，我来放个生，给我娘祈福！我放了生就走，绝不打扰你们！”

小和尚长得很清秀，只是神情略微有些沉重，听到船老大的要求，倒也爽快，双手合十鞠个躬，就领着船老大进去了。

寺庙十分幽静，石板也被扫得一尘不染。没想到寺庙虽小，五脏俱全。天王殿，大雄宝殿，鼓楼，钟楼，罗汉堂，斋堂，讲经堂，基本的建筑整整齐齐。

路上，船老大发现小和尚的脑后有一个掩盖得非常好的口子，那是一个数据接入口。小白脸给的情报没错。

禅房在寺庙的最深处，走过一个门廊，一棵高高的菩提树旁边，坐落着一间低矮的禅房。禅房的门口，盛开了一池莲花。

小和尚鞠了个躬，转身便离开了。

船老大昨晚做了一个梦。梦见自己和儿时的玩伴在港口的仓库里玩捉迷藏。突然，一个黑衣人从身后出现，一把将他抓住，先反绑他的手，再用胶布贴住他的嘴，扔进了小客船。不知过了多久，黑衣人把他带到一个昏暗的房间里，旁边的军方退役纳米级扫描机突突地响。阴暗的角落里，堆着十几具小孩子的尸体，脑袋统统被扫描机灼伤得脑浆四溢。

这些该死的猎人。

船老大看着眼前的莲花出了神。突然，一个跌跌撞撞的身影从旁边的禅房闯出来。

这次的活儿真是轻松。

星祁法师这么快就出现了，而且四周也没有其他人。

"——砰!"

说几句上路的话，开枪，收工。

这才是船老大熟悉的工作流程。

船老大还是把箱子里的小乌龟放到了莲花池里。他闻到一股恶臭，这是赛博体才有的恶臭。他没想到，杀掉的这个星祁法师，这个黑市里臭名昭著的猎人，也是个赛博人。

他收钱办事，从来不问为什么，也不问委托人是谁。

现在，他可以把芯片还给小白脸，再美美地喝上一杯。

六

从梦坊的后门溜出来，大凡悄无声息地钻进小巷。沧桑的青石板，被街边一串串大红灯笼扑上了一层粉。野狗在巷子里蹿来蹿去。家家户户都挂着巨大的翼宿星海鱼骨架，用来辟邪祈福。

海港的方向并不难找，空气中海水咸涩的味道越来越重，海浪拍打港口的声音渐渐清晰。

大凡用口哨吹了三四首曲子，就看到了“纸鸢号”死气沉沉地趴在口岸。远远地看见船老大蹲在甲板上，折腾着什么东西。

等走近了，船老大看见大凡，刷的一下站起身，趴在栏杆上就喊：“喂——大兄弟！——一起去喝几杯！”

大凡摆摆手，大声回应：“赛博体太烂了！——经不起折腾！——喝不了！”

船老大听到回应，甩了甩手。

大凡爬上“纸鸢号”，径直走向客舱。客舱就在驾驶室后面，紧挨着船老大的主舱。没想到船老大看上去邋遢，却把主客舱擦得干干净净。打开舱门，只见里面摆着一把老旧的藤椅，还有一张小木床。

大凡把手提包扔到床上，转身瘫坐在藤椅里，发出吱呀的一声。他从手提包翻出充电器接到电源口，给自己的赛博体充能。

大凡喜欢把赛博体切换至休眠状态下充能，暂时切断赛博体的供应电源后，突然一下子任何东西任何感觉任何思绪都凭空消失了，整个世界都不存在了。哪怕这个过程只有短短的一秒钟，重新接上电源的那一刹那，大凡觉得自己又重生了，自己又活了一次。而在虚空网永不断电的服务器里，他却只能无限地存在。

每次定时唤醒赛博体，大凡都会躺在地上傻笑好久。

就像中了头奖，这感觉美妙极了。

大凡把芯片插上模拟大脑。他得抓紧这难得的时间，看看资料。

芯片的内容读取很快，大凡不一会儿就看到眼前的亮光。

图像渐渐清晰，大凡已经站在一座巨大的穹顶式玻璃馆的门前。蓝色的玻璃幕墙高耸入云，反射强烈的光芒。走进网状钢筋大门后，空旷的大厅有几十个游乐园广场般宽敞，地板铺满淡黄色大理石，大厅中央树立起两排烟囱般高大的灰色罗马柱，直直地通向发出淡白光的穹顶。

大凡漫无目的地行走在柱子中间的廊道上，前方根本看不见大厅的尽头。走着走着，空旷的大厅莫名回荡起虚无缥缈的管弦乐乐声。

乐声仿佛一直在引导着大凡，大凡脚下越来越不听使唤，脚步越来越快，柱子上的浮雕不停变化造型。古罗马神话诸神一一出现。

终于，大凡意识到，脚下的大理石地板开始扭曲，渐渐地形成一个深坑，自己的双脚却不断地朝前踏步。

“不好！——这是陷阱程序！”

等到发现这一切时，大凡已经控制不住自己。他眼睁睁看着自己随着整座资料馆，深深地陷入无底黑洞之中。

不知在黑暗中过了多久，一阵翼宿星海鸟的叫声惊醒了大凡。

空气里弥漫着一股檀木和书卷的清香。灼热的阳光透过木窗探进来，照在墙上一幅古朴的“禅”字上，两侧还悬挂着一副草书写就的古联：

“千江有水千江月，万里无云万里天。”

大凡盘腿坐在一间空荡荡的禅房里，身上是缁色僧衣，手里握着一串朱色佛珠，古旧的木鱼和几卷佛经放在面前的几案上。

难道陷阱程序里还有一个其他的程序不成?

刚要站起身，却发现自己的身子不听使唤，浑身有气无力。大凡赶紧撩起袖口看看自己的手臂，瘦骨嶙峋，皮肤上遍布老人斑。又摸了把脸，皱巴巴的，还有满腮的花白胡子。

大凡愣住了，自己究竟是仍然陷在陷阱程序里，还是被传送到了一个陌生的赛博体里?

适应老迈的身体并不容易，大凡喘了几口粗气，勉强站起身，费力地打开房门。刺眼的阳光下，门前正值盛放的莲花扑面而来。

一池鲜艳的莲花，一圈白色的石头栏杆，池后黄色的围墙上硕大的“南无阿弥陀佛”字样，池子中央一头栩栩如生的石龟。真见鬼了，这场景跟小男孩的记忆一模一样。

难道自己困在了小男孩的记忆里？

来不及多想，大凡拖着自己沉重的身子，步履蹒跚地走到池子边，想去看看池子里倒映的人影。

没错，偃月眉，鹰钩鼻，花白胡子。自己变成了小男孩记忆里的老僧人。

大凡趴在栏杆上，默默地看着自己，一声不吭。

“星祁法师，老子来帮你个忙。”正发呆，一个熟悉的声音突然从身后传来。

大凡转身一看。啊，这不是船老大吗？只见他套一件黑色的长摆风衣，戴着一副墨镜，左手提一个透明箱子，右手插在风衣的衣领里。

船老大面无表情地站在禅房的屋檐下，冷冷地看着大凡。“老子来帮你超出轮回。”

大凡刚想喊出“船老大”，还没来得及开口，船老大娴熟地从风衣内掏出一把手枪，对准大凡。

“——砰！”

一阵剧烈的疼痛感穿透了他的胸腔，巨大的冲击力使他向身后的池子倒下去，他拼命地想抓住池边的栏杆，却只抓住水面上莲叶高高立起的根茎。柔软的莲叶支撑不住他的身躯，他慢慢地沉入池底。他的身体动弹不得。混着泥沙的池水颜色变得越来越深，好几条惊吓到的锦鲤离他远去。

池水渐渐浑浊，眼前的光越来越暗。池水迅速涌进了他的赛博体内，电路短路的火花闪闪发光。

闭眼前，大凡想起，他曾经狩猎过一只麋鹿。

顶着硕大鹿角的麋鹿，在那片白桦林间的沼泽地中了枪，它向前跳了几步，突然四肢瘫软，倒在沼泽里。直到麋鹿完全陷入沼泽之前，它的鼻孔依然吐着热气。

真希望这场梦赶紧醒来。

七

潮子坐在黑色牛皮包裹的木椅上，大方桌上摞起金箔细密画手抄本，身后是镶嵌彩色玻璃的落地窗。天花板上画着土耳其英雄的壁画，取书活木梯架在室内环绕的书架上，脚下则是织满鲜花的奥斯曼宫殿地毯。

潮子轻轻地戴上金丝面罩，只露出一双画了金粉眼线的深蓝色眼睛，她把红色的花纹丝绸披肩整理好，向门口唤道："哈米特，让客人进来。"

一个头戴白色高筒毡帽，身穿黑色长袍和白色灯笼裤的中年管家打开了房门，微微鞠了一躬，再重新把门合上，转身离开。

潮子不喜欢别人在她编梦程序时打扰她。她喜欢写梦的时候，让哈米特回绝一切访客，自己坐在这间信息屋里，伸手可触书架上的梦程序素材，宽大的桌面上可以用鹅毛笔在白纸上肆意挥洒。偷懒的时候可以吸几口水烟，烦躁的时候可以打开窗户看看红蓝相间的热气球缓缓地飞过平静的海峡。

在这间屋子里，她写过波澜壮阔的文明史诗，写过荡气回肠的英雄传奇，写过缠绵悱恻的爱情故事，写过百感交织的市井生活。

而在那场意外后，一切都改变了。

有一天，她在读了几千套梦程序之后，突然立志要写出一幅跨越时空，超越历史的银河画卷。

“我要用自己的笔写出最美的梦！”

从那天起，她把自己关在信息屋里，没日没夜地写梦。

“主人，您不能再继续运行了。您已经超负荷运行三个月了。”老管家哈米特诚恳地劝她。

“住嘴！我还需要更多的素材！写出更美的梦！”

“主人，信息屋里所有的素材都用完了……”

“那就再去找！花多少钱都行！”潮子懊恼地将书扔到地上。

“遵命，主人。”哈米特暗自叹了口气，默默地退下去。

“我现在才刚刚开了个头！我要写出虚空网里最美的梦！”

电击唤醒身体后，身处充满恶臭和刺眼亮光的梦坊。

生命维持器紧急制动停机后，凶巴巴的店伙计都会冲到面前，举起拳头威胁她不要把机子弄坏了，否则要她好看。

她觉得这才是一场梦。

“哈米特，你会永远跟随我吗？”

“当然！主人，您……怎么突然这么问……”哈米特疑惑不解，“出什么事了吗？主人，只要能上帮忙，哈米特一定赴汤蹈火！”

“……没什么事，你退下吧。”潮子不禁感慨，就连信息屋的程序管家，也比现实的人更有人情味。

也许我也该去赛博化。只有这样，我才能永远地浸泡在信息的海洋里。

“喂，你知道哪里能赛博化吗?”潮子惊奇地发现，自己在现实世界认识的人少得可怜，店伙计都快成她的家人了。

店伙计听到后，狡黠地舔了一下舌头：“嘿嘿，算你问对人了。我有一个朋友，就开这种诊所。扫描机就装在‘回春大药堂’楼上。那台扫描机卫生可靠，而且剩下的遗体还能帮你卖掉，一条龙服务。我介绍你过去，还能给你打个折。”

通往黑诊所的楼梯狭窄阴暗，楼道的墙上贴满厕所疏通队和梦病诊治的牛皮癣广告。楼上传来扫描机的轰鸣和小孩子的哀叫。

在踏上楼梯的那一刻，她放弃了。

只有浸泡在蓝色的生命维持液里，她才有真实感。

“哈米特，准备超负荷运行，开足马力，我们要大干一场。”

“主人，您……”哈米特迟疑了，“这样很危险啊。”

“我要更多的信息，更多的素材。我没有选择。”

翼宿星的虚空网中央服务器是一座冰冷的石墨烯城市。成千上万透明的摩天大厦组成了这座矩阵城市。远远地看，像一座冰雕的山峰，服务器的核心位于顶峰。冰冷的石墨烯大厦吸收着光线，源源不断地将光线输送到发出最亮光芒的核心。

潮子乘着滑翔翼，在空中流畅地划过。

这是她第九百七十三万六千六百次攻击。她的滑翔翼越来越大，速度越来越快。她已经用“马其顿战车”将外墙安全系统炸出了一个小口，现在必须赶在登录端口打开时留下缝隙的那一瞬间进入。而量子算法让她只能在随机函数下不停攻击，直到找出那个缝隙。

再快点，再快点。

只要能触摸到石墨烯大厦，哪怕就一下。

脑血管爆裂的时候只是轰的一下。

潮子剩下的印象，就只有破碎的记忆。

坐在轮椅上看着花坛，日复一日地泡在营养液里，长长的机械手臂给她注射纳米机器人清除血栓，店伙计气急败坏地把她从维持器里捞出来。

一切都结束了。

唯一不变的，就只有这间信息屋。

“主人，您回来了！……哈米特心里高兴！……”程序构成的哈米特，竟在潮子的面前泣不成声。

康复后，她写出的梦再也没有灵气，没有灵魂，也没有故事。于是她转行当了“代笔人”。根据客户的要求量身打造，用满屋子的素材书写一个个流水线作业的梦。

催款的信息每天都来。她不能停止书写。

“哈米特，又是那个委托人吗？”

“是的，主人，这次他亲自过来。”

“真是奇了怪，见过这么多客户，就只有这个家伙，还没见面就汇了一大笔钱过来。”

“也许是他非常相信主人您呢。”

潮子接过客户给她的要求时，她倒吸了一口凉气。

“写出一段记忆，再写出一间资料馆，在里面埋藏一个陷阱程序。而且要将芯片交给一个‘打捞者’，让他相信他要的资料都在里面。”

从来没有客户知晓她的过去，更不会有人要她演戏。

但是看到那笔数目巨大的钱款时，她还是接下了。

当大凡来找她的时候，她扇了大凡一个耳光，手掌的疼痛感让她确信这是另一个世界。大凡临走的时候，她又附赠他一个耳光，费心地用这个耳光来告别这个世界。然后回去接收余款。

潮子清楚地记得，推开那扇雕花木门的委托人，是一个清秀机灵的小和尚。

八

破晓时分，小和尚早早地起了。

净澜寺在清晨格外宁静，庭院里笼罩着一层灰蒙蒙的雾。

敲过钟后，小和尚走到柴门拿起笤帚，提着木桶，来到庭院。正值盛夏，落叶不多。先是草草扫一遍，接着便慢慢地洒水，最后仔仔细细地再扫一遍。庭院扫毕，进到大雄宝殿，擦拭金身佛像后，进今日的第一支香，再咏诵楞严咒十遍。

“南无萨怛他，苏伽多耶，阿啰诃帝，三藐三菩陀写。

南无萨怛他，佛陀俱胝，瑟尼钐。

……”

每一遍，他都念得格外认真。

间歇的时候，他就扎到菩提树下的野草堆里，捕几只小虫子。

今天，是两只还在睡梦中的蟋蟀。

小和尚忍不住回想起几天前的事情。

那天晌午时候，寺外突然警笛声大作。寺门被人哐哐地用力猛砸。

小和尚刚把门打开一条细缝，寺门就被外面的人狠狠地推开。小和尚没有防备，哎哟一声倒在地上。定睛一看，一伙穿着黑色制服的警察气势汹汹地闯了进来。

为首的高个儿警察走过来，一把拎起小和尚，皮笑肉不笑地问他：“小师父，星琦法师在哪？带我们去见他吧。”其他人并不理会他们二人，迅速分散成环状队形，每个人都在快速地观察着寺院的布局，手却一直放在腰间的手枪上。

“你们两个跟着我，其他人守好出口！”高个儿警察表情阴森森的，向其他人挥了一下手。

天气格外闷热，乌云悄悄地聚拢，蜻蜓也飞得很低很低。

小和尚战战兢兢，领着高个儿警察一行很快就到了禅房。师父这段时间一直都在禅房闭关，要找他并不难。

门前通报后，高个儿警察一行人就进去了。

星琦法师安静地坐在蒲团上，紧闭双眼，口里念念有词，手里不停转动佛珠。

“哎呀星琦法师，多日不见了，您老还是这么仙风道骨啊。”高个儿连忙拱手作揖，满脸赔笑。

“马警官，别来无恙啊。来小寺有何指教？”

“嘿嘿，指教谈不上，就想问您几个问题。希望您配合一下我们的工作。”

星琦法师看了一眼小和尚，挥挥手，示意让他出去。

小和尚等到警察一行人走后，端着午膳回到禅房。

“师父，您用膳吧。”小和尚把餐盘轻轻放在师父面前的几案上，却发现师父的脸色格外的苍白。

见师父一言不发，小和尚便退出了房门。他坐在门外的栏杆上，等着师父用完午膳后收拾碗筷，却依稀听到师父在喃喃自语：“太可恶了，太可恶了……已经盯上我了……走不掉了，走不掉了……”

那天，小和尚一只蜻蜓也没有逮到。

次日，马警官又带人来了。

匆匆跟星琦法师谈完话，马警官就找到小和尚，说是要跟他聊聊天。

“小师父，你来寺里多久了？”马警官点燃了一根烟，故作轻松地问道。

“不知道，师父跟我说，我很小的时候就被父母送到寺里了。

“哦哦，你那些师兄弟呢？怎么都没看到哇？”

“这个也不知道，师父跟我说，师兄们都还俗啦。”

马警官听罢，点了点头：“那你之后没再见过他们了吧？我是说，他们有没有留下‘遗体’什么的？”

“什么意思？还俗还会留下‘遗体’的？”小和尚很是不解。

“咳咳，没有没有，我只是打听一下。”马警官狠狠地吸了一口烟，高高的颧骨显得更加突出，“没事了，你忙去吧。我们也走了。”

黄色的瓦砾被照得熠熠生辉，一只懒散的野猫趴在屋脊上休憩。

下午刚诵完经，师父便叫他到禅房里。

师父盘坐在屋内的阴影里，头慢慢地转过来。这几日来，原本消瘦的脸颊，看起来更加无神，苍白的胡须也杂乱不堪，眼里竟还噙着泪水。

星琦法师看着小和尚，声音颤抖地说道：“师父将不久于人世矣。”

“师父！”小和尚扑通一声便跪倒在地，他茫然失措，完全不知道究竟发生了什么。

“为师此生修行，既成不了佛，也做不成人。”

“恕徒儿愚钝，不知师父是指什么？”小和尚跪在地上，彻底迷糊了。

“待我圆寂，待我转世。我的肉身将不存在于世上，但我也将永存于世上。”

小和尚从记事起，寺庙就是他的家，师父就是他的父亲。他从小无依无靠，却也无忧无虑。每天做的事情一成不变，却让他感到无比充实。他以为只要把庭院打扫好，把佛身擦亮，把佛经念熟，生活就会一直这样美好。

可是记忆里，每次师父带师兄他们去过一家诊所之后，师兄们就悄然失去了音讯。师父说，这是让他们“还俗”。而他肩上的活，也越来越繁重。

傍晚时候，师父出去了一趟，夜里回来时走路摇摇晃晃，一身酒气。

翼宿星的晚上有两个月亮。庭院的两只水缸，一只漂浮新月，另一只则盛放满月。

小和尚把晚膳送到师父禅房里。只见师父纹丝不动，脑后的数据线闪闪发光。

“我将弃离肉身。从此，我便不是我，我也是我。”

师父脑后的数据线已经准备完毕。

“你到虚空网里，找到一个叫潮子的人，她住在奥斯曼宫殿的书房里。把纸条上的话转达给她。我走后，留下我这副赛博体。会有其他人转世而来。我今生的罪孽，将由他替我承担。”

小和尚依旧一头雾水，WJG也只得接过纸条，连LPK点头。

师父还说，到了虚空网，师父就可以转世，做一个无忧无虑的小男孩，可以去游乐园玩旋转木马，可以买到漂亮的气球，还会有一个很爱他的妈妈。

吾爱永生

王元

苦难验证爱。

——冯骥才

在一个一切都有可能的宇宙中，没有任何东西具有任何道德意义。

——拉利·尼万

零

“老家哪儿的?”陈坦端来一杯沏好的普洱放在茶几上，轻轻推给年轻的访客。后者立刻伸出双手来接，同时颔首致意。陈坦摆摆枯枝般瘦骨嶙峋的右手，示意他不必客气，从一进门，他就用规矩约束着自己，举手投足都毕恭毕敬，但看得出来，他的客气僵化在表面。活了一辈子，陈坦还是能够看出这点端倪。毕竟，这种不好推脱的差事换谁都会心生怨气。

“河北。”

“我在河北保定易县待过几年。狼牙山五壮士知道吧，就在那儿。”陈坦拉了些家常。

“我是邯郸的，老家在大名县。”

“怎么称呼?”

“我姓王，叫王元。您就叫我小王。”年轻人掏出录音笔，记事本和钢笔。

“小王？只有大王才能压制住你啊。”陈坦看着他那一摊子东西，“看来今天是逃不过了?”

“您就简单讲一讲，回去之后我会根据您的口述进行二次创作，然后拿给您过目。”他说得诚恳又无奈，陈坦不愿意为难年轻人。都怪他那个在出版社当主任的学生，非要给他出什么自传。不过，借着这个机会梳理一下往事也不错。想到这里，陈坦心里平静的湖面竟然涌动起来，一波又一波的倾诉欲望涟漪般荡开。人老了嘛，就爱唠叨几句，难得有一双送上门的耳朵。

“也没啥可说的啊?”陈坦轻轻挠了一下披着稀疏白发的头顶。

“没什么，您就随便说说。最好能多讲讲您和佘曼女士的相爱经历。”

陈坦端起茶杯，轻轻向杯口吹拂几口气，茶叶随着水面的波动开始轻盈地舞蹈。他跷起二郎腿，呷了一口茶，气定神闲，道：“从何说起呢?”

壹

1957年，进平市，北方一座旧城，严寒而坚硬的冬天。

我因为发表了一篇名为《拜访爱因斯坦》的论文而被外界所熟知，同时也接到美国一所大学的邀请。我大学在清华大学物理系及研究院学习，后来去加拿大多伦多大学应用数学系学习，获得博士学位，之后在加州理工学院喷射推进研究所担任了几年工程师。发出邀请的就是加州理工学院。论文讲的是我关于相对论的研究，之所以能引起多方关注，是因为我提出了一个时空穿梭可行的理论，说白了，就是我发表声明告诉世界我要制造时间机器。这一举措立刻引来全世界物理学家引颈围观，有人表示友好而疏远的支持，有人则在公共场所指责我是一个不折不扣的物理神棍和科学小丑。

客观讲，美国无疑会为我的研究提供巨大便利，但是研究成果恐怕也就搁浅在那边，跟我一样不能回国。留下来，意味着忠于祖国，但也有可能徒劳一生而鲜有建树。去与不去，这是一个问题。在当时的我看来，不亚于哈姆雷特的生与死。我这个人向来有选择焦虑症，早点吃馒头还是包子都能犹豫三分钟，别说这样艰深的问题了。这件事噎在我心里，久久不能消化。

王元在本子上快速记下几行字，抬起头问道："但是您后来还是选择留在中国。这点让我非常钦佩，多少人想方设法往美国跑，您坚守了自己对祖国的热爱。"

"跟年代有关，当时我们很多留美的学生，回来的时候都遭到美方'挽留'，可大部分人还是突破重重枷锁回到祖国怀抱。时代就像一条河，人们都是里面的游鱼。你如果看过我的资料，就知道后来我的研究一直搁浅在理论阶段。鱼与熊掌不可兼得。"

"我们许主任跟我交代，让您多说点跟佘曼女士的感情生活。"

"哈哈。"陈坦笑了两声，"你大概只知道你们许主任是我的学生，不知道，他还是我的情敌吧。"

从王元睁大的眼睛里，陈坦看见自己饱经沧桑的面容。

可以这么说，遇见佘曼之前，我的生活只有物理学，遇见佘曼之后，我的生活只有物理学和佘曼。

起初，我天天在实验室度日。有个成语叫度日如年，我们实验室的人常常开玩笑说我是度年如日，意思是我每天不干别的，没有兴趣爱好，没有应酬交际，如果不是他们叫我吃饭，我根本意识不到肚子饿。那种全身心投入的热爱，至今都让我着迷。别人所谓的清苦，在我品来却无比甘冽。知道自己这辈子想要什么是一个人最大的幸运和幸福。

1955年春节刚过，校长找到我们研究小组，让我们出去讲讲课，美其名曰拓展思维，多跟新生代的同学们碰撞一下，说不定会产生意外的星火，趁势就能燎原。他旁敲侧击，说得天花乱坠，其实就是想利用我们减少外聘教授开支。那年头可不比现在要啥有啥，我们那时候是叫花子搬家——一无所有。唯一富裕的就是那一腔热血。校长都出马了，我们也只好出去讲课，好让外人看来我们不是吃白饭的，因为说是研究，一直没有公布出像样的成果。校长让我们出去讲课，也有这层安排。他是个老好人，却遭遇了那样的不幸。

冥冥之中，早已注定吧。我遇见了佘曼，她当时只是大一的新生。

“不管是活着还是死去的，爱因斯坦无疑是这个世界上最伟大的科学家，之一。”我每节课开始之前，都以这句话作为开场白，后来有学生给我起了一个外号，叫我“陈因斯坦”。还有学生打趣说我名字里的“坦”字就是从爱因斯坦这化来的。这纯粹是胡闹，给我起名的是我中过举的爷爷，寓意人生道路平坦无阻。

我根本不备课，就在上课之前瞟一眼课本，课堂上自由发挥，也不管他们是不是听懂，扔出一道题目让他们去解答，直到有人解析出答案，再往下进行课程。我故意把题出得很简单，但是却蒙上一层迷惑的面纱。这就好像是一道貌似几何的代数题，搞乱他们的阵营和方向。

一个月过去了，不仅仅是我教的那个班，其他班上的人，甚至是研究生也加入了解题的行列。这在当时形成一种风尚，就好像一首突然流行起来的歌曲，每个人都会不由自主地哼唱两句。一个月之后终于有学生给出答案，没错，那个学生就是佘曼。我刚开始只是以为她运气好而已，并没有太在意。

第二道题，佘曼用了两个星期。

第三道题，佘曼已经提速到五天。一时间，学校里都知道了那个聪明过人的大一女生，她的才貌双全，让许多男同学为之着迷。当然，一时间也怨声四起，因为出现了多起分手事件。许多双眼睛都在盯着佘曼，但大多数并不是以她为“猎物”，而是想看看她花落谁家。她就像那道物理题，突然流行起来。

第四道题，我刻意加深了难度，在那层面纱之后又蒙上一层面纱，就好像在岔路后面加设岔路，难度几何倍数地增加。出乎所有人意料的是，我刚刚在黑板上写出题目，佘曼就自信满满地走到讲台上，当场演算出答案。

所有学生都目瞪口呆，我也张大嘴巴，久久不能闭合。佘曼写完把粉笔丢进笔槽，双手别在腰后，轻轻踮了踮脚。我毕生难忘，她转过身之后那一脸天真烂漫的微笑。她那双大眼睛滴溜溜地盯着我瞧了一眼，像是在说：老头儿，还有什么招都使出来吧。看着她走下讲台的背影，我有一种做贼心虚的慌乱和不期而遇的惊喜。这一冷一热两种情绪争先恐后地在我脸上抢滩，让我看起来比其他学生更为吃惊。想象一下，一个牙牙学语的小孩在解二元一次方程，我当时的吃惊不亚于此。

“你是不是之前做过这道题？”有同学质疑佘曼，她却并不回答，笑意盈盈地望向我，只有我可以确定，她不可能事先做过这道题——在这节课开始之前，除了我，没有人知道这道题。

那节课下课，我生平第一次说服自己主动走到一个女孩面前，我还没说话，脸就红到耳根，磕磕巴巴地组织着语言：“同学，你好。

我、我想跟你谈谈。”

“谈什么？”佘曼倒是显得落落大方，偏着脑袋，直勾勾地打量我。

“谈谈物理。”

“如果你要谈谈心的话，我或许会考虑赴约，哪怕你说谈谈时事也好啊。”佘曼娇嗔道。

“什么？什么赴约？”

“你难道不是在约我吗？”

我完全愣在那里，好像灵魂出窍的孙大圣，只剩一副无动于衷的皮囊。我还没想过怎么和一个女孩约会，尤其是自己的女学生。导师只为我剖析过三定律，可没讲过约会的步骤和细节。

“好吧，那换我约你。你是否愿意赏脸一起参加周末的诗会呢？”佘曼说。

大概从14岁之后，我就从来没有对物理之外的事物发生过兴趣，也没额外消费过时间。我没有打过一场篮球，没有读过一本小说，没有看过一场电影，没有参加过一场辩论赛，没有进行过一次旅行，没有谈过一次恋爱。尤其是在我研究爱因斯坦广义相对论之后，我觉得所有出现在我身边的人都没有那个不修边幅的犹太人亲切和真实。他1955年去世的时候，我就像失去了从小一起长大的一位挚友，把自己捂在被子里，哭了整整一夜。

我和爱因斯坦之间始终保持着一种微妙的平衡，一直到佘曼出现，这种平衡才被打破。也谈不上打破，而是出现了倾斜。

陈坦起身走到里屋，出来的时候手里拿着一张照片，递给王元。这是一张老相片，上面是一个旧时期的女子，穿着旗袍，撑着纸伞，这算是当时的艺术照。照片本身就是黑白的，加之年代久远，看上去已非常模糊，但还是能从这模糊中辨认出她曾经姣好的容貌。

“这就是她。”陈坦笑笑，继而叹口气，继续说：“说说那次诗会吧。”

贰

说说那次诗会吧。

正是因为那场吟诗，我的生命中第一次爱因斯坦走下神坛。

诗会在周五晚上学校的礼堂举行。我却在前一天就心神飘忽起来，想象第二天会有着怎样的可能。在实验室里，在讲义本上，在我仰望的星空里，仔细看，都有佘曼的脸。

我平时只有两身衣服，为了参加诗会我特地换上平时不常穿的毛料西服，还鬼使神差买了一双新皮鞋和一条白色围巾。我是研究基础物理的，是个彻头彻尾的唯物主义者，但自从遇见佘曼之后，我越来越相信一种极其唯心的说法：天意。

人世间所有的相逢和等待，都是注定的。我们所做的一切，不过是按照上天设计好的情节去演绎罢了。正如博尔赫斯所说，所谓偶然，只不过是我们对复杂的命运机器的无知罢了。这么想，虽然有些消极，却可以收获一番别样的快乐，可以清晰地为我对佘曼的着迷找一个解释和出口。

这是我第一次参加这种聚会，进入礼堂之后看见那些打扮入时的新青年们三五成群地交谈着什么，不时发出一阵哄笑。年轻真好，十几二十岁，做什么梦都有机会实现，犯什么错都有时间弥补。一切都来得及的感觉真好。看着他们，我才发现自己已经是一个三十多快四十岁的老头子了。我就像是老了一茬的韭菜尴尬地矗立在这群绿油油的后起之秀中，双手都不知道往哪里放合适。

我左右观望，焦急地找寻佘曼的踪迹。礼堂有些热，加上人多和我心情紧张的缘故，我的额头上沁出豆大的汗珠，顺着脸颊砸在地板上。

这时听见有人叫我“老陈”，学校里除了校长，这么称呼我的人不超过三个。我顺着声音望去，看见楚西原，他是一位数学老师，也教授无线电。我因为平时很少参与教师们的活动，跟许多老师都不熟，甚至打个照面都叫不上名字。楚西原是个例外。他的到来多少缓解了我的紧张，减轻了我的尴尬。

“老陈，”楚西原走过来，“怎么，你这个物理学家也过来凑热闹啊?”

“我——”我不敢说出实情，但又编不出像样合理的理由。

“你今天准备朗诵谁的诗?”楚西原又发问。

“我就是过来看看，不朗诵。”

“你真应该试试。我今天读刘半农的《教我如何不想她》，这个女字旁的‘她’就是刘半农首创。”楚西原正说得起劲，过来一个学生把他叫走了。

楚西原刚走，我还在愣神，左边肩膀上突然被施加了一个力，我下意识朝左边回头，没人，再往右看，发现佘曼正套在一件蓝色连衣裙里粲然对我笑着。是的，她总是在笑着，一点一点融化着我的固执和防备。遇见佘曼和她的微笑，我才懂得了李延年那一笑倾城诚不我欺。佘曼一笑，我的城防就颓了。

“你是在找我吗?”

我从来不会说谎，但是又羞于承认这个现实，于是低头看着那双有些大的皮鞋。

“你的鞋买大了吧?”

我惊讶地看着她，她只是自然地说：“你走路时的姿态告诉我的。”

我把目光往上收，停留在围巾上游弋一番。

“你的围巾很漂亮。”佘曼完全没有在意我的窘色，“是专门为我买的吗?”

她说着伸过手，我下意识往后一错，她猛然发力捏住了围巾上黏着的商标，在我面前晃了晃，好像警探向罪犯展示致命一击的证据。

佘曼似乎能把我看穿，又或者我的思想对她来说就像我的头发一样可见，更让我惊奇不已的是，她还准确地知道我的头发是多少根，而这些连我自己都不知道——我根本不可能知道。

“你要读谁的诗?”谢天谢地，我终于开口了。

“乔治·戈登·拜伦。他是个天才，所以天妒英才。36岁就去世了。”

“并不尽然，爱因斯坦也是天才，他仍然健在。”我执拗地用了“健在”一词。殊不知，他就在第二天去世了。1955年4月18日，我也“死”了一遍。

“拜伦的诗意境深远，优美温柔，即使一个半世纪之后也不会过时。”

“相对论也不会过时。”

“你有完没完?”佘曼双手掐在腰间，嘟着嘴跺了跺脚，以示愤怒。美丽的女孩生气也是一种景致，我当时却不懂得欣赏。

“拜伦的浪漫让所有的女孩子都心向往之，他的诗歌也是这个星球上最美的东西。”

“我觉得如果你能用物理的眼光去注视星空，你会发现那才是最美的。不仅只和这个星球上的事物比较。我们的目光应该放远拉长，脱离地球，去收获一种更深沉的美。”

“你根本不懂浪漫，基础物理让你像一个牵线木偶，你的每个动作每个想法都遵循着既定的规律和定理，而浪漫，首先要抛开束缚，自在遐想。”佘曼张开双臂，如鸟儿展翅。

“那你觉得怎么做才算是浪漫？”

“仰望星空确然是一种浪漫，但所有人都消费得起，所以只能算普适的浪漫，真正能打动一个女孩需要为她定制的浪漫。你看见那个男生没有，就那个穿格子西服的中分，胳膊夹着一个文件夹。”

“哦，看到了。”我嘴上虽然轻描淡写，但心里却有一些小波浪，他看上去精神焕发英气十足，洋溢着我这个削瘦的中年人早已失去的青春。他似是不经意间朝我们这里望了一眼，然后笑着跟佘曼招手。不知为何，我总觉得他看我的眼神有些湿滑冰冷，让我想起蛇。

“你认识他吗？”

我摇摇头。

“他也是你的学生，和我一个班的。他叫许硕，你那个‘陈因斯坦’的外号就是他给你起的。他从图书馆那里为我手抄了一份‘拜伦全集’，这份细心和坚持的确打动了我，但也只是止步于此。因为任何一个人都可以做到这点，而我想要的是独一无二的美妙体验。感动和喜欢是两个不同的概念，混淆之后不堪设想。我心里很清楚地知道，我所要的伴侣，身上必须生发着一种拗于理想的固执气息，要有不顾一切的献身精神，要有浓郁得化不开的人文气质。”

“现在不好找了，战争年代倒是有很多殉国者符合要求。”我难能可贵地开了一个玩笑。

“你别打岔，听我把话说完。其实简单来说，就是一种不可或缺的人格魅力。打个比方说，拜伦，莎士比亚，叶芝，鲁迅和你。”

说到这个“你”字时，我的心顿时僵住，忘了去搏动，忘了去感悟，只是呆呆地看着眼前这个女孩，仿佛看到了全宇宙。所有的星辰都只为她一个人照亮和黯淡，所有的故事都只为她一个人流行和传唱。这个世界上最美妙的事莫过于你喜欢的人儿恰好也看上了你。什么叫两情相悦，这就叫两情相悦。什么叫天上掉下个林妹妹，这就叫天上掉下个林妹妹。喜悦像是洪水一样，我泛在上面，随波逐流。

“但是你不要高兴得太早，我只是对你有好感，如果你想和我交好，恐怕要付出一番心血，一定要比‘拜伦全集’更加精彩和卖力才行。好了，不跟你多说了，我要去准备朗诵。”她走开几步又折回来，双手背在身后，仰头问我：“你听懂我什么意思了吗?”我傻乎乎地摇了摇头，又拼命地点头。

“说给我听?”佘曼像是将军对士兵的训话一样命令我。

“你想要独一无二的浪漫。”

“这不是重点。”

“你对我有好感。”

“这只是前提。”

“你——”我挠挠头发，无辜地笑笑。

她叹口气道：“陈老师，我是在请求你来追求我啊!”

说完，佘曼就抛下完全傻掉的我走向许硕，看得出来那个男同学非常喜欢佘曼，浑身上下都是掩盖不住的欣喜，佘曼一走近他，他原本风轻云淡的脸上立刻艳阳高照。我相信，如果当时有一面镜子，我脸上的表情一定比他更加奔放。我是一个木讷内敛的人，从不喜形于色，那是因为我从来没有喜欢过一个姑娘。当爱情来临的时候，所有的正经都乱了阵脚。心里像是住了一窝老鼠，叽叽喳喳地在拿我的思绪磨牙。

“你今天准备朗诵什么?”我听到许硕在问佘曼。

“《我见过你哭》。”不用多想我也知道，那是拜伦的诗歌。

叁

陈坦再次停下叙述，看着王元，那目光仿佛是在怂恿对方提问。

“我们许主任，”王元小心翼翼地问道，“你们后来是怎么竞争的？我对这个比较感兴趣。”

“这样吧，时间不早了，你中午留下来吃饭吧，尝尝我的手艺。我们一起去超市买点菜，边走边聊？”

“行。”

王元站起来，走在前面开了门，陈坦挽了一个用柳条编织的菜篮子跟在后面。

“这篮子好有意思。”王元说。

“不错吧，这是我们被下放那会儿佘曼编的。”

“啊，对不起。”王元赶紧道歉。

“欸，没什么，都过去几十年了，再疼的伤口也都抚平了。你有什么想吃的吗，我烧菜水平一流。我一个人在家，不喜欢出门，也没什么爱好，就琢磨怎么吃饭。我大概是搞物理的人里面，做饭最好的。”

阳光很好，晒得人有些发懒。等红灯的时候，陈坦开始续上刚才的讲述。

“陈老师，您是第一次来参加我们的诗会？”

我回头，发现是许硕。他有着这个时代青年特有的朝气和自信，连毛主席都说，世界归根结底是他们的。

“您要不要也朗诵一首？”

我连忙摆手拒绝。我最害怕登台演出，就像是当众出笑话。

“朗诵诗歌可是一件很浪漫的事。”许硕见我拒绝，再次劝道。

不知为什么，“浪漫”两个字击中了我。爱情让人头晕，最明显的举动就是你会冒险，做一些出格的事情。

我点头答应了许硕，他便从夹在腋下的文件夹里取出一张稿纸，上面是一首名为《西风颂》的诗歌，作者是雪莱。我接过手稿的时候，耳畔刚刚响起佘曼的声音：

“我见过你哭——一滴明亮的眼泪，

涌上了你蓝色的眼珠……”

我沉浸在佘曼的声线和情感中，犹如倦鸟归林一般惬意。我如痴如醉地观赏着佘曼手上每一个动作，倾听着她语调里每一个起伏，她故作深沉的样子在我看来可爱至极，让人忍不住想去拿手背蹭蹭她光滑的脸蛋，分开手指去拢拢她的头发。我完全丢了魂，也是那个时候，我才知道一个人如果丢了魂，他所做的一切都是不由自主的。佘曼浑身上下都是春天，我多想变成一棵生长在她的土地上的小草。我并不想着拥有她，只想拥抱她。

佘曼刚刚朗诵完，许硕就戳了我一下，说：“陈老师，上。”

我走向舞台的时候，佘曼刚好走下来，跟我打了一个照面。她充满疑惑地看着我，好像看见了黑夜里的太阳。

我走上舞台，开始了我拙劣的朗诵，我不会拖腔，也不会抑扬顿挫，不会像佘曼那样声情并茂，不会用自己的肢体语言来诠释和补充。我就像是一根木头戳在那里，就那么一个字一个字地往外蹦，我能看见台下同学别有意味的笑脸，他们一定把我当成一个热闹来看。只有佘曼，她没有笑，那么专注地看着我，不，她在用耳朵聆听我。当我读完“如果冬天来了，春天还会远吗?”的时候，背后的汗水已经涟涟。

念完之后我如释重负地走下舞台，佘曼立刻跑到我身边，说：“我当你已经吹响追求我的号角了。”

可能因为不是周末，超市里的人并不多，王元推来一辆推车，陈坦把菜篮子放在里面。他们直接来到生鲜区，陈坦说要买一条鲫鱼，回去煨汤。

“鲫鱼汤最补了，做起来也简单。让师傅收拾好之后，回去抹点盐腌一下，再买一块豆腐，煎了放在煮开的热水里，把腌好的鱼放在豆腐上面，如果有芹菜的话，折一根放上去最好。”一边说着，陈坦选好了鱼。鱼大概巴掌长，上秤一称约有六两。

可能是受陈坦的感染，王元说：“那我也露一手，我前两天刚学会烧茄子。”

“那太好了，我们中午焖一锅米饭，烧茄子最下饭。要长条还是圆茄子？”

“圆的吧……长的也行，都可以。”

“你怎么跟我一样，也有选择障碍症啊。”

因为佘曼，我的课进展得很顺利。

这样一直到了期末，学校要求我来出一套测试题，我实在懒得去做，又不好推诿，佘曼注意到之后，我把事情前后跟她讲了一遍，她说这有什么，只要我答应她给她写一首诗就帮我出题。与其让我写一首诗，还不如让我出一套题，但不等我拒绝，佘曼就说：“就这么定了。明天我把题给你。”

“欸，这可不是闹着玩的。”

“我知道。”

“我也知道你很聪明，但出题这种事跟答题是两个不同的概念。爱因斯坦就说过提出一个问题比解决一个问题更重要。”

“行了，你就别这么标榜爱因斯坦和你自己了。我丑话说在前头，如果你写的诗不能打动我，那套考题我写好了也不会给你。我说到做到。”

那天晚上，我一夜无眠，我从来没有对一道题目这么百思不得其解和毫无头绪。所有的科学难关再困难也总有个方向，但对于诗歌，我却完全理不出头绪。就像是置身一望无际的沙漠，四面八方都是一样的漫天黄沙，我不知道该往哪边走才有绿洲。那时不像现在，到了晚上就拧开电灯，想用多晚就用多晚，彻夜开着也没有人管。那时候过了晚上十点就不再供电，我只好点着一支蜡烛。到了后半夜，已经燃尽三根蜡烛，我攥着铅笔，也没写下一个字。

一阵风吹来，烛火舞跃，我的影子在地上摇曳，这让我联想到一个比喻，佘曼是她自己，而我是她的影子，我对她的爱情就是这根点燃的蜡烛。如果没有爱情，我的存在就被蛰在黑暗里，永无天日。借着这个灵光，我匆匆下笔，竟也游走出几行勉强可以称为诗歌的句子。

第二天一早我来到实验室的时候，发现佘曼正等在门口，手里拿着两张稿纸。见我走来，她兴奋地挥舞着手里的稿纸迎接我：“诗写出来了吗?”

“给你。”我从口袋里掏出一张皱巴巴的纸给了佘曼。她接过来之后，眼睛一下子就亮了。为什么人们说眼睛是心灵的窗户，是有道理的，当一个人高兴和忧伤都到了一定程度，就能从这扇窗户窥见。

“自己写的?”

我点点头。

“写给我的?”

我又点点头。

她毫无预料地冲过来抱住了我，不等我躲避和挣扎又迅速松开手臂，一路跑开，只留给我一个起伏的纤细背影。那个拥抱就像一颗射向我胸膛的子弹，破开我的躯干，咬着我的心跳。那一刻我体会到，生命中有一些东西悄然起了变化。

“我的考题呢?”我喊道。

她一松手，两页稿纸飘落下来，我又是兴奋又是抱怨地走过去，捡起地上的稿纸，一看便愣住了。几乎所有的题目，都如同出自我的手笔。你可以模仿一个人的笔迹，但是模仿不了他的思想。从此我再也不敢把她看成一个单纯聪明的女孩，她简直就是一个魔鬼，能一眼看到我的心里。不不不，魔鬼这个称呼过于尖刻，她是住在我心里的天使。我拿着试卷往实验室走，看见一个人影恍惚闪过，我揉揉眼睛，不知道刚才是真实发生的事，还是我熬了一宿之后的幻觉。

“有件事我很好奇?”在一节课结束后，我拦下她问道。她那天一身清爽打扮，头发束成马尾，短袖短裤，穿着运动鞋，显得非常有活力。

“我知道你要问什么。不就是那几道破题吗?”她轻描淡写道。

“你猜出答案我能接受，猜出题目让我有些难以置信。”

“理性的东西永远有一条可以遵循的定论作为支持，不管表面上怎么掩饰，只要摸准那条脉络，任何问题都会迎刃而解。这也是为什么，我喜欢诗歌而不是物理。因为诗歌你永远不知道诗人下一句妙语，而现在的物理，基本上就跟在几位著名的物理学家背后，拓宽和走完他们铺设好的路。没意思。”

“你这个理论，普朗克的老师基尔霍夫也曾对他说过，他劝告普朗克不要学纯理论，在他看来物理学已经无所作为，往后无非在已知规律的小数点后面加上几个数字而已。但是事实呢?”

“普朗克发现了黑体辐射定律，并且开创了量子力学。”

“看来那节课你没有逃。不过我还是想问，你是怎么猜出我要出的题的呢?”

“不是猜出，而是判断。”

“你对物理很有天分，有没有兴趣来我们研究小组?”与其说我因为她的天资聪颖想要拉她入伙，不如说我想更多地跟她接触。

“错，我对物理没有任何天分。”

我没想到佘曼这么利索地拒绝了我，更没想到她接下来深情而猎奇地看着我，就像是看拆封前的礼物盒。

“你研究物理，而我，只是研究了你。”佘曼看着我得意地说。

这时，许硕拿着一副网球拍横在我们之间，叫了我一声陈老师，便把佘曼带走了。他的神态语气在恭敬之中又带些得意蛮横，仿佛我不是佘曼的老师，而是她的父亲。不管我和佘曼走得多近，我们之间始终横亘着中华民族的传统道德观，而他则能轻易地走进佘曼心里的秘密花园。在他们面前，我不仅是一位老师，更是一位老人了。我不能眼睁睁看着他把佘曼的爱情独占，一种前所未有的压力汹涌而至。我这是怎么了，为人师表这么多年，第一次动心，竟然是对自己的学生。

肆

结账的时候，王元非要抢着来，陈坦执拗不过他，只好从命。一条鲫鱼一块豆腐两根茄子三个西红柿还有一瓶白酒，酒不是什么名贵牌子，几样东西加起来没超过一百块钱。

“这么说，您跟我们许主任的竞争马上就要拉开序幕了?”

“是的。不管从哪个层面来看待，佘曼都是我的初恋。对任何年龄层的人来说，初恋都不是一件小事。我一开始就做好了破釜沉舟的打算。”

转眼，暑假来了。

放假前一天，佘曼的舍友找到我把那本许硕手抄的“拜伦全集”

给我，同时给我的还有一张佘曼的照片。我问她佘曼人呢，她说佘曼已经离校，托她把这本诗集交给我。我接过本子，心下惆怅不已。那么厚一摞，压得我喘不过气。我一页页翻开看，都是漂亮整齐的楷体小字，每个字就像一架轰炸机，把我的疆土践踏得体无完肤。我越是同许硕对立，就越是证明我在意佘曼。一天一夜，我没喝一口水，没吃一口饭，没打盹没走神，把那些诗歌一首首读完。念到最后一个字，我眼前突然一黑，然后是刺眼的明亮，才发现已经是第二天的上午。

看着那轮朝气蓬勃的太阳我意识到，我已经离不开她了。

我盯着那张照片，脑子里充斥着佘曼所说的“想好怎么追求我了吗”。实验进行得很慢，我干脆给大家也放了一个暑假，这是十年来，我一次这么长时间离开这个研究，离开广义相对论。小组的成员问我是不是疯了，我说研究时光机的时候我就疯了。而现在，我又疯了一次。

让我亲口说出那些卿卿我我的情话，简直跟让我亲口说出爱因斯坦是混蛋一样困难。就是打碎我满嘴的牙，我也不会说爱因斯坦一个脏字。而至于那首诗，给我的感觉就像是天外的一颗星星，它一直在那里遵循着固定的轨迹默默运行，我只是发现了它的存在，并非创造了它。所以，我再也写不出第二首。发现一个新星不比哥伦布发现美洲大陆更简单。

但我脑子里冲腾着一股热血，它浇筑了一个信念。这个信念就是我想告诉佘曼，我是多么爱她，我想让所有人知道，我是多么爱佘曼。

我漫无目的地在校园里游荡着，想着从哪里突破能给佘曼一个惊喜。我看着那本“拜伦全集”，心想要做就做常人做不到的事，否则干脆不碰。但我除了物理，一无所长，总不能做个特斯拉线圈送给她。

暑期的校园就好像是闭园之后的游乐场，有一种强烈的空旷感，大抵是人流映照的缘故吧。

一天黄昏，我在操场上独行，偶遇楚西原。他看上去像范进中举一样，连蹦带跳地冲到我面前："老陈，又抓住一个特务。"

"哦。"我漫不经心地应付着。

"我敢肯定，一定是我送出去的那批学生破获的。"

"你怎么知道是他们呢，他们去哪儿了你都不知道。"

"我就是知道。"他笃定而任性地说。

"既然你的学生都那么厉害，你为什么不去参加密码破译的工作呢？"

"我，"他反而红了脸，"你知道我成份不好。我父亲以前是国民党，现在跑到台湾。我这样的历史背景是无法通过审核的。"

"你本来能去台湾，却留了下来，这就是忠于祖国的表现啊！"

"政治，"他摇摇头说，"没那么简单。它跟我们研究的物理数学不同，物理也好，数学也罢，总有一个明确的解，即使是一些现在无法企及的难题，总有一天也会被揭开面纱露出真容。而政治，没有绝对的对错，做学问是搏击，搞政治是博弈，不是你我这样的书呆子能够驾驭的。"

"那如果再给你一次机会重新选择，你还会留下吗？"我问道。

"当然，"他不假思索地说，"我热爱祖国，我愿意为她奉献一切，青春，鲜血，乃至生命。无论国家让我做什么，我都会做到最好，只要国家一声招呼。而我的悲哀在于，国家现在什么也不让我做，落得一身难受的清闲，我真想有个敌人的枪口，然后奋不顾身地堵上。"

"一切都会过去的，一切也都会好起来。"楚西原的态度，对我多少也有些影响。

“但愿吧。”

我们感慨了一番，然后接着听他聊密码。

“你知道搞无线电跟你搞基础物理最大的差别在哪儿吗？你看，你搞基础物理需要一股一根筋般的钻研劲头，而像我们搞无线电，就需要灵动。你搞物理是山，而我们是缠绕在山间的白云。”

他这话让我想起了佘曼，同时也启发了我。

我当天晚上回到宿舍，连晚饭都忘了吃，脑子里不断开始构思那个将我一击即中的念头。唯有如此，才有可能打动佘曼。与我要发明出来的时光机相比，那件事更让我心潮澎湃。全人类的关注也不如佘曼一个人的惊喜让我兴奋。

第二天，我立刻把自己的想法告诉楚西原，他一开始认真的脸上慢慢显示出可笑的表情。

“不可能。”他在听完我的想法之后简单地总结道。

“你说‘不可能’，而没有说‘不能’，就表示还是有可能的对吧？”我说。

“是有一种可能，除非你是上帝。”

“我不是上帝，”我看着他说，“我也不相信那个，我就是我。正如你所说，这不过是一个数学问题，一定有一个解。”

“没有楚西原的帮忙，我自己无论如何也无法成功，所以你如果写传记，有必要给他来上浓厚的一笔。关于他本人的故事，三句两句扯不够，有机会我单独给你讲。我后来看到一本麦家写的小说，叫做《解密》，猜想楚西原大概是去了一个跟701类似的机构。”说到这里，陈坦和王元已经买完菜回到家里。两个人来到厨房，陈坦处理鲫鱼，王元开始用刮皮器给茄子去皮。

“怎么样，是不是有点兴趣了?”陈坦笑问王元。

“嗯，挺有意思的。后来呢?”

“后来——”

伍

那年夏天特别热，我还记得我和楚西原两个人穿着拖鞋，大裤衩，光着膀子，汗水不断从脸颊上流淌而下，滴在演算过的草纸上。蚊子就像是轰炸机一样，把埋头计算的我们叮咬得体无完肤。

我相信一种说法，从哪本书里看来的记不清了。那上面说，每个人这一生要往外排泄的泪水和汗水是成反比的。我喜欢流汗，而且我从不流泪。打记事起，我就没哭过鼻子，再大的委屈我也能消化，囫囵就咽下肚里。爱因斯坦去世，我哭过一次。后来佘曼去世，我又哭过一次。身边的亲人都去世了，再也没有人能摘掉我的眼泪。

我们再次详细讨论了那个想法，楚西原这次沉思片刻，说了两个字：“干吧。”

“干。”我搂着他的肩膀兴奋地附和道。

这个事说起来很简单，就是一个密码压缩的工程。一开始，我们按照电报码来翻译这些汉字，很快就发现根本不可行，即使两个月我们什么都不做也无法翻译完，更别提发送了。

就这样过了一个礼拜，进展缓慢得可怕。做研究最怕的不是失败，而是原地踏步。我们必须想到一个解决的办法，不然我的计划就将付诸流水。就在这个时候，我在楚西原的宿舍看到一本夏培肃编写的《电子计算机原理》的讲义。我之前接触过一些计算机方面的知识，但不系统。我拿着这本书翻看，一个念头闪过我的脑海，我放下书问楚西原：“有没有可能，直接把汉字转换成二进制的0和1?”

“理论上来说有可能，但问题是，你需要先制造出一条理论来。”

“看，已经从不可能到有可能了，这就是进步。”我笑着说。

“有时候真搞不懂你们这些物理学家，尤其是陷入爱情的物理学家。”

“有一天你也陷入之后，就会恍然大悟。”

不得不承认楚西原的厉害之处，只用几天的时间，楚西原就根据那本讲义研究出一套将汉字直接转化为二进制的方法。楚西原还跟我说，电子计算机会成为本世纪最伟大的发明，不仅仅在数学领域。看来，他说对了。我作为一个十足的门外汉，在这段时间主要负责帮他驱蚊，他是耕地的老牛，而我是它不断甩起的牛尾。楚西原搞出的这个方法就像是施工图纸，接下来我和楚西原就成了盖房小工，搬砖和泥按照图纸垒砌大厦的框架。就这样，又过了十天，我们得到了一堆由0和1组成的厚厚的稿纸。之后的工作到了核心部位，要把这几千页的稿纸压缩成一段密码。

我完全是一个外行，又不是搞数学的，但是没想到这反而帮了大忙。

楚西原说：“到这里，我们已经做到极限了，除非能有一个非常精妙的公式来进行加密，也就是所谓的秘钥，然后再有至少一百个人组成的方阵进行昼夜不停地计算。否则即使用尽之前的方法，我也只能把这几千张纸变成两百多张纸。”

“一定有这样的公式，可以进行更深层次的加密。在物理上，麦克斯韦就曾经用四个偏微分方程式把电和磁结合起来。”

“你说什么？”

“你应该听说过吧。”

整整两天，我们放下密码，由我开始为楚西原讲解麦克斯韦方程组。

麦克斯韦方程组是一组偏微分方程，描述电场、磁场与电荷密度、电流密度之间的关系。爱因斯坦曾经试图用同一组方程式描述全部粒子和宇宙四种力之间的物理性质，但遗憾的是到现在大统一理论仍然是一块空地，也是高地。

楚西原虽然不修物理，但他的数学非常扎实，我一番讲解他就吃透了。第三天早上，楚西原敲响了我单身宿舍的木门，他举着一双黑眼圈，疲惫不堪的眼神中反而焕发出光芒。他跟我说："我们就用麦克斯韦方程组。"

接下来几天我又变成了牛尾，唯一能帮上忙的就是挥舞着蒲扇为楚西原赶走蚊蝇和送来凉爽，还有就是不断奔波于学校和供销社之间，购买纸笔。

楚西原用左手持笔快速在稿纸上记着，右手单手在算盘上让我眼花缭乱地拨拉计算。大概过了五天，楚西原在噼里啪啦拨动算盘的时候弹飞了一个算珠。他在手指上缠了胶布，着魔一般坚持演算。我跑到校外去买新的算盘，回来的时候，发现楚西原正在拨一个巴掌大小的金属算盘，沾血的胶布像落花一样散在他脚边。我不敢打扰他，就站在他身后。光线逐渐暗了下来，楚西原仍然在计算，我几乎辨不清他的轮廓，只听见金属算珠碰撞档梁的清脆声音。他撕掉胶布的手越拨越快，血花在空中飞溅，犹如照亮夜晚的群星。

等他最后算完的时候，天已经完全黑下来。他离开算盘的右手的食指和中指都在滴血，左手在稿纸上使劲地写下最后一排数字，然后把笔一扔。他回过头来，我看见他的双眼发出了狼一样的绿光。

"陈坦，这就是爱情的密码。"

看着我疑惑不解的目光，楚西原解释道："已经有了秘钥，只要按照这个进行转化，我们就可以把这厚厚的一本诗集转化成一串空灵的数字。如果能有一台电子计算机就好了，几天之内就能完成转化和压缩。”

“去哪儿弄一台电子计算机呢?”

“换做以前，我还是副教授那会，可以联系一下我那些学生，可是现在风声紧，我担心他们能不能找到，会不会帮我更是个问题。”

“还有一个问题，你不想连累你那些学生。”

“所以，我也只能帮你到这里，看看还有没有其他方法可以感动那个小女孩。”

“不，你不懂，感动和喜欢是两码事，而且单纯靠体力或者讨巧的礼物更不会值得她珍惜。要做，就要做得前无古人。”

“可是没有计算机我也没办法，要不你去帮我召集一百个工人，不用数学太好，懂一点点微积分就可以。把他们列成一个方阵，连续计算个几十天应该能达到一样效果。”

“还有一个办法你没说。”

“相信我，这方面我是专家，没有其他——”

“造一台计算机。”楚西原目瞪口呆地看着我，我再次说:“没有的话，我们就造一台出来，我相信这应该不会比造时光机更难。”

“疯了，真的疯了。”

陆

是疯了。

楚西原完全被我感染了，跟上次一样，在经历过最初的疯狂后，由他这个专家把我的想法凭空落实。

电子计算机我们根本造不出来，我们所有的理论支持都来自那本册子，最重要的是，许多精细的元件我们根本无从获取。一腔热血冷静下来，我在屋里来回踱步，楚西原蹲在地上，双手抱着脑袋。这是他的经典姿势，想问题的时候习惯蹲在地上。我还为此嘲笑过他，说他这是在蹲旱坑。

“你听说过差分机吗?”楚西园仰头望着我问道。我停下来，搓了搓手，摇摇头。他继续说道：“巴贝奇在1819年就提出差分机的概念，在1822年他就自己动手制造出可动模型，从设计绘图到机械零件加工。你有没有受什么启发。1822年啊，距离今天都过去一百多年了。一百多年前一个人都能在一无所有的情况下制造出一台差分机，那么一百多年后的今天，我们两个人，加上巴贝奇的理论支持，有什么理由制造不出一台像样的差分机呢?”

“你还没告诉我，那样一台机器跟电子计算机一样强大吗?”

“当然不如了，只是类似计算机里的控制器，可以用0和1来控制运算操作的顺序，提高乘法速度或者改进对数表。我记得这里有一本专门讲差分机的书。”说着楚西原去床上的书堆里寻觅，没一会，他就举起一本包着“社论”皮的书，笑嘻嘻地举起来给我看。

“干吧。”

“干。”

虽然我们现在有巴贝奇所没有的条件，但我们不具备巴贝奇当时的优势，他有三年时间慢慢去磨，而我们仅仅剩下半个月了。我们没有资本也没有时间打造出机器零件一一验证，我们必须一击即中。这时候我想起另外一个物理界的巨匠，跟名扬四海的麦克斯韦不同，这一位似乎有些默默无闻。他所有的发明都是在脑海中绘图验证，然后按照设想的那样做出实物，跟想象中分毫不差。

“特斯拉?”楚西园一脸惊愕地看着我。

“怎么，没听说过。这可是要比爱迪生伟大得多的发明家，超级发明家。”接着我简单讲述了特斯拉的生平，楚西原并没有被特斯拉传奇般的一生所吸引，他有所取舍地抓住了我讲述中有用的部分，而我自己则并没有注意。

“你再给我详细讲讲特斯拉线圈和变压器的原理。”楚原园托着下巴对我说。

就这样，我和楚西原把特斯拉“请到”了我们的研究小组。

楚西原盯着我们实验室那台一直处于建设阶段的时光机若有所思。

“哎，你该不会是要打它的主意吧?”我担心地问道。

楚西原笑而不答。

我护在时光机前，张开双手，“不行，不行，这可不行。这是我的命根子。”

我意识到这个词有些别样的指代，解释道：“这是支撑我人生的信仰。”

“不过是一堆机械元件而已，拆掉之后还能重新组装构建。”

“你知道我们花费了多少年才走到这一步，这可不是像盖房子，砌砖盖瓦的工程。每一个元件都经过了精细的设计和调整……”

“佘曼，”他伸伸左手，“时光机，”又伸出右手，“鱼与熊掌。”

他像老夫子一样摇头晃脑拖着腔调说着。

选择!

人一出生就面临着各种各样无穷无尽的选择，我是一个害怕选择的人，我喜欢一成不变的生活，喜欢框架和规则。但是现在，我必须做出一个选择。这个世界上没有那么多兼得的好事，当你走向森林间一条路的时候，也许你这辈子都无法再回头去尝试另一条路。

我掏出佘曼那张照片，照片上的人物突然活了过来：她在咧着嘴笑——我能听见她声带振动空气的轻颤；她在蹦蹦跳跳——仿佛要从这一方天地中跳跃出来冲撞到三维的世界；她在跟我说话——每一个字眼都像是一滴清冽的甘泉滋润着我干涸的土地。佘曼佘曼佘曼，我最爱的姑娘。那一刻，我才明白，我根本没有选择。我爱她，这就是唯一的路。

“拆!”

“好嘞。”楚西原手舞足蹈。我们的对话和他脸上的表情无意间“引领”了一种风尚，在以后的日子里，许多好东西都被“拆”了。

机器搭建成眼前这样花费了我们将近十年的时间，但是只用了夏天的一个下午，我和楚西原就把时光机拆了个稀巴烂，一地黑色机油中漂浮着一个个探头探脑的机械元件，在我看来，却如同漂浮在血海之上的残肢断体。

楚西原一一检查着这些零件，然后从中遴选出可用的进行归类。

然后，他便暂时把器械放在一边，开始用纸笔构思。

我们没日没夜地进行着探究，经常就在实验室睡着，醒来之后看着一地的零散，反而更像是身在梦中一般。而梦境里，我总是遇见佘曼。梦见在一望无际的草原上，我骑着一匹骏马，佘曼坐在我身后，紧紧搂着我的腰。我们漫无目的奔腾不已。突然，马失了性子，开始一跃一跃地向上冲撞，我抓不住缰绳，被甩在地上。

“喂，醒醒。”

我感到一阵推搡，揉了揉惺忪的睡眼。

“怎么了?”

“成了!”

“什么成了?”

“机器，机器成了。”

我一骨碌坐起来，盯着眼前那台奇形怪状的机器。楚西原开始滔滔不绝地给我讲解起机器的运行原理，将我们转变后的数字输入进去，通过我们之前设计出的秘钥，机器就能将这些数字进行不断的压缩。

“这个机器只能运算一个公式，但对于我们来说已经足够了。”

“我们做到了。”我热泪盈眶，上前抱住楚西原。然后，我们又分开，相视而笑。

接下来的日子就是等待，等待机器每天24小时的运转，一点一点地接近着我们设定的终极目标。

暑假开学前一天，机器在咔嚓一声中停止运转，最后呈现在我们面前的是一排0和1的组合。

几千张纸变成了一行数字：000111，01001，0001101。

为了庆祝，我特意跑出去买了一个西瓜。我不会挑瓜，嘱咐瓜农给我找一个熟透的。我兴冲冲地抱着西瓜回来，准备切成两半，我和楚西原一人一半拿勺子挖着吃。楚西原拿菜刀打开西瓜，刚破一个小缝，只听哗啦一声，伴随着一股浓臭的味道泻出一地鲜红的汁水。

“你看你这个物理学家，连西瓜都不会买。看这瓜瓤，都娄成什么样了。”

我有些恼，却无从发作，与其说我忌恨卖西瓜的乡亲，不如说嫌弃自己的生活能力。我觉得对不起楚西原，只好傻呵呵地赔笑，然后拉着他去学校附近的小饭店，可着劲吃了一顿。那天晚上，我们都喝多了。楚西原大着舌头跟我说自己空有一腔抱负的委屈，讲到最后，他倏然收声。我听见他默默地哭了。

柒

这时，两个人早已坐在饭桌上，陈坦就着鲫鱼汤说完了故事。王元一直聚精会神地听着，都忘了动箸。

“来，我们喝一个。”陈坦举起盛了半杯白酒的杯子，王元这才反应过来。两个人碰完杯，陈坦抿了一小口。

“往下就没什么可讲的了，我和楚西原的努力换来了佘曼的惊喜，同时也击败了你们许主任。在当时，师生恋忘年交可不像现在这么开放。我们俩走到一起也遭受了方方面面的阻力，不过还好，都过去了。我们结婚之后，佘曼就退学，在研究室做我的助手。后来我搞出一个理论，但是迫于当时的研究条件和社会局势，并没有什么具体的建树。我们结婚不久，就开始‘整风运动’，我当时被错戴了‘右派’的帽子，好不容易摘了，又开始‘文革’，我和佘曼一起被下放到保定易县桥家河乡大岭沟村。研究什么的都搁浅了。可是我却很怀念那段时间，村里人对我们很好，并不像一些小说电视剧里面刻画的那样，所有人都是迫害成性，城市里批斗多一点，农村里大家都顾着种地，对批斗并不积极。就是有时候闲着没事了，大队上组织一次批斗。村里穷，都找不到地主，只好找几个富农代表，我们几个下放的就陪着一起去。我跟佘曼就像农村的夫妻一样，白天下地干活，晚上下工回来，有精力就读诗写字，累了就仰头大睡。村西头有条河，夏天的时候，我们俩还过去游泳。村里人一开始觉得新鲜，后来也就见怪不怪。后来政策好起来，招呼我们回去，我们俩还有点舍不得，就把名额让给别人，没想到那次没走成，就再也没走成。”陈坦停下叙述，眼角有些湿润。

“这件事，许主任跟我讲了。”

“孩子溺水了，”陈坦还是决定说出这段往事，“佘曼刚好路过，毫不犹豫跳下去。最后，孩子生还了，她再也没有上岸。”说到这里，陈坦再也忍不住，滚圆的泪水从眼角滑出，滋润了他脸上的沟壑。

“哦，对了，许硕一直留在学校，后来进了文化部，不知道怎么辗转又去了出版社。刚开始那会，他还不跟我见面，直到他也结婚有了孩子，我们才开始走动。哎，差不多了，故事就到这里吧。”

看得出来，王元就像是一个玩得正起劲的小孩，对着游戏依依不舍。

陈坦吃完了余下的饭，王元帮忙收拾了桌子碗筷，一切都收拾清楚，王元知道自己该说告辞了。陈坦起身要送王元，说是饭后运动，两个人就一起下楼，没乘电梯。

陈坦把王元送进他的车里，汽车都发动了，陈坦突然伸手拦下车，然后走到车门另一侧拉开门进去坐下。

“你能不能陪我去个地方？”虽然是疑问，但似乎并没有商量的余地。从王元的表情来看，他也并无异议。

汽车驶上了环路。

“其实，”陈坦突然说，“还有另外一个版本的故事，你想不想听听？”

捌

去美国还是留下来，这是一个问题。

我求助佘曼，她若无其事地看了我一眼，道：“其实你心里早就有答案了吧。你问我只不过是想得到认可和安慰。”

佘曼总能够脉络清晰地理顺我如麻的思绪。我擅长左右踟蹰，她惯于一语道破。自打我们相识以来，她就成了第二个我，也是客观理性的我。弗洛伊德称人类在精神上有着本我自我超我之分。我经常开玩笑说，佘曼女士就是真我。在我迷乱的时候发出内心深处最真实的声音，往往一语中的振聋发聩。

你大概还没有结婚吧，可能连女朋友也没有，那我就给你提个醒，找对象不仅要有疯狂的浪漫，更重要的是能够长久地相守。要知道，女人的智慧远比美貌动人。

“爱国还是爱科学？”我再次问道。

“去美国。”没了刚才的随意，佘曼冷静而笃定地指出，“你要做的事不仅是为了全中国，而是为了全世界；不仅是为了所有中国人民，而是所有人类。”我吃惊地望着佘曼，她却毫不在意地说了一句玩笑话：“即使不留在那边，过去度一个蜜月想来也是极好的。”但我们彼此都知道，一旦过去，回来的概率几近为零。但不管怎样，这件两难的事总算落地。

心里这块石头落下，我开始全身心投入到我们的婚礼中去。

当我把消息通知加州理工学院的联络人，那边很快寄回一封信，里面有邀请函，去美国的机票，还有一封艾森豪威尔总统的亲笔信。信上用热烈而亲切的言辞欢迎我的到来，并且以一个最高领导人的身份做出了保证，并且答应了我提的种种要求，其中一个就是我要带自己的团队过去。当然有些人愿意去，有些人想要留下来，我都不勉强。

就在我们准备离开的时候，许硕找到我，请求跟我一起去美国。他志愿加入我的研究小组。一是缺人，二是我内心对他始终抱有愧疚，就答应了他。我把这件事告诉佘曼，她虽然不太高兴，但并没有强烈反对。就这样，我们去了美国。

我从当时压缩和传送密码的经历得到提示，提出了一个新的理论，再加之美国方面的大力支持，实验进展得很快。许硕也践行了他当时的承诺，他一心扎在实验上，让我都有些自愧不如。

用了五年时间，我们终于研发出时光机。

“什么?”王元睁大了眼睛看着陈坦。

“看路，看路!”陈坦提醒王元。

很快，我们就开始着手准备第一次实验，许硕自告奋勇，要用自己来测试。

第一次测试，我们选择的时间是下午两点整，地点在实验室，设置的时间是下午一点五十分，地点在许硕的宿舍。

“有任何不适，立刻终止实验。”开始之前，我对大家说。

“放心吧，如果我死了，就当我为科学献身。”许硕若无其事开着玩笑。

实验对象：许硕

传输时刻：14：00：00

传输地点：实验室

目标时刻：10分钟之前

到达地点：职工宿舍

之所以选择职工宿舍是为了防止许硕凭空出现会吓坏路人。

实验室所有人都屏住呼吸，有的人盯着时钟，有的人则目不转睛地看着时光机器的舱体，仿佛害怕它会突然爆炸一样。

我由于激动而颤颤巍巍地按下开关，这样的情况和动作是我人生第二次。

一切数据都开始翻滚，看不见的微波在实验室荡漾，实验室分外安静，似乎可以听见电流经过继电器时冒出的噼里啪啦的火花声。

“发生了什么?”车已经驶下环路，进入郊区。王元迫不及待地问道。

“我不知道。”

“什么?”

“我不知道，因为钻进舱体里的是许硕，不是我。我当时什么都不知道。”

王元困惑地看着陈坦。

“你看，是这样，”陈坦说，“比如我们现在有一个时间穿越者，穿越到了十分钟之前，我们还在环路上行驶，但我们自己并不能察觉时间回跳了十分钟。只有穿越者本人能够感受到时间的不同，我们不能。时间穿越上有一个说法，如果未来发明了时光机，他们为什么没有穿越到我们的时代？跟费米悖论有点相似，他们在哪儿？事实上是，他们穿越了，而我们并不知情。如同在四维或更高维度生活的外星人，他们就在我们身边，甚至就坐在后座上，但我们看不见他们。”

“那，那么说，我们就算被重置也毫不知情？”

“也不尽然，总会有一些蛛丝马迹。”

玖

暑假结束后，皮肤晒得有些黝黑的佘曼回到学校。我跟佘曼相见那一刻，觉得自己已经等了一个世纪之久。

那个夏天很热很热，但一看见佘曼，我就解暑了。

一开始我们都故作正经，甚至一度还讨论了几个物理学的问题，她是我的好学生，我是她的好老师，聊着聊着就放开了，她滔滔不绝地讲发生在乡下的趣闻，讲那里一望无际的稻田和没有马桶的厕所。

“那儿的蚊子，就像是一架架轰炸机。”

我心里一惊，她也使用了这个喻体。看来还真是心有灵犀。佘曼说了一会之后就看着我，问我这个暑假做了什么。我骗她说除了做实验还能做什么。

“你不要打岔，我是说为我做了什么？这两个月以来，我每天都在想你。下田干活的时候想你，蚊子叮得我睡不着觉的时候想你。农村的空气好，到了晚上可以看见比城市更多的星星，也更清楚，看着那些距离我们亿万光年的繁星，我更加想你。我看见星空，就仿佛看见了你。”

“我，我也想你。”我用蚊子振翅的声音说道。

开学后我换了一种方法，开始边讲课边在黑板上写讲义。佘曼很快意识到我的不同是别有用心，几次下课后追问我这么做是为了什么，因为她知道我不会无缘无故浪费时间来做一些毫无意义的事。我只是莞尔一笑。这就更加引起佘曼的注意，我的目的达到了。四节课之后，我又恢复了上学期那种授课方法，而佘曼仍然是那个最先答出问题的学生。到这时，再也没有人怀疑佘曼的天才，只有我知道，她的天才体现在另一方面。

不得不承认，佘曼真的非常聪明，至少对我的揣摩简直到了出神入化的地步，没多久佘曼就拿着那些手抄的讲义给我指出了端倪。

“你第一次写的讲义，有一个错别字。照你的性格和认真程度，这本来是一件极小概率的事件，可以忽略。但是你总共写了四篇讲义，每篇都有一个错别字，而且错别字出现的位置都是第四段的第十八个字。”

“四月十八号是我听你读诗的日子。”

“这个不用你提醒，”佘曼接着刚才凌厉的语气说道，“如果出现的那四个错别字是‘我喜欢你’这我能理解和接受，但是为什么这四个字是‘麦克斯韦’呢？”

我摇摇头表示无可奉告。

“难道你在暗示，对于物理来说，我仍然没有那么让你心动？如果你费尽心思只是为了向我委婉地拒绝，那我无话可说。你说过你想我，我看你更想念爱因斯坦。”

不等我解释，她就再次跑开。每次当佘曼跑开的时候，我的心头就会一紧，害怕她再也不会回来。后来她真的一去不回。我也养成一个毛病，家里的人只要出门，我一定要亲眼看着他们消失在我的视线里才肯罢休，我害怕那是他们最后一次出门，害怕没能看他们最后一眼。

就这么过了几天，佘曼对我不冷不热，我知道她是一个不服输的女孩，也知道她这是第一次没有猜透我的想法。我不知道是该高兴一下，还是悲哀一会。

当时学校经常会组织学生听一些党组织的文件，我就是抓住这个机会开始进行下一步。学校发通知要在下午两点通过广播来播报最新的社论，全校的师生都必须到场聆听。我没有听校长的话按时出现在操场上，而是悄悄溜到广播室，对负责广播的老师撒了一个谎。我真是学不会说瞎话，连我自己都觉得漏洞百出，我说校长让我叫你出去找他。校长怎么会派我来，来找他做什么呢，这些他幸亏都没有问，他一定把我紧张的神情误读为是发生了某件严峻的事件。那时候政治氛围已经非常紧张，某种不可预知的灾难一触即发。我在做实验的时候可以一丝不苟井井有条，而在设计这些事方面则完全没了章法和勇气。只能说是天意，我和佘曼注定有这一段缘分。

我来到学校的广播室，当时正在播放着毛主席的一次讲话，我知道全校的师生都在静心聆听着主席的教诲。我心里默念了几遍对不起主席之类的话，来开脱自己打断他老人家讲话的罪行。我为自己将要进行的表白感到血脉贲张，激动得颤抖起来，我按下暂停键的右手食指仿佛已经脱离了身体，完全是游离在意识之外的一截骨肉。整个学校都没有这么安静过，毛主席的讲话被打断，起初所有人都以为是机器发生了故障，然而当我的声音出现在广播里的时候，所有人都吃了一惊。我打开话筒，并且可以想象到全校的师生此刻都乍起耳朵想知道发生了什么。我咽了一口唾沫以缓解紧张的情绪，然后说出了那串密码：“嘀嘀嘀嗒嗒嗒，嘀嗒嘀嘀嗒，嘀嘀嘀嗒嗒嘀嗒。”

拾

“楚西原后来怎么样了，你们联系过吗?”

“我现在都不知道他在哪里，是死是活，他的存在成了一个最大的秘密。有时候想起他，我也不知道是挽救了他，还是坑害了他。不过后来，我见到了他，但仅仅几分钟，根本没来得及展开任何对话。”

之后的一年我有些疏远佘曼。在1955年的秋天，我却开启了时光机研究的春天。虽然，佘曼进入研究小组，我们在一起的时间变长，交流的时间却缩短了。死去的爱因斯坦，在我“死”过一次的心里复活，再次占据了所有空间。

密码压缩意外给了我研究爱因斯坦相对论的灵感，让我开始去想，如何压缩、发送、接收一个活生生的碳基生命。经过差不多一年的研究，就有了我一开始跟你说的那篇论文。给出一个理论，结合量子。但理论虽然完善了，却没有实用，时光机已经被我拆了，短时间内不可能组装回来。学校也无法提供那么多研究资金。所以，去美国也是考虑到这一点。

我发表了制造时光机的论文，并且接受了美方的邀请，答应在婚后会带妻子一起过去，他们第二天就派人送来消息，竟然是一封美国总统艾森豪威尔的亲笔信，信上说非常高兴我能答应他们的请求，并希望我能尽快完婚。

但是接下来却发生了对于我个人和中国来说都是一个巨大灾难的事件。

王元驾驶着汽车驶进了坟园。把车停好，两个人走下来，沿着一条石阶小路走进重重叠叠的墓碑中。

“你是搞新闻的，听说过江海客的故事吗？他的故事在民间很传神地流行了一段时间。啊，我忘了，你不可能听说过。这个世界里没有江海客。”

1957年1月20日，是24节气中的大寒。傍晚时分，一辆军绿色的吉普开进了进平市市政府的大门。开了不久，汽车停下，从车上下来三个人，其中两个是警卫，一个便衣打扮的年轻人。三个人从门口向里走，经过三道警岗之后，来到一个大院里。那里松柏参天，到处都是古香古色的建筑群，仿佛一脚踏入明清朝代。再往里走，就看到了一座两层建筑，红墙绿瓦，上层的屋檐下挂着庄严的国徽，中间那扇大门正上方横着一块匾，上面写着：讲风堂。讲风堂前面是一大片草坪，东面是一面碧波如洗的湖水。至此，那两个警卫退下，由进平市市长的贴身侍卫带着年轻人继续向里走。

腊月初八的进平市日报上刊登了一首名为《革命进行时》的小诗，进平市市长在看到这首诗之后就立刻找到自己的下属，要求立刻安排跟署名为江海客的作者见面。

诗本身并无新奇，没人知道市长为何对他如此重视。

来者比市长想象中年轻多了，他原本以为对方会是一个佝偻的老翁，起码也是一个年过不惑的中年，而眼前却是一个风华正茂的年轻人，年轻得有些过分和不真实。

“市长你好。”来者伸出右手。

“江先生你好。”市长握住江海客的右手，“诗写得不错啊。”

“毛主席说过，谦虚使人进步，骄傲使人落后啊。市长这么称赞这首诗，算是自甘落后吗?”

市长脸色一变，“你怎么会知道这首诗，我昨天晚上刚写完，还没来得及发到报社。”

“因为我已经看过腊月十三的报纸。”

“装神弄鬼。你不怕我现在就让警卫把你给毙了吗?”

“怕的话就不会到这里了。”

“我看你不是这个世界的人。”。

“是同一个世界，只是不同的维度。”

“你不要搞语言上的游戏。”

“市长的感冒好了吗?为何把林医生开的药偷偷扔到痰盂里呢?”

市长感冒只有身边的几个体己知道，把药扔进痰盂的事则只有他一个人知道。市长惊恐地看着来人，仿佛看着一头青面獠牙的怪物。

“市长在后来的回忆录中披露了这个细节，这本书现在恐怕还只是个腹稿吧。书里还说，何妈今天中午给你沏茶的水没有烧开，你现在肚子还没察觉到，过一会应该就有反应。多好的普洱啊，那可是你头年当兵时的老班长送给你的，他求你办什么事，哦，把他的儿子从县城里调到市里。这事对您来说不难办吧。”

“够了，你的目的是什么?”市长努力让自己平静下来。

“我想让你借助这次整风运动，去帮我整一个人。这事对您来说也不难办吧。否则，市长更私密的事情可能会见诸报端。”

“你是一个怪人。”市长盯着江海客半晌说道。

“我自欲为江海客，更不为昵昵儿女语。山欲堕，云横翥。”江海客大声朗诵道。听到这几句词，市长心里最后一道防线被攻破了，这是1923年毛主席写《贺新郎·别友》时的原句，他也是在一次去北京开会时跟同僚谈话间了解到，普通人根本无从得知。最关键的是，这也是他准备写进自己那本回忆录中的内容。

“仅此而已?”

“对您来说易如反掌。”

“你要我摧残他的肉体吗?”

“不，那并不是我想要的，我要您摧残他的灵魂。”

看着这个陌生人大摇大摆地离开自己的府邸，他还没来得及多想，就突然害起肚子疼。

“这跟您的经历有关吗?”

“当然，息息相关。”

拾壹

1957年，进平市，北方一座旧城，严寒的冬天。

我以为眼下会是我一生当中最温暖的时刻，但是接下来发生的一切远比那年冬天的气温残酷，可以说是让人毛骨悚然的寒冷。这是政治上的冬天，而且并不像《西风颂》里结尾两句诗所说的那样。

我和佘曼办的是西式婚礼，选择在教堂举行。婚礼还没开始就出现了插曲。

江海客出现在了婚礼现场，手里拿着的正是那份市长签过字的缉捕名单。他大步流星走进了礼堂，身后跟着几名趾高气昂的小组成员，我和佘曼都吃了一惊。

“许硕?”我和佘曼异口同声道。

“许硕已经死了，我是江海客。”许硕厉声道。

那个时候，我才知道许硕就是江海客。他走到我面前，高高在上地宣布道：“从今天起，按照市长的指示，我负责肃清某大的反革命。把他带走。”说完一指我，他身后的几个人立刻冲上来把我押走了。佘曼追上来阻挠，问许硕：“许硕，你凭什么抓人?”

“就凭他是一个反动分子。”

“你有什么证据?”佘曼还在据理力争，但那根本不是讲证据的时代。

但是许硕的举动却再次出乎了他们意料。他走到我面前，从怀里掏出了让所有人无法辩驳的证据，就是艾森豪威尔总统给我写的信。

“证据?这就是证据。你要去美国，是什么居心?这封信，明显地说明了你蓄意叛国；你切断过播放毛主席讲话的唱片，还发送了谍报，明显是敌特分子；你公开朗诵资本主义作品《西风颂》，是妄图压倒毛主席吹的东风吗?你公然在课堂上说过‘不管是活着还是死去的，爱因斯坦无疑是这个世界上最伟大的人’，眼里还有没有毛主席?你宣扬爱因斯坦，爱因斯坦是什么，是资本主义毒瘤。你有一个外号叫‘陈因斯坦’，这说明你从内心就已经在背叛社会主义了。你不断鼓吹爱因斯坦的相对论，还大张旗鼓要制造时光机，就是坚持资本主义立场，反对社会主义制度。你还在学校里，利用资源制造过一台差分机，协助楚西原盗取国家机密，向蒋介石告密。”他铿锵有力地宣讲着，倾泻而出，毫无停逗，似乎他已经准备了很久，或者把这番话说了很多遍。

“你要说，这怎么可能呢?”陈坦看着惊讶的王元说，“你是做记者的，有一个道理，你应该比我更清楚，那就是现实生活往往比小说更加离奇和精彩。所以，我觉得作家需要做的不是创造小说，而是还原生活。好的作家都是生活的搬运工。”

“您刚才说的那些事的确离奇，江海客，也就是您的学生、我们主任许硕，他怎么可能知道未来的事?”王元惊讶地望着陈坦，“你是说，他穿越了!”

那天许硕把我从教堂揪出来，在学校进行批斗，说我的理论都是歪理邪说，号召同学们把我打倒。你有没有那种感觉，当北京申办2008年奥运会成功的时候，身为最普通的老百姓也觉得倍感光荣和自豪，尤其是在广场上一起观看电视直播的人们，就更加兴奋。大环境是很容易影响到个体的，越是疯狂的社会背景越容易把人同化。人的本性，一半以上是来自后天。所谓人之初性本善，我是不信的，当然我也不相信人之初性本恶的说法，人在出生之时，是不知道自己要做一个怎样的人的，也无所谓善恶，只是无辜和无知。

没有什么先天注定，一切都是后天演绎。

一开始我不相信那些平时看起来尊师重道的同学们会变得那么凶残和陌生，他们在我面前烧了物理课本，烧了爱因斯坦和牛顿的画像，砸毁了我们从美国进口的昂贵机器，高呼那些所谓的真理都是伪科学反人民的口号。我就是他们这些口号打击的对象，是覆灭的必要。

若不是佘曼在我心底支撑着，我早就坍塌了。

跟我一起被关起来的几个老师，尤其是主任和校长都受到残酷而离奇的折磨。加上我一共三个人，我们被打成一个反动小团伙。世上的事，怕就怕联合。联合起来是力量，也是无法抗拒的漩涡。

你想象不到，那些学生们做起恶来的想象力有多么丰富。他们把校长的阴茎用绳子扎紧，然后不停地逼他喝水，胀得睾丸奇大，通体透明，就像是熟透了的李子，一触即破。这还不够，他们还把校长侧着脑袋压在桌子上，用灌满凉水的塑料瓶扣在他耳朵上，致使他后来得了中耳炎。对其他老师们的惩罚要好一些，但也变态残忍，比如解开腰带，扔进去几只老鼠再把腰带系紧。他们的指甲被敲碎，肋骨三天两头被打折，牙齿被拔下来数枚。而对我，却从未动过粗。这反而让我更加不安，要知道，暴风雨来临之前总是有一段出奇的宁静。宁静的时间越长，就越是折磨。

终于，还是来了。

我清楚地记得，那个阴雨密布的下午，他们把我和几个老师一起押到礼堂。就在那里，佘曼朗诵过一首拜伦的诗，接受的是倾慕的眼神。而我现在站在那里，接受的只是诅咒的目光。

许硕走上舞台，揪着我的头发说道："今天，我们大家来到这里是为了揭穿几个阴谋家的真实面目。首先我们来戳穿的是市长钦点的陈坦。他犯下了多种不可饶恕的罪行，市长亲自叮嘱我，让我对那些蓄意破坏新中国团结和发展的分子要像对待反革命一样毫不留情，撕裂他们伪装的高尚，露出他们深藏的丑恶。今天，我们就要撕裂陈坦。"

"撕裂陈坦，撕裂陈坦。"台下的同学们跟着大喊道。

他威胁要彻底摧残我的时候我反而平静了，我担心的只有佘曼和我的研究。

"杀了你现在比杀了一只蚂蚁更简单，只要我一声令下，台下那些人就会把你活生生地撕裂。"整个世界突然安静下来，我看着那些狂躁的大学生，却听不到他们的声音。啪的一个巴掌，我挨了第一次身体上的刑罚。随后我嗡嗡作响的耳边响起许硕的声音，"我一开始就想杀了你，可我发现这样对你来说太舒服了。我要摧毁你的信仰，这才是对你最大的报复。你一定想问我为什么要报复你，那是因为你夺走了佘曼。如果不是你，佘曼不会离我而去，她几乎都快被我搞到手了，这时候你出现了。我就不明白佘曼为什么会对你这个邋遢的中年人产生那么大的好感，难道只是因为佘曼说的你身上有一股纯净的气质?"

"同学们。"许硕突然开口了，我耳边的声音也随即消失。"这些人现在仍然拒不承认自己的罪行，我们要让他们认罪。"

"让他们认罪，让他们认罪。"

“你——”许硕揪出来一个白发苍苍的老教授，我知道他是研究历史的。“你说，孔子是反人民的，是为封建社会服务的，帮助那些帝王将相来镇压百姓。”老教授一开始不说，忍受不住许硕的拳打脚踢，最终说了出来。然后他又揪出了一个妇女，让她说达尔文是反人类的。到我这里，除了让我说爱因斯坦所有理论都是不成立的，还粗暴地让我说爱因斯坦是个傻——后面那个字我实在念不出口。我紧闭着嘴，什么也不说。许硕就上来扳我的嘴，让我说。他一个人力量不够，又叫上来几个学生，我的下颌几乎都要被撕下来了，但我就是不说。物理就是我的信仰，我可以失去生命，却无法背弃信仰。

见我这样，许硕心里既痛快又难受，他在想我怎么能这么坚持一个跟我们日常生活不沾边的定理呢，如果我说了E不等于MC方又能怎样，还不是照样活着，就算我不知道电阻定律，又会影响到我什么。他永远也想不明白，信仰的力量能有多大。所以就越发觉得让我说出那些悖论是一件好玩而残忍的事。

这时，佘曼在两个女同学的看护下登上了舞台，我看见了她围着那条白围巾，就知道她还没有放弃我。她泪眼婆娑地走到我身边，对我说：“你告诉他们爱因斯坦是个大混蛋，相对论根本就是歪理邪说。快点，你告诉他们。”

我没有想到佘曼跟我见面就是为了让我缴械投降的。我的嘴角淌着鲜血，但我还是摇了摇头。

“你快说啊。”佘曼双手钳住我的肩膀摇晃道，见我仍然无动于衷，佘曼放开我对着台下的同学说道：“我检讨，我之前昏了头要跟这个人结婚，从今天起，我要和人民站在一起。我向组织保证，从今天起，我再也不会跟这个人见面，不会跟这个人有一丝人与人之间的交流。”

我知道她这是说给我听的，目的就是为了让我说出那些话来，让我解脱被批斗的厄运。但是我不能啊，我不能背叛我的信仰。

我忘了接下来发生了什么，那些降临在我身上雨点般的拳打脚踢都被过滤了。我的思想只对刚才的佘曼闪光。

当天晚上，我们几个人又被关押在充当临时监狱的教室里，里面弥漫着一股难闻的血腥味和浓重的绝望气息。每个人都哼哼唧唧着，身体上所遭受的非人折磨此刻一点一滴地更加完整地反馈出来，开始溃烂人们的精神防备。我迷迷糊糊地睡着了，突然听见沉沉一声，睁开眼发现有人在拿脑袋撞墙。月光透进来，我看见他麻木的眼神，他一下一下地撞击着墙壁。我想起身去阻止，却连站起来的力气都没有，我只能叫喊着。他发现我醒来，对我露出一个微笑。我终生难忘那个微笑，悲悯、无望、控诉、解脱……

第二天一早，大门就被冲开。

许硕怒气冲冲地来到关押我的小黑屋，二话不说就对我一顿暴打，打累了之后才对我吼道："佘曼死了！"

"什么？"我突然就站了起来，脆弱的身体得到了一股强大的支撑。

"是你杀死了她。"

我听不到任何声音，也感受不到任何疼痛。

佘曼在前一天所做的保证，其实就是对我的临终赠言。"人与人之间的交流"我当时完全没有听出来这里面所包含的意思。

你知道天塌下来是种什么感觉吗？就是那种，你完全没有任何力气和精神去对抗的压力，你将要朝着一个绝望的方向滑行而无法回头。就像那个撞墙的人一样，一点一点地杀死自己而不觉得痛苦。你无法让瀑布逆流，你无法让大地跟天空倒换，你无法让失去的爱人再回到你身边，无法听见她再说一句话，无法再跟她拥抱。那种感觉，虽生犹死。

佘曼死了之后，我整个轰然倒塌。你知道西瓜会娄，但你知道人也会娄吗?

那个时候我才发现，支撑我的信仰不是物理学，而是佘曼。而她则比我更早地发现这一点，她在用自己的生命让我说出爱因斯坦的坏话。在许硕的拳打脚踢之下，我以光速想念着佘曼，怒吼了人生中唯一一句脏话:“爱因斯坦是个傻B。”

说完之后，我像娄掉的西瓜一样，烂成一摊臭水。

所谓残忍就是想方设法，充满创意地迫害人，绝不只是用力气打。对知识分子来说，没有什么比摧毁他们的真理更能打击到他们的心灵。我原本以为我的世界观崩塌了，我就人如槁木。但是佘曼的死让我意识到，所谓物理学不过是墓地里的陪葬品，而她才是那个真正应该埋葬在我心中的不朽。

这个世界上，你死了之后真正伤心的人不超过十个。一年之后，不超过五个。十年之后，不超过两个。二十年之后，仍然伤心的人只剩下一个，如果他/她还活着。佘曼的死，让我负疚成了一个永恒的伤心者。

那些日子我就想啊，想人活着到底是为了什么，想来想去，觉得人活着就是为了死。

那时根本不怕死，怕活。

可能是我被打晕了，也可能是佘曼的死摧毁了我的意志，我这才发现许硕跟以前不一样。这个许硕看起来要成熟年长一些。仿佛是为了验证我的想法，门被冲开，跑进来的人竟然还是许硕。

“两个许硕?”

“两个许硕。”

拾贰

我当时跟你现在一样，完全不知道发生了什么，只知道一味目瞪口呆。这时候，那个年长的许硕突然掏出一把手枪。我心里一点都不害怕，反而有一些期待。我渴望那颗子弹咬开我的肌肉骨骼，喂进我的胸膛。但是出乎意料的，年长的许硕竟然把枪顶在了自己的太阳穴，我还不知道发生了什么，枪响了。

我眼前一黑，睁开眼，再次回到我的实验室，1955年的春天，教课、佘曼、诗会、暑假、楚西原、密码、拜伦、江海客、许硕、批斗……

许硕走上舞台，揪着我的头发说道："今天，我们大家来到这里是为了揭穿几个阴谋家的真实面目。首先我们来戳穿的是市长钦点的陈坦。他犯下了多种不可饶恕的罪行，市长亲自叮嘱我，让我对那些蓄意破坏新中国团结和发展的分子要像对待反革命一样毫不留情，撕裂他们伪装的高尚，露出他们深藏的丑恶。今天，我们就要撕裂陈坦。"

"撕裂陈坦，撕裂陈坦。"台下的同学们跟着大喊道。

……

当天晚上，我们几个人又被关押在充当临时监狱的教室里，里面弥漫着一股难闻的血腥味和浓重的绝望气息。每个人都哼哼唧唧着，身体上所遭受的非人折磨此刻一点一滴地更加完整地反馈出来，开始溃烂人们的精神防备。

第二天一早，大门就被冲开。

进来的是佘曼。

"快点，我带你离开这里。"

"离开这里？那我的研究怎么办？"

“你觉得他们还会让你回到实验室吗？许硕是在针对你，他现在就是抓住老鼠之后并不杀死而是玩弄的老猫，而你就是那只老鼠。他不会放过你的。”

我在佘曼的鼓动下，准备逃离学校，可是我们刚刚走出校门，就被许硕追赶上。没走多远，就被他迎面截住。那是，另外一个许硕。

因为一直研究，我也想到了什么。在不久的未来，时光机研发成功，许硕却通过时光机来到过去，这就造成了一个年长和年轻许硕并存的局面，也就是我所面临的情况。想到这点，我甚至有些高兴。未来的我一定成功了。

年长的许硕掏出了一把枪，黑黢黢的枪洞指向我。千钧一发之刻，佘曼挡住了那发子弹。事情发生得太突然，我所能做的只有悲伤。从后面追上的许硕跑过来，跟我一样扑在佘曼的尸体上。另外一个许硕，举起枪打死了自己。

“跟上次一样，他开枪自杀，时间再次回到了从前的某个时刻？”王元问道。

“不是的，穿越到过去的许硕自杀之后，时间回到了他穿越之前，也就是第一次实验的时候，下午两点钟，实验室。我也是后面才知道这些。”

拾叁

时间又来到了1955年，我“再次”追求佘曼。

我来到学校的广播室，当时正在播放着毛主席的一次讲话，我知道全校的师生都在静心聆听着主席的教诲。我心里默念了几遍对不起主席之类的话，来开脱自己打断他老人家讲话的罪行。我为自己将要进行的表白感到血脉贲张，激动得颤抖起来，我按下暂停键的右手食指仿佛已经脱离了身体，完全是游离在意识之外的一截骨肉。整个学校都没有这么安静过，毛主席的讲话被打断，起初所有人都以为是机器发生了故障，然而当我的声音出现在广播里的时候，所有人都吃了一惊。我打开话筒，并且可以想象到全校的师生此刻都乍起耳朵想知道发生了什么。我咽了一口唾沫以缓解紧张的情绪，然后说出了那串密码：“嘀嘀嘀嗒嗒嗒，嘀嗒嘀嘀嗒，嘀嘀嘀嗒嗒嘀嗒。”

接下来我所说出的那一段密码就好像之前我出的题目一样，引起了全校的关注，甚至，这次波及的面更广，社会上一些人也开始参与进来。第二天的报纸就报道了这段新闻，标题就是那串醒目的密码。一时间，所有密码爱好者都开始加入到破解密码的队伍中来。而我作为密码的缔造者之一和传播者，当天晚上就被秘密逮捕。

很显然，他们把我当成了里通外国的间谍。

我首先接受的是来自政府某机关的问讯。

我亮出了自己的身份，但这于事无补，他们说那是一个虚假的幌子，见我仍然是一副无可交代的表情，他们就放出话来，等他们的人破译了密码，一切真相昭然若揭的时候，也就是我的死期。说实话，我倒是非常希望他们能够破译。

过了一个多月，我在一个深夜被秘密转移，我头上套着黑纱，双手反剪绑在腰间。经过两个小时的颠簸，套在我头上的黑纱被揭掉的时候，我立刻傻眼了，在我面前的竟然是一个将军级别的军官。

他见了我就指着我的鼻子大喊道：“你知不知道你浪费了国家多少资源？一个团的兵力，日夜不停地花了一个月才把所有的字都破译出来。”我本以为他会狠批我一顿，却话锋一转，“我现在给你一个赎罪的机会，到我这里来帮忙。”

那一个多月发生了什么，我是从那个将军嘴里得知的。

他告诉我，那个密码一出，引起巨大轰动，不知是谁说了一句这有可能是美蒋进攻前吹响的号角，于是以讹传讹，一时人心惶惶。所以，不仅仅是那些密码爱好者开始研究，安全局一个秘密单位也参与进来，他们不惜派出最优秀的破译者来进行研究，但是由于这个密码不是传统的方式，是他们任何人都没有接触过的创新，谁都没有头绪。但是他们看出来了这个密码其实是依附着一个自成一派的公式进行的加密，只要找出密钥，这个密码就会迎刃而解。可是，他们无论如何也想不到密钥是什么，于是在报纸上刊登了一则跟踪新闻，征集人们对那则密码的看法，然后就收到了一封来自我们学校的信，信的内容很简单，只有两行字。一行字是：麦克斯韦。一行字是：告诉他我想他。

没有署名，也无须署名。

通过麦克斯韦的方程式，破译者们很快解出了这个不断被压缩的密码。一开始，他们解出来一首诗，然后是两首诗，一直到最后，通过那一段密码，呈现在他们眼前的是一部《拜伦全集》，所有人都惊呆了，他们没想到我费尽周折加密的东西竟然是一部诗集。他们以为破译到最后会有一些与国家安全有关的谍报，那样前面付出再多的辛苦也都是值得，但是到了最后，他们得到的是四个字：我爱佘曼。

我当然不会答应留下来，将军说我的行为已经构成犯罪，单单是切断毛主席讲话的广播这件事就可以放大到反党反人民的罪行上来。我知道他只是想让我帮助他们进行密码的研究。这个时候，我提出来楚西原，告诉他我只是提供了一个简单的构思，所有的实际工作都是楚西原一个人完成的。就这样，楚西原把我置换出来。我们从此再也没有见过面。

回到学校，我第一件事就是去找佘曼。才过了一个多月，佘曼就瘦得没了人形，我看见她躺在床上枯瘦如柴的背影不觉湿了眼眶，佘曼发现是我，连问了三句这是不是做梦。

佘曼是何等聪明的人，自从我无缘无故消失之后，她就把一切都联想清楚了，她写的那两行字，第二行字里表达出来的意思就是她猜到我被抓了，但是没猜到我还可能被放出来。

佘曼扑过来抱住了我，用嘶哑的声音对我说："这是我所经历过，最浪漫的事。但是跟这个比起来，你好好活在我的身边，更加浪漫。"

然后又是那一切的重演，教课、佘曼、诗会、暑假、楚西原、密码、拜伦、江海客、许硕、批斗……

佘曼带着我逃离。

我们被两个许硕首尾截住，年长的许硕掏出了手枪，他知道会发生什么，他会射出一颗子弹，佘曼会用她的身体拦截。但是这次谁也没有想到，那个年轻的许硕竟然赶在佘曼前面挡住了子弹。年长的许硕有些气急败坏，他朝自己的太阳穴开了枪，但是这次没有发生跳转，时间还是一分一秒地向前滚动。但许硕死了，我们却没能跑掉，再次被抓回到学校，这次，佘曼也跟着遭了殃，和我一起被关起来。

你还记得楚西原吗，有一天，他突然出现了。

他进入了一个我至今都不知道代号的秘密部队，负责破译台湾那边的密码。他把我和佘曼从学校带了出来，并安排我们离开中国，到了美国。在那里，我继续了研究，并且——

尾声

"发明出了时光机？"王元问道，那样子比看见外星人还要夸张。

"我亲自进行了实验，并对之前的猜测进行了验证。我设想，原本的历史进程就是我和佘曼带着许硕等人来到美国，我发明出了时光机，许硕参与实验。还记得那个时间点吗？"

实验对象：许硕

传输时刻：14: 00: 00

传输地点：实验室

目标时刻：10分钟之前

到达地点：职工宿舍

“实验成功了，许硕穿越回了十分钟之前的宿舍。他来到实验室，发现了另外一个自己，而我们对此并不知情，还跟十分钟之前一样准备着眼前的实验。由于某种原因，实验没有如期进行。两个许硕见了面。我想，他们之间一定发生了争执。想想看，有一个一模一样的自己活在这个世界上，你会怎么做？答案是杀死其中一个自己。结果应该是许硕的本体杀死了那个穿越者，而就在这时，时间发生了回跳，回到了实验之初。许硕正是利用这个规律，进行了频繁的穿越。最后那一次，穿越者失手打死了年轻的许硕，这个规律被破坏，时间的线性得到了恢复。以上，是我的猜测。当然，后来得到了验证。”

“这，这怎么可能？”

“故事我讲完了，相不相信在于你。不过，就算你把第二个故事如实写出来，人们也会以为你在编故事，那就不是传记，而是传奇了。现实生活往往比小说更加离奇和精彩。”

陈坦停在一块墓碑前，王元看见上面写着：佘曼之墓。

另有一行字写着：吾爱永生。

“等等，如果有时光机，您为什么不去救佘曼女士？”

“因为，”陈坦轻声说道，不知是忧伤，还是疲累，“佘曼并没有死啊。”

“啊——”王元突然想到什么，“啊，你，你——他们还在那个村子里？”

王元没有回答，而是开始用苍老的声音朗诵诗句，他仍然没有掌握技巧，与其说朗诵，不如说是背诵：

天上飘着些微云，
地上吹着些微风。
啊！
微风吹动了我的头发，
教我如何不想她？

月光恋爱着海洋，
海洋恋爱着月光。
啊！
这般蜜也似的银夜，
教我如何不想她？

水面落花慢慢流，
水底鱼儿慢慢游。
啊！
燕子你说些什么话？
教我如何不想她？

枯树在冷风里摇，
野火在暮色中烧。
啊！
西天还有些儿残霞，
教我如何不想她？

有一些风吹来，寂静的坟园里传来几声鸟鸣。陈坦看着墓碑，反复念道：“教我如何不想她！”

红潮

萤潮

一、红潮并不如期而至

海风向坐在沙滩一块石头上的我吹来，它时而强，时而弱，里面蕴含的是一种咸咸的腥气。如果可以的话，我敢用背包里那台价格不便宜的摄影仪和拉链上珍藏版的怪物钥匙扣打赌，这风和海水并没有任何的异样。

我有些坐得闷了，四处张望着同样在等待的人。不少人谈论着红潮那些流传甚久的谣言：有的人说是沉没在海底的冤魂作祟带来了红潮；有的人则说红潮是某个秘密组织所为；还有的人持有的是一种更模糊的说法——红潮里出现的那些东西堪称来源最神秘的一种生物，并不是一般人所能见到的……我静静地听着没有插嘴，但那最后一个谣言确实是让我一次次来到不同的海滩，默默等待红潮的原因。一个中年男子快步走下海滩，用手指沾了沾海水放进嘴里，在海边一个教授和他的学生的叫骂声中冲回人群，说海水的味道像是发生变化了；附近一个渔村的治安队来到这里维持秩序，免得这群异乡人把太多的垃圾遗留在这片他们赖以生存的海里，不过我在想，如果红潮真的出现，几只庞大如山，而又奇形怪状的怪物走过沙滩的话，他们以后大概会效法尼斯湖旁边的当地居民，一边张贴那略带诱惑性的标语“我们在怪物出现时不对游客负安全责任”，一边向那些慕名而来的红潮爱好者们出售食物和纪念品一类吧?

我不再理会那个刚尝过海水的男人又在夸夸其谈些什么，偶尔等得心里有些急的时候就看一眼在海边做着各种检测的教授和他的学生，他们之间的谈论越来越激烈，甚至开始用肢体语言指天画地起来。也不知道是人群中的哪一个突然吆喝了一声，众人都以为是红潮要来了，纷纷站起来看。我虽然知道这十有八九是误传，但依然在心里怀着那么一点希望，挤到了人群的最前面。

我挤开了在前排的最后一个人，映入我眼中的是一片蓝，如果是在平常，这是一片挺美的海景，可是我却无法形容我看见它时心情是何等怪异，它就和我童年时养了许久的宠物兔死了时吹过的暖风，还有几年前那个我苦苦追求许久的女人告诉我她一直有男朋友时我仰望到的湛蓝天空一样，它们都按部就班地展现着自己，却毫不顾及观察者的心中所想。

教授有些暴躁地叹了口气，然后摆着手指挥着他的学生把仪器都搬回车辆，这次红潮的预测算是彻底失败了。

我在客运站等车的时候就一直拿着手机，思考着是不是给我一位同样关注此事的朋友发一下信息什么的，但我又觉得直接告诉他一个一无所获的结果可能不太好。他也可能已经忘了这事，如果他打电话来问，我也只好如实回答了。

我等的返城长途车到了，于是我上了车。

二、红潮的第一次出现

我在车上半睡半醒地依着车窗坐着，车行了大概半个小时左右后，我的手机振动起来。我接通电话，那是我老板打来的，他用一种略带命令的口气说单位突然有点事，所有人最好都回来帮忙。当得知我有些事去了城郊的偏远地方，无法赶回来时，他不愉快地哼了声挂断了电话。我对着忙音的手机同样不愉快地哼了一句，法定假期里我并没有什么义务帮他做事，还好我是真在外面，倒是省了一番编借口的心思。

如此看来，这回来看红潮即使看不到东西，但也不至于白跑一趟，与红潮相关的事情有时就是如此奇怪。

我不由自主地想起了一些事，而想起的第一件就是数年以前，红潮的第一次出现。但在说起之前，我必须说明的是我只是一个旁观者，而非亲历者。我，一个生物学毕业的小职员，只能尽力像一个古生物研究员那样从言语的沙砾中淘洗出故事的残骨，再通过自己的臆断把它们拼凑成一个似是而非的形状，或许世上的事情都只能如此吧。

那是一片中国南部的偏僻海滩，一座渔村正好在那附近。那里的大人们主要靠海边打鱼为生，而小孩则喜欢在海滩上拾贝壳和一些零星的岩页化石，通过那些化石上的痕迹来想象一些巨大而奇异的怪兽。在一天夜里，村民们驾驶着亮灯的渔船在海上捕捞海鲈和鲷鱼。有的渔民有一种习惯，那就是在捕鱼时候沾一点海水来尝尝味道判断鱼群走向，一个渔民正是这样做的。他在船尾沾了一点海水，却尝到了一股怪异的味道，他以为是船上的柴油机漏油了，于是通报完其他人后赶紧到了船头用海水漱口，希望能把味道冲淡点。

其他人检查了那艘船上的柴油机，没有任何的问题，他们这时候看见通报的那个渔民走回了舱内，他带着一脸的血红。

尽管当事人坚持自己一点都不疼，但其他人还是认为他一定是不知何时被船上的机器刮伤了，必须送回去救治。船掉头向码头的方向驶去，掌舵的渔民突然发现了一点异样，那就是在他平常当作返航路标的灯塔小岛附近居然多了几座小岛。他以为是自己去错地方了，赶紧又核对了一下其他参照物。就在这时候，他看见了灯塔小岛附近的几座小岛缓缓升起，变成了海中的小山。

海上的波浪摇晃得越来越厉害，渔民们的眼神也随之变得困惑起来。

那个驾船的渔民看见之前的情景，还以为是鲸鱼一类的大家伙闯进近海了，但下一刻发生的事情立刻推翻了他的想法。那些海中的小山站起来了，支撑着它们的是一些怪肢，既不像螃蟹的节肢，也不像海星的疣足。这些怪物用着奇怪的步伐向沙滩走去，海面摇晃，涌浪打在船舷上，把一些海水泼进了船舱里。渔民们察觉到了这海水的异样，纷纷拿出探照灯向四周的海面看去。尽管夜间的海水色调有点暗，但他们还是很快就发现了一种很明显的事，整片海都已经变红了。

电视台的采访队听说那里有大型动物出没，在第二天闻讯赶来，他们中的好几个人在进村那条公路上看见海时都惊叫出来，他们无法想象是什么巨大动物之间的猎杀才能让一片海都灌满血水。进村后，他们立刻团团围住了目击渔船上的渔民。一位接受采访的渔民面对镜头有些紧张不安，于是记者先问道："能简单说说昨晚上发生了什么事吗？"

他迟疑片刻，用最简短的句子说了出来："我们昨晚在海上打鱼，突然就发现海水变红了，几只巨大的怪物从水里上了岸。"

那个记者显然对这样的回答有些失望，她又补问了一句："你当时是什么感觉？"

"很奇怪，我从来就没见过这么巨大怪异的东西。"渔民的回答依然很简短。

迫不得已，那个记者只好问了个带有倾向性的问题："当时你害怕吗？"

渔民眼神变得有点疑惑了，他的眼珠一时转向镜头，一时转向码头的海面，记者皱着眉等待着，她已经嗅到海水里传来的并不是血腥味。最后，渔民终于开了口："说实话，那时候我最害怕的就是那些怪物在海里的动静太大把船打翻了，对于它们本身却没有什么恐惧。我见过不少海里的鲨鱼，甚至还有从养殖场顺流而下逃到海里来的湾鳄，它们露在海面上的背鳍，鳞片，还有那瘆人的头颅能让那些没听说过它们的人都心生恐惧。但这些怪物不会，它们的一切都太奇怪了。”

我常常想，那时候的电视台一定有一种掐了这段现场直播的冲动，可让人想不到的是，这段采访在日后成为了几乎所有红潮怪物纪录片的开头，就像是对这些怪物最淳朴的一个总结。

消息随即在国际上传开，美国媒体把红潮和怪物的照片和某条工业污染下变红的河流的照片相对比，督促中国政府对自己的大规模发展重工业进行反思。当第二次红潮发生在澳洲时，大部分媒体的标题就变成了思考铁矿石贸易对世界环境的影响。第三次红潮发生在加拿大与美国交界处，一个资源绝对充足的好地方，于是媒体的标题又成了发达国家和发展中大国对环境的索取是否正在遭遇报复……红潮陆陆续续地发生，关于红潮和其中怪物的新闻报道里用得最多的是一个普遍适用的词：自然灾害。

三、体制下的红河

我回忆完了红潮第一次出现时的事，继续用手捧着电话，我朋友还没有打电话来。这让我不知道该放松好还是失望比较好，我看着窗外飞掠而过的行道树，心想他大概是在野外拉练什么的吧。

我和我那个朋友本来只是普通的高中同学，高考过后，我选择了一个感兴趣的生物相关专业，他因为成绩不佳而选择了参军。我们两个成为朋友开始于第一次红潮后的同学聚会，那时在一家廉价西餐厅里，大家聊着工作和出国留学一类的话题。在吃掉桌子上最后一根软掉的薯条后，我原本想聊红潮相关的事的，但又觉得好像太唐突了而没说出口。直到有一个新闻系的同学谈论起一位最近挺出名的二流记者采访红潮的相关事件，我和我那个朋友才同时插上了话。我们都顿了顿，然后相视数秒。

接着我先开了口："老同学，你也知道高中开始我就喜欢各种野人水怪一类的玩意，我关注红潮这事再自然不过了，能不能说说你又是为什么?"

他有些过于规整地耸了耸肩，从这个细微的动作里能看出他作为一位职业军人接受的严格日常训练："出于职业习惯，在这个和平年代，它们是最有可能的对手了。"

然后，我们都又叫了一杯饮品，谈论起那个记者的经历来，在日后，我们围绕红潮聊了更多的话题。

说起来，那位记者的报道在与红潮相关的资料中占了很大的一部分，这并非说他对红潮的采访很到位，而是他采访红潮的经历本身就是像我这样的红潮爱好者脑海中红潮事件拼图的一部分，就像红潮的某种映射。或许和他的资历还抢不到某些重点新闻有关系，这位记者很喜欢在他们报社的周刊上发文章，把一些也许关系不那么明显的事情往政治和体制上面引。他把过于精致的饮食文化看作是精神文明的缺乏；把某次热带气旋定性为沿海地区过度工业化的恶果。在那个时候，他注意到了红潮。

他被美国媒体的那幅左边是红潮，右边是一条因污染而变红的河流的封面所震撼，所以决心以此为方向做长期的系列报道。首先，他找到了红潮发生那个省的海洋与渔业局。当局的答复是这个突发状况实在是太不常规了，所以可能需要较长的周期进行研究。刚开始的一周，他的确是如实报道的，但在那之后，当局的沉默让他起了疑心，那些习惯性的词汇在他报道的字里行间悄然出现了，他的报道也开始被人所注意。

在两周后，他偷偷地在夜里潜进了相关研究机构的实验室。他壮着胆子拿起一个像是从红潮怪物身上采下的中空肉囊并剪穿了它，里面果然有股让人窒息的味道，他被这一发现鼓舞，又找来一瓶红潮海水的样本闻了闻，他觉得那的确像是某种化工染料，并用小瓶子装了一点准备带出去。他在实验室的黑暗中兴奋地探索着秘密，却没有注意到一点——他的衣角拨开了一个开着的电极，后者点燃了窗帘并触发了消防警报。愤怒的保安随着警报声赶来，把他搜身后扔了出去。

摔疼的身子让他恼羞成怒，带着恶毒的报复心态把自己的质疑写进了一篇报道里，那个报道的网页配图完全是对当初美国媒体那幅封面的致敬，它左边是红潮和其中出现的怪物，右边是政府官员和黑白色调的研究人员。

这个报道顿时引起了轰动，他也成为了在舆论风口浪尖的红人，无数的人称赞他是英雄，而绝大部分科研工作者则痛骂他是欺世盗名之辈，但无论是后者还是前者，都让他的名声与日俱增。

这位记者继续着他的报道，一半是为了揭露他预想中的真相，一半是为了维持他那勇于揭露真相的名声。他去了当初发生红潮的那片海滩，以一个工匠学徒的身份在那座渔村住了下来。在那段时间里，他每天漫步在红色尚未褪去的海滩上，那海水中红色的形状成了他想象中那条国营体制下缺乏监管而变红的河，他几乎隔天就能出一篇报道，在网络和现实中引发舆论轰动。唯一美中不足的就是，过于偏激的政治观点让他的心理和身体都有些吃不消了。还好他找到了一个好地方，那是一座渔村附近看不到海面红色的小山。几乎每天傍晚，记者就会揉着偏头痛的额头出现在那座山的小道上。

在一次爬山的时候，他闻到一股香水味，然后看到了一个正在下山的青春身影，他于是找了个借口和她搭上了讪。那个女人的眼神掠过他，看到他手上的手表后微笑着和他聊了几句。

几乎在每一个故事里，主人公在一条无人的小径上偶遇到的都是不食人间烟火的仙女，但现实中的大部分情况却并非如此。

几天后，记者碰巧在渔村里再一次见到了那个女人，由于刚好是中午，他们在快餐店同桌吃饭，记者的谈吐和见闻让那个女人看出了一点端倪。她向那个记者要了联系方式，在周末约他出来，在那些和他亲密聊天的夜晚后梦见了那个记者原本所在的繁华都市。

在记者的那段生活里，变红的海水，那个女人的连衣裙，脑海里体制下产生的怪物和那个女人的微笑交错变换。

一天，记者偷偷地去采访了当时目击红潮怪物的渔民，他们面对记者这位不速之客的紧张和沉默被记者理解成了被当局收买的失声而写进了报道。那天傍晚，记者和那位女人漫步在了沙滩上。他们聊起了生活和未来，女人脱下衣服，露出一套紧致的泳装跃入海中，招呼记者也下水，记者在取得新闻的兴奋驱使下也跃入海中，他们在水里抱在了一起。

在情感灼烈时秘密往往就守不住了，那个女人红着脸说她早就看出了他不同寻常，想知道他来自于哪个富有的城市，而来此又是想干什么。记者说他理解女人的想法，毕竟当今的社会利益的分配越来越不公，身为个人对自己的利益注重多一点并没有什么。他伸出手指向远方说他来的目的就是调查那个，在他所指的地方，红色的海水和夕阳的余晖交织在了一起。

那个女人思考了片刻，她看着红色海水的眼神就如同第一次见面时看着记者的手表，她吻了吻记者的耳根，说她其实怀疑她和那红潮有点关系。尽管记者对她所说的东西一笑而过，但还是用个人的名义把那女人所说的当成趣闻发布在了某个网络论坛上，他没想到，这成为了以后那个女人成名的原因。

记者关于红潮的报道越来越有影响力，不少国外媒体已经注意到并开始单独联系他了。第二次红潮出现在澳洲并没有对他的报道造成太大的影响，他把中国和澳洲工业资源的贸易规模整理一番，重点突出其中的环境破坏后，就暂时吻别了那个女人，订好了机票打算前往国外和外国媒体接触下。

本来，记者应该能预见到他似锦的前程的，可是他和外国媒体接触的海滨餐厅位于加拿大与美国交界处，一个并不缺乏资源的好地方。

那时候的记者估计还躺在餐厅的沙发上练习用英语回答外国媒体的提问，可窗外游人的尖叫打断了他。他循着声音向海面望去。他看着海面上的一点点红色逐渐扩大，交联成了千百条他脑海中的红河，然后，千百条的红河相互融合，成了完全的红色，几个巨大物体渐渐露出海面，那是一片超越他理解之外的景象。

早到的外国媒体记者此刻把除了生命安全以外的一切都抛诸脑后，第一时间驾车逃离了现场，其他人也赶紧逃离了。被独自留下的记者躲在餐厅里瑟瑟发抖，一个红潮怪物行进的路线正好与餐厅重合，把半间餐厅撞成了碎屑。记者觉得快疯了，他在剩下半间餐厅里谩骂起了世界的一切，他痛骂西方社会也是一群伪善的小人，这天谴降临到他们头上也同样合情合理，而回答他的，只有从红潮怪物身上抖落，暴雨一般的海水。

他意料不到的是，那些原本为见面会准备的录音和录像设备依然照常工作，他那时的一切举动都在不久后被上传到了网上。

记者的职业生涯彻底完了，他兴起于红潮，却同样被红潮终结，那个女人再也没有找过他。

四、唤来红潮的女人

返城长途车继续行驶着，回忆完那位记者经历的我百无聊赖地摆弄着背包上的怪物吊坠。在一个车辆转弯的瞬间，我的鼻子随着空调吹来的风闻到一股香水味，在这个混合着汗味和人造皮革异味的车厢里，这宛如工地的沙土地上飞来一只色彩斑斓的鸟，堆满垃圾的山头上盛开了一树野杜鹃。我突然因为这点味道唤起了少年时候的某种盼望，但随即，那些让我成为一个成人的回忆涌来，把这点过于美好的盼望重新卷回脑海的最深处。循着味道看去，我看见了半张靠在座位上，画着浓妆的侧脸。

我的第一反应就是她是不是就是那个记者经历里的女人？她难道还不放弃从红潮中挣得更多的利益吗？我有种问问她是不是那个人的冲

动，但我发现她睡着了。再者，我想她即使真的是那个女人，鉴于这次红潮预测的失败，她也会对此极力否认的。

人总是会对看起来漂亮的东西产生一种圣洁感，我见识过无数的人称呼那个女人是神女，是连接红色海洋和陆地的女性化身，而她面对这些称谓笑着并不加以否定。但我知道，她虽然精明，善于利用身边的一切，却也不过是红潮的躯体内一片带有花纹的碎骨罢了。

我和我那个朋友经常谈论起和红潮有关联的人物，他大概是出于立场的原因对那个记者嗤之以鼻。但对于那个女人，他的态度却要含糊许多。他常说那个女人说的关于她和红潮的关系虽然很幼稚，但也不能说完全不可能，而且她也不像那个混蛋记者那么有政治野心。我心里对此一直有疑惑。直到他某一次大概是夜里站岗实在无聊给我发来一个链接，我这个疑惑才终于解开了。链接点开第一眼看到的就是那个女人穿着低胸装的修图后照片。

“你这是当兵三年，母猪赛貂蝉。”我笑着回复我朋友。

我那个朋友给我发来的链接正是那个女人成名的帖子，原帖由那位记者所发，题目叫做：“声称能唤来红潮的女人”。

最初，大概所有人都会对这则消息一笑置之，这不过是对某些电影和动漫情节的拙劣模仿。许多人也许是因为那张低胸装照片的关系继续读了下去，然后在得知那个女人是生活在第一次红潮发生的渔村后，心里浮现出那么一丝疑惑。

那个女人对发生在澳洲的第二次红潮避而不谈，第三次红潮后，记者身败名裂，他带着几乎是哀求的语气对那个女人说道他还留了点积蓄，问她能否愿意在一个偏僻的地方和他过平凡的生活，她用异常冷静的语气回答道容她想想。仅仅一天后，在关于记者铺天盖地的口诛笔伐中，一张她画着宛若泪痕的烟熏眼妆的照片进入了公众的视线，她在网上说自己其实一直受到那个记者的胁迫，所以在他远去时向他所在的地方唤去了红潮，希望公众能够原谅她的任性。

在我的眼中，那张照片里最让人印象深刻的并非她那宛如哭过的烟熏眼妆，而是嘴角不经意流露出的一种精明而果断的表情。如果一个植树者发现自己苦苦栽培的树木并不能用来做木材而咬咬牙把它们都砍成柴火，榨取最后一点利益时，流露的一定是同样的表情。

公众尚在对她的言论议论纷纷时，她突然消失了，她在下一次红潮出现时重新暴露在公众的视线中。那次的红潮发生在某个东南亚小国的海滩，当地的群众和及时赶来的记者纷纷举起手机仰着头拍摄那几只巨大的怪物，其中的一个人的镜头偏向了一边，拍摄到了那个女人。她在一个小楼里拢了一下头发，然后看着那些怪物若有所思地表演出一些动作，仿佛一种扭曲的现代舞。

这组视频一出，引起的轰动丝毫不弱于她那记者前男友第一则关于红潮的报道，网上的好事者们把视频中女人的动作一帧帧地和某些宗教祈祷仪式，古老的壁画甚至女明星们的搔首弄姿对比分析。那个女人很快就被某个娱乐公司签约，画着浓妆，穿着时装，将手足游走在红潮怪物的模型和墙纸上，据说还有无名的宗教在那时兴起，把她放在了领导者的位置。

随着她那些半是崇拜者，半是信徒的人们口耳相传，关于她的一些私人生活也悄悄流传开了。根据那个公司某些职员透露，那个女人总会在某些时间离开公司，在她离开的有些日子里，她会出现在红潮的现场，而在另一些时候，则没有人知道她去哪了。无论如何，她每一次出现在红潮的现场就让她的形象又深入人心了一分，她成了异域公主，虫族女王。一次，她在接受人物访谈时被问道她为什么能唤来红潮，她的回答首先是一阵沉默，然后，轻声说了句不知道，她笑了笑，掏出一支口红补了下妆，抿了抿嘴唇说道：“但我觉得，那海水的红色和这支口红很像，不是么?”

这一点上，她很聪明，她知道她提出任何一个可能的解释都只会被人抓住漏洞，就干脆以神秘解释神秘，用未知回答未知，我的朋友也常在周日喝完酒的晚上和我打电话时说起这场景，旁边时常是他战友的口哨声。

一开始，我也无法理解她为什么能在许多时候出现在红潮的现场。但我对我那朋友收集的消息略加整理后，心里有了一点久违的痛楚，接着开始有点理解她是怎么做到的了。为了解释这一点，我可能要先说说一个貌似不相干的，很多精明的女人擅长干的事：一个男人或许因为一个眼神，一个微笑而对一个女人心生爱慕。而就像是有某种感应那样，在周六的傍晚，女人会故意等着那个男人，和他拉近距离。当女人投入另一个男人的怀抱时，男人悲痛欲绝，觉得一定是他自己做错了什么，女人藕断丝连般的对这男人的通话更让他确信了这点。终于，有天女人悲伤地告诉男人她分手了，男人于是顺势把她揽入怀中，觉得他们之间像是有什么东西牵引着一样。男人会为女人倾其所有，直到她找到新目标。

这并非一个关于缘分一类虚幻东西的问题，而是一个数学问题。女人在周六傍晚靠近这个男人，并不代表在早上，中午和下午她不会靠近另外的男人，女人投入另一个的男人怀抱后那些藕断丝连的话同样如同蜘蛛网一样连结着她和好几个备选。当付出不大而成功背后的利益足够高时，一个统计学上的稳赢局面就此诞生了。

从第一次红潮开始出现时，学术界就开始通过一些水文参数对红潮进行预测了，尽管准确率不高，但也能提供一定参考。那个女人完全可以活学活用，做到事先赶往预测红潮会出现的地点，如果没有发生则悄然离去，如果发生了则大肆表演一番。她能得到的回报远比付出的要多得多。

那个女人继续跳着她的召唤之舞，那片海水的红色仿佛又成了她缎带的染料，成了她的口红。

在我的印象里，有相当长的一段时间里新闻的娱乐版都被那个女人和她背后的红潮怪物所占据，我的那个朋友因为身处军营还时常托我把她的相关杂志寄过去。所幸的是，我的这份苦差事并不是看不到头的。花边新闻得来的名声来得快去得也快，颇为讽刺的是，现代人对宗教的热情同样如此。那个女人慢慢因为审美疲劳而不被关注了，而那些和我类似的人对于她的质疑更是加剧了这个过程。但是，那个精明的女人是不会这么容易善罢甘休的，也许那是在一个空寂的会场里，寥寥无几的观众在指指点点，而前来采访的记者表情也由原来的友善变成一种等待看笑话的好奇，她被时装和口红包裹的内心躁动着，决定豪赌一把。

她事先声称会在一个地方召唤红潮，那个地方自然而然是学术界预测的红潮出现地点。在那个预先说好的日子，她如约而至。她涂着最红的口红，穿着塑形内衣和镂空连衣裙走到沙滩上，让人觉得是蒙昧迷信时代那脸上涂彩的巫女用一种新的形象重临人间。她在沙滩上又一次开始了她的表演，海面并没有什么变化。

在场的人和附近过来围观的村民有些不耐烦地看着海面，那个女人虽然竭力不让自己表现出怯意，但谁都能注意到她额头上渗出的细汗。不知道是谁先嘟囔了一句离开了，其他的人也在嘴角露出一点轻笑，开始陆陆续续地离开，那个女人有点不知所措了。

就在这个时候，一点点的红色在海面上浮现了出来。

那个女人失态地大叫了一声，引得众人向海面看去，海面真的变红了，并且红得比以往的红潮更厉害，就连海天相接的地方也成了红与蓝的交界线。人们用崇敬和渴望的眼神看那个女人疯狂地舞蹈着，同时提防着那些怪物的登陆。

片刻以后，那些怪物果然出现了，人们看见几座小山一样的庞然大物浮出水面，然后惊讶地发现并非仅此而已，无数的怪物随着前面那几个浮上了海面，就像在海上浮现出了一条山脉。众人连同那个女人都惊慌失措地躲在了海边一座石山上。那个女人心有余悸之余，发现自己被几个附近的村民团团围住了。

村民们知道如果这一大群巨大的怪物踏足他们的村落，绝对会成为灭顶之灾，他们请求那个女人把它们召回去。如果真的把那个女人看作巫女的话，那时候的她就像是一个祭祀求雨，却唤来了洪水的巫女。村民们在她两三句的推脱以后就认定她是有意加害他们村，把几记耳光和紧随而来的殴打当作了对她的报复。她牙龈里的血混合着嘴唇的口红滴在了礁石上，比起那一片红色的海洋是如此的微不足道。一个村民冲了上来，愤怒地掐住她的脖子。

“我说谎了，”缺氧的痛苦让那个女人无法考虑除了性命以外的任何东西，她脖子上那只丝毫不放松的手让她继续说了下去，“一切都是我为了过上更好生活而摆弄的把戏，我怎么能够左右那些庞然大物呢?”一只红潮怪物正好在那时擦着石山，义无反顾地走向陆地，就好像是为了证明她的话那样。

五、面对红潮的军队

幸好我一边看着前座那半张带浓妆的侧脸一边回忆耗费了些时间，我刚回忆完那个女人的经历，这段冗长的长途车程就差不多到终点站了。我回到了住处躺在沙发上，打算等会下楼找点吃的，此时我的手机响了，不用看来电显示我也能知道到底是谁打来的。我接了电话，电话那边传来的果然是我朋友的声音。

“这次红潮的预测你去了？结果怎么样?”他问道。

“预测失败了。”我如实回答道，在对面的一小阵沉默后，我说了点事来缓和气氛：“但你猜猜我在回来的汽车上遇到了谁?”

我那个朋友大概猜到我想说什么，呵了口气说道：“你想说你遇到那个女人对吧，你一定还会说幸亏那个女人这一次没有又唤来超大规模的红潮，不然我这苦当兵的又得给女神擦屁股了，是不是?”

我和我朋友在电话两头都笑了起来，这是我们开过许多次的老玩笑了，他笑着说那经历他可不愿意再遭遇一次了，然后我们继续闲聊着。

每次我想起我朋友也曾经历过红潮，是红潮形状里的一片拼图时我都感到有些难以言喻的奇怪。那是发生在那个女人的豪赌以及前所未见的大规模红潮以后的事，无数的红潮怪物挺进陆地，他们行走的痕迹在沿海的县城码头留下了一幅幅由瓦砾堆和残破钢架组成的抽象画。

我为了这件事给我的朋友打了许多通电话，但他都没有接，他在某个夜晚给我发了一条短信："红潮怪物有的已经侵入很深了，军队已经开始调动，我只能说这么多了。"

我能猜到他的意思，同时也很理解他字里行间体现出的紧张，一个人隔着玻璃，透过电视去看一种巨兽是一回事，而亲身进入巨兽出没之地，与它正面抗衡则是另外一回事了。我思索片刻以后给他回了个短信："万事小心，身为一个公民我谢谢你了。"

他很快回复了我的短信："没什么，我只是服从命令，履行责任而已。"

在那几天里，我对他一直很担心，一方面是担心他的生命安全，而另一方面却很荒谬，我在想红潮让那个记者身败名裂，也让那个女人骗人的把戏暴露在世人面前，我的朋友也会以某种形式败在红潮的面前吗？

几天以后，他给我打来一个事后报平安的电话，他说话的语气有点怪，让我怀疑他是不是得了创伤后应激障碍一类的毛病，但他说只是心里有些疑惑解不开而已。直到一个多月以后，我的朋友觉得情报的保密期过了，才和我讲述了他那时候的经历。

我的朋友那段时间已经做好了战斗调动的准备，一天半夜，他被叫醒作了战前动员，他写好遗书，和连队战友爬上运兵车赶到了增援地点，那是一个城市的生活用水库。我的朋友被上级告知架设好武器，红潮怪物预计将会在清晨到达。

我朋友的连队守住的地方位于两个山坡的交界，那两个山坡相当于两个天然形成的反冲锋斜面。如果说红潮怪物想要靠近水库的话，他们连队所在的地方是必经之地，我的朋友陪着战友在夜里瑟瑟发抖，心里无数的情绪交织在了一起——对战斗的紧张恐惧，对红潮怪物的疑问，甚至还有想象中那个女人与红潮怪物间像是存在，却又并不存在的连结……他在回忆的时候说，他不会想再一次经历那感觉了，他那时唯一能做的就是条件反射般握紧武器，等待一切可能的情况来临。

天蒙蒙亮时，他们都因为地面一阵有规律的震动而绷紧了神经，他们看见一个巨大的物体用几只怪肢慢慢走来。一架武装直升机从远处的天边赶来，作为他们的增援。

在掩体后，我朋友的连队架起武器提防着红潮怪物，武装直升机的驾驶员示意他们先别动，他自己驾驶着武装直升机迎上了红潮怪物。

武装直升机全速从红潮怪物边上掠过，然后又在它附近盘旋了两圈作为攻击前的侦察。武装直升机之后调整好方位，悬停在了一个被认为是安全的距离，向红潮怪物发射了一枚火箭弹。

谁也没想到的是红潮怪物的脚步停了下来，那颗原本预判好它行进位置的火箭弹和怪物擦身而过，夷平了附近的一个小山头。红潮怪物停下脚步的同时身体缓缓的一呼一吸，让人勉强能联想到它像是在闻着什么，它调整好方向，径直走向水库。

武装直升机骂了句该死，为了阻止它而发起了第二轮进攻，为了避免火箭弹再次射失而误伤友军，武装直升机直接向红潮怪物上方冲去，它的航炮吐露火舌，把数以百计的子弹都倾泻在了红潮怪物的身上。在渐渐明亮的天空中，我的朋友看到红潮怪物的伤口处涌出了几团游丝一般的气体，武装直升机的进气口在吸入后随即熄火了，它里面的驾驶员迫不得已启动了弹射装置。红潮怪物继续向水库走去，丝毫没有留意到那武装直升机的爆炸和随着降落伞缓缓降下的驾驶员。

我朋友的战友们握紧手中的武器，等待红潮怪物进入射程。让他们困惑不解的是红潮怪物的走向并不是正对着他们。它走到了其中一个天然形成的反冲锋斜面前，抬起它的怪肢，就像一个平常人走过门槛那样爬上了山坡，翻越了过去。

我朋友和他的战友们这时才发现他们忽略了一个从没想过，却又显而易见的道理：人类已经摆脱了和野兽的战斗几千年了，现代战争的一切战术都是基于如何对付同为人类的对手而设想的，从没有人考虑过面对非人的对手时它们是何等的苍白无力。我朋友的连队战士们跳上运兵车，竭尽全力想赶在它到达水库前把它纳入武器的有效射程内，但是他们之间速度的差距太大了。当我朋友的连队赶到时，红潮怪物已经站在水库的边沿，它一侧的肢体蜷曲起来，身体触碰到了水面。

连队的所有人都绝望地看着这一幕，他们几乎想要闭上双眼，他们的敌人已经达成目标，满水库的水接下来大概都会变成红色了。

出乎他们意料的是，水库里的水毫无变化，唯一有变化的只是水面因为红潮怪物的身体而泛起的涟漪，红潮怪物站直了身，像是有些疑惑地抖了抖身体，然后走向了另一个方向，没人知道它为什么选择往那里走。

我朋友的战友们顿时愤怒了，他们已经让敌人成功了一次，绝不允许有第二次发生。重武器架设的声音和面对红潮怪物的脏话不绝于耳。我的朋友拿起单兵火箭发射器，迅速瞄准好准备离去的红潮怪物并扣动了扳机，一发水泥攻坚弹击穿了红潮怪物的外壳。

随后，这种原本设计用于城市攻坚作战的火箭弹在它体内炸开，无数难以形容形状的脏器四溅而出。我朋友看见它缓缓倒下，却没有听见愤怒的嚎叫或者悲鸣，红潮怪物躯体里有一个囊破了几个口，许多鲜红的液体随着那个囊的跳动流了出来。他一开始眼睛发红，以为是它死前流出的血，可是在仔细看过那个器官的跳动频率和形状后，他猜那可能只是它存起来的红色海水而已。

那时我听到这里问了他一个问题：“你开火击中它时是什么感觉?”

“很奇怪，没经历过的人是不会理解的，我像是在对世界开火。”他缓缓地回答道。

我朋友像是理解我的困惑，他继续解释道：“我参军以来时常会做梦，有时梦见自己手拿武器和那些想象中才会存在的恶魔决一死战，有时梦见自己误杀了无辜平民而寝食难安。但我在对那怪物开火时心中并非那些感觉，如果说有类似的感觉，那就和我军事训练时候打脱靶的感觉有点像，子弹在草丛里翻滚，弹片冒着蒸气沉入水中，片刻过后，一切还是原来的样子，自然并不理会我做的一切。”

“我是真不明白这是什么意思，大概没经历过的真的不会明白吧。”我当时是这样回答他的，在以后提起这件事时，我也是同样的回答。

现在，在电话里，我和朋友的交谈依然继续着。

“毕竟我也算经历过一次了，这次也没什么，倒是看看你什么时候走运能遇上吧。”我朋友的这句话让我从回忆中惊醒，我和他又聊了点什么，然后相互道别挂了电话。

我下楼吃了点东西，洗漱后上床睡觉了。我记不清我睡着后是不是梦见了红潮，我只知道现实里我并没有遇到，我遇到的只有平凡琐碎的日常工作和生活。

六、红色古海

平凡的生活一直持续了两个多月，我由于工作的关系再也没能抽空去预测红潮会出现的海滩。在一个周六的傍晚，加了半天班的我正在住处上着网，我朋友在某个聊天软件上叫了我一声，我于是打开了对话框。

“有个重要消息。”我朋友第一时间说了这句话，“还记得被那位记者报道隐瞒事实的那个研究所吗？他们联合各国实验室的初步研究结果出来了。”

“太晚了啊，要是人能未卜先知该多好，如果这样那个记者现在还在平平凡凡地继续着他的职业吧。”我有点唏嘘地敲打着键盘，同时对那个结果有些好奇起来。

“你以前生物专业的，估计会理解得比我明白一点。”我的朋友发给我一个链接。

我点了进去，那是一个学科网站的简明报告。我跳过了开头那张红潮怪物的配图和照本宣科的介绍读了下去，随着眼睛掠过一段段文字和一张张的序列分析系统发育图表，我的心情愈发激动，以至于我阅读时甚至忍不住想要自言自语地说些什么，却发现什么也说不出来，终于，我看完了文章最后那一张作为总结的进化之树，我仰头倚坐在椅子上，眼睛盯着天花板。我想我必须要出去走走来平复一下心情了，我下了楼，去了一个经常散步的地方。

那是一处寻常的江边，远处高楼林立，沿江的人行道上偶尔走过几个行人，我沿着江边走了一段，然后靠在护栏上望着夜色中的江面。

“震旦纪。”我轻轻说出这个生物进化学说里代表一个远古纪元的词语，闭上眼睛想象着红色的海水。

在那个生命诞生之初的年代里，第一种产氧的藻类诞生了，它们把氧气释放在环境中，而氧气却首先被环境里的还原态物质所吸收。因此在地球相当长的一段历史里，天空因为充斥着二氧化碳是金黄色的，而大海则因为富含氧化铁显现出深红。直到藻类释放出的氧气把环境中还原态的物质氧化得差不多了，地球才逐渐变成我们现在熟悉的模样，好氧生物才开始出现。

在那个年代里，大概是一股洋流把其中一片海水和其中的生物族群卷到了与世隔绝的深海海底。在那里，那些生物族群走上了一条与我们截然不同的进化道路。它们身边依然萦绕着古老的海水，刻在基因里的记忆告诉他们在海面上是金黄色的天空，终于有一天，它们进化出了庞大的躯体和足够牢固的四肢，于是背着能呼吸那金黄色大气的气囊，开始履行被耽误了数亿年的本能——登上陆地。

它们登陆上这个早已改变的世界，海洋伴随它们显现出古老面目。在它们看来，我们这些好氧远亲的一切文明，一切举动都是当初某些单细胞生物行为的变形而已。

江风猎猎吹着，我这时开始明白那些借助红潮的人为什么最后都被红潮所嘲弄了，因为他们都妄图用人类的观念来解释红潮，却没有想到红潮来源于太古之初，那是一种比鲜血都要古老得多的红……我继续想着，这些想法给了我一点安慰。尽管，我没经历过红潮，但我也隐约能够理解、触碰到亲历者面对红潮时心中的茫然。对于一个红潮的爱好者来说，这或许已经足够了吧。

我被江风吹得有点冷了，于是伸了懒腰准备离开。

我走过江边的码头，有几个在江里游泳的中老年人上岸了，他们在抱怨说今天的江水有股咸咸的涩味，其中的一位用水泼了一下身体，却发现身边的人惊叫道这水怎么成了这个颜色。我在那一瞬间感到惊讶，同时有点难以置信，我转过头望去，似乎真的闻到一股自行车棚里的铁锈味道。

我还有点怀疑是不是错觉，我才接受了自己遇不到红潮的事实，它没有理由会刚好出现。但我突然想起了记者的经历，红潮从他脑海里的一条红河变成了一片不可能出现，却又偏偏来临了的红。

江水水面已经向上涌起，一个巨大而又奇形怪状的物体向我附近的岸边缓缓靠近。旁边的人四散而逃，我因为一开始愣住了而耽误了些时间，等我转身跑动起来时，两只既不像螃蟹节肢，又不像海星疣足的怪肢挡住了我的退路。

我为了转弯而脚下一滑，仰面摔倒在地上，我双肘撑地刚想站起来。红潮怪物的怪肢就来到我身边不远处，数个巨大怪肢在一起一落地拍击着地面，它们留下来的深坑让我明白逃跑并不是什么好主意，我不知所措，仰头望着眼前的景象。

它的躯体比起它的同类要细长一些，可能是它在进化时更倾向于从江河登陆，但这也是仅有的一点我能理解的东西了。红色的潮水从它身体的边缘倾泻而下，使它宛如暴雨中的长亭，几滴不知道是有意还是无意地滴在我脸颊上的水珠把我的注意力集中在正上方。在它的腹部，乳白色的脏器裸露在外，以一种怪异的节律在蠕动着。

如果非要比喻，它的腹部就像是一个刻满大理石浮雕的教堂穹顶。我有些荒谬地发现它脏器的一部分有点像我一个想念许久的故人，但在下一刻，那片脏器就已经扭曲成了一个我说不出来的形状，一个在我身边仅数米开外落下的足肢更是让我的心中顿时充满恐惧。人在极度的恐惧中总会有忘却自身的冲动，希望以此逃避自己的幼小和脆弱，我能想象到这只红潮怪物此时一定已经登上了岸，它站在一片霓虹灯周围，站在摩天大楼之中，站在四散逃避的人的尖叫中，它并不知道这一切是什么，缓缓地迈开脚步。

我终于开始明白，我朋友说的他像是在对世界开火是怎么回事了。世界并不会对我们渺小的情感付出太多的在意，我们高兴，看见海洋仿佛分外清澈碧绿是错觉，我们悲伤，看见海天都是一片相连的灰蒙蒙也是错觉。在这红潮怪物的腹部，我像一个在教堂里供奉着一位无法揣摩，时而降下福祉时而却降下灾厄的神明的信徒，我呆呆地保持着倒在地上的姿势，直到眼前巨大的身影，乳白的脏器都慢慢从视线消失，露出了一片夜晚的天空。

我站了起来，呆呆地站着，一个采访队赶到了现场，一个记者举起话筒想要问我些话，我却沉默不语。她觉得我大概是受惊过度失声了，于是就登上采访车去追赶那红潮怪物的足迹了。其实我只是不知道该说什么而已，我总不能说那个怪物腹部的脏器就像我想念的一个故人，而其他的感受那群红潮初次出现时目击的渔民已经说过一遍了，我不需要复述。

我看了一眼已经变红的江水，走着回到了住处，我感觉身体轻了好多，如同风中一片破碎的拼图。

七、红潮之中

汽车快到站了，我已经能看见马路边红蓝交汇的海景，我想着是不是该对着海景哼哼歌什么的，但我没有，我就看着窗外，直到车停下。

我下了车，快步地走下了沙滩，我曾无数次想象过，而现在终于真真正正能踏足这片红潮第一次出现的渔村。远处，一座巨大的濒海研究所就快修建完成了，针对红潮生物进化机理的研究即将在这里展开。是啊，即使红潮茫然地看着我们，人总是要尽点努力向自认为好的那方面去靠拢的。我走近那栋建筑打算看看，一个年轻的女学生提着手提电脑向我这方向走来，在她走近了一点时，我隐约觉得她五官的一些细节像极了那位我想念的故人，于是下意识地招了招手。她很是疑惑地打量了我一眼，然后出于礼貌也对我招了招手，我们擦肩而过。

我身边的人开始多了起来，搬仪器过来的科研人员，村里休息的老人，前来旅游的少男少女。这让我想起，我的朋友要待在军营里辛苦训练好些时候了，在我语无伦次地对他说起那段我遇见红潮怪物的经历时，他不是太理解地应着我，我只好有点无力地叹了口气。

“或许什么时候面对面聊聊我能表述得更清楚一点的。”我说道。

“是啊，说起来我们也挺久没见面了。”他回复我。

我想了想，说道：“要不，等你什么时候有空一起出去走走吧，就是去那些红潮出现过的地方瞎转转也好，指不定能遇上什么人呢。”

在彼此的一片沉默中，我能想象我朋友也和我一样在脑海中浮现出红潮和其中出现的怪物，它们既不祝福，也不诅咒，只是不期而至，漫过你我。

我的朋友回复道：“等我休假了就通知你。”

不光是我的朋友，我在想红潮出现过的地方我还能遇上许许多多的人，包括那个失意的记者和精明的女人，他们的生活和红潮还有红潮背后所支配的东西连结在了一起，一道流向了不可知的未来。

海浪一下又一下地拍打在海岸上，一团海草随着波浪漂流，却又像在努力游向陆地，这给我了一点渺茫的期盼，就如同红潮。当红潮再起时，谁又知道会发生什么呢?

二等奖作品

按作者姓氏排列

念伊念伊

念语

1931年　上海　龙华镇

老龙华镇今天也格外热闹。

贩糖的老头儿自城里回来，说路上见卫队又押着几个革命党人进了监狱。

待消息从镇西传到镇子东边的时候，这个故事就变成了几个革命党人趁着夜色冲进淞沪警备司令部，给门口的守卫捉住了。

哎呀，胆子这么大哩！卖油条的胖子大笑起来。

油条在锅里翻腾着，嗞啦嗞啦，胖子拿长筷子给油条翻两个身，就夹起来，放在铁笼里滤去油水。

一根油炸鬼，一份豆花！拄着拐棍的老头子走进来。

好咧！摊主应道。

早点铺子上几个熟人闲聊起来，谈到北边的荒地这几日又杀了革命党人，又怎么有野狗把骨头叼到大路上，吓人得很。革命党人是要杀掉的，可是现在不时兴杀头了，都是枪决，这就没什么意思的了。枪决处刑的时候声音极大，站得太近保不好还会给流弹打死，所以也不比从前，现在杀人的时候都不许闲人围观。

端着豆花坐在门口的老头子敲了敲拐杖，说，以前到了午时还能去市口看杀头的，现在就没有了。

话里好像还带些惋惜。

龙华镇往北走上三公里就是淞沪警备司令部，国民政府在淞沪地区的最高军事机关，司令部旁紧挨着一排矮小平房，那便是龙华监狱。监狱关押政治犯为主，因而条件比起其他地方好一些，但犯人通常住不久——监狱旁边紧挨着就是刑场。

不知是有意无意，每次刑场启用的时候，枪声总是能够恰到好处地落进每个人的耳朵。

这天早上，监狱里的人们又听到了枪声。

那个声音早已衰弱得难以分辨，遥远的距离外，子弹穿过空气的啸叫声，还有那些杂乱的、凛冽的回响都悄然泯灭，只剩下它飞出枪膛时那一下尖利的响声。

可所有人都捕捉到了这细小的回荡着的声音。牢房里那么安静，呆久了，听觉和视觉似乎都会变得格外敏锐。

隐没在黑暗里的人们现在都坐了起来，眼睛睁着，直直地盯着西方的白墙。

站在门口的守卫难以察觉地挪了挪脚步。

"砰，砰……"

接下来是一串很急的枪声。

回音混杂在一起，数不清数目。

"砰砰。"最后两声连在一起，也许是处决时出了什么意外，要补枪。

终于有人说话了，话到嘴边，却又变成一个长长的叹息。又能说什么呢?

不久之前一队警卫走进来，送进了七个人，又顺势带走了七个人，名义上说是要转移到南京，可每个人都清楚是什么事情。

七个年轻人渐次走出牢房，一样的消瘦，苍白，憔悴，在他们的眼里，名为理想的火焰有的灭去了，有的还在燃烧，但那都无所谓了，结局都一样。

铁镣铐撞击地面的回音出现，又消失在通道尽头。

再没有人接话了。铁栅栏隔开的牢房里依旧是静悄悄的，脚镣轻轻晃动着，碰出叮叮的响声。

秋日正好。

外面的世界里，也不知是白日还是黑夜的。

1967年　上海　徐家汇

物理楼六楼是实验室。

许念伊坐在桌子前，她有时候也会猜想，她的这间实验室还能用到什么时候。

实验桌角落上堆着个小机器，机器没有外壳，管路就暴露在空气中，粗朴丑陋，不同的接口上挂着许多个轮盘，看起来简直像已经报废了一样。

机器实际上也比普通的床头柜大不出多少，随便找个成年人，大概都能勉强搬动。

机器由许念伊一手造出，十年光阴十年心血，仅仅是一个人的事业，但机器名义上还是归学校所有，许念伊动不得。她想把它带走，但以她的身份，万一有谁指认她偷了东西，她丈夫都保不了她。

她的指尖划过一排机器表盘，最终停留在标注着10^-4的那一个旋钮下面。17，19，31。

随着她转过旋钮，表针也在轻轻地颤抖着。

墙壁像是在向后退去，窗外冬日的萧索也渐渐模糊，甚至风自门缝穿过的呜咽声也消失了，整个房间一下子变得格外开阔，许念伊紧紧盯着指针的尖端。

39，41……她轻轻地念出数字。

忽然间，一个尖啸的声音自某个不知名的角落钻出来，余响回荡在房间里，接着许念伊听见了一声子弹的啾鸣。

这是第三次！

枪响比以前任何一次都要清晰明亮。

但惶恐很快淹没了她，成功的喜悦只消一瞬就冷却下来，她左右张望着，怕有人听到这声响——她本以为声音不会那么大的。

“——许教授？许教授？”

她心里一揪。

那是她的学生，红二代，政审的履历漂亮得要命。小姑娘从小就是干部一路升上来，能干得很，不像她祖辈成分都不好，能够留在学校都实属侥幸了。

有时候许念伊也挺羡慕她的，一路走得那么顺利。而她呢？她根本就不曾拥有过自己的生活、自己的决定……家庭和时代推挤着她前进，没有自由，没有机会，没有第二个选择。

“怎么了，听动静好大的，没事吧？”

“没事，椅子翻了而已。”椅子翻了哪能有这声音，许念伊自己也想。不过也无所谓，有个借口总比没的好。

“小心点啊，别磕着了？报告写完了，放桌子上，团委还有会议，我先走了。”女孩鞠了一躬，走出去。

“好。”

她苦笑了一下，女孩心地一直善良，她要怕什么。

环境使然，她早已经是惊弓之鸟了。

上海比起北京来倒是好一些，听说首都自“文革”开始后已经死了许多人了。毕竟是政治中心，但凡有什么事情，总是会来得更猛烈些。幸而她家住在公安局的家属大院，大院里大都是随着解放军南下的军人，在1966年扫荡过全国的风波里，唯独这个地方显得格外宁静。

她拿了张纸，花体的钢笔字写下女孩的名字，把那份报告放在文件包里。她是个地主的女儿，七岁就上了小学堂，学文还要追溯到更早，写得一手引以为傲的好字。

几十年的生活给她留下的烙印是一辈子都不可能削掉的，但是时势所迫，她在笨拙地学着另一种生活方式。

可笑的是，她奋力拼搏了几十年，最终却还是要依附于别人的保护，才能勉强生存下去。

她的爱人徐白在公安局已经升到了副局长，风雨初来的时候，他凭着自己的关系保了她的职位，却也断送了他自己的晋升之路。其实那个男人完全可以像很多人一样检举揭发她。她没有退路，是个地主的女儿，也确实浸润着所谓的资本阶级生活方式成长；而他则是彻头彻尾的平民，祖上三代都靠着微薄的田产维生，如果——如果那个男人愿意和她断绝关系，在他的履历上又能添上浓墨重彩的一笔。

但徐白不愿意。

徐白是很简单的一个人。

可在许念伊心里他就是个谜。

并不是因为徐白这个人本身，而是因为……另一些东西。

许念伊坐在实验室的窗前，梧桐树早就落光了叶子，光秃秃的枝丫没有一丝生气。上海难得地下雪了，无数关于过去的思绪像窗外的雪花一样飞舞，所有的经历和巧合拼就了她现在对于世界的认识。

就在几个月里，她的研究突飞猛进，最后的那条线索像珠串的花绳一样把她十几年的求索与积累全数串联起来。她只差最后的实验验证和论文撰写了，那里还剩下几个解不开的谜题。其实以她所解出来的那一部分，已经足够成为一个惊世骇俗的突破了。

但她不敢把文章拿出来，她以那一代人特有的政治敏锐审阅了全文，知道那一篇论文足够要了她的性命。她出身已经不好，更是不敢留下什么把柄。二百页的稿纸，十几年的心血，只有她自己清楚。

她离最终的结局只差一步，可她甚至不敢向别人提起，她把认识的教授都列出来，划去没法完全信任的，划去疯了的和过世的，最终却一个都不剩了。她又能怎么办？她甚至冒出一个疯狂的念头，想要逃到国外去，但很快自行否决了这个念头，她看得懂洋文，却不会听也不会说，出了国只会死得更快。

1967年冬天，红卫兵闯进家属大院，抄了许念伊家隔壁的房子。

女主人哭哭啼啼地站在街口，那家的男人搂着她，沉默地注视着年轻人们把他母亲留下的一箱瓷器茶具从床底拖出来，一件件摔得粉碎，传递了百年的吴家家谱落进煤球炉子里，烧得连灰都不剩。

也是1967年冬天，许念伊烧掉了她的论文。

她拿来一个铁盆，把手稿撕碎，堆在一起。一百一十九页手工誊写的稿纸，还有五倍厚的草稿与笔记，她撕了一整个上午，又花了一整个下午，把纸片一片一片烧掉。她呆呆地望着升起的火苗，看火舌蹿上密密麻麻的公式，看规整的钢笔字合着稿纸一起碳化卷曲变黑，看烟升上云端，像在与她的过去和理想告别，她好想放声大哭，可已经伤心到不会流泪了。

那份痛楚会在之后漫长的岁月中伴她而行，但为了活下去，她别无选择。

她还想——至少活过这个冬天。

她不知道春天什么时候会来。

1927年　江苏　无锡

许家大院坐落在无锡城北，许家贩茶为生，坐拥城北大片茶园，在无锡和上海各有两家分号。无锡出早茶，许家借唐朝茶圣陆羽评定的天下第二惠山泉打响名头，号称以惠山泉浇灌，茶得此水，皆尽芳味，生意也算兴旺。事实上惠山泉水名扬天下，绝不可能拿去浇茶，清水浇茶茶树也必然长不好。茶园在山下取水，几路泉水河水混流，早不知源流何处了，何况水里还要掺进沤好的粪肥。

这天许家来了位生人，许念伊时年十三岁，小姑娘本来在厅堂里抄写分发到邻家的贺文，见二哥二姐跑出去，也便跟着去看热闹。

来的是个年轻人，倒也不怕生，进门便作揖问好。许念伊上下打量着这年轻人，皮肤黝黑，肌肉分明，一身衣服朴素简陋，全然不像商人家的儿子。

管家先生说这年轻人叫徐白，年方十七，由一位远亲托付来读书的，出了年就要和许小姐一起去上海念公学。

许念伊觉着更怪了，十七怎么才刚刚读完高小？

后来许念伊晓得，徐白祖上是地地道道的庄稼汉子，母亲很早就去世了，靠父亲一个人操持几分田地勉强维生，以徐白家的条件，本来连识字的机会都没有。但徐白力气足，水性好，机缘巧合，救了个失足落水的盐商。那盐商就是许家远亲，为了感谢这位恩人，也算积累些德行，便许下要认他做干儿子，供他读书。

徐白天分好又勤学，读了四年，中间还跳了两级。盐商也是爱才之人，便说，你我有缘，索性你去上海念书去罢。

这便是徐白和许念伊的第一次见面。

出了年，许念伊跟着二姐一起去了上海，随行的还有那个远亲托付的乡村小子。

两个年轻人都寄住在许家上海分号的仓库，小小的石库门一楼搁着茶叶，二楼隔成几间住人。隔三差五有下线的商贩来进货，两个年轻人便帮着忙记账。

徐白是个直性子，字写得也糟糕，许念伊看不过，便去教他。

那也没什么用处啰。徐白小声抱怨。

许念伊转头就走。

许念伊是瞧不起徐白的。

在许念伊所有的记忆中，她的人生都是被规划好的。作为一个茶商的女儿，她读了书，学习礼仪和修养，只要端坐在那里，岁月静好，等着父母给她物色一个合适的联姻。

她是许家最有才华的许小姐，相貌姣好，性情淑雅，不出意外，她也会成为许家最重要的一颗棋子。

她学礼仪，也学文化，进了上海的女校，听说还会教些形体和声乐。那就是她要做到的一切了，所有举动都应当真正符合上流女子的身份。

徐白于她而言，本来只是寄住许家的农人罢了。

两个年轻人也不过同居一个屋檐下，关系不冷不热，直到徐白跳了级考取附中普高的理工学部。

一年里徐白不断变化着，少年变得更有耐心也更加懂得规矩，细心如许念伊，这些细节她大致都看在眼里。

最后那跳过的一级更是让她对于这个年轻人刮目相看——考虑到他比同级生大了四岁，也许倒不算太离谱。

徐白很是得意，总是拿着他的课本晃来晃去。

“女校不学理化。”

“那可不好。现在都讲究西学东渐，要实业救国。”

“你这都哪儿看来的？”

“报纸。”徐白缩了缩脖子，“理化好哇，你看街上的汽车，怎么跑得那么快？还有船，铁路，靠的都是这一套。学文你能造那大炮火枪打起来？哎，你要跟我学吗？”

“没兴趣。”许念伊又转身走了。

“奇怪。”徐白嘟哝着。

但许念伊当然是口是心非。

尤其当徐白天天念叨着国家危亡的时候。许念伊意识到，短短一年的生活已经将徐白塑造成了截然不同的人，他善于改变，也不惧怕改变。

比起徐白，许念伊反而对他说的国运与国难印象清晰得多。越是大户人家越是能够接触到更多不同的人，商人家的儿女又怎么可能不食人间烟火？一切的苦难，悲伤，她都看在眼里。她还能捕捉到更多细节，衰落的小铺面，满面愁容来进货的妇人，还有冻死在门口的叫花子……

实业救国，实业救国。

她反复地咀嚼着这四个字。

许小姐第一次主动和徐白说话。

她要了那些理化课本，接着许小姐瞧不起的后生成了她的老师，再接下去许小姐托老板娘请了老师，两个年轻人到了假日就一起跟着西学堂的老师学理化。

这一年初春的时候，徐白给许念伊送了只燕子风筝。

风筝以竹条为骨架，糊上一层白纸，画上燕子的纹样，不如集市上手工艺人做的精细，却能看出来亲手制作的痕迹。

似乎为了显示手工制作的痕迹，燕子风筝的背面还写了四个大且丑的毛笔字，实业救国。

许念伊收了礼物，又好气又好笑，过一会儿却又有些心慌，她想去找徐白，却发现这家伙不知什么时候又出门了，只好留了个条子，却斟酌了半天才下得了笔。到了徐白的小隔间门口，许小姐犹豫了半晌，还是推门进了房间，放下字条，却只见墙上贴着她之前写给徐白的字。

她捏着风筝，手心里不自觉地出了汗，望着商号高高的房梁，许念伊不知所措。

她忽然意识到那种情绪，那种在乎的感觉——就好像诗歌里写的——叫做爱情。

1931年　上海　福州路。

可是许小姐不能拥有爱情。

她将会嫁给本地负责工商业的地方官，这是很久之前就已经板上钉钉的事情。官商联姻，门当户对，对双方而言都是再好不过的事情。

但许小姐至少还能光明正大地和徐白待在一起——学习理工是个能被接受的理由。

那就足够了。许小姐想。

当春天跟着冬天的脚步来了，又再一次步入夏天的时候，许小姐就看着星空，希望这个夏天变得更长一点，变得很长很长。

要是她能够选择，她愿意和徐白待在一起。可她毕竟是许家的女儿，商号在风雨飘摇中生意日渐衰颓，她理当负担起她自己的责任。

她不能拥有属于她自己的爱情。

1931年的夏天格外燥热，但若是留心报纸的人，都能嗅出一丝暗流涌动的味道。中华的实力今不如昔，两个邻国都对广袤富饶的东北平原虎视眈眈。

尤其是日本。1929年的经济危机之后，侵略扩张似乎成了思想的主流，尽管大多数国人都对邻近的岛国嗤之以鼻，许念伊却真的开始怀疑，五千年的积淀是否已然崩塌殆尽。

许念伊摇摇头，注意力又回到面前的账本。

年前又加了税赋，整条街上的商户怨声载道，可又没有办法，茶税加得格外多，压得许家喘不过气来，茶价一涨，卖得又不好了，恶性循环。许念伊看着惨淡的账本，算起盈亏来，更是只得叹气。

商号里的伙计只听到啪的一声，年轻人缩了缩脖子，转头来看，只见许小姐罕见地扔了账本，往楼上走去了。

伙计嘀咕着，这小姐大概又是去找那后生。

许家商号里，许念伊喜欢徐白早就是人尽皆知的事情，可倒也没谁去点破。大家都晓得许小姐格外守规矩，棋子只要按着布局落下就足够了，她心里想了什么，其实并不重要。

两个年轻人也格外低调。她始终没有对他说出过我爱你一类的话，他也没有，就像所有来自山里的男孩，样貌上豪放，骨子里却是那么害羞的年轻人，他们的爱情不需要言语，更不需要什么含情脉脉的句子。

如果这时候徐白点破了这件事情，许念伊不知道她到底会怎么决定。徐白总是能用最朴素的话把道理捋得明明白白，可许念伊也有自己的坚守、自己的底线。

她在心中排演了无数遍可能的情境，只是等着那一天的到来。

她一遍又一遍说服自己，她是许家的人，商号的经营供让她吃穿用度又读了书，但另一方面，又有一个微弱的声音告诉她应该好好想一想。总体而言，她相信如果徐白真正要说到那一件事，她会毫不犹豫地拒绝。

但她再没等到那一天。

年初，公学闹起革命党，许多年轻人都入了会，本来倒也没什么事情，可这几天开始，有巡捕去捉人了。许念伊听说徐白的学校少了两个老师，一下子急了，冲上二楼，径直推开徐白的房间，却只见那里杂乱摊着打印机、印刷好和未印刷好的报纸，少年盯着她，一脸惊慌失措。

天晓得，办那报纸竟然也有他的一份！

7月末，徐白忽然消失了，没有留下口信，没有留下字条。

两天后，被捕的消息传来，许念伊愣在当场，几乎晕了过去。她晓得这消息意味着什么。

——他才只有二十一岁啊！

1931年　上海　福州路

福州路的人们好久都没有见到许小姐了。有人说许小姐疯了，也有人说她只是身体不好。

许家分号的老板娘头疼得很。寄住在店家的这小姑娘月初生了场大病，高烧烧到糊涂了，医生说只差一点就断了气。病完后就天天哭哭啼啼，喊一个不知道什么来路的名字。徐白，徐白。老板娘以为是哪家亲戚有个许白，小姐摇摇头，硬说是双人徐。许小姐说徐白是给当革命党人捉住了，在龙华镇枪毙了，老板娘让手下的商贩去打听，那天龙华镇确实杀了七个革命党人，却没那个徐白，也没有姓徐的。

老板娘断言是许家小姐疯了，许小姐却说是大家都疯了，徐白在这儿住了4年多，怎么没个人记得。

老板娘笑笑，说，那随你认为哩，小姑娘。

许念伊开始不信，可一点一点回忆，发现尽是大片的空白，以仅有的那些部分去找，现实和记忆却总是合不上。

比如二楼的杂物间一直堆着坏掉的缝纫机，以粉尘和蛛网的厚度来看，三年之内那里肯定没有住过人。又比如许小姐记忆里的那些书和本子，她抄下的句子和诗词都不曾存在过。

许念伊最后都不得不承认，这里不可能曾经存在过一个叫做徐白的人。

或者说徐白并没有存在过。

但许念伊没有办法相信。有趣的是，当记忆和现实矛盾的时候，人们似乎更倾向于去相信自己的记忆。

也并不知道幸或不幸，婚事就这么搁置下来。

当那位机敏的政治家打听到许小姐疯了的流言之后，他便再没提起这桩本就和利益纠缠不清的婚事。

分号上上下下都念叨许小姐不争气，甚至老板娘都禁不住说了几句，许念伊受不了刺激，便只是嚎啕大哭，这下老板娘又慌了，只好好言劝着，开导开导。

讽刺的是，她竟然以这样的方式得到了她不曾得到的选择自由。

1935年，神志恢复的许念伊在家修养的同时潜心学习三年，考取国立交通大学，修读机械工程专业。

革命党的纷争未曾平息，但许念伊不是徐白，她不关心，也不在乎。她不愿意以生命为赌注，况且她甚至不知道选择哪一边会更好。她只是还记得那四个字，实业救国，那总是没错的。

1937年，抗日战火燃起，学校转入租界，许念伊留校。四年后，租界沦陷，学校整体西迁，许念伊随大部队一并前往重庆。

正是国难危亡之际，她有时候也会想起那个眼中燃烧着理想的少年。当窗外隐约的轰鸣声提醒她战火逼近的时候，只有那个影子能够在那些夜晚给她带来一份少有的安心。

她继承了他的理想。实业救国。

她相信，这就是对逝者最好的挂念。那理想很快也成了她的理想。

况且她要关心的事情也越来越多。

在之后的岁月里，徐白的影子渐渐隐没了，她开始渐渐相信，从来不存在徐白这个人。

1949年　上海　徐家汇

这一年，上海解放，许家已然家道中落，许家子女一共十一人，二人早夭，一人死于战火，一人下南洋经商再无所踪，余下四男三女散落四方，大哥和二哥接管了商号，商号在盘剥之下及时收手，勉强靠积蓄维系了下来，却元气大伤，许家不再贩茶，做起了杂货生意。

许念伊于机械工程系修业完毕，抗战西迁中转投物理系核工程方向研究，1945年抗战结束后，随重庆西迁大部队复员上海，时年35岁，仍未婚嫁。这时候的姑娘，过了三十就已经到了要给人嚼舌根子的时间，可许念伊丝毫不在意，许家家道中落，父母已做不了主，况且也没人敢强迫她，怕她又犯病。

她也并不着急。她所爱的人，她所爱的世界在1931年的那个秋天已经离她而去。在奔波彷徨的二十年中，她再也没有找到过那么一对可以依靠的臂膀，再也没有找到过那份名为爱情的在乎和牵挂。

在这个国破山河的年代里，她目睹了太多离别和感伤，她有时候觉得，自己可能已经永远地失去了爱和被爱的能力。

千疮百孔的江山有太多的伤痛需要弥补，有太多人需要拯救，她怀揣着实业报国的理想走上了这条路，却又不知该走向何方。

这是1949年的夏天，解放军进了上海城，本来于许念伊而言，一切仍旧平常，但那一天许念伊骑着自行车自华山路一路前行，生平第一次摔了车。

她看到了徐白。

她怎么会认错，那张满溢着热情的脸。

喂，徐白——

她哭着大喊。

她其实只是对自己大喊，那份尘封了多年的回忆倏然涌上心头，但她意识里明白，即使徐白真的存在，在1931年的那个秋天，徐白也必死无疑。

她知道那个人会继续前行，他只是茫茫人海中的一分子，和许念伊从没有，也不会有任何交集。

但那人茫然地转过头来。

徐白生命中从未出现过这样一个女子。

徐白也没有救过一个许姓盐商。他在江苏海门县的小渔村长到十六岁，父亲去世后，穷得无以为继，投靠了解放军。驻扎徐州时，因一贯的敏感和好记性，徐白能记下全营人的面貌和姓名，班长惊讶于他的才华，推荐他去当警卫员，警卫员当了不久后，徐白又被首长相中，成了他的贴身警卫。

这一当就是二十年。

徐白跟着首长从徐州北上至菏泽德州一带，又随着解放的步伐一路南下，最终到达上海，上海解放后，便准备定居下来。

徐白的生命中没有女人，只有枪，兵营和无数个不眠的夜晚。许念伊像是一道闪耀的阳光照进他的生命中。

每个人都觉得，徐白配不上这样一位女子，但他还是付出了自己全部的努力。他骑着自行车，提着自以为算得上贵重礼物的绿豆糕跟在许念伊的身后，傻傻地笑。

许念伊暗自叹气。

他当然不知道背后所有的故事。

在很多年之后，徐白的战友们都说，在这个农家汉子坎坷的一生中，他珍惜每一份爱和牵挂，他相信最朴实的道义，如果他有幸能娶到一个女人，就要全心全意对她好。

1960年　上海

许念伊仍旧疑心这是不是一段好姻缘，她有时候也在想，她爱上的究竟是这个徐白，还是另一个她脑海中的幻影、那个会写诗和情书的徐白？

但有一点毫无疑问，徐白倾尽全力对她好，做得问心无愧。

在她充满了无助无力无可奈何的人生中，至少她在最重要的这一件事上，自己为自己选择了道路。

也是从徐白的出现开始，她放弃了所有有关核工程方向的研究——大概是有些自私地——转身投入更加前沿，更加接近物理学真理的领域。

许念伊在一生中曾经认识过两个名叫徐白的人，他们那么相似，像是同一个细胞分裂出来的，可他们生命的轨迹又截然不同，矛盾和偶合纠缠在一起，让许念伊很难分清楚到底谁是谁。

徐白真的曾经在她生命中出现过吗？抑或他只是一个她放不下的幽灵？

很多人说那时候许念伊疯了，她在梦里虚构了一个叫作徐白的情人。可是，如果徐白只是她的臆想，为什么许念伊能够猜到一个十几年后才出现的陌生人的面目声音与名字？如果现在的那个徐白就是曾经的徐白，他又是怎么活下来的，他为什么有着一条截然不同的人生轨迹？

徐白不可能活下来，无论如何都不可能活下来。

可他真的又一次出现了，以同样的热情洋溢的姿态出现在她眼前。

徐白的出现隐约指向着一个可能性，历史的轨迹可以更改。在无数个日夜的思考中，她更加确信，如果要有一个人去修改时间，那只能是她自己。

而比起徐白所告诉她的实业救国，修改时间看起来是更加飘渺，却又更加有力度的一条路径。

也许回溯时间可以算作一种投机取巧，可投机取巧有什么不好呢?

徐白可以活下来。也只有这样徐白才能活下来。而她能做的事情，远不止让爱人活下来那么简单。那背后无限的可能性让许念伊心潮澎湃。

她要选择物理学中最不可思议的一个方向，她选择去挑战时间。

她清楚这件事有多难。已知所有的观点都在指向同一个答案，时间无法逆转，也许她一生都无法触及真相，也许她一生不会得到答案，但如果她不去尝试，她会后悔一辈子。

而且，在长久的思考中，她想到唯一一个可能性是，她回到过去，然后——干涉徐白的人生轨迹。

1931年的徐白不可能活下来。但他活了下来。

1949年的徐白不可能会来到上海。但他来了。

一切都别无选择，一切又都指向着最好的可能性。

她不知道怎么做，挑战时间是件疯狂到极点的事情，那些矛盾怎么办？那些混乱的因果怎么办？但她觉得那是唯一的可能性。

1968年　上海　徐家汇

她听到了自己的声音。

许念伊听到了自己十七岁的声音，清清朗朗，读着一份无产阶级革命的宣传册。

她不曾加入革命党，也不曾读到过类似的小册子——她至少要等到十年之后才会第一次看见。

时间一定被修改过，就像徐白，他人生中最大的一次偶遇被彻底抹去了。而且时间可能被修改过不止一次。

她不知道该不该表现出高兴，但确实，这些矛盾成了激励她前行的动力。

许念伊相信她在历史中扮演的只是微不足道的角色，那么，如果没有来自未来的干扰，改变时间的就只可能有一个人——她自己。

而那看似渺茫的研究也并非全无线索。

七年前，许念伊开始发现，随着仪器精度的上升，试验数值总是在出现奇怪的误差。

那些误差恰恰出现在她的本行中。

实验室测量银110的半衰期和之前所有的实验值差了千分之三。极小的误差，但的确是差了那样一些。不同仪器上的反复实验进一步论证了这一点。

在微观物理的领域，一点点的误差足以得出改变世界的结论，相对论效应作用在水星上导致的误差也不过四十三角秒而已，但这微小的误差却决定了牛顿力学到底是没能触摸到全部的真相。

当她把数据带去研讨大会，人们却嗤之以鼻。

因为她的结论无法重复。每个人都认为她在说谎。她能在现场重复这个实验，可一旦离开了她，所有的结果又指向过去的结论。

在挣扎了整整一年之后，许念伊发现，误差的源头是她自己。

时间。时间出问题了。

不只是银，碘，镭，所有实验数值都差了千分之三。

理智告诉她，人的新陈代谢随时都在带走她身体的某一个部分。可是她的时间节律和所有人都不同……

如果说她身边的粒子会显现出不同的时间属性，是否意味着她能利用这一属性，将时间往前推移？

她被自己的想法吓了一跳。

在那之后的七年，她聚焦起了粒子基本属性中的时间。那是个大胆的假设，也是只有她才可能做出的假设。但她拥有的一切也只是那些在时间上偏差了千分之三数值的原子。它们为何会聚集在她身边，她又如何利用它们，许念伊一无所知。

但她不急。她有的是时间。

三年后，许念伊遇到了第一个小小的突破。她偶然发现，在特定振动频率下，那些偏离了千分之三的粒子会聚集到振动源附近的波峰左右。一个更有趣的事实是，它们不曾改变无规则运动的本性，却好像被什么东西吸引，聚集在一起。

而当这些粒子聚集在一起的时候，就好像磁石，在渐渐同化着周围的物质，直到某一个瞬间，打开一个时空上的缺口——

就在同一个房间内，她看到了模糊的景物，刑场，迷蒙的人影。

许念伊不敢做过头。那样也许会把她自己搭进去。

蜂鸣的机器，振动的板与粒子就这样填满了许念伊随后的整整四个春秋。

一九六七年晚秋，第一次试验成功。一九六七年夏，她把蚂蚁送进了过去，然后是一只蟑螂，和老鼠。也许她还需要更大的活体试验，但她只能到此为止——鸡，兔子甚至鱼都显得太过奢侈了。

1968年

十月五日，徐白外派江苏工作一个月，而就在他出发的当日，许念伊把一封写着徐白与许念伊断绝联系的信件塞进了公安局的公共邮箱。

那是她写的，模仿了丈夫的笔迹，她对自己的书法格外自信，那些笔迹完全足以以假乱真了。

她的存在堵住了徐白一切上升的途径。他爬得足够高了，已经能够保下许念伊，但他不应该仅此而已。她欠他太多太多了，这一封言不由衷的信件对于过去的那些恩惠而言，只能算作微不足道的补偿。

接下来她会去启动那台机器。

它有些危险，许念伊需要选个日子，决不可能是在校园里。

以机器为中心，半径四十米内的空间都是极度不稳定的。她不知道会发生什么——根据她不完全的推演，如果能量不足，她会以可怕的形式失去自己的某些部分，她的一部分会被挪走，以起始点为中心，按照波峰和波谷间隔十五厘米，失去不同的质量。然后能剩下什么，她自己都不敢想。

但最好的情况下，她会回到过去，回到1931年的世界。

她在等待着变故发生。那封信发出去就指向这样一个未来。

当有人告诉她她再也没有一个存在的位置时，她会离开，然后就此消失。

但她从来没想到变故来得那么快。

十月七日，徐白外派江苏的第三日，一群女学生冲进了公安局大院。

在许念伊的想象中，她应该装上一个镇定自若的神情，好像说，啊，终于来了。但她做不到。只有亲身经历过才会知道，疯狂的人们是多么可怕。即使是女孩。

她尖叫着，和着那些半兴奋半愤怒的喊声。

貌似柔弱的女孩动起手来并不缺力量，冷不丁一个耳光过来，她脖子一下子别住了。接下来又依稀听出几个词语，地主的女儿，反动派，还有更多的声音汇聚在嘈杂与耳鸣中——她听不见了。

世界渐渐退去，就像她听到枪声的那个冬天时一样。

年轻的女孩们反剪住这位教授的双手，一路高歌把她押到了邻近的高中。也并没有人在上学，女孩们三三两两聚在操场上.

那些女孩最后剃光了她的头发，嬉笑着，列队离开。

那一天，秋日迷人，晴空正好。

许念伊半睁着眼睛。

她没受太重的伤。也许上海的女孩们自然有那种畏缩，那种天性里的胆小，也可能，对她而言，一切才刚刚开始。女孩们在夕阳下的面孔那么年轻，那么灿烂，那么纯真，好像天使一样。

许念伊的头发散落在地上。

她的姿色早已在年华里逝去，那本来也不是她用以安身立命的东西，但没有哪个人是不在乎美的，也没有哪位女子能接受这一番羞辱。她在最黑暗的岁月里不曾觉得绝望，但是在此时此刻，她看不到希望，也看不到未来。

她拖着步子往大院里走去，家还是要回的——可她还有家吗？她看到镜面中的自己，眼泪唰的就流了下来，她觉得自己疯了，在那一刹那，所有生的希望已然消失。

她可以冲向任何一栋楼的顶楼，从四楼或者五楼或者六楼的天台一跃而下，或者——她残存的理智忽然间苏醒了，她得回去，她不知道怎么做……但她一定会回去。

许念伊奔向学校，四楼楼梯拐角，左拐。

39，41，她把那个旋钮猛地拧到头。

她要回去了。改变自己的命运，改变她所爱着的徐白的命运。

3，2，1。

一间物理实验室在光天化日之下消失得无影无踪，连带着一位剃光了头发的反动分子一起，从这个世界上彻底抹除。

物理楼的顶楼和墙板一块消失，有人报告称还听到了枪声，尽管最终检验人员连一点爆炸物的痕迹都没找到，事故还是被定性为人为制造的袭击事件。

许念伊永远也不会知道，徐白最终也没能因为那封断绝关系的信件得到任何恩惠，相反，很多人都猜测他对许念伊的研究有所了解，因而才提出断绝联系的请求。甚至有人猜测许念伊在密谋制造高能武器，她曾经的核物理背景更给这个推测添上了一点可能性，徐白在失去妻子濒临崩溃之际又被迫一次次回忆，叙述她生活中的点滴细节，并且断断续续接受了长达半年的审查，之后还因此解除公职，一直到一九七六年才重新起用。彼时徐白已然心灰意冷，在任上无功无过地又混了四年后告老还乡。

但是，许念伊至少还能一厢情愿地以为，她的死终究给她的爱人带去了那么一份微不足道的安宁与帮助。

第一千三百四十个世界　1965年　上海

许念伊睡着了。

在枕边站着另一个许念伊，一个无人能看见也无人能碰到的幽灵。她又朝前走了走，不是在空间中，而是时间往前的那个方向。

睡着的中年女人惊醒，猛地咳嗽起来，像要把肺咳出来似的。不久之后她又躺了下去，喉咙里发出呵嘶呵嘶的声响。

幽灵又动了一动，穿墙挪出窗外。

她最后看了一眼这个世界。这个世界的许念伊壮志未酬，1965年秋天，一切还没有开始的时候，她患上了严重的肺炎去世。也许这不算是坏事，那时候，她还以为自己和自己的研究拥有着无限的未来。

许念伊只是观察者。

她每次想到自己过去的幼稚都很想笑。

她不可能改变世界。即使把她的全部身体转化成能量，那仍然只是渺小得不足言说的一点点能量。影响过去所需要的能量是格外恐怖的，能够作为观察者在不同的平行世界中穿梭跳跃，也已经是非比寻常的成功了。

她对世界的认识就是完全错误的。

她所做到的唯一一件事情，是将两个世界的世界线扰乱，两个相似的许念伊碰撞，交换了所有的记忆和意识，而宇宙为了弥补这一矛盾，以时间为代价，分裂出了两个新宇宙。

她比那个时代的任何人都要异想天开，却也没能突破既有的认识。宇宙本身就是一样根本不应存在的东西。它看起来简直是——无限的。

真正的宇宙拥有无数个世界。

无数个互相平行，不同却有所关联的世界。无数个世界，涵盖了一切可能性的无数个世界。

世界像一条河流，河流孕育生长着细小的支流，支流之下又分出更小的支流，而世界也是这样，每一个时刻都在分裂，分裂成一条无穷无尽的河流。不同的可能性导致宇宙分叉，远离，又以奇异的形式叠加环绕在一起。所有的可能性，无穷无尽的可能性。世界越来越多，以时间为代价，按照她的计算，整个宇宙的初始能量高到不可估量。即使是学习物理出身的许念伊，也很难去接受那个数量级。

但她记得导师告诉她的话，人和宇宙尺度比起来，渺小到不值得言说，而更大的数字哪怕平方平方再平方，也没什么区别了。那已经只是数字而已了。

每一个世界都截然不同。蝴蝶扇动翅膀，海岸之外掀起狂风巨浪，时间中分裂出的微小区别层层放大，塑造出截然不同的宇宙。

有无数个世界拥有徐白。有无数个世界拥有许念伊。

不一样的相逢，不一样的爱和牵挂，她所期望的真相也无从寻找。

但这样也好，她能够安下心来，仔细地看，仔细地记下那些她不曾有机会记下的美好事物。

1965年，这个世界里，许念伊壮志未酬。

她能够触及的时间一共有三十七年，她一般会看到最后，不过这一次，她准备提前离开。

看自己的葬礼毕竟是一件很奇怪的事情，这一个世界里也不是一个好的结局。

但是，在一切一切的可能中，总会有那么一个结局里，许念伊和徐白能够并肩走到最后，两人依偎搀扶着，笑着，讲年轻时候的故事。可那样的世界算是好的吗？还是说，只是对于两个人来说最幸运的？

她所看的世界，一共一千三百四十个，每一场战争，运动，甚至是投在日本岛的原子弹都大同小异，这是最混乱的半个世纪，流淌着无数血与悲伤。一切偶然却似乎也是必然，也许因为她走得还不够远，时间线在1931年分裂，那时候，一切的种子已然埋下。

她还有无限的时间。她不知道确切的数字有多久，但她有着几乎无限的时间。永生既是她挑战时间的奖励，同时也是她挑战时间的惩罚。

历史车轮轰轰烈烈地碾压过去，茫然的非理性的平民与士卒终究不会留下姓名，只是每一个转折背后无意识的推手。

没有什么最好的世界。

只有对于每一个个体而言，最好的结局。

另一个世界　1931年9月17日　龙华

许念伊沉默地望着刑场，17岁的她与他并肩站着，两个年轻人反剪着手臂。

这个世界里，1931年的徐白没有机会活下来。许念伊也是一样，开办报纸的并不只是徐白，还有许念伊。徐白负责排版印制，许念伊负责稿件，出入福州路商号的还有许许多多抱着同样理想的年轻人。

许念伊在1931年的9月死去。

她的另一个命运。不算好，也不能算坏。

无数个拥有许念伊的可能性之一。还有无数个可能性里，许念伊都不曾存在。

许念伊得到了无数人梦寐以求的永生。可那能不能算好呢?

她现在算清楚了，还需要一百七十万年才能耗尽能量，彻底湮灭在时间里。

她有些羡慕这个世界里的许念伊。她死去的时候那么年轻，可她至少自己选择了这样一条道路，也许带着不甘心，可她的生命有一个结局，而不像现在永生的许念伊一样，拥有漫长到看不到尽头、看不到希望的生命。

观察者消失了。和她每一次到来又离去一样，无人察觉，无人知晓。时间和宇宙一并兀自前行。

还有一件也许极度关键又也许无关紧要的事情。

许念伊现在知道，她第一次进入时间的时候，那点能量根本不足以把她送回来，她的机器顶多为她在时间轴上打下一个极小的锚点，而保留她的意识更是天方夜谭。有人为她打开了时间的门。能量来自未来，那份能量不算上路上未知的损耗，也等同于熄灭了三个银河系大小的星系，而考虑到穿越时间的困难，许念伊很难想象它本来是多么恐怖的存在。

许念伊猜想，她的时光机也许是引起宇宙分裂的契机。许念伊需要活下去。许念伊需要去学习物理。许念伊需要在风暴来临的时候继续她的研究。

来自未来的人们为了保证自身世界的存在，在一九六八年的时间线里注入了数量惊人的能量，确保那台粗陋到可笑的机器完成了两个意识体的对调。

那些能量的零头则给予了许念伊漫长到无限的生命。

可许念伊不能指望未来的他们来帮助她结束生命。跨越时间去找到一个微弱的观察者太困难了。她也没有办法指责那些人们——他们毕竟是在保护着他们自身存在的可能性。

在许念伊不算短却充满悲剧与苦难的一生中，她太清楚人类是多么可悲而可怜的生物了。他们擅长创造，更擅长毁灭，一点点火星就足以让他们失去理智，燃尽文明，燃尽自己。

而在她更加漫长的观察者生涯中，她更加确信了这一点。

人类需要更多的选择。事实上，也许只有将选择方向扩展到无限，才能真正确保这个文明活下来。

总有一个世界能够等到最好的时代。

总有一个最好的世界。

时间中的永生者再一次启程，第一万七千七百四十一次跃入时间的洪流。

在她身后的时间中，枪声响起。

那颗子弹贯穿了一个年轻女孩的头颅，可她没有立即倒下，她奇迹般地站在原地，尚未失去焦距的眼眸神采奕奕，她看着执行枪决的警卫，满脸微笑，无限安宁，无限平静。

那个男人惊恐地望着她，再一度抬起了枪口。

又是两声枪响。

革命者的牺牲正在点起火种。光明还要很久才能亮起来。也许永远亮不起来。但总有一个世界里能亮起来。

这是1931年的九月，天高云淡，秋日正好，风掠过长江口的平原，惊起一树飞鸟。世界的尽头也是一样，粒子自虚空中划过，星际风与恒星风在恒星系的边界交汇，粒子与粒子碰撞，激发，泯灭，闪耀出稍纵即逝的光亮。

太阳与星子闪耀着，宇宙一切，一如往常。

脑廊

犬儒小姐

1

第几个房间了？

他皱起眉，昨夜睡得太晚，因为想多走些路，疲倦之下写的笔记有点混乱。是第三万零八，还是三万零八十？前面的和后面的编号对不上。自动增加的字符串从前面赶了上来，已经掩盖了他之前的记录。

管他呢，他撕下这一页纸，反正就是几十个房间的误差，对于这庞大的总量来说根本无足轻重。再说他不止记错一次两次了，记得再准确又有什么用？还能帮他逃出去吗？他经过的房间数量早可以申请吉尼斯纪录了，而且准保五百年都没人能打破。

他叹了口气，拉了拉肩上的背包，把正反面都写满了的笔记本塞进外衣兜。

圆珠笔也要用完了，他得快一点找到下一个X房间。

无尽的红色地毯，像一条通往幽冥的血河，两边是一成不变的白色房间门，昏黄的灯光从低矮的天花板洒下，隐约照出墙壁上一幅又一幅的画。这景象很接近典型的三星级酒店走廊，他已经看了不知多久。

是的，他是个被困在这无限走廊中的人。

房间大部分都可以进入，不需要房卡，里面的摆设全都一模一样，木头茶几，42英寸的液晶电视，被单整整齐齐叠好的双人床，桌上还有电水壶和两个倒扣的玻璃杯。入门左手边就是独立浴室。

没有电，没有水，连窗户都没有。这些房间乍一看似乎很正常，然而实际上它们根本和“正常”不沾边。

是谁造了这处巨大的建筑，他毫无头绪，自己是怎么来到这儿的，他也一点想不起来。唯一可以称得上线索的，就是每个X房间中的纸条。

每隔三天，或者四天，他会找到一个X房间，正如其名，房门上画了一个非常醒目的白色X，好像生怕他错过。

X房间和其他房间不同，里面有水，有压缩饼干、牛肉条和方便米饭，还有新的圆珠笔，总之是为了长途跋涉的人而准备的。

还有纸条。

纸条上写的字既密又小，看来留言者和他很像，也为了日渐消耗的纸张而发愁。这一段段文字，没有提及无限走廊的原理，亦未指点要如何离开，却为他拼凑起另一个跋涉者的内心与故事。

他走够了，双腿以酸痛发出抗议，就像往常那样，他知道是时候停下来休息一会儿了。虽然没有窗户也没有时钟，但日复一日在走廊中的前行，已经让他形成了某种内在的时间表：在床上睡醒时，就算作“早上”；吃过简陋的早餐，出门行走到累了休息时，就算作“上午”；休息得差不多，再走到肚子空空时，就算“中午”，是吃午餐的时候。上半日的划分如此，下半日也是一样。枯燥，但精准，就像滴滴答答的时钟。

这个方法是那个留下纸条的人教他的，把自己当做一只钟，你会麻木，会疲惫，但你不会倒下。这点才是最重要的。

他坐在柔软、厚实的地毯上，背靠贴着米黄色墙纸的墙壁，望着对面悬挂的画出神。

走廊中的画各不相同，风格也大相径庭，在这里，他见识过大块色团组成的野兽派，也看到过无数线条构成的抽象派，还有奇妙几何图形的超现实主义。几乎就是一出规模惊人的画展，假如这走廊是个梦的话，也肯定是个画画的疯子的梦。

他最喜爱的是写实派，比如一座风雪中的吊桥、一只草坪上嬉戏的小狗，抑或一艘气势非凡的长桅帆船，主题不一定，什么都可以，只要能给自己窥见现实世界的一道缝，明白在这无限走廊之外还有阳光和风，就足够了。

这幅画的内容有些特别，格外引起他的兴趣。

画面中有一条长而暗的隧道，两边插着幽缈的火炬，一个大人牵着一个孩子，在其中摸索而行。他们的身前身后，都是将光吞噬殆尽的黑暗。而黑暗深处，似乎还有着什么东西。

画上不是他，他是孤身一人。但这画却让他联想起别的人。

他从背包中翻出一叠纸，这些是之前的X房间中留下的纸条，反复阅读它们，也是他除了看画之外唯一的消遣手段。

最早的几张纸都发皱开裂了，因为折叠的次数太多。他很小心地把它们慢慢展开、铺平，找出最新的那一张。

“我和贝妮思今天走了三百多个房间，比以前慢，因为我病得越来越厉害了。贝妮思担心我，也害怕着后面紧随的那个东西，我只能尽量安慰她，实际上我也不清楚，我们到底能不能逃得掉。”

留纸条的人，带着一个孩子，从名字判断是女孩。他们走在他之前，而且不知被什么东西追赶。这番描述和墙上的画非常像。

追他们的是什么呢？他站起来，使劲盯着那幅画中漆黑的魅影。自己会碰到这东西吗？

没有人回答他。他有点羡慕留下纸条的人，即使被怪物追着，起码有个陪伴……叫贝妮思的女孩是他的什么人呢？应该是女儿。

休息得差不多后，他把纸条放好，背起背包，再度出发。

2

X房间在“傍晚”时分来到他的面前。

他算是松了口气，背包里所剩干粮无几，水更是一天没喝了，此刻找到X房间可谓解了燃眉之急。

然而走到房间前、想开门进去的时候，他却赫然看见门把手上插着一张笔记本的硬纸壳。

上面写的是——

不要、不要打开门!!!

话只有一句，连续的三个感叹号却把纸戳出了洞。

他的动作僵住了。

硬纸壳的笔迹很仓促，无法辨别是不是以前那个总在房间内留信息的人写的，但纸本身已经微微发黄了，感觉比他拿到的纸条都旧，而且写这句话的人应该已经用完了笔记本，否则不会拿笔记本的封面来用。

不要打开门。为什么?

如果不进去，他会渴死在前路上，干粮没有了还能撑一段时间，可是水……

他几次用手握住门把，又几次放下，从把手上传来的冰凉触感和以前那些X房间并无不同，但直觉告诉他，门那一头有不好的东西。

不经意间，一股寒意爬上他的脖颈。他转过头，竟和一头黑色猛兽的视线撞到一起，他被吓得倒退一步，后背碰到了门。不过马上他便发现那只是一幅画，画中的黑熊人立而起，逼真得可怕。

画挂的位置正对X房间，黑熊的黄色眼睛灼灼地盯着他，犹如一种无言的警示。

他终究不敢开门，丧气至极，抱着头在门前蹲下来，视线余光却发现斜对面的墙壁下摆着什么。

七八个水壶，上面压着巧克力与压缩饼干，一旁还有支圆珠笔。有人把房间里的补给都搬了出来。

像沙漠中的旅者找到了绿洲，他欣喜至极地冲过去。

原先在这里的食物和水应该更多，有在他之前的人拿走了一部分。他仔细查看，果然在其中一个空了的水壶中找到了熟悉的纸条。

这是头一次碰到前人的留言，警告我们不能打开房门。

不知道为什么，触碰门把的瞬间，我觉得留言是正确的，门那一头有危险，我不能让贝妮思落入险境。

也许是留言的人把食物和水都搬了出来，我们取走急需的大部分食物，留下一半的水，万一还有在我们之后的人，愿这能帮到你。另外，我走路很艰难了……

看来，在这条无限走廊中跋涉的，不只他们三个人而已，还有走在更前面的。那第四个人用完了笔记本，后来的命运如何？怕是无人能知晓了。X房间中有水有食物，唯独没有新的笔记本，没有留言，在走廊中便等于没有存在过的痕迹。某种意义上，笔记本就是走廊之人的生命轨迹。

无论如何，他觉得第四个人值得敬佩，那人以最后一段留言，帮助他和前面的父女俩躲开了威胁。这个荒诞的地方，还能遇到这样的善意，他的心里有种说不出的暖意。

他怀着感激之情收起纸条，痛饮一顿后，将自己的水壶灌满，把其他干粮放进背包。

他不打算久留，因为那间不能打开的X房，它似乎散发着无形的不祥之气，在它附近待着很难安下心。

他背起背包，加快了脚步。

3

所有人都在记录。你有试过不记录吗?

这张硬纸壳突兀地出现在墙壁上，就被别在一幅画的画框里。画的内容是一个巨大的鹦鹉螺，密密匝匝的螺旋纹路挤满了整个画布，仿佛预示着无穷。

他喜欢写实派，这幅画却是例外。

这张硬纸壳也是有年头的了，他看了会儿那上面的问题，伸手将它翻过来，在背面，有着和他所想一致的答案。

不记录，就没有尽头。

这只是一种感觉，不是公理也未经过亲自验证，但他明白，感觉在走廊中是个很重要的东西。

他的笔记本上，写满了每天所走的房间数，以及那一天的经历和想法。哪怕像昨日一般遇见不能打开之门的事情凤毛麟角，哪怕绝大多数时候，他所记下的内容都差不多，他也一直这么坚持着。他会尽力让记下的文字稍有变化，比如今天看了哪些画，吃到的巧克力口味有什么特别，这些又引起了他怎样的思考。算是一点小小的乐趣。

虽然这些文字最终都会被不断增加的字符串吞没。

笔记本就是生命轨迹，即便昨天和今日的差异渺小得可以忽略不计，也有必要一丝不苟地留下经历过的证据。这种生活状态有点像蚂蚁，似乎也有点可悲，不过转念一想，其实现实世界上的大部分人，不也同样如此活着么?

不记录的话，走过的房间就变得毫无意义，那种行走方式，十有八九到不了终点。

和前面那个警告不要开门的硬纸壳一样，他没有拿它，让它留在原处。这两个人都是耗尽了笔记本吧。前者的命运未知，后者注定是迷失了。他说不出谁的下场更惨，只是下意识又捂紧了背包中装笔记本的地方。这是我存在的证明，他想，自己最宝贵的东西。

之后的路越来越奇怪，过去，他无法打开的门是很少的，现在却陡然增加了不少。他时常碰见一连上百个房间都紧闭着，有一天“傍晚”，为了找一个可以睡觉的房间，他甚至又多走了十几分钟。虽然倒回去没多远就有个可以打开的房间，但他绝不后退，因为后退会令他生出种被困住的恐惧感，只有保持前行，他才能勉强不让这恐惧淹没自己。

钟表是不会倒着走的。

在走廊上取得的食物和水虽然不多，但节约着也能撑过这段路程，还好，三天后的“下午”，下一个X房间如期到来。

这个X房间没有警告的留言，他松了口气，不经意间却发现房门对面的画有些特别。他走近看，发觉这幅画是以圆珠笔画出来的，画的是一个玻璃鱼缸，里面有一条鼓着眼的小小金鱼，在悠闲地吐着泡泡。

歪歪斜斜的线条，稚嫩的笔法，和以前看到的画都不一样。

像孩子画的，幼稚，但他很喜欢。

欣赏了一会儿，他转身打开X房间的门。

第一件映入眼帘的东西，让他顿在门口。

一个玻璃鱼缸，装着一条鼓眼的金鱼，就摆在电视旁边的桌面上。一串串泡泡从鱼嘴里冒出来，升到水面，然后破裂不见。

他用力闭上眼又睁开，鱼缸还在，鱼也还在。连泡泡都在。

不是幻觉。

待走过去后，他注意到鱼缸底下压着纸条，他小心地将其抽出来。

贝妮思做了一件非常不可思议的事。

我很难相信这是真的，但这只鱼缸，还有里面的金鱼，它们全是切实存在的。我把鱼捧在手里过，还看着它吃我喂的饼干渣……画，在走廊中竟能化为真实。我在惊讶之余，也管不住心中的恐惧念头——那些别的画，是怎么来的？

我画的东西不顶用，不管是放在哪个画框里都一样。我试着让贝妮思画些别的东西，食物，新的笔记本，什么都可以，但奇怪的是这些后画的东西没有变成现实。

她说，总有个声音在她脑海里吼叫，憎恨她的画。她还说，这声音就是来自于那个在后面紧追我们的东西。

它越来越近了。

放下纸条，他用难以置信的目光打量鱼缸，鼓眼金鱼把头凑到缸壁上，嘴一张一合地向他求取食物。

时间没过多久，他在从压缩饼干上抠出碎屑撒进鱼缸里时如此想，否则这鱼早该饿死了。一周，顶多十天，而感觉告诉他，自己和前面两人的路程距离可能就在三四天内。

留言的人，身体出了问题，他们走得会越来越慢。自己也许能赶上他们。

有东西在后面追他们。他转念又想。自己怕会先碰上那家伙。

这一夜，他睡得格外晚，因为他对着鱼缸里的金鱼看了太久，脑海里对未来几天可能遭遇的凶险也思考了太多。

要是有个可以当武器的东西就好了，他躺在床上，心里有点遗憾，要是能让那个叫贝妮思的女孩画一把枪、一柄刀，或者……

不。

这种想法太恐怖了。

一个小女孩，不应该画那种杀人的工具。走廊中的黑暗够多了，没必要把这点微弱的光芒也染上深色。一个鱼缸，还有一条金鱼，比什么都好。

他有些为自己的纠结感到好笑，毕竟，连到底能不能遇见他们都不一定。

万一我画的东西也可以变为现实呢，他打了个呵欠，如果可以画出一扇门，一扇通往走廊之外的门……

房间外传来一阵窸窣的响动。

睡意瞬间全无，他撑起身子，紧盯着房门的方向，刚才所听到的是错觉还是——

又是一阵窸窸窣窣，伴随着轮子从地毯上碾过的闷响，接着，响起了玻璃碰撞的清脆声，很近，就在房门正对面。

他浑身寒毛倒竖。

他摸下床，蹑手蹑脚地移动到门边，侧耳倾听外面，然而声音已经消失，他等待了两分钟，没有新的声音出现。

踌躇再三，他把门打开了一条缝，缝外的昏黄灯光透进来，走廊中并无任何人或物的踪迹。他左右张望了一下，推门而出，来到走廊中间。

地毯上有两道不算明显的沟槽，从他来的方向一直延伸到前面很远的地方。他比画沟槽的宽度，觉得这很接近那种带四个轮子的不锈钢手推车弄出来的痕迹，比如酒店餐车，或者医院的药物车。

怎么回事。

他想不出答案，无尽的走廊似一张深渊之口，把所有的谜底都吞到最深处。

他孤零零站在房门前，突然觉得有点发冷。

4

他们都说我是疯子。说只有疯子才能理解疯子。

留言纸条的出现变得频繁起来，他望着墙上画框里的又一处前人的痕迹。纸条的背景是一个人面对两只朝他伸来的手，左边的手是某种怪物的爪子，另一只则是白净的人手。那人渴望地看着人手的方向，却只能握住左边的爪子，因为他的右边袖子空空荡荡。

这幅画别有深意，使得他驻足良久。

不是因为拒绝，而是因为无能为力。就像他被迫在这走廊当中跋涉一般。

他又回忆起了带着小女孩的留言者所提出的疑问：其他的画是怎么来的？

它们和贝妮思的画一样，也隐喻了现实吗，这个地方究竟是不是现实还两说，如果是梦就好解释了。

一个梦里会有这么多人？

只有疯子才能理解疯子。

一旁的走廊又传来杂音，他转头看过去，依然一无所获。这些天来莫名其妙的声音经常出现，时断时续，且都找不到来源。不管是否为鬼魂作祟，他都已经见怪不惊了。

有时候，他感觉自己身边还有另外一个世界，那个世界和走廊被一种奇特的屏障阻隔开，令他只闻其声不见其景。

今天有可能会追上他们了……或者追上那个撵在他们后面的东西。

他一路走得提心吊胆，随时留意着身前身后的动静，生怕遭到袭击。然而直到“傍晚”，又一个X房间出现在前面，他还是未能发现半个人影。

他完全没有想到的是，寻找的人就在X房间内等待自己。

以尸体的模样。

一开始，他以为那个老者睡着了。

老者坐在地上，背靠床铺，脑袋低垂，一只爬满皱纹的手搭在膝盖上，另一只手拿着张纸，旁边是掉落的圆珠笔。开门的声响似乎并未将其唤醒。一只精巧的八音盒搁在对面的桌子上，没有奏响。

他踮着脚尖走入房内，屏息静气，不敢发出一丝声音，生怕吵到老者的酣眠。

直到他看见床上摊开的笔记本，被撕去了五分之一，剩下的纸张都是写满了的。像戛然而止的乐章。

事实如一记铁拳打来。

人已经死了。

他说不出心中的感受。恐惧，不是，悲伤，更不是，他甚至从未真正认识这个人，但，就是有那么一种无可化解的失落，沉甸甸坠在胸口。

还以为……终于找到同伴了。

他长叹口气，环顾房间，没有发现那个小女孩的身影，于是走上前，小心地从对方僵硬的手中抽出那张写到一半的纸。

我不行了。

贝妮思还没意识到这点，她还满心依赖我，但我明白自己大限将至。在看到希望的时候倒下，永远走不出这该死的走廊，多么讽刺的结局。

贝妮思的画，我总算搞懂了一些原理，她画的东西一次只能成真一件，这只八音盒是在上一个X房间里画的，我们用它替换下半路的一幅画，到这里后，我们就得到了八音盒。

这也许，是一条逃出生天的路。

我让贝妮思画一扇门，一扇连通走廊和外界的门，她却告诉我，她不知道外面的世界是什么样子。她所画的八音盒与鱼缸都是模仿自走廊上挂的画。她的记忆中，父母很早就遗弃了她，能想起来的只有走廊。

什么样的混蛋父母才会抛弃这么可爱的孩子。

我想为她描绘外界的模样，我想亲手牵着她走进阳光，我想指给她看蔷薇花、黄百合、青草叶上挂的露珠，我想，让她看到鸽子在晴空飞翔的景象。

但我走不动了。肺部的紧仄感就像我被一块大石头压着，连呼吸也被不断的咳嗽取代。

那个在后面步步紧追的东西，它离我们越来越近，我不得不对贝妮思撒谎，要她先走。我承诺我会找到她，可是这个承诺注定会令她失望。

如果，真有神的存在，我不祈祷自己能上天堂，我祈祷贝妮思能逃离这里。

上帝啊，帮帮她。

他放下纸条，又看向这个已经永远停止了跋涉的人，假使走廊是梦，那么这人是不是终于醒过来了？

但他自己还有未完的路。

亡者的肌肤还很红润，看上去像才死不久，如果小女孩离开的时间是在这人死前一天之内，那么她顶多走出了三四百个房间。

那个穷追不舍的怪物，也必定在这三四百个房间的路程中。

贝妮思，她今晚就很可能被追上。

按理讲，他应该立刻动身去寻找她，然而时间已是“傍晚”，他从不在这种时候出门，这是跋涉的最初他就遵守的规则。也是一直以来制约他的恐惧之一。

怎么办。

他是钟表，钟表不可以违背既定的原则，否则就没法在走廊中继续走下去。数以百计“日夜”的习惯像铁链将他牢牢锁住，他坐在床沿，双手抱着脑袋，火烧般煎熬。

不对。他的内心有个声音在喊，很微弱，但清晰可闻。他闭上眼，那声音变大了。

你不是钟表。

你是人。

你要遵守的，是人性而非机械。

奇妙地，他回想起那双野兽的黄色眸子，回想起那张放在X房间门口的硬纸壳和摆放在走廊中的食物，回想起那种绝境里抓住救命之手的温暖和感动。

在走廊中，唯有他能帮贝妮思。

他站起来，一把提上背包。

5

恶魔顶着猪脑袋，最后的旅途中，如影随形。

走廊中诡异的响动增多了，除去轮子滚动的闷响与玻璃瓶碰撞的清脆声，他还听到像有人在耳边低语的说话声，可是其中内容却一个字都搞不清楚。连墙壁上新出现的纸条，他也只是略扫一眼就匆匆走过。

梦魇缠身。

他极力控制自己不去理会这些呓语和异响，把注意力都放在思考如何找到贝妮思上，漫长的路程，数百个房间，要只身寻找小女孩无异于大海捞针。

好在他很快就发现贝妮思比他想的聪明得多。

沿途每隔一段距离，墙壁上的画中就会出现一个细细的箭头，指示他继续往前走。显然，天真的贝妮思还以为，那个一直以来庇护自己的人，会追上来找到自己。

她不知道，自己已经是孤零零的一个人了。

他咬咬牙，步伐越发加快。这些箭头并非只有他能看到，如果那个追逐贝妮思的东西也发现它们，贝妮思的处境就又危险了一分。

两边打不开的房间越来越多，他好些天前就注意到了这个，现在他甚至不确定还有没有未锁住的普通房间。

走廊在封堵他们。

这个想法荒诞得可以，但他就是有这样挥之不去的一种感觉，有某种力量在试图阻止他和贝妮思继续前进。也许走廊并非无尽头的，也许贝妮思的那种画形为真的能力，影响到了幕后的什么事。

走廊之外，是否有一双紧张而焦虑的眼睛盯着他们？

他生出种报复般的愉悦，在走廊里无计可施的长久跋涉，其间的深深煎熬，都在这一刻化作前进的巨大动力。“傍晚”的走廊，在他眼里也终于不再可怖。

看好了。看好了。

他经过一间又一间紧闭的房门，跟随着墙上始终未断的箭头指引，一步步向前。

最后，箭头在一扇右侧的房门旁变为一个圆圈记号。

他握住把手，却没有马上打开门，而是回头望向对面挂的画。

画的内容是一扇平淡无奇的门，但是明显被拙劣地改动过，几笔歪歪斜斜的竖线从门顶拉到门脚，像个监牢的铁栏杆。

他松开了手。

地毯上有别的痕迹，浅浅的脚印。他循踪往前，又走了几个房间，来到脚印消失的房门口。

没锁，推门而入。

“贝妮思？”他轻声问，同时提防着浴室门的位置，如果有人要偷袭自己，门背后就是绝佳的地点。

的确有人躲在那里，但对方无意攻击他，只是猛地把浴室门推开，接着就飞快地朝房间外逃。

他一把抓住女孩的手。

“等一下，”他大喊，“我不是坏人，我是来帮你的！”

女孩还在尖叫，拼命地挣扎，他不得不硬将她拽进来，然后踹上房门。

“嘘，嘘，安静。”他双手紧按着她的肩膀，“不要叫，我不是坏人。”

贝妮思盯着他的脸，栗色眼眸中的惊恐渐渐消退了些。

“你是……谁啊?”她声音发抖地问，怕得如同只柔弱的小兔子。

“我是，是个跟你们一样在走廊中跋涉的人，”他蹲下来，视线齐平地和贝妮思对望，以此打消她的畏惧，“我不会伤害你。我跟着那个……那个和你一起的人留下的纸条追来的。我知道你的名字很久了。”

“你跟着杰克的纸条来的?”贝妮思眨眨眼，瞬间转忧为喜，兴奋的面容像洋娃娃般可爱，“他呢？杰克和你在一起吗？他来找我了是不是?!”

“杰克……”他欲言又止。

就在这时，房门毫无预兆地被敲响了。

他和贝妮思一起转头看去。

接着，把手被从外面拧动。

缓缓地，门开了。

一个人站在门外，酒红色的外套，笔挺的站姿，就如同一位高级餐厅的侍者。

在漫长的走廊之旅中见到又一个人，而非单薄的纸条，他的心情理应是激动狂喜的，但现在完全相反，他觉得自己掉进了冰窟，浑身的血液都要冻结了。

门外站的人，戴着一个逼真的猪头头套。

“你好，先生，我在清查脱离管控的擅闯者。”穿酒红色外套的猪头男彬彬有礼地问，这番话配上猪脑袋，让人想笑却笑不出来，恐惧把笑意扼杀在喉咙中。“请问你有没有注意到有两个人从这里经过呢？一个成年人，还有一个小女孩。”

他只是半张着嘴。

“先生?”猪头男一动不动地等在门口，“我想检查你的笔记本，可以吗?”

他慢慢清醒过来，往后退了一步，然而立刻他就意识到，房间只有一个门。

猪头男抬腿迈进房间："请出示你的笔记本，先生。"那颗硕大的猪脑袋边说边朝他迫近。

他的余光看见缩在床下的贝妮思，小女孩害怕得双手抱着头，身子瑟瑟发抖，她的眼眶里满是泪花。

他要保护她。

他上前一步，拦在猪头男前面。

"我，我有笔记本。"他努力控制手不要颤抖，把背包里的笔记本掏出来，递向对方。猪头男接了过去。还好，伸出来的是白手套而非蹄子。

他惴惴不安地站在那里，拼命思索着，若是猪头男突然发难，自己要怎么带着贝妮思跑掉。纸条上的恶魔指的就是这个东西？一个顶着猪脑袋的……怪物？

对方很快检查完了他的笔记本。

"没有问题。先生。"猪头男依旧仪态得体，将本子礼貌地还给他，"真是打扰你了，不好意思。"

说完，猪头男微微一欠身，随即就转身离开。他本以为可以松一口气了，结果却再次被吓得目瞪口呆。

"你的……"

"怎么了？"猪头男回过头来。

"你的，背上，有……"他的声音虚弱得几乎听不见。

猪头男反手摸了摸背部，"噢，"它说，"是这个东西啊。"

随着"噗嗤"的闷响，它拔出插在自己背上的圆珠笔，血从酒红色外套滴落，像衣服的绒毛融化了。

"谢谢你，先生，"猪头男把带血的笔放在桌上，"之前一些被检查的人，有点不太配合，太遗憾了。他们的笔记本用完了，我只好杀掉他们。"

贝妮思的双眼突然睁大了，澄澈瞳孔里倒映的恐惧，即便是一旁的他也能清晰地看出来。

他正想用手势示意女孩镇定，后者就爆发出一阵刺耳的尖叫。

完了。

他的大脑一片空白，全凭着下意识的反应，猛地撞向猪头男，趁着对方被撞到一旁的时机，他抱起贝妮思夺路而逃。

走廊中诡异的声音四处响起，像一群目睹他们逃亡的鬼魂。

6

血色地毯长无终结。

他抱着贝妮思，一口气跑出了两百多个房间的距离。直到实在没了劲、气喘吁吁时才停下来，他回头望去，并未见到那颗瘆人的猪脑袋，悬着的心才稍稍放下来点。

小女孩跪坐在地，低声啜泣着，显然给刚才的事吓得不轻。他心生怜爱地揉揉她的头，“别哭，我们跑掉了。你看，他没追过来。”

“那个东西……他一直跟在、跟在我和杰克的后面……”贝妮思吸着鼻涕抽噎道，“从好久以前就开始……刚才他过来找我，我还以为、以为用画把他关到了房间里的……”

在最后的旅途中，如影随形。

他勉强按压下心中的忧虑，他体会到了杰克的心情，黑暗幽闭占据上风的走廊中，他不能让贝妮思觉察出自己也在害怕。

“你画的东西能变成真的，对不对？”为了转移她的注意力，他换了个话题，“我看到你的金鱼了，还有那只漂亮的八音盒。”

“八音盒漂亮吗？”贝妮思果然停止了啜泣，她抬起头来，“我是照着墙上的画弄出来的……可是金鱼，金鱼没有人喂它，会死的啊……”

“这就是个梦，”他柔声安慰，“梦里是不会有谁死去的，你的金鱼，还有杰克，只是比你先一步醒了而已。等你在走廊之外的世界苏醒，会找到他们的，我保证。”

“走廊外面还有世界？”贝妮思有点不敢相信地问，“杰克也这么跟我说过，可是我一点都不了解外面是什么样的。”

“外面的世界啊……”他努力回想着，试图穿透那一层记忆的迷障，“我记得，我原来住在一间很大的房子里，房子紧挨着森林。每天早上醒来，我都会听到林子里鸟儿婉转的歌声，还有风吹动千万片树叶的低吟浅唱……”

“你是个种树的人吗？”贝妮思仰起好奇的脸，“杰克以前是个做钟表的人呢。”

“不是，我只是喜欢森林，喜欢听风。而我的工作……”他紧皱着眉，以前不管他怎么尝试，就是无法想起更多的细节。但这一次，面对着贝妮思纯真的面容，不可思议地，一些斑驳的影像浮现出来。

白色的大厅，一排又一排的床，上面躺满沉睡的人，每个人都戴着头盔，猩红的线路延伸汇聚，如一条长长的血河。护理工们推着医疗车穿梭其间……

巨大的屏幕，显示着如星座图一样互相缀连的光点，速度快得看不清的字符串在窗口中跳动，仿佛某种读写中的程序代码……

闪光灯和鲜花充斥的冯诺依曼奖颁发现场、台下逐渐加深的忧虑、办公室中剧烈的争吵、心中的怀疑和不祥预感……

两个人在会议上对吼。

“我们功成名就了！疯子的世界谁会去管？植物人的呢？这不是非人道实验，而是合理利用社会资源……”

“不要担心后台漏洞，X房间保证了循环，而小红猪程序帮我们保卫X房间，你构想的方案天衣无缝……”

“任何意识单元都不可能错过重置循环的程序，因为他们会在走廊中搜集必需的食物和水，所有的X房间都得一个不落地经过，缺少笔记本标识的元意识没机会影响到其他人，你也别再提……”

“笔记本。”他喃喃自语。

“什么呀？”贝妮思眨巴着眼。

“笔记本。”他重复道，自己也搞不清自己激动的原因，但他明白，有什么很重要的东西，被抓在手里了。

“杰克在你走之前，”他急迫地问，“有没有交给你什么东西？他的笔记本，被撕掉的部分，是不是在你这里？”

“嗯，对呀，杰克告诉我，要有笔记本才能走下去，所以把他的笔记本分成了两部分。”贝妮思懵懂地回答。

“你一开始，没有自己的笔记本吗？”

“没有啊，”贝妮思很不解地回答，“我好早以前就跟着杰克一起走的。”

他拿过贝妮思从口袋中掏出的笔记本残篇，发现那上面是一片空白，仅有的几个字符在页码边缘闪动着，像待写的命令行。

缺少笔记本标示的元意识。

“错了，你们都错了，”他轻轻摇头，“影响效应是存在的……”

“贝妮思，”他紧紧注视她的眼睛，“我想起了一些事。我有一个办法让我们逃离走廊，但需要你的画才能成功。你要帮我画一扇门。”

“杰克也想让我画门逃出去，可我不知道外面的世界是什么模样，”贝妮思低着头，好像很自责似的，“对不起……”

“没关系，我不要你画一扇可以直接通到外界的门，我要你做的正好相反，”他对女孩露出笑容，“你帮我画一扇，通往走廊最深处的门。”

7

至暗之处当有至亮之光。

贝妮思画得很快，一部分是因为恐惧随时会追来的红衣猪头，但应当更多是出于对离开走廊的渴求。就和他一样。

希望的火把可以照亮一切黑暗。

“那个地方，”他尽可能向贝妮思说明这个概念，“本质上是不存在的，也就无所谓知不知道它是什么样子。你只要想象就好了，一个你喜欢的形象，城堡，游乐园，像墙壁上挂的画里的那些。什么都可以。”

“我喜欢你说的原来住的地方。”贝妮思抬起头，“一座宽敞明亮的大房子，在森林里面，有鸟儿唱歌和风吹树叶的沙沙声。那个可以吗？”

“可以，当然可以，只要你喜欢，只要你能够清楚地想象出来，怎么样都好。”

“房子里面呢？”

“不重要，一旦你离开走廊，那个……那个什么……对，中枢系统……它会自动显形。那是设计最初就确定的功能。”

随着与贝妮思待在一起的时间逐渐变长，慢慢地，越来越多的东西回到他的大脑里。虽然还不能完全拼凑起线索的碎片，但他已经明白了自己该做什么。

不仅仅是他的记忆，别的东西也在产生明显的变化，从被猪头男发现后，他的笔记本上字符串浮现的速度加快了许多，而且全是莫名其妙的乱码。

覆写。他咀嚼着其中一个新回到头脑里的术语。就是这个。

红猪已经把他列为清除对象。他们在对他进行覆写。

时间非常紧迫。

他带着贝妮思，在走廊中继续前进，异样的响动一直未断，从未如此频繁和杂乱。他听得出那些人的惶惶不安。

贝妮思的画在第二天的“下午”完成，内容是一扇白色的门，两边洒下浓郁的树荫，门正中间镶着一个信鸽造型的装饰。他认得这个装饰，因为这是他家的门。

他曾经的家。

他们把画放入半途的一个画框中，换下来的是一幅乱糟糟的抽象画。以前的他压根不能理解这种画的意义和来头，现在却对它心生惧意，上面线条和色彩的狂暴，毫无疑问属于最暴力的那种精神病患者。相比之下，贝妮思的画要纯净和可爱太多了。

我的画呢？他寻思。肯定讽刺得要死。一条咬自己尾巴的狗？

放好了画，他们便开始期待着尽早走到下一个X房间，他一度担心会有某种陷阱在前路等待，不过事实却不是如此。当他们走到第三天时，醒目的X字母就出现在了视线里。

他一直紧绷的神经总算放松下来，露出些许笑容，贝妮思也是兴奋不已。脱离走廊的希望就在前面闪耀，贝妮思超过他，刚想第一个跑过去，他便听到了一种古怪的声音，随即猛地拉住贝妮思。

“怎么……啦？”贝妮思问到一半的话顿住了，因为她也听见了。

咔嚓咔嚓咔嚓咔嚓咔嚓咔嚓咔嚓咔嚓——

一百只门把手齐齐转动的声音。

她惊慌失措，紧紧抱住他的腰，但他却将贝妮思推往X房间的方向。

他的笔记本落到地上，沉闷地弹了一下，纸页哗啦啦翻开，上面找不到一处空白，本子已经被疯狂增加的字符串占满了。

“走！”他大喊，声音和身体都在发抖，“不要回头！”

他没空去看贝妮思是否照做了，因为走廊两侧的门接二连三地开了，一个又一个红衣猪头男从房间中走出，这次它们不再是原来那种彬彬有礼的态度，而是沉默不语、用一致得让人恐怖的步调朝他逼近。

顶着猪脑袋的恶魔，在最后的旅途中，如影随形。

自己挡不住这么多，他绝望地想，贝妮思，跑快些，再快些——

猪头男们像得到了无声的指令，突然一起冲上来，震得整个走廊都在颤动，他还来不及反应，就被淹没其中，无数只白手套把他扯来拉去。一些猪头男从他身边越过，他在密不透风的包围中听到了贝妮思的尖叫。

不！他想喊却喊不出来。

不！

黑暗无情降临。

8

“系统隐患都彻底清理了，”技术负责人擦着额头上的冷汗，“差一点就让那个人带着元意识进入中枢系统，真是太险了。”

“确实很险……幸好红猪在最后关头堵住了他们。”项目总监尼恩·贝尔也是长出了一口气，这段时间脑阵列的一系列问题把所有人都折腾得够呛，尼恩更是足足两晚上没合眼了。到了最后关头，他甚至考虑要不要直接命令人去中断那个家伙的连接线路……这样做会影响整个脑阵列的稳定，但他已经被逼得别无选择了。

还好，红猪程序没有让人失望。

尼恩疲倦地招招手，“大家都干得非常棒，告诉他们，回去好好休息吧。”

“好的。不过，恕我冒昧多问一句，”技术负责人犹豫了一下，“那个脱离系统管控的男人，他怎么会知道元意识与中枢系统的事？难不成……”

尼恩眼神骤然变得冷淡。

“此事与你无关，”他生硬地说，“工作上的任务做好就可以了，脑阵列已经试接入军方互联网，政府部门的人明天就要来视察。我要你确保脑阵列的安全，不要你多管闲事。懂了吗?”

“我、我懂了，十分抱歉，先生。”

技术负责人脸色通红地离开了办公室。

尼恩静静坐了会儿，然后站起身，走到办公室的玻璃墙边，从这里他能俯视整个阵列大厅。

数以千计的床位密密麻麻排列着，被同样数以千计的红色线缆连接，上面躺满了了无生气的躯体，仿佛一座古怪的庞大墓场。大厅顶端的巨型屏幕显示着宛如星空的唯美图像，那是大脑们并联运算的模样。

这些人几乎全是重度精神病人、脑瘫患者、天生智障，诸如此类，社会的渣滓。

是他尼恩·贝尔，把这堆垃圾一样的人聚集到一起，创造了全世界最强大的生物计算机。

荣耀应当归于他。

那个混蛋，尼恩恨恨地想，满嘴什么狗屁人道和社会良知，不但要在现实世界对自己的梦想百般阻扰，甚至就连在脑阵列中也要搅得自己寝食难安。明明在提出脑阵列构想的时候，他俩还是大学里最完美的一对搭档，自己也不想与他争执，可胜利注定只能属于最果决的人。

尼恩一手谋划了那场车祸，又怀着余恨未解的心理，把变成植物人的他安排进脑阵列一期实验当中。

如今，尼恩站在宽敞舒适的办公室里，站在名望与成就的峰顶，以高高在上的姿态，俯视着底下大厅里卑微的他。一千零一号床。左边是一个从前专修钟表的老头，得了脑溢血被送进来，前不久因为肺衰竭死了；再左边是个出生时因缺氧而脑瘫的小女孩，都是些拖社会发展后腿的废物。尼恩冷笑不止，那个人现在就只配跟他们在一起。

即便还未搞清楚，在加入阵列前，和其他人一样做过海马区清扫术的他是怎么找回记忆的，可是他在脑阵列中的存在已经被覆写消抹殆尽，再也没人会来干涉自己的伟业。尼恩终于能安心下来。

一切都结束了。

尼恩最后望了一眼，准备转身离去，然而，就在这个时候——

大屏幕上的脑连接图发生了奇特的变化。

他是第一个目睹这异象的人。

之前呈蓝白色的众多代表大脑的“星星”，忽然都变成了炽烈的红色，好像它们突然间全部过载了。隔着玻璃墙，尼恩用力眨眨眼，一时没法相信自己所见的事。

整片屏幕，不，整个大厅都被赤红渲染。

沐浴在这犹如血阳的光辉下，尼恩彻彻底底懵了。

怎么回事？尼恩的视线梦游般往下移，看到技术负责人正在朝控制脑阵列的工作人员大吼，双方喊叫的声音透过玻璃，只有残缺的字词传到他耳中。

“红猪程……崩溃……”

“所有的意识单元都……”

“元意识……为什么会通过那扇……”

接着，不需要尼恩亲自冲下去问了，屏幕上似雪崩涌现的字符串已经说明了一切。他如遭雷击，眼睛瞪大到了极限，一只手死揪着头发。

中枢系统，被打开了。

9

有光。

贝妮思惊讶地看着那一团团光芒从走廊两侧的画中钻出，转眼间就充满了走廊，有两个已经抓住她胳膊、把她从X房间的门前拖开的猪头男，在接触到光芒的瞬间，崩散为一堆0和1。

没人再抓着她了。

贝妮思跌坐在地上，只见周围全是飞翔的光球，像无数的精灵，把她围绕在中心。每个光球中都隐约有张面孔，她一个都不认识，但他们全在看她。

这是在童话里么?

一个光球飞到她的面前，挨得很近。

她认得这张脸。

“站起来，”光球用温柔的声音说，“站起来，贝妮思。没人能伤害你了。”

“你……为什么会变成这样?”贝妮思小心翼翼地去摸光球，手却从空气中穿过。

“脑阵列。”光球用有些伤感的语气说道，“是个很奇妙的东西。尼恩，我曾经的大学同学和研究伙伴，他和我一起创造了脑阵列，却没有完全理解它的潜力。组成阵列的每个人都在走廊中找回了完整的意识，因为我们被互相连接起来，每个人的残缺都可以由另外数千人弥补。在走廊中跋涉的，不是如尼恩想当然的那样，只是一群精神病疯子，恰恰相反，我们的运算能力和智慧超越了这颗星球上所有的生命。

“我们两人的努力吓到了尼恩，使得他把红猪的全部处理资源都调集了过来，虽然他拦住了我们，却解放了其他被红猪控制的意识。他们突破了走廊间的限制，把我从被覆写的结局中挽救出来。这就是我以这种形态出现在你面前的原因。

“最关键的一点，还是在你。贝妮思。

“尼恩没有料到脑阵列的能力，同样没有想到你就是我们在构思脑阵列时苦苦寻找的‘元意识’——那个把所有加入脑阵列的意识都维系起来的中心点。因为出生时的问题，你是阵列中最年轻的一员，你的大脑也是最最纯净、最能包容其他意识的。是你唤回我的记忆，让我们所有人得以挣脱桎梏。谢谢你。”

“我听不懂你说的话……”贝妮思露出有点苦恼的神情。的确，这些东西对于一个连外面世界什么模样都不知道的小女孩来说，太过深奥了。

“没关系，贝妮思，这些都不重要了。”光球里的脸朝她微微笑着，“还记得我跟你承诺过的吗？这条走廊不过是个梦，而一个世界的梦，就该在另一个世界醒来。

“穿过那扇门，贝妮思。

“你想要的一切都在那里。”

光球们簇拥在她身边，引领着她一步步走向最后的房间，走廊的终点。

她推开那扇画着大大的**X**的门。

步入纯白之中。

那儿有座房子，漆成漂亮的白色，就在林子的边缘。树荫从两侧洒下，把门廊置于斑驳的光影里，屋子的正门是开着的，上面有一个信鸽造型的装饰。不知怎的，贝妮思觉得那就是自己家应有的模样。

风从贝妮思身边经过，带着不知名花朵的芳香，她听到树叶沙沙的致意声。

她走进屋，没看见人，却有一只熟悉的球形鱼缸放在桌上，鼓眼金鱼把嘴贴在缸壁上，欢快地摆着尾。一只八音盒在鱼缸旁奏鸣，婉转悦耳的音乐从盒子里流泻而出。

“嘿，小女孩。”

她飞快地转过身，“杰克?”

老者就站在那里，脸色红润地笑着，一点没有之前在走廊中那种咳嗽不停的病态。

贝妮思冲过去，一头扑进他的怀里。

“我答应过你的，贝妮思，我们会重逢。”杰克轻轻抚摸她的头，“走廊终有尽头。”

“之后呢?”贝妮思抬起头望着老者，“我们走出走廊了，会发生什么事?”

“很多，很多事。除了充当元意识的你，脑阵列中所有的意识单元都融合了，我们的觉醒，将会通过网络改变文明的进程。作为维系我们的人，你有好些东西要学了。”杰克慈祥地说，“但不用着急，孩子，你想看看蔷薇花和黄百合的样子吗？就是我在走廊中跟你讲起过无数次的那些花。还有，你想看鸽子飞翔的景色吗?”

“想!”贝妮思迫不及待地喊。

杰克牵起她的手，朝房屋的后门走去，把走廊漫长的阴影抛在身后。

走向晴空下的大地。

1

一等奖作品

招魂

灰狐

她终于还是站在那栋老旧的公寓楼前，傍晚青灰色的天光将四周的建筑勾勒成诡异的怪兽，居高临下地俯视着她。

岳薇手伸进袖口，抚摸着手腕上的木质手串。长期盘玩的手串有着温润细腻的触感，如同记忆中方征的手指。她鼓起勇气，走进公寓楼。

鞋跟撞击地面发出清脆的哒哒声，一楼的声控灯亮了。但很快它又暗掉，短路的触点嗞嗞作响。这座公寓楼看上去早已荒废，如果不是她曾经在白天来过一次，对周围情况有大致的了解，她是绝对不会在这个时候来这里的。

我究竟在干什么？岳薇问自己。左腿上的伤处还在隐隐作痛，但更痛的是她的心，方征的离去在她的心上剜了一个洞。在悲伤和孤独中沉溺了两个月之后，她想要自救，却找到了这样的方法。

“招魂。”岳薇自言自语地说，作为一个律师，逻辑是她的本能，但现在她实在找不出自己做这件事的理由。

她凭着印象走上二楼，好在上面的灯工作正常，让她安心了些。

曾经的住户基本上都搬走了，只有墙上的涂鸦、污渍和刮痕还保留着他们的痕迹。

她一直爬到五楼，才到了她要找的人家门口。她喘着粗气，喉咙发干，鬓角潮湿，在她面前是一扇与整栋楼——或者说整片小区——都格格不入的门。

散发着金属光泽的安全门几乎赶得上生化武器实验室的规格，厚重的门板，或明或暗的多道门锁，还有门框旁的可视系统。在岳薇看不到的地方，还设置了动作传感器以及其他各式防护措施。

在岳薇不算长的执业生涯中，见过有钱人，也见过许多怪人，但是像这家一样又有钱又怪的人还从来没有遇到过。幸好不是我的客户，岳薇想。

还没等到岳薇敲门，可视系统就亮了，屋子的主人出现在屏幕中，在补光灯的照射下，他的脸白得发青，深陷的颧骨却没有留下阴影，好似骷髅。

“李先生。”岳薇说。

“你又来了？我以为你不会来呢。”李先生用人工智能般平淡的语调说，“你考虑好了吗？”

“我……”面对这个问题，岳薇一阵心慌，她退缩了，“对不起，我还……”

她转身跑下楼梯，似乎想逃离那个想法。但是，一分钟后，她又回到门前，“我考虑好了，我要见他。”

咔嗒一声，门开了，她走进去。

李先生就在门后，垂手站着。“你好，岳女士，想喝点什么？”他客气地说，“我这里有……纯净水。”

“不用了，”她尴尬地笑笑，“现在可以开始了吗？”

“你确定了吗？”李先生说，“我不是‘通常’意义上的巫婆神汉，不会通灵，也不会跟你说我能和另一个世界取得联系……”

“一切结果都是通过大数据和网络标记得出的，我知道，”岳薇打断李先生的话，“我已经了解了，这让你的……职业听起来不那么……‘迷信’。”

他将她带进书房，启动电脑之后，默默地退了出去。房间里没有开灯，只有几个设备上的LED灯发出蓝色和绿色的微弱光芒。

全息投影仪发出嗡嗡的声音，那是它在预热，随之而来的还有淡淡的臭氧味道。

房间中央突然亮了起来，刚刚适应黑暗的岳薇眯起眼睛回避强烈的光线。几秒钟之后，她睁开眼睛，方征已经站在她的眼前。

“小薇，是你吗？”

是他的声音，他的样貌，他玩世不恭而又充满关切的表情。

她的方征！

岳薇伸出手去，在他脸前扫过，却摸不到他。

泪水模糊了她的视线。

“岳薇，你怎么来了？”

刚刚走进长隆律师事务所的大门，岳薇就被门口的陈姐一把抱住，“你可以再休息几天的，你那两个案子不急，毕竟……”陈姐停住，不知道后面的话该说不该说，只是轻轻地在她后背拍打，就像哄小孩子。

岳薇使劲挣脱出来，“我……闲着也是闲着，请了两个月假，也该来了，不然工作都没了。我想上班，找点事做。”她认真地说。

“好吧，”陈姐点点头，“别太勉强自己，”她侧着头，小声说：“你是打算偷偷进去，还是跟大家打个招呼？”

“这个……”岳薇犹豫。

她抚摸着手串，咬着嘴唇思索，两个月不长，同事们好像都生疏了，这个简单的问题她却不知道如何回答。

“我要去……”

“你好，请问岳薇律师在吗？”一个声音打断了岳薇刚刚下定的决心。

岳薇循着声音看去，三个穿着深蓝色西装的人站在门口，同行？

陈姐与岳薇对视一眼，迎了上去，“请问你们有什么事吗？”

“我们是智盛律所的，现在要把一个案子移交给岳律师。”

智盛！那是全市实力最强的一家律所。

“你好，我就是岳薇。”岳薇礼貌地把手伸向对方。

但是对方并没有和她握手，而是将一个U盘塞在她手里。

“这是我们整理好的资料，这个案子的当事人，李长逸先生强烈要求更换律师，所以我们现在把有关的资料全部送过来。”

中途换律师这种事，对之前为案子付出劳动的律师是个打击，不过智盛居然老老实实把材料都送来，想必当事人没有亏待他们。

他们会怎么想？是我把客户挖来的？岳薇在心里寻思，但是她连李长逸是谁都不知道。她看着面前的高级律师，不知道该说些什么。

那个人没有看她，而是向后面点点头，身后的另外两名律师将手里的档案箱放在律所前台的桌子上。

“所有的都在这了，两箱档案和所有的电子文档。祝你好运！”说完，智盛的律师转身离开。

“等等！你们说的到底是怎么回事！”岳薇反应过来时，智盛的律师们已经走进电梯，她只来得及在电梯门上看到自己的倒影。

“这个案子是我要求他们交给你的。”岳薇被背后的声音吓了一跳，她转过身，看到一个穿着土黄色户外衬衫的人从楼梯间出来。

她认识他，实际上，前一天才见过。

“李先生，你……”岳薇恍然大悟，“您就是李长逸吗？”

“是的。”

“我不知道……你……”

“没什么的，我已经受够他们了。经过昨天晚上，我想了想，觉得你能够懂得这件案子对我的意义，而不是劝我和解。”

一直站在一旁的陈姐发出揶揄的笑声，岳薇醒悟到刚才那句话产生了严重的歧义。

她瞪了陈姐一眼，拿起档案和U盘，对李长逸说：“到我的办公室来谈吧。”

“你要起诉联信公司?”卷宗刚刚看了一个开头，岳薇就感觉到不舒服，好像自己的胃被担忧和兴奋填满了，正沉甸甸地坠着她。

“不是要起诉，而是已经起诉了。”李长逸靠在椅子上说，“用词要严谨一些，你是律师。”

“我……”岳薇犹豫了一下，决定还是说实话，“李先生，我还从来没有接过这么大的案子，为了您着想，我会把这个案子交给我们律所的主任薛律师来办，你放心吧，他是很棒的诉讼律师。”

“不，这个案子必须你来办。”

“那个……”岳薇感到手心里出了很多汗，又凉又黏。

“好吧。”

坐在法庭上时，岳薇还在打瞌睡。前一晚她几乎没有休息，在办公室里研究李长逸的案子，另外还得拿出三成精力来给自己鼓劲，开庭的时间如此紧迫，她必须硬着头皮上。

起诉联信公司的这桩案子将是她人生的跳板，一个天大的机会。如果成功，她的名声将会飞跃好几个等级。不仅如此，智盛的律师为这件案子做了精密而且细致的调查，全标注在了档案中，单凭研究这份档案就让岳薇学到了平时需要几年才能学到的经验。按说他们不会这么轻易地将自己的调查结果交给岳薇，不知道李长逸付了多少报酬来弥补智盛，肯定不会少。

这简直就是天上掉下了馅饼，直接掉在了岳薇嘴里。

岳薇使劲揉揉眼睛，一口气喝掉半杯咖啡，腹中的热气延伸到四肢百骸，她强迫自己兴奋起来，摩拳擦掌，跃跃欲试。

可惜这个状态只持续了十分钟。

当联信公司的律师队伍走进法庭时，岳薇的雄心壮志啪地一声破掉了，就像是阳光下一个泛着七彩光芒的泡沫。

那些人穿戴整齐，步伐轻松，神态自若地有说有笑，路过原告席时，大多数人没有看岳薇。仅有的一两道目光一扫而过，好像是在看路边的一只昆虫，或者玻璃上的一块污渍。

身旁的李长逸放松地坐着，反倒让岳薇更加紧张。

“李长逸诉联信公司，现在开庭。”审判长宣布，“我发现原告方换了代理人？”

“是的，审判长，我叫岳薇，长隆律师事务所的。”岳薇站起来，恭敬地回答，“我是刚刚接手这个案子的，在开始前……能不能请对方简述一下这个案子？”

“你作为代理人，连案情都不了解吗？”

“没关系的审判长，我方愿意帮助一下对方律师。”联信公司的律师席中站起一个人，带着和蔼的微笑看着岳薇，岳薇觉得他有些面熟。

“既然你没有意见，那就开始吧。”

“因为现在云技术和生物密码技术的发展，本公司已经开始推广新的B网通讯手段，并且计划于6个月过渡期完毕之后完全关闭T网通讯方式，原有的号码全部弃用，开始使用唯一的、与用户身份信息和生物信息相关联的号码，达到一号通用。但是李长逸先生以本公司未能履行合同为由，拒绝停用现号码，并且要求本公司在五十年内不得停止T网通讯。”

“嗯，简单明了。”审判长说。

“好的，我知道了，谢谢。”岳薇向对面的桌子点头，也许这场官司不像想象中的那么难，她在心里给这位律师贴了个标签——良心律师。

良心律师将两张纸递在审判长和岳薇面前，“请看这件证据，这是李先生亲自与本公司签订的合同。其中第九条第3款中明确写着，乙方，也就是本公司，为提高服务质量而进行网络升级时，有可能造成通信中断或号码停用。李先生签过字，证明认同本合同。”

“但是联信公司的升级B网的举措并没有提高对李先生的服务，所以这一条并不适合本案。”

“B网无论从通话质量，网络速度还是安全方面都大大超越了旧的T网，这个是有数据可以证明的。”

“但是我的当事人需要的服务只有一项，就是保留这个号码。”几个回合之后，岳薇渐渐找回了信心，毕竟她有整个智盛的调查研究做后盾。

良心律师整理了一下自己的西装：“关于这一点……”

“好了，”审判长说，“辩方律师有没有更加具有说服力的证据？”

“有的，审判长。”律师说，“请看第六……”

“等一下。”岳薇打断了对方律师，现在是打乱对方节奏，使出杀手锏的时候。

“审判长，请您看一下这份合同签署的日期。”

“5月19日。”

“这是一份报道。”岳薇将两份复印文件送给审判长和对方律师。“在报道上说，迅联公司在4月29日、飞享公司在5月17日都已经完成了T网到B网的更替。这说明合同签署的时候，也就是5月19日，联信公司是国内唯一一家使用T网的公司。”她停顿了一下，享受控制法庭节奏的快感，这份合同是智盛公司给联信下的圈套，干得漂亮。“所以这份合同涉嫌强制性的霸王条款，我方申请作废。”

“但是合同作废的话，本公司对李先生的服务也将停止。”

“不，李先生在联信公司已交够了足够五十年的预付款，这是事实合同，与其他的无关。”

“审判长，这是他们耍的诡计。”

“我知道，但是她说的有道理，你们还有其他的证据吗？”审判长说。

律师想了想：“有，审判长。”

他又拿出一份证据递过来，岳薇一看，那还是一份联信公司业务办理合同。

“这是李长逸在联信公司办理这个号码时签的合同，签订的日期是三十五年前。”律师说。

审批长看了一遍，放在旁边：“岳律师，有什么问题要提吗？”

“嗯……暂时没有。”岳薇说。

“好，请继续。”

“这份合同的第十一条第5款上写着：如果甲方利用本公司网络从事可疑活动，本公司有权收回号码使用权。”

“你在指责我的当事人利用网络从事犯罪活动吗？请拿出证据，否则就是污蔑。”

“别急，李长逸先生原本是科技生命公司的高级研究员，研究方向是人工智能，对不对？”良心律师问。

这些档案里都有，但是岳薇仍然回头看看李长逸，看到她的当事人点头，她才说：“是的。”

“二十七年前，李长逸以个人的名义申请了一项人工智能的专利，就是以人的网络信息为基础，经过综合其在网络上的言行举止、说话方式、观点看法，来复原一个人的性格，达到用计算机模拟人类的目的。”

“是的。”李长逸自己开口了。

“我反对！”岳薇站起来，“与本案无关。”

“反对有效！请加快速度。”审判长说。

“后来这项专利由于伦理方面的原因和技术不成熟被否定了，对不对？”

李长逸点点头。

“别急！”看到岳薇又想站起来，良心律师伸出手阻止，“马上就要到了。”

“但是，李长逸并没有放弃自己的研究，反而将这项技术民用化了。”良心律师说到关键的时候停下，打算卖个关子，“请允许我出示另一样证物。”

“可以。”

“这项证物有些特殊，需要两个人来搬。”

“听着，我不知道你葫芦里卖的什么药，尽管控方律师不提意见，我也有些烦了，如果这项证物不是关键证据的话，我就没心情听你继续说了，知道吗?”审判长从审判桌后面俯视着良心律师。

“明白!”

“去吧，另外，去一个法警陪着他们。”

联信的律师团里站出两个人，去庭外拿东西，良心律师则准备开始接下来的陈述。

“他到底在说什么?”岳薇问李长逸。

“我不知道，我可没做过什么违法的事情。”李长逸一副无所谓的样子。

“李长逸起诉本公司之后，本公司核对了一遍他历年来的网络使用量，他的数据要比平均值高出65%。”

岳薇想了想，决定不站起来反对，就让这位良心律师继续表演吧。

“他利用我公司的网络流量搜集大数据，再加上他的程序，在蓝色希望小区三区李长逸本人的住宅中，从事一项‘疑似’非法经营活动。”律师顿了顿，以烘托气氛，“招魂。”

这两个字一出口，立刻引起了法庭里的一片喧哗，旁听席上的人交头接耳，就连审判长都在揣摩这两个字的含义，忘了用他的木槌维持秩序。

“你说什么?”审判长问。

“招魂。”

“请详细说明。”

法庭的门开了，岳薇回过头去，看到两个律师搬着一套设备走进来，放在最上面的，是一台全息投影仪。

她突然明白对方律师想玩什么花招了，她站起来，“等一下!”

“岳律师，有什么事吗?”审判长问。

“我有一个小小的请求，”岳薇笑着说，“出示这件证物的时候，我想请旁听席上的各位都蒙上眼睛。”

“这算什么要求?”良心律师不解。

岳薇笑着看看他:“你当然不知道。”

你真是碰到枪口上了，岳薇心想，如果不是前一天才找了李长逸寻求帮助，恐怕真的会被联信的这一招唬住。

“你有什么理由吗?”审判长说。

“有，但是现在还不能说。”

审判长看看岳薇，又看看联信的律师:“你有反对意见吗?”

“我……”律师想了想，“我反对。”

“好的，折中一下。”审判长说，“左边旁听席上的人，请向后转，并且不要看前面，否则以藐视法庭为由驱赶出去。”

法庭左侧的人纷纷站起来，挪动椅子，转向后面，并且恋恋不舍地看了法庭最后一眼。

趁着换座位的混乱，审判长把岳薇和良心律师叫到前面，低声说:“你们两个把我的法庭变成了综艺节目，最好今天有个结果，我明天实在不想再见到你们了。”

岳薇和良心律师对视一眼，点点头，退了回去。

这时联信的律师已经将设备接好，全息投影仪摆在了证人席旁边。

“可以开始了。”审判长示意。

良心律师按下开关，投影仪开始预热，有那么一瞬间，岳薇以为等下出来的会是方征。

白光一闪，一个五十多岁的中年男人出现在法庭中间。

“这是谁?”岳薇问。

“我的一个客户。”李长逸回答，“呃，是第一个客户，确切的说是客户的父亲，他找到我，要求……再见他父亲一面。”

“所以你就帮他了?”

“是的，他给了我一笔钱，于是我就把这活接下来了。”李长逸说。

“这是哪?”全息人像说话了，声音是从他脚旁边的音箱里发出来的，法庭里灯光太强，让他看上去是半透明的，确实像电影电视剧里的鬼魂。

“你好，徐先生。”良心律师向那个影子问好。

“啊，你好。”徐先生说。

“这里是法庭。”

“我怎么会在这?”徐先生做出左右看的动作，实际上是靠放在一旁的3D摄像头捕捉周围的画面，“我犯了什么错吗?”

“不，徐先生，你不用担心，只是请您来简单地问几句话。”

“好的。”

“徐子琪是您的什么人?”律师问。

“是我的儿子。”

“您对他的看法是怎么样的?”

“这个……是他犯错了？他并不是有意的，这孩子本质不坏，你们……”

“不不不，他很好，您不用担心，只要直接说出您的看法就行了。”

“是这样吗?”徐先生怀疑地说。

“是的，这里是法庭，我可不敢在这说谎。”

“好吧，我儿子是个聪明人，不过有点聪明过头了。他学东西很快，可是忘东西更快，隔上几个月就换一个新的爱好，废寝忘食地投入到里面。不过过不了多久，失去兴趣之后，他就不再碰了。我只想让他好好上学，他不愿意，我说不过他，就打了他，然后他就离家出走了。”徐先生停了一下，“我已经很长时间没有见到他了，如果他犯了什么错误，都是我教导无方，我先向大家道歉了。”徐先生的灵魂弯下腰，向着法庭的众人鞠了一躬。

“不，徐先生，您完全不用担心。徐子琪现在已经是一家创业公司的董事长了，旗下七个子公司，产品已经出口到全球了。”

“真的吗？”徐先生茫然地看着大家，“我……我不知道该……该怎么说。”

“您高兴吗？”

“当然。”

“谢谢您。”良心律师按下开关，徐先生消失了，他接着说，“我来简单介绍一下，徐子琪在十七岁的时候，和他的父亲——也就是刚才的徐先生吵了一架，之后离家出走。他在外面闯荡了十五年，三十二岁的时候，创立了一家物联网公司，之后越做越大，你们应该听说过‘万物直通’这个公司吧。”那是个大公司，法庭上最少有九成人正在享受“万物直通”公司的物联网服务。“成功之后，徐子琪想把这个消息告诉他的父亲，可是回到老家的时候，他的父亲已经因病逝世了。对不对，李长逸先生？”

岳薇点头，李长逸说：“他来找我的时候是这么说的。”

“所以你用你的研究成果让徐子琪和他的父亲又见了一面？”

“是的。”

“他给了你多少酬劳？”

李长逸想了想：“1750万，附带条件是徐先生的模型让徐子琪带走，我这里不留副本。”

听到这个数字，旁听席上有人吸了口冷气。

良心律师转向审判长：“徐子琪把他父亲的模型带了回去，公司的人说，从那天开始，就能够听到徐子琪在办公室里和别人大声吵闹，而且之后的一段日子他的情绪非常低落，一个半月之后，徐子琪被发现在自己的浴室中服药自杀。”

旁听席上响起一片唏嘘声。

“这个结果，是由李长逸引起的。”良心律师准备下最后的结语了，“这一切，都是……”

“等一下！”岳薇正等着这一刻，她站起来，将良心律师的后半句话生生斩断，“审判长！在对方律师提出控诉之前，我能和证人说几句话吗？”

“什么证人？”

“就是刚才的徐先生，”岳薇说，“哦，对了，可以让旁听席上的人转过来了。”

“好的，可以。”

岳薇站起来，摘下手串，放在桌子上，好像是方征坐在那里看她战斗一样。然后，她绕过桌子，走到法庭中间。

她按下全息投影仪的开关，等了一会儿，徐先生再次出现在法庭上。

“徐先生，你好。”

“你好。”

“今天是几号？”

“什么？今天是……”徐先生想了想，“对不起，我不清楚。”

“今天是2047年5月19日。”

“什么？”徐先生露出吃惊的表情，“我……这个……不……我……这不可能。”

“你在2036年的时候已经去世了。”

徐先生没有回答。

“你的儿子，徐子琪，想把他成功的消息告诉你，但是你那时已经不在了，所以他想了个办法，通过数据模拟了你的一切。”

“这个……我已经死了吗？”

“请集中精神，你在十一年前就已经死了，不要在这方面纠结，请回答我的问题。”岳薇快速地说着，尽可能地表现出冷血的样子。

“他怎么了？”

“他离开你之后，吃了很多苦，也学到了很多东西。他成立了一家很大的公司，获取了很高的地位。”

“嗯。”

“你为他骄傲吗？”

“当然。”

“为他高兴吗？”

“是的。”

“你还有什么想对他说的吗？”

“我觉得他应该更加努力，他很聪明，但是没有长性，需要有人监督着才能坚持做完一件事。以他之前的性格，总能够很快达到自己想要的结果，但是很快又亲手毁掉。我想跟他说，不要自满，要再努力。”

“可是你知道……”

“别说了！”旁听席上突然有人说话，岳薇顺着声音看过去，那是一个坐在左侧，刚才没有看向法庭的妇女，四十多岁，眼圈发红，显然刚哭过。岳薇知道一定会有这样的人出现，她没有见到徐先生从一团光里冒出来，而是先入为主地听到了他的故事，并且被他的命运所触动。

“审判长，我想问那位旁听的人几句话，可以吗？”

审判长白了岳薇一眼，“去吧。”

“您好，大姐，你为什么阻止我。”

“你打算把他儿子的事告诉他吗？”妇女说，“你还是不是人！”

“为什么不能说？”岳薇问。

“那位徐先生也是出于对他儿子的负责才那么做的，他都五十多岁了，你告诉他结果，他会受不了的。”妇女压低嗓门，好像怕徐先生的灵魂听到似的。

“他早就死了。”岳薇一副不在乎的样子。

“那他也是一个人！”妇女提高声音，看样子恨不得亲手掐死岳薇这个没人性的东西。

“谢谢。”岳薇笑着对那个妇女说，弄得她摸不着头脑。

她走回法庭，对着徐先生说：“徐先生，这里不麻烦您了，再见。”

说着，她按下投影仪的开关。

“审判长，刚才我要求一半的旁听者蒙上眼睛，实际上是做了一个有些特殊的‘图灵测试’，测试的结果您也看到了。”岳薇走回法庭中央，深吸了一口气，说：“现在我要问您一个问题，审判长，辩方律师提交上来的这件证据，是证人，还是证物?”

审判长皱起眉头，岳薇有些心慌，她这种行为已经严重挑战了审判长的权威。因为她知道审判长无法做出裁决，如果他裁定徐先生是人，那么李长逸所有的成果，以及类似的研究都能够获得同样的社会地位。并且，这场官司将成为今后无数官司的范本，被反复拿出来讨论，审判长还没有担起这么重责任的勇气。

但是他也无法判断徐先生只是一件物品，现场最起码有一半旁听者已经对他产生了感情，把他当成了真正的人。

他只能放弃判断，那么他在这次法庭上的权威将出现一个裂缝。岳薇不愿这样拆审判长的台，但是这是唯一的办法。

她看着审判长，尽可能保持严肃，不能露出一点计策得逞的表情。

审判长想了一会儿，终于开口了：“我无法裁定这件证据的类别。”

“由于联信公司提出的关键证据无法定义，我方要求联信公司撤销刚才的一切指控，不管他想说什么。”岳薇紧接着说，但开口之后就后悔了，她接得太快，像是早就预备好的，审判长会意识到岳薇挖了个坑让他跳。

审判长怒视着岳薇，但职业素质却让他不得不承认岳薇说的是正确的。“是的，基于此证……此证据的所有指控，均不成立。”

“谢谢。”岳薇得意地看了良心律师一眼，回到自己座位。

联信的律师团队叽叽喳喳地商议了一阵，最后说：“我方申请休庭，并且提出一名证人。”

“是真人吗？律师?”审判长不满地问。

“那个……当然是。”良心律师回答。

“最好是。”审判长说，抬手敲下木槌。

“休庭！”

“干得漂亮。”刚刚走出法庭，联信公司的律师就迎着岳薇走来，岳薇越发觉得他眼熟。

“你还认得我吗？师姐？”

“师姐？”岳薇努力在记忆中挖掘，“啊！任宇！”

顿悟的惊喜之后却是嫉妒和惭愧：“你现在是联信公司的顶梁柱了！”

“混口饭吃。”任宇笑笑，“如果不是在学校的时候看到你在模拟法庭上的飒爽英姿，我恐怕不会坚持读完法学院呢。”

“别胡说了。”

“真的，你和方征学长简直是我们这些学弟学妹眼中的神仙眷侣啊。对了，你们……现在……？”

岳薇的脸黯淡下来，不由自主地去摸她的手串。

“我说错什么了吗？”任宇问。

“他……已经……不在了。”岳薇说。

“对不起。”任宇道歉，但他很快想起了什么，“所以你……你就是这样认识李长逸的吧。”

岳薇点点头：“他确实帮了我一个忙。”

“不得不说，他那套程序做得真棒，所有的反应都跟真人一样。”

“所以你不敢跟他多说话吧。”岳薇偷笑。

“如果不是你刚刚见过这套东西，我们的计策可能就管用了。”任宇说。

“确实。”岳薇露出得意的神情。

“虽然这场官司里他们只是配角，不过我感觉以后的案子里会接触越来越多的人工智能，机器人，克隆人什么的。”

“科幻小说看多了吧，我们在法律上接受同性恋都用了几个世纪呢。”

“哈哈，”任宇拍拍脑袋，“那倒是，无论科学怎么定义，最后还得靠我们这样的人在法庭上吵上无数架才能变成法律啊。”

“我们不就是为了这个才当律师的吗?”

两个人哈哈笑了一阵，陷入沉默。

“师姐。”任宇突然开口说，脸上一副公事公办的表情，“和解吧。”

“什么?”

“和解吧。”任宇又说一遍，“我没别的意思，和解对双方来说是最好的出路。”

“我的当事人只有一个要求，就是保留原来的号码。”

“你可以劝劝他，”任宇摊开双手，“我们愿意出8000万的和解费，只要你们不再起诉，并且对和解内容保密。”

“多少?”岳薇忍不住叫道，8000万，律所可以拿到5%的提成，而她自己能够拿到其中的25%，那是……

“8000万。我们开给智盛的价格是4500万，但是李长逸拒绝了。8000万是我们能给出的最高价格。如果给李长逸留下那个号码，每年多花掉的运营费都不止这个数。并且迟迟不转B网的话，在未来的生物网络战略上，联信将落后一大步，这是多少钱都弥补不了的。”

岳薇还在心算提成的数目，她确实有些动心。但是李长逸说过“只有你懂得它对我的含义”，经过这次法庭，徐氏父子的事让岳薇确实明白了一些。

她叹了口气，对任宇说：“我的当事人只有一个要求，就是保留下这个号码。”

任宇露出失望的表情：“师姐，请再劝劝他，不然……明天会很难看的。不仅对于他，对你也不妙。”

“对不起，咱们还是法庭上见吧。”岳薇说出这话的时候，脑海里仿佛看见一大堆钞票，长着翅膀飞走了。

“那好吧，祝你好运，师姐。”任宇耸耸肩。

“祝你好运。”

回到自己的公寓，岳薇才知道自己有多疲惫，她将自己扔在床上，让深沉的睡意侵占了她的意识，可就在将要入眠的那一刻，任宇的话又浮现在耳边：“明天会很难看的”。

任宇是联信公司律师团队的骨干，这句话不是随便说说，他们一定还有制胜的武器。

岳薇又翻了一遍智盛给她的档案，没有什么漏洞了。但是她仍然觉得不够，于是她给李长逸拨了个电话，打算再梳理一遍细节。

电话几乎是立刻就接通了，李长逸在话筒那头清了清喉咙，才说：“喂。”

“李先生，我是岳薇，你的律……”

“闭嘴！你为什么打这个号码！这个电话不是给你准备的，以后不要再打了！”

李长逸怒骂了一通之后，电话断了，岳薇拿着手机发呆，不知道发生了什么。

这个号码就是李长逸打官司要求保留的那个，岳薇记得最熟，没办法，她只好找出笔记本，上面有李长逸的另一个号码。

“喂？”

“李先生，是我。”

“以后不要拨打那个号码了，明白吗？”

你又没跟我说过，岳薇心里这样说，但嘴上却应和着：“我知道了，我打电话是想再向你了解一些情况。”

“什么事？”

“你为什么要保留这个号码？”

“这是我个人的偏执。”

你倒是挺有自知之明的，岳薇对着话筒翻白眼：“能告诉我吗？”

“不能。”

岳薇舔舔嘴唇，不知道下一句该怎么说。智盛送来的档案中，对联信公司有着非常详细的研究，但那里面却对李长逸只字未提。起初岳薇以为这是智盛在档案里做的手脚，但联想起李长逸家那扇厚重的安全门，可以知道他是一个“注重隐私”的人。

“李先生，你能说说你的情况吗？先别拒绝，因为明天联信公司会提出一个证人来对付你，我希望在那之前知道你……有什么弱点。”

电话那头沉默了几秒钟，传来的答案依然是：“不能。”

岳薇挂断电话，看来没法从那个独居怪人那里得到任何信息了。

她又拨了一个电话：“喂，谢叔吗？最近忙不忙？”

谢叔是她爸爸的老战友，当兵的时候是侦察兵，退伍了之后又干了二十多年刑警。

“不忙，闲得我都快出毛病了。”

“你啊，就是闲不住，去广场上跳健身舞呗。”

“臭丫头，有什么事就快说。”

“我需要你帮我查一个人。”虽然入行没几年，但是岳薇深深地知道，当事人和律师之间，并不是相互信任的关系。很多时候，他们会带着偏执的想法来找律师，告诉律师一个故事，半真半假，或者干脆全部都是谎言，然后让律师去达到想要的结果。如果不提前摸清当事人的底细，在法庭上就会处于被动，当事人的任何弱点，都是对方律师的武器。

“好的，交给我了。”

岳薇将李长逸的信息发给谢叔，信息很短，因为她只知道他的姓名住址，以及那奇怪的“工作”。剩下的就要谢叔来发掘了，他每次都能通过各种关系完美地完成任务，当然，岳薇也会付给谢叔合适的报酬，双赢。

她重新躺下，用手指默数手腕上的串珠。这间空荡的公寓不再像之前那样充满了悲伤的回忆，与方征重新见面之后，她放下了许多。

她回忆着那些与方征之间的快乐场景，两个月来第一次睡了一个无梦的长觉。

“请证人上庭。”岳薇转向法庭大门，但她等的不是联信公司的证人，而是从来不误事的谢叔。如果能在证人开口前了解一些信息，一会质证的时候也会有心理准备。但是……

一个中年女人走进法庭，衣着时尚，脸上画着恰到好处的淡妆，皮肤保养得不错，但是眼角和鼻翼处的皱纹仍然暴露了她的年纪。

“这是谁？”岳薇正打算转过头问李长逸，但是像机器人一样冷淡的李长逸却像是见了鬼一样从椅子上站了起来，后退两步，张着嘴愣在那里。被他踢开的椅子晃了两晃，倒在地上，在安静的法庭中发出巨响。

“你……怎么是你……”

女人没有看李长逸，她在法警的指引下走向证人席。“我是要坐在这里吗？”女人开口问高高在上的审判长，声音圆润，带着一些颤抖。精致的装扮仍掩盖不住遮掩内心的紧张。

审判长点点头，女人坐下。

岳薇掐了李长逸一下，她的当事人才笨手笨脚地扶起椅子。

“证人，请说明你的身份。”审判长说。

“我……我叫殷眉，是李长逸的……前妻。”

好像是有意配合一样，李长逸发出一声长长的叹息。

“殷女士，能讲讲你和李长逸是因为什么……分开的吗？”任宇开始向他的证人提问。

“反对！”岳薇站起来，“与本案无关。”毫无头绪的她现在只能使用拖延时间和打乱对方节奏的策略了。

“我想，先听一下再下结论不迟，反对无效。”审判长转向殷眉，“你可以说了。”

“我和长逸……和李长逸在二十年前离婚的，那时家里出了点事。”

“什么事?”任宇像捧哏一样恰到好处地替殷眉接话。

“我……”殷眉迟疑了，张开嘴却说不出话，她试了几次，那模样就像搁浅的鱼。两行眼泪流出来，弄花了精致的妆。

“我们的孩子找不到了。”李长逸自言自语地说，声音正好让法庭里所有的人听得到。

“别说话!”岳薇瞪了李长逸一眼。

殷眉抬起头，进入法庭以来第一次看向李长逸：“是的，我们的孩子丢了。”

“那是什么时候?”

“二十几年前。”

“二十五年七个月二十一天。”李长逸说，这次的声音更大了些，刚见到殷眉时的震惊和怀念已经被愤怒所取代。

“不要说话!”岳薇再次说。

“是的，二十五年七个月二十一天。”殷眉机械地重复李长逸的话。

“殷女士，请集中精神。”任宇低声说。

“对不起，我会按照之前讲过的说。”

“我反对！证人显然和对方律师商量好了。”

“是吗？殷女士?”审判长问。

“不，我只是……见到前夫有些混乱，对不起。”

“那么请继续。”

“审判长!”岳薇不满。

“我知道了，反对无效。”

“孩子丢失后，你们做了什么?”任宇接着提问。

“我们找了很久，但是仍然没有任何线索。最后我们花光了所有的积蓄，那实在是太累了……”

“是你累了，我可没有。”李长逸站起来，拍着桌子喊道。

啪！啪！

“安静！”审判长怒视着李长逸，手中的木槌重重砸下，就像行刑的刽子手斩断了法庭中的喧哗。

李长逸默默地点头，倒在椅子上。

“你们是因为累了，花光了所有的积蓄而分开的吗？”

“不，对不起，他说的没错，是我累了，而他没有。因为这个，我们的分歧越来越大，最后不得不分开。”

“分歧在于……”

“我们找了好几年，但是一无所获。我想，再那样下去的话，可能会毁了我们的未来……我……我说……再……再要一个孩子。”殷眉又流出眼泪，这是真实的感情。岳薇偷眼看看李长逸，她的当事人注视着自己的手指，也陷入了痛苦的回忆。

“李长逸又是如何应对的？”

“反对！”岳薇站起来，“审判长，这有什么意义吗？本案的重点在于联信公司要保留李长逸的号码。”

“反对有效，任律师，我要求你进入正题。”

“殷女士，请加快速度。”任宇走近殷眉，温和地说。

“他……李长逸当场拒绝了我，并且……并且……第一次打了我，他说我已经放弃了自己的孩子。第二天，他拿来了一份离婚协议。”殷眉擦干眼泪，直视着李长逸，“其实我的心里确实已经放弃了。我签了协议，离开了家，没什么可分割的，所有的钱都已经花了。”

“在原告提出意见之前，我要提醒你一下，律师，仍然没有进入正题。”审判长已经开始不耐烦了。

“离婚第三年，李长逸被诊断出偏执型人格障碍。”

“反对！反对！”岳薇第一时间站起来，“铺垫了这么多，就是为了说明我的当事人有精神疾病吗？证人殷眉女士并不具备专业资格，联信公司已经打算用抹黑的方法来辩论了吗？”

任宇对岳薇的质疑并不理睬，而是递上两份材料："这是第五人民医院开的诊断书，以及强制治疗的病历。"

岳薇知道问题出在哪了，她扭过身子，强迫李长逸看着自己，一字一句地问："你知不知道智盛在坑你？"

李长逸不置可否，只是在椅子里不自然地扭动身体。

岳薇把诊断书推到李长逸面前，低声说："所有的关键信息都被智盛扣下了，而你，不愿意和我沟通，你是故意想让官司输掉吗？"

"岳律师，你有什么要说的吗？"审判长问。

"有，审判长。"岳薇瞪了李长逸一眼，"我不知道对方律师想要证明什么，但是这份病历正好说明我的当事人已经痊愈出院，精神方面并无异常。"她挥舞着那份病历："并且，与本案无关。"

"不，偏执型人格障碍很难治愈，出院只能证明他的病情暂时得到了缓解，但是现在，我方怀疑李长逸因为受到一些综合原因的刺激，会旧病复发。"

"反对，对方律师没有诊断精神疾病的资质，不能进行恶意推断。"

"有效。"

"那么，我方提出对李长逸的精神状况进行鉴定。"

"反对！这简直是污蔑！"

"审判长，如果李长逸的精神状况不佳，没有民事自主能力，我方要求取消这场诉讼。"

"反对！反对！审判长您能允许在法庭上出现这样明目张胆的污蔑吗？"

"这是我方的权利！"

"这是拖延时间！"

"都给我闭嘴！"

一声怒喝让整个法庭安静下来，连审判长举起的木槌都停止在半空，无法落下。

目光集中在怒吼的源头——李长逸身上。

他侧着耳朵，仿佛在倾听什么声音，“你们没听见吗?”

岳薇像被人猛揍了一拳，她不知道李长逸身上发生了什么，但肯定对将来的审判没有好处。

“李先生!”她小声说，“集中精神，这是在法……”

“我叫你闭嘴!”李长逸粗暴地推开岳薇，离开原告席，走到法庭中央。他侧着耳朵，寻找着空气中存在的蛛丝马迹，像一只能干的缉毒犬。

这时岳薇也听到了，法庭中飘荡着微弱的歌声，欢快的节奏，成年男中音和稚气未脱的小男孩之间的对唱。

任宇走回被告席，从公文包里找出手机，歌声就是从他的手机上传出来的。他关掉手机，向大家送出一个抱歉的笑容，“对不起，我忘记关掉铃声了。”

李长逸死死地盯着任宇的手机，过了一会才露出如梦方醒的表情，他转向证人席里的殷眉：“你，是你告诉他咱们的孩子最喜欢听这首歌的?”

“对不起，”任宇说，“审判长，到底谁是律师?”

“原告，回到座位，让你的律师询问。”

李长逸顺从地走回原告席。

“你为什么必须要保留那个号码?”就在李长逸走回座位时，任宇问。

“反对，请不要和我的当事人说话。”岳薇站起来，挡在任宇和李长逸之间，然后她转向审判长，“对方律师在庭审中故意用手机放音乐，来迷惑我的当事人，这是藐视法庭。”

审判长想了想：“辩方律师，把手机交给法警，罚款3000元，有意见吗?”

任宇看了一眼岳薇：“没意见。”

“下面继续，岳律师你有问题要问证人吗?”

“那是我与我儿子联系的唯一方式。”李长逸突然开口说话，打断了岳薇正要出口的回答。

“你不要再说话了。”岳薇按住李长逸的肩膀，希望能够将他按在椅子上，如果允许的话，她希望用胶带将他捆成木乃伊的样子。

然而一切都是徒劳的，李长逸猛地甩开岳薇的手，大步走向被告席。他伸出手臂，用手指指向任宇的鼻子，仿佛那是一把手枪，“那是我和我儿子联系的唯一的希望！”

“还有你，这个号码不是你教给孩子的吗，你让他牢牢记住，以防……以防……？你忘了吗？你不在乎了吗？”枪口又对准殷眉。

“李长逸！请控制住你的情绪。”审判长咣咣地敲着木槌。

“闭嘴！你和他们也都一样，你们从十几年前就都放弃了，你们根本不在乎！”

岳薇颓然地滑倒在椅子上，看着她的当事人像抢劫银行的劫匪一样挥舞着双手，质疑着法庭上的每一个人。

“法警！”审判长也无法容忍李长逸这样的癫狂行为，他用力敲打木槌，好像擂起战鼓。

李长逸像公牛一样冲向被告席，掀翻桌子，一把攥住任宇的领带。

然后，他哭了，像个小孩一样号啕大哭：“求你……求你了……我只有那个号码，别……”

四个法警冲进来，架走了李长逸。

一切都完了，这场官司从什么时候开始变成一场闹剧的？岳薇的脑子一片空白。

庭审在混乱中结束，岳薇提出推迟庭审的动议，但审判长注视了她几秒钟，转身走了。

岳薇离开法庭，在走廊尽头的羁押室里找到了李长逸。

“我……”李长逸突然老了很多，原本就颓废的他现在看上去像是行尸走肉，“我搞砸了。”

"嗯。"岳薇费了好大的劲才没让李长逸坐上直达精神病院的班车，她现在也没有好心情。

"我没想到……她会帮着他们，我以为她看在孩子的分上会留些情面。"李长逸又握紧拳头。

"别想那么多了，回去吧。"岳薇安慰他说，"在判决出来之前，一切都还有转机。"

李长逸重重地点头。

离开法院，岳薇独自回到律所，谢叔已经在办公室等着她了。

"你的当事人挺有故事的。"谢叔坐在岳薇的座位上，用下巴指指办公桌上的一沓档案。

"现在都没用了。"岳薇苦笑。

"怎么了?"

"他丢了一个孩子，和老婆离婚，最后孩子还没找回来，他也疯了。"岳薇脱下外套甩在一边，"今天在法庭上比在马戏团还热闹，辩方律师耍了个诡计，我的当事人当场就崩溃了。你如果早告诉我这些的话，今天上庭之前我就应该准备一包爆米花带去。"

"他的信息不好找。"谢叔摊手，"你知道他之前是个软件工程师吗?"

岳薇点点头，她最近经常见到李长逸的成果。

"所以他在网络上留下的信息很少，除了姓名生日身份证号，还有你知道的那些之外，没有任何信息。"

"他看上去确实没什么私生活。"

"所以我去了他家。"

岳薇露出得意的笑容，"我前天就去过了。"

谢叔一愣，"你去干什么?"

"没什么，你在他家发现了什么?"

谢叔将桌上的显示器转向岳薇，夸张地按下播放键，通过摄像机拍下的视频开始播放。

“你是怎么进去的？”岳薇问，李长逸家那夸张的安全门给她留下了很深的印象。

“你只要知道我是专业人士就行了。”谢叔挤挤眼睛。

屏幕显示一片漆黑，探测到屋子里的黑暗之后，摄像机开始提高感光度，并且切换到夜视模式，李长逸的家呈现出一片幽暗的绿光。

在岳薇的印象中，他家没有什么摆设，只有简单的家具，和仅够生活用的器具，如果不算那些电脑设备的话，那里连出租屋都不如，很难想象李长逸在那里生活了二十多年。

镜头跟随着谢叔走过各个房间，岳薇摆放着全息投影仪的那件“招魂室”，维持着二十多年前模样的小孩房，还有只有一张折叠床的“卧室”。

没有任何有价值的线索，最后，谢叔走到了里面的房间，屋子风格突变。

房间正面是一张大号的电脑桌，桌上是六台显示屏组成的阵列，房间一角的机柜嗡嗡作响，各色LED灯不停地闪烁。

谢叔动了动鼠标，唤醒主机。桌面上杂乱地摆放着各种图标和文档，谢叔试探性地一一打开查看。

随着查看的层层深入，两个文件包出现在屏幕上，分别写着“方征”、“岳薇”。

“这里为什么会有你和方征的名字？”

“我……不知道。”岳薇看似随意地回答，她还不知道是不是该把向李长逸求助的事向谢叔说，肯定会被臭骂一顿，或者被狠狠地讽刺一番，反正没有好下场。

谢叔点开那些文件，里面详细记录了岳薇和方征的信息，从出生到现在，几乎所有网上可以找到的信息，发过的每一条留言，都在那两个文件包里。

按照李长逸的说法，他通过方征的成长记录和思维模式重建了一个模型，就是所谓的“招魂”，岳薇深深地知道他没说大话，前天和方征的“灵魂”交谈的时候，他的每一句话，每一个反应，都和活着的时候一模一样。

但是李长逸收集自己的信息干嘛?

谢叔的手表亮了，那是在提示他有人触动了他留在楼下的传感器：李长逸回来了。

谢叔麻利地关闭打开的窗口，正准备离开时，屏幕的右下角有一个图标闪动起来，那是最近流行的即时交流软件，有人向李长逸发来一条信息。

屏幕里的谢叔犹豫了一下，点开那条信息。

信息很短，只有一行字。

“爸爸，你在吗?”

岳薇再次敲响李长逸家的安全门，没等多久，他的脸就浮现在显示屏上。

“岳律师，你来干什么？我不想再提案子的事了，请回吧。”

“不，现在我已经无法再为那件案子做什么了，只能等待判决。我来是为了私事，我还想见见他。”

李长逸皱起眉头，想了想，然后说：“进来吧。”

像上次一样，岳薇被带进那个房间，稍作等待之后，方征出现在岳薇面前。

“小薇，是你吗?”

岳薇没有回答，而是静静地看着她的爱人。

方征的影像等了一会儿，无聊了，开始玩弄自己的指甲。如果不是事先知道的话，岳薇就会把他当做真人了。

“方征。”岳薇说。

“小薇。”方征把手指从嘴里拿出来，抬起头，岳薇很不喜欢他啃指甲。

“我不能再见你了。”

“什么？为什么？”方征愣在原地，受惊的样子让岳薇不忍继续往下说。

“你……已经死了。”

“不……不可能，我……不可能……不……”

“那是一场意外，你坚强些。”岳薇走上前去，伸出手，手臂穿过方征的身体，全息场在她的手臂上反射出耀眼的光。

“我明白了，很多事情能够讲得通了。”方征镇静下来，“我说怎么好像好几天没拉屎了。”

岳薇笑了：“我今天在法庭上，听到了一个故事。”

“什么故事？”

“内容不重要，说的是两个和咱俩差不多的人的故事，实际上，那只是一个人的故事。”

“我不明白。”

“你虽然站在我的面前，但是你并不是真的活了，你只是我的执念而已。是我在用你折磨自己。”两行泪水划过岳薇的脸庞，在光芒的照射下晶莹透亮。

“我们不再见面，你就会过得好些了。”方征低声说，不知道是在提问，还是在陈述。

“对不起，你会理解我吗？”岳薇说。

“当然。”方征又露出他那副自以为是的表情，“也许，你可以找别人陪你去吃街角那家馆子了。”

“我永远不会再去那里了。”

“也好，反正我一直不喜欢那里的菜，酱油放太多。”方征撇着嘴说。

岳薇笑了，她擦干脸上的眼泪。“谢谢你，再见。”她说，觉得心里有什么东西终于放下了。

“再见。”

她最后看了一眼方征的影子：“我爱你，我会一直想你的。”

她推开房间门，将方征留在身后。

李长逸的家很安静，转角的一个房间里传来一些响动，不知道李长逸在干什么。

岳薇轻手轻脚地走到客厅，开始今天真正的任务。

通过谢叔录下的视频，她记住了李长逸家的构造，有主机的房间在最里面。她轻手轻脚地向里走，谢叔在那里找到了一些线索，但是没有找到答案。

李长逸为什么整理了她的档案；那个管李长逸叫爸爸的人，是谁。

她唤醒了电脑，很快找到通讯软件。在近期联系人记录里，她找到了那个人的ID：李超然21。

然而在这个名字下面，还有一连串其他的ID，李超然07、李超然14、李超然20……

岳薇点开一个叫做李超然33的ID，通话记录写着：

——我不管你是谁，别再联系我了。

——我真的是你爸爸。

——去你妈的。

——超然，别这样。

她又点开李超然45：

——爸，我今天加薪了。这个季度的业绩是小组第一。

——真棒，我知道你没问题的。

——我去做报表，回头聊。

——再见。

“你在这里干什么。”李长逸的声音突然在背后响起，岳薇尖叫一声从电脑椅上跳起来，慌忙去关对话框。

“我……我找厕所。”

李长逸看看屏幕上的内容，挑挑眉毛：“被你发现了。”

“那是谁?”岳薇问。

“是我儿子。”

“我看到有很多ID。”

“都是。”李长逸轻松地说。

“我不明白。”

“他们都是程序，每一个都是。就像你的方征，是通过大数据中他的网络标记重建了他的意识模型，让他可以和你交流。那是我二十多年前就已经完成了的算法。而这些，是靠更新的理念创造的。”

“你做这些干什么?”

“为了和我的儿子重新见面的那天。”李长逸从岳薇身边走过，坐在房间里唯一一张电脑椅上，用手指有节奏地轻敲桌面，“他三岁的时候就离开了我，我不知道这么多年里发生了什么，他在什么环境下生活，又经历了什么样的事情。所以我设计了各种生长环境，将意识模型放进去，看着他们一天天长起来。我观察他们，了解他们的一切，他们的生活，他们的思维方式。”李长逸抬起头，目光里闪现着希望的光。“这样，等我找到他的时候，我会让他知道，我一直都没有离开过他，我们会成为默契的父子俩。”

“所以，你必须留下那个号码?”

“我知道你会理解我的，岳律师。”

“不，李先生，我和你并不一样。我来到这里之前就已经知道方征已经不在了，能够和他再次对话，是给我自己一个交代。而你，我不知道李超然是不是还……”

“他当然活着!”

“是，他可能还活着。也一定有了自己的生活。即使你们重新相见，他也不会立刻扔下自己的生活来陪你，我建议，你也应该开始过属于自己的生活了。不要再以你的儿子为借口拒绝整个世界。”

“我能给他一个家！”

“他已经有家了。”

“我这里才是真正的家！”

“那就让这里看上去像个家吧。”

李长逸愣住了。他打量着单调又长着霉斑的墙壁，开裂的地板，还有嗡嗡作响的机柜。

最后他说：“请回吧，明天还要去法庭等待判决。”

岳薇提前来到法院，门口已经聚满了人，自制的纸牌和条幅上写着诸如“保卫T网号码！”“今天，他是我们所有人的孩子！”之类的大字。

李长逸从公交车上下来，缓慢地穿过人行道，来到岳薇面前。

“看见了吗？”岳薇指向人群方向，“他们都是为了你来的。”

“无所谓了。”李长逸说，“法官又不会因为他们对我产生好感。”

他们走向法院大门，人群中走出一个人，将一张纸条塞到李长逸手里，又隐没到了人群中。

李长逸看看纸条，向那群人深深地鞠了一躬，然后把纸条递给岳薇。

纸条上写着：我们支持你，不用担心，即使这场官司败诉了，我们也会替你接着打，一直到你找到儿子为止。——志愿者

“你的故事传播出去了，你看有这么多人支持你。”

李长逸冷笑一声：“真是可笑，今天这些听到消息来支援我的人，和二十多年前扼杀了我的研究成果的人，是一类人。”

岳薇一愣，她将纸条还给李长逸，走上法院漫长的台阶。

当他们从法院出来，再次踏上这段台阶时，人群已经散了。

“对不起，没有帮你打赢这场官司。”外面的阳光正刺眼，岳薇抬起手，在眼前搭了一个凉棚。

“你说得很对。”李长逸眯着眼睛说。

“什么?”

“你昨天说，超然应该已经有自己的家了，我觉得你说得有道理。”

“你能明白就好。”岳薇看向李长逸，突然意识到他正盯着自己的手腕。

她放下手，把手串藏在袖子里。

“总之，谢谢你了。”李长逸说，岳薇觉得他是真心的。

“如果打赢了官司就更好了。”她回答道。

李长逸点头，快步走下台阶，转眼间消失在川流不息的人群中。

岳薇摇摇头，向律所走去。

李长逸回到自己的家中，从兜里掏出一串刚在小摊上买到的酸枝手串，放在桌上。

他唤醒电脑，抹掉自己在网络上发帖的痕迹，没人会知道那些关于本案庭审的信息，就是他自己发的。他知道很多人会同情一个精神有问题而且丢了儿子的单身汉。

和联信公司的关系不会就此终止，很快就有人自发地来帮助他了。

然后，他在经过重新编程的聊天软件里添加了一个新的ID：李超然52。

“你好。”他输入了一句问候。

“你好，你是谁?”

“说起有些唐突，方征，实际上你的本名叫做李超然，我是你的亲生父亲。”

“我没心情跟你开玩笑。”

“你今年年纪也不小了，成家了吗？有对象了吗?”

李长逸一边聊着，一边将岳薇的档案加入到他设计的程序里。

现在，他有52个儿子，和一个儿媳妇了。

这个儿媳妇很聪明，他很满意。

也许他会有一个聪明的孙子，啊，龙凤胎更好。

2016第五届未来科幻大师奖

征文说明

主办:赛凡科幻空间
联合主办:成都市互联网文化协会、成都市科学青年联合会
战略合作伙伴:微像文化　游族影业

1. 评委组成

初赛评委
科幻作家　宝树
科幻作家　江波
科幻作家　陈楸帆
科幻作家　夏笳
科幻作家　张冉
科幻作家　迟卉
科幻作家、首届未来科幻大师奖得主　阿缺
科幻作家、第四届未来科幻大师奖得主　灰狐

复赛评委
评委会主席何夕
科幻作家　刘慈欣
科幻作家　王晋康
科幻学者　吴岩
《科幻世界》副总编　姚海军

2. 奖项设置

一等奖　1名 奖金10000元

二等奖　2名 奖金5000元

三等奖　3名 奖金3000元

人气奖　2名 奖金500元

微像发现奖 1名 奖金10000元

* 一、二等奖得主均可获得由科幻作家刘慈欣、何夕、王晋康、韩松提供的曾给予他们无穷创作灵感的物品

3. 征文日期

2016.08.20——2016.10.31　初赛投稿期

2016.11.03——2016.11.11　专家评审期

2016.11.12——2016.11.13　入围公示期

2016.11.14——2016.12.05　复赛期

2016.12.06——2016.12.12　复赛评审期

2016.12.24——公布获奖名单

4. 赛制说明

初赛：初赛采取无命题式征文形式，字数要求为3000—30000字，竞选出六强进入复赛；在校学生和社会人士均可参加。

复赛：复赛以组委会提供的开头为引写一篇科幻小说，字数要求为3000—30000字，分别设置一等奖1名、二等奖2名、三等奖3名。

人气奖：另设人气奖两名（由大众投票决出），颁发证书及500元现金，不参与颁奖典礼仪式。

微像发现奖：本次奖项中，单独设立“微像发现奖”，该奖项用于评选特别适合制作游戏或用于影视开发的优秀科幻作品。设置奖项1名。

更多详情，请关注“赛凡科幻空间”微信公众号或www.wcsfa.com。

特别鸣谢

四川大学科幻协会

中国科学院大学科幻协会

北京大学学生科幻协会

北京大学学生科幻协会医学部分会

首都师范大学科幻协会

中央民族大学科学幻想协会

中央财经大学科学幻想协会

北京师范大学科幻协会

北京科技大学夜星科幻爱好者协会

北京交通大学科幻协会

北京邮电大学科幻协会

北京航空航天大学科幻协会

外交学院科幻协会

国际关系学院UIR科幻社

中国地质大学(北京)幻想天生科幻协会

天津大学科幻协会

南开大学灵南科幻协会

大连理工大学科幻协会

哈尔滨工业大学思飞科幻社

东北师范大学向往科幻协会

东北大学秦皇岛分校星辰科幻协会

华北电力大学(保定)科幻协会

河北大学天文科幻协会

山东大学科幻协会

山东建筑大学四维科幻

中国石油大学(华东)学生科幻协会

郑州大学璀璨协会

合肥工业大学斛兵群星科幻协会

上海科幻苹果核

东华大学平行界科幻协会

复旦大学科幻协会

上海海事大学幻星科幻协会

上海交通大学科幻协会

同济大学逐日科幻协会

上海大学科幻社

华东师范大学星尘科幻协会
上海中医药大学科幻奇幻协会
江苏师范大学冰火科幻社
浙江大学科幻协会
南京大学幻爱好者协会

华中科技大学科幻协会
武汉大学科幻协会
华中师范大学科幻协会
湖北大学星尘科幻社
中南大学飞跃科幻协会
湖南大学新尘科幻社
南华大学极星科幻协会
东华理工大学科幻协会
江西师范大学科学与幻想协会
中山大学科幻协会
广东外语外贸大学科幻协会

华南理工大学科幻协会
汕头大学科幻协会
南方科技大学科幻协会

西南财经大学FOUNDATION科幻社
成都理工大学奇点科普科幻协会
电子科技大学奇幻科幻社
西南交通大学科幻协会
重庆大学科幻协会
重庆邮电大学科幻协会
四川外国语大学科幻协会
西安邮电大学异度空间协会
西安交通大学科幻协会
长安大学科幻协会
西安电子科技大学科幻协会
西北政法大学飞幻联盟